光鲜
THE GLAMOUR
无畏

行烟烟 著

北京燕山出版社

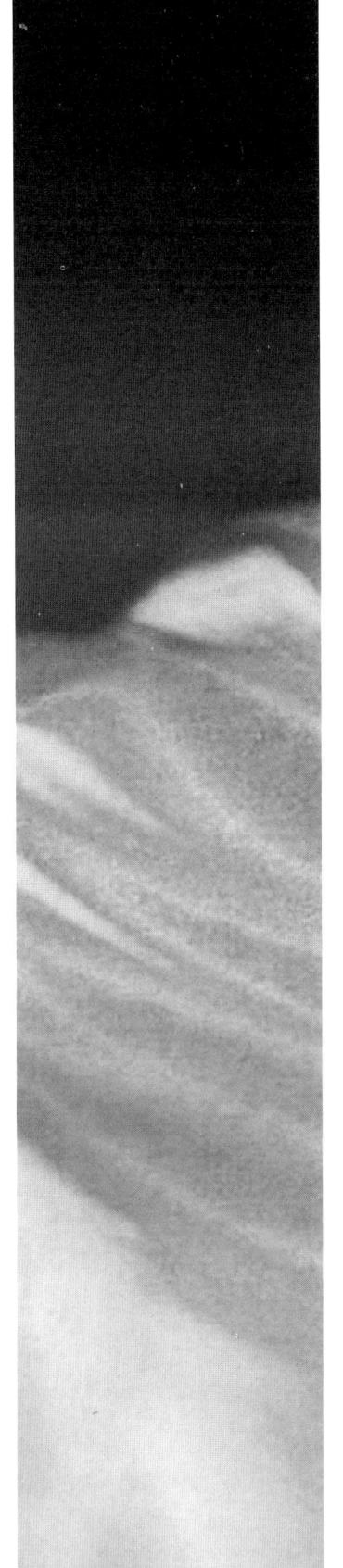

目　录

第13章 五个数字和六个字母	001
第14章 磨合	033
第15章 错了	059
第16章 这姓这血	077
第17章 冲动	099
第18章 分道	109
第19章 跨年	121
第20章 忠诚	141
第21章 南墙	161
第22章 目标	183
第23章 圆什么满，痛什么快？	203
第24章 姜阑	225

番　外·七夕快乐	256
番　外·夏天的夏	260
番　外·追星	266
后　记	279
后遗症	280

第13章

五个数字和六个字母

THE GLAMOUR

067　五个数字和六个字母

她太残忍了！
她对我是很残忍。
一直到开始谈正事，姜阑也没翻译这两句话。
如果她把费鹰甩了这个行为叫作残忍，那么她承认自己的残忍。姜阑不想再多回忆一秒那天她是怎么和费鹰分手的，也不希望一场好好的合作对话被Petro这样带到沟里去。
Petro等他的涂鸦艺术家朋友上线后，向费鹰介绍说，这位就是Writer Lume。
隔着屏幕，费鹰和对方打了个招呼。
从这之后，他就没再让姜阑帮忙翻译了。
听到费鹰讲出流利英文的Petro惊讶了一下，但他很快掩去脸上不恰当的表情。在时尚公关行业干了十几年的Petro不留痕迹地瞥了一眼姜阑，他的目光足以完美表达他此刻的心情：Seriously（认真的）？
姜阑则无声地松了一口气。
这是姜阑第一次近距离目睹工作状态中的费鹰。她坐在旁边听了一会儿他和Lume的对话，又抬眼看了看为今天这场对话牵线的Petro。
姜阑不禁感叹人生和命运的奇妙。
当初在VIA纽约大秀的war room里，她和Petro并肩而坐，他们的面前是硕大的LED屏幕，屏幕上实时播放着奢华至极的秀场前台。那时候的她无论如何都想不到，两个月后她会坐在这间Hiphop夜店里，和Petro一起旁观一场中国头部街头品牌主理人和美国街头涂鸦艺术家的合作对话。
Writer Lume是位非洲裔美国人。他在Ins上有一百万出头的粉丝，这个数字在姜阑看来非常不可思议，在中国，绝对不可能有任何一位玩街头涂鸦艺术的人能够拥有这样规模的拥趸。她想到之前在费鹰家里看了一半的那部纪录片，片中的丁鹏和他crew里的每个人都需要另外一份全职工作用来谋生，不然根本养不起他们想要做的东西。
姜阑没问过Petro是怎么认识北美街头圈的OG的。Petro当初既然能为VIA纽约大秀请来Quashy，那么以他多年做PR的本事，成功拓展这样一批街头圈的顶级人脉根本不是问题。姜阑又联想到Erika不久前给她送的那只联名款玩偶样品，VIA既然决定要迅速跟上行业大趋势，那Petro目前拓展积累的街头潮流领域的头部资源将来一定会派上大用场。
Petro不愧是Erika器重的人，他的前瞻性和行动力让姜阑再一次深切地感受到了，他在他的工作领域更是拥有姜阑无法复制的高质量成果。

第十三章

和这样一位同侪共同负责明年三月的上海大秀，姜阑的心情很复杂。Petro 的能力备受认可，他的野心有目共睹，对于这场大秀，他一定会做出很大的贡献，但同时也一定会分走很大的荣耀。

姜阑没让自己继续想下去。这个周五晚上，不该用来想这些事。

费鹰和 Lume 的对话时间不长，前后差不多半小时。

这是初次的交谈，不可能谈得有多深。他们没谈任何联名合作的商业细节，仅仅是交换了各自对街头文化的理解，交流了两国街头品牌和商业化的现状，互相分享了他们最近看好的一些街头圈里的艺术项目。

对于这次合作，费鹰的态度很中立，他没有很热情，也没有很冷漠。他此前和不少美国的街头品牌和艺术家接触过，过去一直没有什么突破性进展。

结束通话，Petro 问费鹰，感觉怎么样？

费鹰没回答。

这个问题真要回答起来，很复杂。美国街头圈和日本街头圈的玩法非常不一样，BOLDNESS 去年能和日本高街品牌成功推出联名系列，那也是双方磨了很久才做出来的一个里程碑式的 drop。

费鹰在有些方面很挑剔，也很难妥协，要做联名款的产品设计，他只肯做中文 graphic，连双语的都不考虑。光这一点，就让不少潜在的欧美合作方品牌闻之退却。

费鹰没工夫和 Petro 解释这些。

正事谈完，746HW 已经开始营业。费鹰问 Petro，要出去看看玩玩吗？Petro 反问，你陪我吗？费鹰说，你和我都很清楚我的性取向，我们给彼此节省点时间好吗？

Petro 笑得非常开心，说，YN，我真的很欣赏你的性格。

费鹰抬手给他指了个方向，说，你推一下那面墙就能打开门，吧台和舞池就在外面。

Petro 还没起身，那面墙就被人推开了。

姜阑抬眼，看见王涉走进来。

王涉是来找费鹰说事的。费鹰被他叫走，两人站在那面墙边说了半天话。

姜阑摸出手机，低头看工作微信。

Petro 坐在她身边，目不转睛地盯着墙边的两个男人，发出感叹："this is truly unbelievable.（这真是不可思议。）"

他没想到除了 B-boy YN，居然又出现了另一个看起来非常酷的中国男人。难道中国街头圈里长得帅的男人，都集中到这个地方了吗？

姜阑听着他这语气，抬头看了看费鹰身边的王涉。

三秒后，她又重新低下头。她觉得 Petro 对中国男人的审美偏差很大，王涉的帅气程度能和费鹰相提并论吗？

明明就是 Not even close。

王涉和费鹰说完事，要走，又被费鹰叫住了。

费鹰问："老王，能给做点儿吃的吗？饿了。"

王涉今天本来心情就很一般，他说："我是你雇的厨子吗？你给我多少钱让我天天给你做饭？我连店都管不过来，我还要费劲给你做饭？啊？"

费鹰说："做个卤肉饭，再给瓶日本米酿，成吗？"

王涉瞥一眼会客厅里坐着的人，姜阑和一个外国男人。没有童吟。

他有点烦："不成。"

费鹰说："哦。那把我这个大股东活活饿死，成吗？"

王涉说："后厨有什么你吃什么，没得挑。"

王涉前脚刚走，Petro 后脚就站起来。他对姜阑说，Lan，今天的正事谈完了，你可以不用陪我了，我想感受一下上海的 Hiphop 夜店。

姜阑头也没抬地回了他一个"OK"。

Petro 很有礼貌地向费鹰致谢并道别，然后推开门走出去。

费鹰在墙边多站了一小会儿，然后走回沙发区。他坐回了一开始坐的地方。

姜阑余光瞥见，仍然没抬头，手指在手机屏幕上轻轻划拉着，心神变得有点不宁。

十分钟后，有个男孩子送来吃的。

姜阑听到费鹰的声音问她："你吃晚饭了吗？现在饿了吗？"

她抬起头，对上他的目光："没吃。有点。"

费鹰把饭菜往她这边推了推："那现在吃点儿吗？"

姜阑放下手机，轻轻点头："你要一起吃吗？"随餐送来了两套餐具，她估计他也没怎么吃晚饭。

费鹰没说话，伸手拿起筷子，递给她。

姜阑看了看桌上的饭菜，没有卤肉饭，是一些她之前没在这里吃过的菜色。她捏住筷子，习惯性地把放了辣椒的菜里的碎辣椒一块块挑出去。

费鹰在旁一动不动，一声不吭。

姜阑挑完辣椒，然后又把他平常不爱吃的拿到自己这边。做完这些后，她才意识到自己做了什么。她拿筷子的右手滞在半空中。

费鹰什么也没说，埋下头，吃她给他处理好的饭菜。

这餐饭两个人吃得很安静。

吃完后，费鹰叫人来收拾桌面。等人走后，他拿出一包薄荷糖，拆开，问："吃吗？"

姜阑接过一块。她剥开糖纸，放进嘴里。这是无糖的强效薄荷糖，辛凉的味道直冲她的呼吸腔，刺激得她的眼角微微发红。

饭已经吃完，好像也没有什么其他理由继续留在这里，姜阑把手机收进手袋里，说："不早了，我该回家了。"

费鹰说："哦。你怎么走？"

姜阑没说话。

她除了叫车，还能怎么走？

费鹰看了她一眼，站起来："顺路，我捎你一程。"

在车上，费鹰看着姜阑系好安全带。顺着这个角度，他的目光触上她的嘴唇。她今天的唇膏是梅子色的。这个颜色，他已经很久没见她涂过了。

费鹰收回目光，沉默了好几秒，然后才发动车子。

周五晚上的街道很拥挤，车上路后速度不快。过了几个红绿灯，费鹰打破车内微窒的沉默："你最近睡得好吗？看起来有点累。"

姜阑垂下目光："嗯，不太好。"

费鹰说："哦。"

他没继续问她原因。

过了一会儿，姜阑主动开口："我最近新接了品牌电商的业务。团队缺这块的专业人才，招聘过程很挑战，我自己没有电商背景和经验，老板也不可能降低要求，所以这段时间的压力非常大。"

费鹰换了只手握方向盘，问："什么时候建站？"

姜阑说："明年二月时装周前要完成。"

费鹰说："孙术当年是做电商运营出身的，有十多年的品牌电商经验，我让他和你聊聊，需要吗？"

姜阑想一想。前两天，她分别约了陈其睿推荐的两位行业前辈喝咖啡，从他们那里的确收获了一些信息和经验。但是平台方和品牌方毕竟角色不同，来自平台方的经验带有平台方视角的局限性，很难兼顾到现在品牌全渠道电商的需求。

她转过头看向费鹰："会太麻烦你们吗？"

费鹰说："算作我对你今天帮忙牵线搭桥的回报。"

姜阑没说话。
费鹰又说:"晚点儿我和他打个招呼,然后把他的微信推给你。"
隔了几秒,姜阑开口:"谢谢。"

车在小区楼下停稳。姜阑抬手松开安全带,拿上手袋,准备下车时听到费鹰叫她:"姜阑。"
她回过头看他。
费鹰从外套兜里摸出一个小盒子,递给她:"这个,送给你,作为今天晚上你帮忙的谢礼。"
姜阑说:"你不是已经请孙术和我聊聊了吗?不用再送别的了。"
费鹰把盒子放在她的手袋旁边:"本该早就送给你的。收下吧。"
姜阑低头,借着车窗外的光线看了看。
盒盖上印着一个品牌,品牌名是由五个数字和六个字母组成的三个单词,她还记得这是哪个牌子。
这一瞬间,姜阑的心口被汹涌而来的潮意堵住了。
当初第一次去746HW,费鹰摸出这只盒子要送给她,她不要,要求他送别的给她。
如果当初他们的开头不是那样,现在的结果会不会也不是这样?
姜阑把这只盒子拿起来打开,里面躺着两条项链。这个只做女装的奢华街头品牌,饰品做得的确时髦又个性。
费鹰说:"要试试吗?"
姜阑无声地点点头。她拿起其中一条项链,弯了弯脖子,自己抬手戴上。
她的长发顺着脸颊垂下来。左边有人伸手过来,帮她把头发拨到耳后。他的手指没有触碰到她的皮肤,但她分明感受到了他的温度。
姜阑抬起目光,看向费鹰。
他的这个行为并没有获得她的提前允许,这个行为也明显越过了他们目前关系的界线。
男人收回手,说:"抱歉,是我冒犯了。"他又说,"有些习惯性的动作一旦养成了,再改回去就需要花点儿时间。我尽量改得快点儿。"
姜阑用手指轻轻地抚摸着锁骨上的项坠。
她内心深处很想对男人说,既然难改,那可不可以就不改了?

068 朋友圈

姜阑下车后,费鹰没有马上离开。
他从裤兜里掏出手机,给孙术拨了个电话。这段时间他俩的交流非常有限,除了工作上的必要沟通,几乎不谈任何私事。
最近因为线下生意的情况,孙术又和费鹰产生了一些别的分歧。BOLDNESS 上海概念店开业以来一直处于亏损状态,孙术让费鹰重新考虑一下他对零售空间的那一套极致追求,如果成都和北京即将开业的两家大店也按这个模式做,孙术无法预估这一年得亏成什么样。费鹰说,亏的他来补。
这种对话就没法进行下去。费鹰用他的钱来养他的理想,孙术根本无权干涉。孙术说完他该说的,其余的不多费口舌。

上周成都那边新店进场，费鹰和孙术一起飞过去看现场。在成都待了几天，两人没吃一顿饭。下周北京那边也要进场，孙术直接找了个借口说深圳有事过不去，问费鹰一个人去行不行。

除了行，费鹰还能说什么？

周末大晚上的，孙术接到费鹰的电话，以为他又有什么工作上的事要嘱咐。孙术没什么情绪地接起来："什么事？"

费鹰在那头说："哦，我有私事儿要麻烦你。"

孙术没想到，顿了一下，才说："你说。"

费鹰说："姜阑需要了解品牌电商怎么做，你能抽个空和她全面地聊一聊吗？能的话我就把你微信推给她。"

孙术毫不犹豫："这必须能啊。"

这答应得过于爽快了，费鹰有些意外。

孙术又说："你别谢我，我得先说清楚，我这不是为了你，我这是为了感谢她之前帮梁梁的忙。梁梁去上海接受媒体采访，我什么都不懂，要是没有姜阑帮忙，这事办不成现在这样。"

费鹰说："不管你是为了什么，只要你愿意帮她，我都得说声谢谢。"

孙术在那头笑了很短的一声。

费鹰听到这笑，沉默了几秒。他俩真是很久都没像这样说过话了。过了一会儿，他说："老孙，之前应付媒体的事儿辛苦你了，下周你让人事那边开一个品牌公关的岗位出来。"

孙术在那头同样沉默了，然后才说："行吧。"

这个话题既然已经打开，今晚的沟通氛围也难得融洽，孙术就又多说了点："梁梁的那篇媒体采访和视频出来好些天了，照理说网上的热度也该慢慢降下去了，但是一直到今天，和咱们相关的所有话题的讨论度依然非常高。在微博上随便搜一搜，出来的结果绝大部分都是非常正面积极的评价，你说这事是不是很绝？咱们当初要是早点和媒体方建立联系该多好。"

费鹰说："以后找个专业的人来操心这些。"

孙术说："那就先这样。"

费鹰说："嗯。"

挂了电话，费鹰继续坐在车里，处理了一堆工作微信。今天一整个晚上他都没怎么看手机，他的注意力根本不在手机上。到了这会儿，积压的事情就有些多，其中比较重要的是下周北京新店的进场施工安排，严克给他发来了最新的计划，等着他点头确认。

回复完严克，费鹰让高淙给他订下周去北京的行程。高淙顺便问他什么时候有空去看房，他这边已经按费鹰之前的要求找了八套符合条件的。

费鹰没说什么时候有空，他让高淙把这事先放放。

手机熄屏，费鹰向后靠了靠。

姜阑身上的香味似乎还浮在这封闭的空间内。他转头，看向姜阑刚才坐过的副驾位，想起了当初第一次帮她系安全带时的场景。

过了一会儿，费鹰找出一瓶水喝了一口，回顾了一番过去这三天发生的事情。

姜阑向他的示好和靠近，是独属于姜阑的风格。她的行为没有掩饰，很直接，但又小心翼翼，甚至有些笨拙。

当初她那么冷静狠绝地甩了他，现在做这些又意味着什么？后悔了？想重新修复和他的关系？修复之后呢？继续游离在她认为舒适的区间内？在"不复杂的情况下试一试"？

费鹰想得很明白，他绝不可能重蹈覆辙，也绝不可能配合姜阑，再次给出一个不复杂的承诺。

但姜阑想明白了吗？

那些存在于他和她之间的问题和矛盾，如果不能真正有效地解决，那么一切所谓的

第十三章

将来都是无稽的。

姜阑现在的这些举动，是她想明白后的举动吗？

费鹰不问她，也不逼她，仅仅是在她主动靠近的时候，用他的方式回应她。

曾经他在面对姜阑时自认为有耐心，但他做出了最没耐心的举动。曾经他在面对姜阑时自认为很真实，但他一直试图忽略自己真实的渴望。

回归耐心，回归真实。这是目前的费鹰能够给予姜阑的最大尊重。

费鹰拧上瓶盖，抬眼透过挡风玻璃望向姜阑走进去的那栋楼。他至今都不知道她住在哪一层、哪一间。

随即他收回目光，右手搭在方向盘上，他刚刚用手指拨动她头发的感觉，还撩着他的神经。

想得再明白、再清楚，理智也还是压不住他时时刻刻都想要靠近她的本能。这些本能性的动作，他一点都不想改，也根本没打算改。

这就是爱吗？

费鹰心中有他的答案。

姜阑回家后，找出 Erika 送给她的那只联名款玩偶。那是一个时髦的小女孩形象，身上穿着印满 VIA logo 的春夏新款，而它从头到脚的服装都被做这个玩偶的艺术家进行了街头化的风格处理。

她把费鹰送的项链给这个小玩偶戴上，然后把它拿进卧室，摆在枕头边的小硬身边。

做这些事情时，姜阑感到自己无比幼稚。虽然幼稚，但她还是进一步幼稚地给这个新的玩偶起了个名字：小兰。

看着小兰和小硬，姜阑忍不住微微笑了。

摆弄完玩偶，姜阑走回客厅窗边。她拨开纱帘，向外看了看。有些意外地，她发现费鹰的车还在下面。

姜阑不确定费鹰为什么还继续留在这里。或许他又接了一个电话，他的工作电话总是没完没了。

姜阑又想起了今晚她没有翻译的那两句话。

有些伤害性的行为已经造成，她没办法将它们抹去。但她十分希望，他能够察觉到她的努力和改变，哪怕只有一点点。

她想，这两条项链虽然是他为了答谢她的帮忙才送给她的，但他肯和她一起吃晚饭，还肯顺路开车送她回家，这些应该能够证明他至少愿意仍然把她当作朋友，不是吗？

这个认知让姜阑心头轻松了不少。

没过多久，费鹰开车离开了。

姜阑一直看着车尾驶出视线范围，才将纱帘放下，然后把遮光帘一并拉起。她回忆着不久前坐在他身边的感觉，转过身，走去拿手机。

她坐过那么多次他的车，但她从来没有和他聊过他的车。她说过会尽她所能地去了解他的精神世界，但她实际上又是怎么做的？曾经的她，真的是一个非常不合格的女朋友。

姜阑不喜欢开车，她对车也没有一点兴趣，她凭着仅存的印象搜了搜有关这辆车的信息。

BMW E82 1M。这是一款从诞生之初就不向市场妥协的车，它的研发和量产过程完全没有遵循当时的主流规则。它的存在，只为了满足一些人极致的爱好与梦想。它的纯粹，太像费鹰了。

这辆车出厂上市已有六年，市场上早有比它性能好得多的后继者，但费鹰仍然在开它。

姜阑没见他开过别的车，也没见他有换车的打算。这个男人对车的专注和长情，很

THE GLAMOUR

不多见。

临睡前，费鹰把孙术的微信推给了姜阑。
F："我打过招呼了，你随时可以找他。"
姜阑回："谢谢。"她想了想，又补充，"晚饭很好吃，项链很漂亮。谢谢。你到家了吗？晚安。"
过了半天，她才等到费鹰的回复。他没回答她到家了没，也没和她说晚安。
F："不用谢。"

周六下午，姜阑和孙术通了个很长的电话。她向他请教服饰品牌的电商做法。孙术是个实在人，他和姜阑分享了自己这些年的从业经验，同时孙术也十分坦率，他告诉姜阑，BOLDNESS的这一套做法对于VIA来说或许没有太多能够借鉴的。从创立至今，BOLDNESS始终没有用过任何外部电商代运营的供应商，从商品、运营、投放、会员，到仓储、物流、客服，全是BOLDNESS内部的电商部门在做。费鹰不愿意把任何直面消费者的业务外包给第三方，这么多年来一直要求孙术直接负责电商日常运营。BOLDNESS是靠电商起家的，这也是它目前的生意之本，孙术对此没有意见。为了节省成本，几年前他带人在东莞建了一套完整的电商支持中心，把仓储、物流、客服团队都放在那边，自己则是深圳东莞两地跑。

孙术说他的经验未必对姜阑适用，但姜阑还是从孙术这里得到了相当多有用的信息。虽然BOLDNESS的平均客单价远低于VIA，虽然两个品牌的目标客群差异很大，但在品牌方工作的人的思维模式总是有不少共通之处，孙术给姜阑的经验比平台方的人有用得多。

姜阑问了问孙术，现在市面上那几家头部电商代运营公司他怎么评价。孙术也很实在地回答了姜阑。BOLDNESS虽然不用这些外部公司，但孙术的电商运营团队这些年来没少招过从这些公司出来的人。孙术自己也和不少这类公司的中高层熟识。他尽量客观地给姜阑分析了各家公司的风格和优劣势。

姜阑很感谢孙术，说："今天真的太谢谢你的时间了。下次你来上海，一定要告诉我，我请你吃饭。"

孙术说："你这也太见外了。"

姜阑其实也不想见外，但她现在已经不是费鹰的女朋友了，她不能不见外。

孙术建议道："你要是对我们怎么做电商的有兴趣，可以找个时间再来深圳一趟，我开车带你去东莞那边实地看看。下周末你有空吗？你来的话梁梁肯定也高兴。"

姜阑认为这是个很不错的建议，但她下周末要去北京配合零售门店做徐鞍安到场的活动。她说："下周末我要去北京出差，等忙完之后我再和你约个时间，可以吗？"

孙术说："行啊，没问题。你要是来，就让费鹰一起陪你回来。他最近要把创意团队搬去上海，本来也要来回跑几趟的。"

姜阑不知道该说什么。原来孙术还不知道她和费鹰已经分手了的事实，原来费鹰还没告诉别人她已经不是他女朋友了。

她说："嗯，好的。"

孙术说："那就这样啊，咱们深圳见。"

和姜阑聊完，孙术给费鹰打了个电话，说："我和姜阑聊完了。我本来想请她下周末到深圳来，再去咱们东莞电商支持中心那边实地看一看，但她下周末要去北京出差，说是等出完差再看时间。你最近计划什么时候回来？要是时间对得上，你把人一起带回来不是更方便吗？"

孙术说了一大堆，就换来费鹰一个问题："她下周末去北京出差？"

孙术说："啊，怎么了？她去哪儿出差难道你还不清楚？你下周不也在北京吗？"

费鹰说："哦，我刚问完就想起来了。"

第十三章

孙术真是无语,他现在明白费鹰这么多年都没女朋友那必然是有原因的,费鹰什么时候能想不起来他的理想和事业?但凡他能把那些精力和时间分一些放到女人身上,至于像现在这样吗?孙术忍不住叮嘱:"你可上点心吧。"

周末过完,姜阑回到公司迎接新一周的挑战。

为了高效推动明年上海3月大秀的各项事宜,Petro和日韩两国的MarComm负责人约了两周一次的简短沟通,邀请姜阑一起参加。姜阑提醒他9月纽约大秀的时候温艺是怎么抢占日本媒体看秀名额的,这才刚过去两个月,她不认为她直接参加这些简会是个好主意。她建议和Petro分工合作,Petro负责跨国协调,她负责大秀落地,这个分工模式可以一直延续到明年三月大秀结束。

Petro有点怀疑,Lan,你是不是在打什么坏主意?

姜阑表示他想太多了。

这周,姜阑的短期工作重心是要保证VIA在北京店王周年庆期间的明星活动能够举办成功,这关乎VIA中国区最重要的直营门店在这种关键时刻的生意业绩,她和团队不能出差错。为了这场活动,VIA内部的人力、预算和资源已经做了大量投入,现在就等活动当天业绩爆发,来一个完美的落幕。现场支持的工作,姜阑的团队一共要去五个人,其中张格飞和陈亭提前三天到,带活动公司负责商场中庭pop-up store的搭建,温艺和刘辛辰晚一天去,做徐鞍安和媒体到场的前期准备,姜阑最后启程,周五一早飞。

除了姜阑这边,何亚天也要带他团队的三个人过去。这是一年一度的零售盛事,商品部不可以缺席。他也刚好借此机会带人在北京做一趟市调。Petro听说后,向姜阑强烈表示他也要一起去,他还从来没有在中国参加过类似的活动,姜阑必须把他一起安排进去。

姜阑想到徐鞍安对Petro的信任和喜爱,短暂思考后同意了。

Vivian最近在做全公司各部门更新后的差旅预算,按陈其睿的最高指示,她把省钱这件事进行到了极致。这趟北京活动,算上已经连续半个月驻扎在北京的朱小纹、上海办公室这边一共要去十一个人,Vivian找酒店谈常规公司协议价之外的团队折扣,在几家酒店之间各种比价,找最低优选。周三下午的时候,她来问姜阑,还像上次一样住丽思卡尔顿好吧?

Petro在旁边听到了,立刻发言,表示希望能住柏悦。

Vivian毫不客气地拒绝了,说要住柏悦的话请他自己掏钱付房费,且酒店到商场之间往返用车的费用她也不可能帮他支付。

姜阑对Petro说,做这种活动会很累,北京交通又很麻烦,住在活动商场旁边会方便很多,不需要耗费时间在路上。

Petro很不情愿地同意了。Vivian是陈其睿的心腹,给Petro一百个胆子他也不敢在Vivian面前造次。

Vivian走后,姜阑拿起手机。她回完工作微信,顺手打开朋友圈。最近丁硕在长沙陪徐鞍安录综艺,经常在朋友圈发一些现场谍照和小视频,姜阑有空就会看一看。

快速刷过几屏后,姜阑的右手拇指顿了顿,随后又迅速向上翻回去。

就在前一屏,有一个纯黑色的头像发了一条朋友圈。

那条朋友圈是一张照片和一个定位。

照片是一面两层楼高的纯黑色巨幅门店装修围挡,围挡上空空荡荡没有画面,只在角落处有一个低调的品牌logo。定位是北京的某个年轻潮流地标。

姜阑将这条朋友圈看了很久。

这是费鹰的第一条朋友圈。

她没想到,像费鹰这种在社交媒体上一贯低调静默的性格,居然有一天会发这样一条宣传新店的朋友圈。

在这条朋友圈下面,已经有人在表达同样的震惊。

孙术和梁梁先后点了赞。

孙术评论:"新店进场,敬请期待。辛苦了!"

梁梁评论:"啊啊啊!我看到了什么?老大发朋友圈了!不止会发照片还会发定位!谁说我们老大什么都不会嘛?"

"简直是有生之年的奇迹!天啊天啊!"

"老大去北京辛苦了!老大最棒棒!"

"新店加油!BOLDNESS 加油油!"

姜阑看清定位,放下手机,给 Vivian 打内线:"公司在北京三里屯附近有协议酒店吗?"

Vivian 莫名其妙:"你要住那边?那么远?你不是才跟 Petro 讲过,做这种活动会很累,北京交通又很麻烦,住在活动商场旁边会方便很多,不需要耗费时间在路上。"

姜阑说:"我有点事。"

Vivian 没多问,她查了之后告诉姜阑:"那边没有协议酒店哦。"

姜阑说:"OK,那我自己订。"

Vivian 不得不再次提醒:"按老板最新的要求,你这样的情况没办法走公司账。"

姜阑说:"我清楚,我自己付房费。从酒店到商场之间往来的用车费用也不需要公司支付。"

和 Vivian 确认完,姜阑重新打开那条朋友圈,下面的评论区里又多了好几条梁梁发的。

她看了看,觉得梁梁能喜欢上郭望腾这件事,忽然就不是那么难于理解了。

11 月初的北京很冷,天干,像严克这样长年生活在南方的人受不了。他跑去南区卖化妆品的店里随便买了一管不知道是什么的油,回来后看见费鹰站在外面,低头看手机。

昨天晚上新店进场很顺利,这么大的装修围挡一起,白天立刻吸引了来来往往的过路客流的注意。头一天费鹰陪着严克熬了个大夜,第二天又和他一起到现场,严克心中觉得很没必要,但既然老板要亲力亲为,他也就不费劲劝阻。

严克一边往手背上抹油,一边和费鹰说:"这边没什么问题,你要是忙的话可以先回上海。"

费鹰应着:"嗯。"

他看到朋友圈有一个新的红色消息提示。

069 🎲 *你会冷吗?*

姜阑周五一早飞抵北京。

出机场,她没去酒店,直接带着行李箱去了商场。场内一楼中庭的 pop-up store 连续搭了三夜,终于在今天凌晨全部完成。张格飞生病初愈,连续熬夜盯场的任务压到了陈亭身上。今晨五点半,陈亭在微信群里报告搭建完成情况,发送现场照片给大家,然后表示会在早上十点半回到商场等姜阑。

姜阑那时候已经起床,正准备出发去机场,她回复说不用了,让陈亭在酒店好好睡觉休息。陈亭又确认了一遍,她没听说过老板来了但下属还能继续睡觉的道理。姜阑的态度很明确,她只需要陈亭回酒店休息。这次活动是郑茉莉的公司负责的,郑茉莉作为老板不需要熬大夜跟搭建,姜阑已经和她说好了,让她上午和张格飞一起在商场等着姜

第十三章

阑。陈亭犹豫半天，还是服从了姜阑的安排。

姜阑大概能料到陈亭心中的感受，但她做出这样的决定，目的并不是为了让下属感激。

姜阑工作这么多年，从没要求过自己必须成为一个什么样的老板，但她这一路都很清楚，她绝不要成为一个会让年轻时的自己委屈的老板。

姜阑到了现场，先和张格飞和郑茉莉走了一遍活动流程和明天徐鞍安的动线，确认安保和商场物业的要求都没遗漏。然后她去店里找朱小纹，一起去楼上会议室和商场运营及推广部的负责人开会。

VIA 这次 pop-up store 的搭建效果很好，朱小纹很高兴，不枉她之前为了活动场地免租的事情和商场辛苦谈判。坐电梯上楼时，姜阑问了问这两天的业绩目标达成情况，朱小纹如实相告。店里的大部分 VIP 老顾客很早就来挑过货了，都等着商场周年庆 VIA 品牌日当天来买单。朱小纹为了应对明天的活动和这个周末的客流高峰，把全北京各店的销售精英都调来了这家店帮忙，还向陈其睿申请了额外的团队业绩提成奖金，给手下打足了鸡血。

姜阑问朱小纹，老板要求的 stretched sales target（延伸销售目标）是多少？朱小纹说出一个最新数字。在这个数字面前，姜阑和她的团队必须尽最大可能满足朱小纹的一切需求。在这样的业绩目标压力之下，除了 VIA 的零售团队，任何人都是配角，包括徐鞍安。

和商场的会议开得很顺利。商场表示很期待明天徐鞍安到场的影响力。今天是周五，工作日，又逢周年庆，这家商场的客流已经让各家品牌倍感压力。姜阑现在怀疑之前安排的四百个活动安保数量是否足够。

开完会，朱小纹接到孔行超的电话。孔行超这两天本来在石家庄出差，给新店选址，但他思来想去认为不能错过这次店王的活动，所以今天一早坐了高铁过来。朱小纹临时决定组织大家一起吃个午饭，她拉住姜阑，然后给何亚天打电话。

何亚天难得给朱小纹面子，没多久就出现了。他今天一上午都在带人逛商场，看竞品各大品类的商品组合，指挥团队迅速做一套给总部的报告。

这顿午饭氛围融洽。规律就是这样，只要零售的业绩不难看，朱小纹的心情不错，那么大家的日子都好过。何亚天甚至在吃饭的时候和朱小纹互相开起了玩笑。

吃完饭，姜阑先走一步，她还有个重要的人要招呼。

季夏在商场新开的一家咖啡厅等着姜阑。

IDIA 接了 VIA 明年的大秀，季夏需要深入了解 VIA 目前在活动规划和执行方面的现状。这次 VIA 北京明星到场活动，她特地抽出两天时间过来看看。

季夏的"看看"，是观察，是感知，更是审视。没有比活动现场更能直观地搞清楚品牌客户方是如何做事的途径了。这给姜阑增加了一些无形的压力。

在咖啡厅，季夏给姜阑点了气泡水。她早就察觉到姜阑从不喝咖啡。姜阑坐下后谢过她，两人就这场活动的规划、明天的现场流程和整体目标聊了聊。季夏问了些问题，不算尖锐，但很直接，姜阑也坦诚地一一回答。

后来季夏问："你们现在用的那位小朋友好合作吗？"

姜阑知道她口中的"小朋友"是指徐鞍安。徐鞍安是否好合作，姜阑一言难尽。她只能说"需要分情况"。

季夏笑了："小朋友就是这点麻烦。那我只能祝你们明天一切顺利了。"

走出咖啡厅，季夏表示想去 VIA 店里逛逛，买点衣服。她的理由听上去很简单："挑只包包和几件衣裳，好穿来参加你们的活动。"

姜阑没多说，带季夏去了 VIA 店里。姜阑心里清楚，季夏在这个行业这么多年，怎么会不知道在这样的关键时期什么最重要？季夏这是要为 VIA 这家店的周年庆业绩添砖加瓦，她还要把这个大人情送给姜阑。

THE GLAMOUR

果然，正在店里的朱小纹听说姜阑带了活动公司的大老板来购物，立刻亲自招呼。朱小纹很满意姜阑能够挑这时候带这样的人物来买东西，私下对姜阑道了谢。朱小纹一边安排店里最灵光的男销售来服务季夏，一边跟姜阑打听："这人重要吗？"

姜阑回答："非常重要。"

季夏的重要性，既体现在她是 IDIA 中国区的老板，又体现在她是陈其睿的前妻。不过后者是姜阑无法直接告诉朱小纹的。

平常工作中，姜阑很少用过度形容词，朱小纹难得听姜阑讲一句"非常"，这引起了朱小纹的重视。寻常的生意合作方来 VIA 买东西，门店一般有固定的限额折扣提供，但如果是非常重要的合作方，店里能给多深的购物折扣，必须要陈其睿特批。

季夏很快挑选完，一只稀有皮革的手袋，两条连衣裙，一件皮草大衣，还有三双鞋。她的这一单金额让服务她的男孩子喜笑颜开。

朱小纹有点矛盾。周年庆的业绩目标就在那里，按这单的金额，每降一折就要掉几万，朱小纹替她的人感到肉疼。但想到姜阑的介绍，朱小纹还是去汇报请示。她拿着季夏的名片去店里后仓，拍照发给 Vivian，请 Vivian 核实季夏是否在公司合作伙伴的名单上，并请她帮忙去问老板的意思。

Vivian 在忙，她收到朱小纹的微信，本想把这事往后放，但再一看名片，她立刻放下手里的事，起身去找陈其睿。

陈其睿难得没在开会也没在见客。Vivian 敲门，刷卡进去，简单几句话向陈其睿汇报清楚了这件事。

陈其睿听后问："她挑了多少钱的货？"

Vivian 说出一个数字。

陈其睿没批任何合作方折扣，又问："我个人今年的 allowance quota（津贴额度）还剩多少？"

Vivian 又说出一个数字。

陈其睿不再说话。

Vivian 等了几秒，然后会意，带着陈其睿的精神指示离开了他的办公室。

Vivian 没发微信，直接给朱小纹打了个电话，说："这一单做员工内领，你们录单的时候直接挂老板的员工号。"

VIA 不做男装，公司配给陈其睿个人的 clothing allowance（服装津贴）放着也是浪费，所以平常他都用此招待重要的男性生意伙伴，给那些人的太太或者女朋友送礼物，上海的旗舰店经常会收到来自 Vivian 的此类需求，这对朱小纹而言并不新鲜。

但是现在正逢北京店王周年庆，也是朱小纹和这家店最需要做生意的几天，陈其睿偏要挑这种时候，做这么大金额的一张人情单，这直接让朱小纹急了。或许那位季总真如姜阑所说非常重要，但真能重要到这个程度？

朱小纹的语气很重："Vivian，这个金额？"

她言下之意是在问，老板是不是疯了。

Vivian 能够理解朱小纹此刻的心情，做零售出身的人在这种时候眼睛里只有业绩，朱小纹没在电话里直接发飙已经很不错了。Vivian 想到季夏那如火一般的性格，语气平和地说："Selina 姐姐，你不要急。"

朱小纹被 Vivian 的语气安抚住了情绪。

Vivian 又说："老板做的决定，什么时候亏过你们？"

朱小纹没话说了。

朱小纹直接在后仓叫店经理打好单，然后拿着这张单子走到店里的 VIP 区沙发处。她一边递给服务季夏的男销售叫他包装所有商品，一边对季夏说："季总，您看您还需要些什么？"

季夏从男孩子手里抽出那张单据，看了一眼，上面的顾客信息是 VIA 内部员工编号，姓名是 Neal Chen，金额是 0。

第十三章

朱小纹看着季夏。

季夏笑了一下，抬起目光："这怎么好意思？"

朱小纹以为她是对陈其睿此番的阔绰招待表示不好意思，没料到季夏又继续说："这位弟弟为了我辛辛苦苦，忙了半天，结果一分钱业绩都没做到，这要我怎么好意思？"她转向男孩子："你再去帮我挑些衣服鞋子，好吗？"

二十分钟后，季夏又挑中了一堆衣服和鞋，总价和之前那一单差不多。她伸手按住朱小纹的胳膊，笑着说："好了，这一单你就不必客气了，我也不是一个客气人。"

朱小纹被她坚决的态度按住了。

过了一会儿，等季夏付完款，朱小纹叫男孩子替季夏叫车，又找了店里另外三个员工，把大大小小的购物袋一并送到季夏的车上。

季夏向朱小纹告别，没多停留地离开了门店。

她走后，朱小纹露出笑意。

刚才如果给第一张单子直接打折，那么季夏的实付款额反而会比现在少得多。而把这两单并起来看，则相当于给季夏这趟购物打了个对折，这么划算的事情还能去哪里找？陈其睿用自己的 clothing allowance 做人情，送掉的货叫何亚天立刻补回来就是。不管怎么看，朱小纹和她的店都不亏。

从陈其睿办公室出来后半小时，Vivian 收到朱小纹的微信："老板不愧是老板。"

Vivian 在心底叹气。就连想要借此机会送季夏东西，她老板都能像一台精密的机器一样进行输出，考虑到每个人的性格，平衡好各方的利益。

Vivian 看着都觉得累。

季夏在店里买东西，姜阑没有全程陪同。中途，她接到温艺的电话，说丁硕还在和综艺节目导演组磨徐鞍安请假的事情，过程反反复复，但目前看来，今天晚上徐鞍安从长沙飞北京应该没什么太大风险。两边机场的 VIP 通道、首都机场这边的贴身保镖和用车都已经全部安排妥当，其他也没什么问题需要品牌这边再担心。

说完这事，袁潮带着他的人来了，找姜阑和温艺最后再对一遍明天艺人、时尚博主和媒体方面的安排。一行人就近去丽思卡尔顿的中餐厅，边吃边谈。

等全部谈完，已经快晚上十点。

袁潮叫人买单，然后说那就不打扰你们休息了。温艺和姜阑告别，直接带着刘辛辰上楼回房。

袁潮纳闷，问姜阑："你不回去？"

姜阑说："我住另外的酒店。"

袁潮继续纳闷："还有哪儿比这儿更方便啊？你往哪个方向走？我要是顺路的话捎你过去呗？"

姜阑说："三里屯那边。"

袁潮无法理解："姜阑，我没听错吧？你这是在折腾什么呢？"

姜阑无法解释。

到酒店办完入住，姜阑直接去房间。她看了看手机，快到 11 点了。这边商场闭店时间晚，通常 11 点之后才允许各类品牌活动和新店进场施工搭建。

姜阑很快地喝了点水，梳了梳头发，补了点妆，换上球鞋，吃了一颗薄荷糖。

她拿上手袋和房卡，走出房门。

在酒店的电梯里，姜阑不知道第多少遍打开费鹰的朋友圈，里面仍然只有前两天的那一张照片和一个定位。

她其实不知道他是不是还在北京，也不知道他是不是还在附近。她其实根本不知道自己怎么就做出了这么一个乱七八糟的出差计划。

今天一整天，她好几次都想要发个微信给费鹰，问问他在哪里，问问他想不想见面

THE GLAMOUR

吃个饭。但她不想面对他已经不在北京了或者他说有事,没办法见她的任何一种结果,这简直就和她不愿意面对乳腺结节的穿刺检查结果一样。

姜阑再一次地感到她就像是一个愚蠢的逃兵。

可是逃兵会主动走出酒店,去碰运气找她内心深处想见的人吗?

走出酒店几十米后,一直在胡思乱想的姜阑才迟缓地感到了冷。她刚才离开得太匆忙,居然忘记穿大衣了。

姜阑想回酒店取衣服,但不远处就是 BOLDNESS 的新店。站在这里,她已经能看见那一面巨幅的黑色围挡。她下意识地继续向那边走去,想先过去看一眼,看一眼之后再回酒店取衣服。

十几步之后,姜阑站住了。

她看见有个男人从 BOLDNESS 的新店围挡内推开边门走出来。

她从来都不知道自己的运气有这么好。

这是费鹰今晚第六次走出来溜达。但这一次和之前的五次都不同,他看见了一个在 11 月北京的晚上连外套都不穿就出现在户外的女人。她居然还光着小腿穿着裙子。

费鹰很想皱眉,但当他看清她脚上的那双球鞋后,就再也皱不起眉头了。

他把揣在裤兜里的双手拿出来,看着她朝他走过来。

等到真的见到费鹰,姜阑却不知道该怎么做开场白。她很难解释自己为什么会出现在这里。VIA 在这边没有门店,她不可能是工作路过。现在很晚了,她也不可能是来这边逛街。

姜阑低眼,看见自己呼出的白气。

周围有一些工人搬运物料,路过她身边时纷纷露出好奇的目光。她想,她穿成这样真的很愚蠢,她又变成最初认识他时的那个愚蠢可笑的女人了。

不远处,商场的户外大屏切换着画面,各样的颜色和图案让此地的夜看起来一点都不乏味。另一个方向,有许许多多的年轻男女说笑着走过跑过,空气中洋溢着青春与活力。

费鹰没有主动和她说话。

穿球鞋时,姜阑比他矮一个头。她站在他跟前,需要仰起下巴才能对上他的目光:"你会冷吗?"

男人穿着一件廓形硬朗的厚夹克,低下头,沉默地看她。

姜阑不知道自己为什么要问这么一句话。或许是她自己太冷了,就默认别人也同样的冷。

等了一会儿,她还是没听到费鹰回答她,于是她抬起胳膊,直接牵住他垂在身侧的右手。

这只手就像她记忆中的一样干燥而温暖,摸起来好舒服。

费鹰感到姜阑冰凉的手指在他的右手背上摸了两下,前后不过两秒,然后她松开了他。

他看到她移开目光,听到她轻声说:"我就是确认一下,你冷不冷。我并没有其他意思。"

姜阑无法面对一直沉默的费鹰。她想她最好还是离开这里,离开他,回酒店去洗个热水澡。

她吸了吸鼻子,想要转身。

就在这时,费鹰终于动了动。他抬手,脱下自己身上的夹克,一扬一圈,就把她罩在了里面。然后他弯下腰,把夹克的拉链从底部一路拉到顶端。

姜阑的半张脸都被他关在了衣服里面。

她听男人开口说:"我不冷。"

第十三章

070 　薄荷糖

说完这句话，费鹰领姜阑走进 BOLDNESS 店里。

罩在姜阑身上的男士夹克又宽又大，她一边跟着他，一边低头揪了揪袖管，努力伸出两只手。

新店才刚进场，施工中的状态看上去很乱。

严克在一楼，他对外出回来的费鹰仰了仰下巴，然后目光扫到姜阑身上。女人穿着费鹰的外套，半张露在外面的脸有些眼熟。严克记起她去深圳总部的那一回，笑着揶揄："女朋友来探班？"

费鹰没说是，也没说不是，他给严克介绍："姜阑。"然后他又给姜阑介绍："严克，BOLDNESS 空间设计部负责人。"

姜阑和严克互相打了个礼貌性的招呼。

在严克面前，费鹰没有直接否认和她的恋人关系。这是他的涵养，也是他对她的宽容。他没有让她在别人面前难堪得下不来台。

姜阑想，他的人格还是那么令人心动。

她又胡思乱想，有没有可能，有没有哪怕一点点的可能，他其实也并不想和她真的分开？

但紧接着，姜阑想起那天在车里，费鹰说过的话。

"姜阑，有些话你不要轻易说，因为你一旦说出来，我就会当真。"

"我已经说出来了。"

有些话，的确不是可以轻易说出口的。而一旦被说出来，就不能怪别人当了真。

每每回忆起那一幕，姜阑就对自己异常失望。她对亲密关系的无能，变成了她用来肆意伤害别人的借口。而这个别人，明明是她一点都不忍心伤害的。

陈其睿对她的评价很中肯，她的高自尊心、她对他人的信任机制，让她无法轻易低头、认错和道歉。因为她无法在低头、认错和道歉之后，面对仍然不被原谅与无法和解的结果。

姜阑很清楚她这样的性格是怎么形成的。

这不是她想改，就能轻易改得了的。

费鹰带姜阑上到二楼，找了张凳子，拍掉上面的灰尘，让她坐下。然后他走开，过了一小会儿，提了一只小电暖气回来，接上墙插，放到她跟前。他手里还有一件不知道从哪里找来的干净衣服，他把它搭在她的腿上。

姜阑安静地看着费鹰做这一切。

被电暖气的热风烘着，她感到双眼开始发酸发胀，里面好像有冰碴在融化。她又吸了吸鼻子，抬头看向他。这个男人照顾她的举动，给了她一些错觉，让她以为她还是他的女朋友。

费鹰还站着，他问："还冷吗？"

姜阑点点头。

他又问："哪儿冷？"

她说："嘴冷。"

她又说："我从酒店出来前，吃了一颗薄荷糖。"

费鹰看着这个让他不知道说什么才好的女人。大冬天的户外，不穿外套，光着腿，还吃薄荷糖。她怎么不直接找个冰库钻进去？

THE GLAMOUR

他一个字也没和她说,直接下楼找工头要了个烧水壶,倒了一瓶纯净水进去烧热,然后把壶和一次性纸杯拿上楼。

费鹰说不出自己此刻究竟是什么心情。他很清楚姜阑今晚出现在这里意味着什么。她是为他而来。没人会知道,他在看见她那一刻就想伸出双臂把她抱进怀里。她摸他的手指冰凉又柔软,他真想直接攥住她的手,问她现在后悔了没有?她还想不想继续当他的女朋友?

但这样做有用吗?这能让她不再逃避亲密关系的复杂性吗?

费鹰在楼梯口站定,注视着姜阑的背影。她穿着他的衣服,坐在凳子上,凑近电暖气烘手,看上去很柔软的模样。

但也只是看上去。

姜阑等着费鹰回来,她看见他手里的水壶和杯子,低了低眼:"我不太想喝水。"

费鹰没理会她这句话,径自倒了杯热水,然后把杯子递给她:"薄荷糖还在嘴里吗?"

姜阑点头,伸出舌尖给他看,声音含糊:"还在呢。"

费鹰掏出裤兜里的纸巾,抽出一张,摊在掌心里,伸到她下巴处:"吐出来。喝热水。"

姜阑依言把薄荷糖吐到纸巾上,然后捏住纸杯,小口小口地喝着热水。这个男人对她的好,从始至终没有变过。只不过他现在不再笑了,也不再像从前那么温柔了。

喝下去的热水让她眼中的冰碴融化得更快了。

等热水喝完,姜阑暖和多了。她把两只胳膊叠在一起,一动不动地坐着。像这样在乱七八糟的施工现场烤着电暖气的感觉,竟然让她舍不得离去。

费鹰问:"你住哪儿?"

姜阑说了一个酒店名。

费鹰又问:"晚饭吃了吗?"

姜阑瞅他一眼,她吃了,但她并不想那么快被他送回酒店。她说:"没有。"

费鹰没话说了。

这个女人还能更不好好照顾自己吗?他以前真的是太惯着她了。

他说:"店里有施工队叫的外卖,你能吃吗?"

姜阑点点头。只要是和他在一起,她就没什么不能吃的。

费鹰又下了趟楼。

再回来时,他手里拎着两只塑料袋。他又找了张凳子,放在姜阑旁边,坐下来。他拆开一只袋子,拿出餐盒:"炸灌肠,能吃吗?"

姜阑这回硬着头皮点了点头。

费鹰把装蒜汁的小盒打开,往她面前一放:"蘸着吃吧。"他把一次性筷子掰开,递到她手里。

姜阑不得不开始吃。

过了一会儿,费鹰问:"好吃吗?"

姜阑不吭声。

费鹰看她一眼,伸手把她面前的餐盒拿走:"吃得难受是吗?难受了,不会说?一定要别人主动发现你的难受?"

姜阑把手里的筷子握得紧紧的。

费鹰拆开另一只袋子,把一盒炸酱面换给她:"吃这个,行吗?"

姜阑低下头,用筷子挑起面往嘴里送。她其实吃得很勉强,但她不想让他发现。几分钟后,她听到费鹰说:"这些都是我从小吃的东西,你和我的成长环境不一样,生活经历也不一样,吃不惯、不喜欢,就不要勉强。"

这话简直要把她眼里积攒了多时的水逼出来。

姜阑放下筷子,索性盯住费鹰,看他还要说什么。

费鹰又说:"姜阑,你和我哪儿都不同,你从第一天认识我就知道,我们之间的差异

第十三章

太大,各方面都是,这个你得承认,对吗?"

姜阑没有回答。

费鹰继续问:"差异这么大的两个人,没有矛盾正常吗?"

姜阑还是没有回答。

费鹰没再继续,他今晚要说的话说完了。他没有任何经验性总结,也没有任何大道理,他只讲出了他真实的感受。

姜阑收拾了吃剩的外卖,走到二楼楼梯扶手处,向下看在和严克说话的费鹰。他身上单穿了一件长袖T恤,店里还在施工,场内空调没开。她下意识摸了摸身上外套的领口,下一秒,他的目光就从下面望上来。

他的确和她哪儿都不同。巨大的差异让他们之间产生了难以抗拒的相互吸引力,也正是这巨大的差异,造成了他们之间不可避免的矛盾鸿沟。这是一段亲密关系中切切实实的复杂要素。

它是曾经的费鹰和姜阑没有正面直视过的东西,但在今晚,他把它赤裸裸地扔到她面前,叫她看。

等费鹰再上楼时,姜阑已经都收拾妥当了。

她说:"你还在北京待几天?"

费鹰看着她:"有什么事儿吗?"

姜阑说:"哦,如果你明天刚好有空的话,我想请你来看看我们的活动。我这次来北京的工作就是这场活动的现场管理。你会有兴趣吗?"

对于曾经没有对他完全敞开的她的世界,现在的他还会有兴趣吗?对于全面了解一个和他差异很大的她,现在的他还会有兴趣吗?

费鹰问:"明天几点?"

姜阑心口的石头落了地:"你可以三点到。我把地址发给你。"

费鹰说"好",然后他把问严克临时借的外套穿上,送姜阑步行回她这次下榻的酒店。

两人走出去,夜里的冷风把姜阑的裙摆吹起。

费鹰微不可察地皱了皱眉头。他抬了抬右手,却又按捺住冲动,随即把两只手都揣进裤兜里。

为了取暖,姜阑也把手放进男士夹克的口袋里。过了一会儿,她低下头,从外套口袋里摸出一颗薄荷糖。她把它捏在指间,剥开放进嘴里,然后在风中对他解释:"前面吃了蒜。"

她并没问,为什么他要在外套口袋里放薄荷糖。

一路走进酒店大堂,空调暖意扑面而来。姜阑把外套脱下,递向费鹰。她说:"明天下午三点见。"

费鹰说:"好,晚安。"

姜阑没有立刻松手,她抬起另一只手,把头发拨到耳后,说:"我好像还有点冷。"

费鹰问:"哪儿冷?"

姜阑用手指了指嘴唇:"刚才吃的薄荷糖。"

费鹰无言地看了她几秒。

姜阑被他的目光盯得自觉没趣,于是松开他的外套,说:"那晚安。"说完,她转身离开。

费鹰并没有挽留她,也转身离开。

走出酒店,费鹰的右手从裤兜里摸出来半颗被纸巾包住的薄荷糖。糖汁和纸巾已经黏在一起,他想起她今晚有点软、有点乖、有点依赖的样子。

这样的姜阑,让他比以前任何时候都更加无法抗拒。

THE GLAMOUR

071 沸

姜阑变得越来越不像姜阑了。

最初的她能多直接，现在的她就能多拧巴。

在酒店等电梯时，姜阑觉得她真的是得寸进尺。

她把费鹰狠狠甩了，但她还期待他能够继续给予回应。而他每次给她一点回应，她就不自觉地想要索取更多。他在车里帮她拨了拨头发，她再见他时就想要摸摸他的手，他脱外套给她披，她就特别想要亲亲他。她从来没有像现在这样渴望过触碰他的身体。

这种渴望不同于性欲。她根本没有想要睡他的念头，只是想要一直靠近他。

电梯门打开，姜阑走进去。

费鹰答应明天去活动现场看她。他还在继续给她回应，那她就无法预测自己明天会不会冒出更加得寸进尺的念头。

和费鹰分手是个错误吗？这个问题的答案，姜阑心中很清楚。

当矛盾发生时，她的注意力全部聚焦在冲突上，矛盾让她退缩和逃避，她用自己的无能当作庇护所，以为转身撤退就可以远离进一步的伤害。但当所有负面而激烈的情绪从峰值回落，随着时间的流逝，她才逐渐意识到她亲手抛弃的是怎样的一段感情、怎样的一个男人。

分手后每一次再见费鹰，姜阑的感情和理智都在清楚明白地告诉她：她不想失去他。

无能是弱者的宣言。姜阑可以软弱，但不希望自己一直软弱下去。在面对感情和亲密关系这件事上，她已经无能软弱了三十二年，她难道要这样继续无能软弱一辈子？除了她自己，没有任何人有义务帮她。

在工作中，所有不会的东西，她都可以学习，所有欠缺的能力，她都可以培养，所有未知的挑战，她都可以直面。为什么在感情中，她就要放任自己这样无能、软弱、逃避？

陈其睿说她的信任机制需要被调整。费鹰说他和她之间的矛盾源于差异。

姜阑想要给费鹰100分的信任，还想要正视她和费鹰之间的差异。

学习能力和自我修正速度决定了一个人的人生上限。工作是这样，生活是这样，感情更应该是这样。

对于姜阑，从来都不应该有什么真正的"无能"，只有一件事是否足够"值得"，以及她是否发自内心地"愿意"。

电梯抵达，门缓缓打开。

姜阑走出电梯，右转。酒店住房走廊的通道昏暗狭长，脚下的地毯很软，这个环境像极了她眼下的困境。

如何追求一个男人，是姜阑三十二年中从未思考过的问题。如何追求并挽回前男友，更是姜阑此前根本不可能预测到的假设性难题。

刷卡进房间，姜阑觉得她应该为这道超纲的难题寻求外援。她短暂思索，脑中只能想到童吟。

她从包里掏出两只手机。这两只手机被她静音了两个小时，现在她终于恢复了正常有序的情绪，把两只手机分别解锁。

姜阑习惯性地先看了一眼工作手机。这一眼，就让她再也顾不上找外援请教如何追求男人的事情了。

姜阑的工作手机有二十几个未接电话和几百条未读微信消息。

第十三章

未接电话分别来自丁硕、温艺、奔明的小窦。未读微信则来自很多人和很多群。

姜阑没回拨电话，先打开微信，飞快地扫视，其中有非常无关紧要的消息，譬如Petro说他已经顺利抵达北京，在酒店办好入住了。也有常规的重要通知，譬如Vivian发来的文件。陈其睿明天将作为VIA品牌方高层在活动现场露面，并且还将在北京接受两家时尚商业媒体的深度采访。这些事情此前姜阑都已安排妥当，Vivian把最终版本的itinerary发给了姜阑。陈其睿到京出差从不过夜，明天也会当天返沪。

还有一个十万火急的突发舆情危机：徐鞍安又上热搜了。

这次的事件不同于过往。

今晚综艺录制结束，徐鞍安下班，按计划是直接坐车去机场，搭最后一班飞机飞来北京。但她下班的照片和视频被她的个站在微博上放出来之后，立刻吸引了大量的关注度。

照片上，徐鞍安对着镜头敞开她的外套，里面穿了一件印着"乳房是什么"的T恤。T恤的胸口还被她剪出两个洞，露出里面荧光色的内搭运动内衣。

视频里，徐鞍安笑嘻嘻地对等她下班的粉丝们挥挥手，在贴身保镖的护送下步履轻快地走过去，上了车。她的笑容里有一种小孩子心愿达成的得意扬扬。

视频还有原音版本的。在那个版本里，画面外的粉丝在高声尖叫，大喊着徐鞍安的名字，赞美她今天这件T恤实在是很酷，徐鞍安边走边回应粉丝："我也觉得这件T恤很cool，所以一拿到手就穿出来啦！我这是在模仿我很喜欢的一位女DJ哦！她的乳房很漂亮！"

这条热搜的词条是"徐鞍安 破洞上衣"，点击进去，里面是满屏的营销号在搬运各种物料，徐鞍安穿着"乳房是什么"破洞T恤的照片和视频满天飞。

往下拉过营销号的部分，可以毫不意外地看到徐鞍安的粉黑大战，在这半夜时分，战况轰轰烈烈并且愈演愈烈。

在这场大战中，零星夹杂着一些关于徐鞍安身上这件T恤的扫盲科普：这是一个叫作BOLDNESS的本土街头品牌上个月刚刚发售的"女人是什么"系列其中的一件。

在VIA公关舆情相关的微信群里，所有人都快要疯了。

姜阑手指不停地划动手机屏幕，把所有的信息读完，然后切回未接电话列表。

这时候，丁硕的电话再次打进来，姜阑直接按下接听。

航班晚点，丁硕和徐鞍安现在还滞留在长沙黄花，没飞。这趟航班晚点给丁硕提供了监测和处理这场突发事件的时间余地。

如果此时下跪有用，丁硕恨不得直接拍一条下跪道歉的视频发给品牌方。他在管理徐鞍安这项工作上堪称无能，今晚他眼睁睁地看着徐鞍安又"别出心裁"地闹出一场风波，甚至连徐鞍安是通过什么途径收到这件衣服、又是什么时候偷偷穿在外套里面的都破不了案。

现在的小孩子主意和本事都太大了，丁硕防不胜防，头痛欲裂。

徐鞍安的叛逆行为对她的商业价值有肉眼可见的负面影响。像VIA这样的传统奢侈品牌，不可能接受自家的品牌形象被这样一位代言人所连累。更别说徐鞍安明天还要出席有VIA品牌高层在场的商业活动，丁硕必须要迅速压下这次事件的热度，也要妥善安抚品牌方的情绪。

丁硕在电话里一连串地道歉，然后说："阑姐，这次的事真是我们对不住，后续的赔偿资源我会让人连夜做方案。"

姜阑说："赔偿先放放。你这边有什么计划？"

丁硕说："我们已经在用一切手段压热度。但是现在圈子里的情况你也很清楚，有太多人见不得安安好了。明天下午就是活动，时间太紧张，我们实在是很难。这个客观情况需要你这边的理解啊。"

姜阑沉默着。

THE GLAMOUR

　　丁硕又说："阑姐,事情紧急,我这边也不藏着掖着,有些话我就直接说了啊。VIA 自从签下安安,和她相关的舆情你们一直在用舆情公司做监测管控,这些手段我们太熟了,早就看出来了。针对这次事件,我想建议咱们两边一起做主动传播,把负面热度迅速控制住,争取在明天上午全部压下来。阑姐你看怎么样,愿不愿意支持配合一下?"

　　如果不是实在太难了,艺人方绝不可能对品牌方提出这样的请求。

　　姜阑说："给我一点时间。我考虑后回电给你。"

　　挂了丁硕的电话,姜阑重新打开微博,热搜下面已经沸反盈天。徐鞍安在照片和视频里的笑容非常灿烂,非常明媚。

　　姜阑记得徐鞍安在纽约片场塞给她的那只耳机和 Quashy 的那首歌。这个女孩子对街头文化和 Hiphop 有着高度热爱,她这次会模仿 DJ ZT 剪破"乳房是什么"穿上身,在姜阑看来不是意外。

　　这次事件让姜阑作为时尚行业从业者感到了一丝讽刺。像 VIA 这样的传统奢侈品牌绞尽脑汁想要获取年轻客群,于是签下头部当红明星以助力品牌的年轻化转型,寄望于通过这样的营销手段让品牌形象变得更加贴合当下年轻人向往的酷。

　　殊不知这些年轻明星们也有自己的偶像,他们的偶像也很酷,酷到只穿那些从来不靠当红明星代言背书的品牌。

　　姜阑先给温艺和 Ken 回了微信,表示已经了解了目前的情况,丁硕也和她取得了联系,她会考虑丁硕的请求。

　　Ken 秒速回复："还考虑什么啊我的姐,迅速让奔明一起帮忙压热度吧!"

　　姜阑没回 Ken。

　　她从联系人里找出小窦,之前有五个来自对方的未接电话。她回拨过去,那边很快就接了。

　　奔明的团队对目前的情况了如指掌,但丁硕不知道,温艺和 Ken 也不知道,奔明目前的这支团队除了在服务 VIA 之外,也在做姜阑的私单。

　　小窦在电话里询问姜阑的意见："徐鞍安这次事件对于 BOLDNESS 来说是个非常好的出圈机会,阑总你这边怎么看呢?我们要不要借此机会扩散这次事件?帮 BOLDNESS 的'女人是什么'进一步扩大潮流街头圈外的大众热度?像这样的机会真的是很难得呢。"

　　姜阑沉默着。

　　在今夜之前,她没想过之前的决定会让自己陷入这样的两难境地。作为 VIA 品牌方的 MarComm 负责人,她的职业操守让她无法同意小窦的提议。作为喜欢着费鹰的女人,她的情感非常想帮助他进一步实现他和 BOLDNESS 团队的理想。

　　最后姜阑说："给我一点时间。我考虑后回电给你。"

　　再次结束通话后,姜阑放下工作手机。她站着想了一会儿,走去迷你吧里取出一瓶冰水,走回来,然后拿起桌上的私人手机。

　　里面有一条来自费鹰的未读新消息。

　　F:"别喝冰水。洗个热水澡,早点睡觉。"

072 　她

　　姜阑放下手里的那瓶冰水,回复费鹰："好。"

　　很快地,费鹰又发来一条。

　　F:"怎么还没睡?"

第十三章

姜阑回答得很简单:"有点忙。"

她不是不愿意告诉费鹰她在忙什么,她只是在没做好决定之前,不认为让费鹰知道后会对目前的状况有任何帮助。

放下手机,姜阑先去快速卸妆洗澡。在被热水冲刷身体的过程中,姜阑反反复复地权衡。没有任何决定是完美的,而她必须要做出一个决定。

吹干头发后,姜阑拿起手机,回电给奔明。

她对小窦说:"你们内部有多余资源吗?可以组另外一支两到三人的小团队,专门负责做我的私单吗?人员架构和目前服务 VIA 的团队完全剥离。"

小窦的态度有些犹豫:"这样的话,费用会很高。"

姜阑问:"有多高?"

小窦报了个价。

姜阑说:"先这样安排下去,我周一转账给你们可以吗?"她需要赎出几笔短期理财来做支付。

小窦回答:"行,没问题。"

姜阑说:"徐鞍安这次事件,我只看和 VIA 相关的内容,我这边需要你们目前的团队协助艺人方一起做主动传播,快速压负面热度。关于要如何利用徐鞍安事件帮助 BOLDNESS 做扩圈传播,由你们新的团队直接决定和实施,我就不过问了。"

小窦完全听明白了,表示会立刻安排。

此刻的姜阑不得不感慨,这家舆情公司真的是太职业了。

第二天,姜阑从早晨起床后一直忙碌到了下午。

先是徐鞍安的街拍。

因为航班晚点,丁硕和徐鞍安凌晨三点半才落地首都机场。到酒店入住已经凌晨五点,这直接打乱了原定的拍摄计划。

早晨九点,徐鞍安终于起床。

姜阑派 Petro 去徐鞍安住的套房安抚小朋友的起床气,陪她一边吃早餐一边做头发。

Petro 质问她,Lan,我对你而言就仅仅是这样的用处吗?

姜阑说,你是看不起 Ann 吗?

Petro 立刻否认,又问,Lan,我听说你这次自己掏钱去住其他酒店,我很好奇这是为什么?

姜阑没回答,她说,下午 YN 会来活动现场。

Petro 眼前一亮,说,真的吗?他也在北京?你邀请的?

姜阑说,是的,为了你。

Petro 说,这绝不可能,我知道你在骗我,但这并不会影响我愉悦的心情。

姜阑把他送到电梯口,嘱咐他,一定要确保徐鞍安在规定时间内吃完早饭、做完妆发。

中午十二点半,徐鞍街拍完成。总共五张片,丁硕立刻让他这边的修图师处理图片。

Petro 喜欢 judge 亚洲人对女性的审美,他对丁硕表示,为什么一定要把 Ann 的脸和腿修成那样?真的有必要吗? Ann 原本的样子不是更真实更可爱吗?

丁硕很心累。

他一个晚上都没怎么睡觉,一直在处理徐鞍安这位祖宗捅出的娄子。姜阑安排 VIA 这边的舆情公司一起压热度,但是效果有限。而且从今天早晨开始,徐鞍安上身的那个品牌居然也开始借势炒作。丁硕从来不知道一个国内本土的小牌子还能有这种本事。别人可能看不出端倪,但是他怎么可能看不出来?在这种关键的时刻,丁硕不能容忍这种品牌来蹭热度和坏他的事。

所以丁硕没工夫应对 Petro,有点破罐子破摔地对修图师说,就听这个老外的,他要你怎么修就怎么修。

徐鞍安昨天连"乳房是什么"都穿了，几张街拍图他还有什么可再坚守阵地的？

下午一点半，陈其睿到了。

他的媒体采访被安排在同酒店的套房内。两家时尚商业媒体先后进去，各用半小时。

这是 VIA 在 9 月纽约大秀之后，第一次有国家地区级的品牌一把手接受外部媒体采访。陈其睿的回答提纲之前经过 Erika 多次审阅，才被允许给到中国媒体方。在今天的早些时候，Erika 还特地发来邮件嘱咐姜阑，要她确保 Neal 不会"现场发挥"。

姜阑知道 Erika 怕陈其睿在面对媒体时"语出惊人"，发表一些他曾经在集团内部会议上讲过的相似言论。

她在套房内全程跟完两场媒体采访。其实 Erika 的担心是多余的，陈其睿绝不会在这种事情上给自己找麻烦。他的精力、时间、脑筋，不会浪费在这些地方。

采访结束后，姜阑叫人送咖啡进来。

陈其睿坐在窗边，一边喝咖啡，一边问："徐鞍安的事情是什么情况？"

姜阑言简意赅地汇报了一下。

她不知道陈其睿是否能真正理解现在的年轻人和他们喜爱的街头文化，也不知道陈其睿会怎么给徐鞍安事件下结论。如果徐鞍安因此丢了 VIA 的品牌代言，丁硕可能会有跳楼的心。

陈其睿听后，问："姜阑，你怎么看？"

姜阑说："当初签徐鞍安的时候，我们就都知道这种风险的不可规避性。我们不可能既要流量艺人的热度，又不愿意承担他们可能会带来的舆情风险。"

陈其睿又问："你现在是怎么处理的？"

姜阑说："先压热度，再要赔偿。"

陈其睿说："压热度？有必要压热度？"

姜阑看着她老板，没料到他会是这个反馈。

陈其睿对上她迟疑的目光："小孩子穿件衣裳玩，不涉及任何原则性问题，这种热度，有必要压？"

姜阑说："我知道了。"

这种结论，只有陈其睿能下，姜阑不能下。这种话，也只有陈其睿能讲，姜阑不能讲。

陈其睿又说："这话你不必讲给她经纪人听。你叫他把明年的代言费降三分之一。现阶段代言期再加些重要权益，具体的你看着办。"

姜阑转身离开套房。

要想让丁硕割肉割到这个地步，非但不能压热度，还得把现有的热度继续往上炒。陈其睿的立场表达得很明确，姜阑之前的担心完全都是多余的。她想到彻夜不眠的丁硕，又想到她即将要对丁硕进行的"背叛"，不禁感到自己的"单纯"。在这些方面，她永远都追不上她的这位老板。

在告知奔明新的需求后，姜阑看了看时间，2:48 了。

她离开酒店，走去商场。

姜阑在商场一楼的 VIA 店内待了一小会儿，频频查看手机。

3:00 整，费鹰打来电话。

姜阑很快接起。

他说："我到了。去哪儿找你？"

姜阑说："你在哪里？我去找你。"

费鹰在那头稍稍顿了下，然后才回答了她。

姜阑走出 VIA 门店，男人就站在这间店的斜对面。她走向他，在他跟前站定，抬手拨了拨本来就在耳朵后面的头发："Hi。"

费鹰双手揣在裤兜里："Hi。"

第十三章

姜阑说:"活动五点开始,我先带你去我们工作人员的休息室,好吗?"
费鹰说:"好。"

商场楼上给徐鞍安辟了一间临时妆发室,在这间休息室隔壁,又给VIA品牌方的人留出了一小间休息室。
姜阑领着费鹰上楼,七拐八绕地走进小休息室。
郑茉莉正在休息室里面补妆,她看见姜阑,打了个招呼:"你来啦。你们老板采访的事情都忙好了?"
姜阑说:"忙好了。"
郑茉莉的目光扫到费鹰身上。
姜阑先给费鹰介绍:"这是负责我们这场活动的活动公司老板,郑茉莉。"说完,她又补充,"也是之前给FMAK搭展的那家活动公司。"
费鹰向郑茉莉很简单地自我介绍:"费鹰,郭望腾的朋友。"
郑茉莉了然,伸出手:"你好,你好。世界真小啊。"
费鹰回握。
他连是她的朋友都不说,这让姜阑再次感到要把前男友追回来的确是一件难于登天的事。

没多久,郑茉莉就走了。她要下去再和张格飞和陈亭看一遍徐鞍安到场动线的安保准备情况。
费鹰在休息室里坐下。昨夜过后,他想,或许他应该找个合适的机会,和她开诚布公地谈一谈。他无法抗拒她的某些状态,那对他而言过于诱惑,他需要在向她缴械之前先行解决掉和她之间的问题。
费鹰抬起头,看向姜阑,她没发觉他的目光,不知道正在琢磨些什么。
两分钟后,姜阑问:"你想喝点什么吗?"
费鹰说:"不用。"
姜阑走过来,隔着一张椅子的距离坐在他右手边,又问:"那,你想吃点什么吗?"
费鹰仍然说:"不用。"
姜阑说:"哦。"
她低下头。昨晚到今天实在太忙了,她根本没空找童吟咨询。必要性的准备没做好,此刻的她寸步难行。
又过了一会儿,姜阑问:"像这样坐在这里,你会觉得无聊吗?"
费鹰答:"不会。"他又说,"你忙你的。我坐一会儿,等会儿下去看你们的活动。"
姜阑点点头。她握着手机,问他:"你昨晚几点睡的?"
BOLDNESS新店进场,那家业主要求品牌压缩工期的做派她也有所耳闻,以费鹰不肯轻易妥协的性格,她可以预料到这家新店的装修进程会有多么辛苦。他人既然在北京,就一定会在一线亲自掌控前期进度。
果然,费鹰说:"4:00不到。"
姜阑的目光落在他脸上,他确实看起来有些疲累,应该是连续熬了几夜的结果。她有些后悔今天叫他跑这一趟,于是她说:"那你在这里睡一下,好吗?我先下去忙别的事,等活动开始前再叫你。"
费鹰看了她半天。姜阑的目光里有很真切的关心,似乎还带了点心疼。他不能确定,也不想过多琢磨。
他点了点头。

4:30,徐鞍安乘商场安排的VIP电梯,抵达临时休息室。十二个贴身保镖在外守着,丁硕叫化妆师进去给徐鞍安补妆,他到隔壁没人的房间打电话。

THE GLAMOUR

商场内从一楼到三楼，所有公共空间已经被粉丝占得水泄不通。VIA 之前公安报批时被要求为活动安排四百个专业安保，现在看来还不够。商场物业不得不临时去调他们这边的保安队。

毕竟谁都没想到徐鞍安能够在活动前一夜将自身的热度一举闹到这个新高度。

丁硕更是没想到，在他请求姜阑帮忙一起压热度之后，这次事件的热度居然有增无减。

在短暂的无法理解之后，丁硕锁定了 BOLDNESS。他认为一定是这个小牌子为了蹭热度，在利用徐鞍安大肆炒作，才导致了现在这样的局面。丁硕在圈子里这么多年，人脉不浅，他给多个朋友去了电话，要求他们帮忙看看眼下的情况，到底是哪家公司在帮这个叫 BOLDNESS 的牌子办事。

打这种电话，丁硕不能让徐鞍安听见。小女孩的叛逆体现在各个方面，她向来厌恶丁硕用这些手段来操作大众观感。用她的话来说，这样太不 real 了。

Real？什么才是 real？今天在这个圈子里，谁和你讲 real？

丁硕只需要徐鞍安听话，但她连听话都做不到，还有什么资格跟他讲什么 real 不 real 的。

一个朋友给丁硕回了个电话，问他具体情况。

丁硕和对方聊了两句，然后狠狠发泄了一顿情绪："我就烦这些不三不四没品的国内牌子，一天天的就知道各种蹭，蹭完这一波又能怎么样？谁能记得他们叫什么？你说什么？哦，我管它是哪个圈子里的，你问问你周围的人，有谁听过？什么破烂货！叫 BOLDNESS 是吧？你别问我到底想干吗，我气不顺！徐鞍安这个小丫头什么时候让我省过心了？你还问？你到底看没看网上那些照片和视频？你看见她穿那衣服上面写了什么吗？'乳房是什么'，写这种东西的牌子能是什么正经牌子？你见过像这样炒作蹭热度的正经牌子吗？"

房间角落沙发处有人动了动。

丁硕余光扫到，一愣，这才发现这间屋子里也有人。那是个男人，穿了一身深灰色的卫衣长裤和球鞋，脑袋上的棒球帽檐压得很低，似乎在睡觉。男人身上没有任何明显的 logo，应该就是个普普通通的工作人员，临时在这里休息一下。

看清后，丁硕皱了皱眉，立刻拿着手机走出去了。

费鹰被男人打电话的声音吵醒。他闭着眼等了几分钟，听到人走后，才睁开眼。他抬手捏了捏眉心，然后从裤兜里摸出手机，打开微博。

几分钟后，费鹰关掉微博界面，给孙术打电话。

孙术接起电话："什么事？双十一期间忙，你说快点。"

费鹰问："你找水军了吗？"

孙术一头雾水："什么？水军？我？我找水军？"

费鹰说："你这两天看微博了吗？"

孙术说："双十一前后！谁能有空？"

费鹰说："行，没事儿了。"

孙术阻止了他挂电话："到底怎么回事？有人说咱们买水军了吗？这绝对不可能啊，咱们里里外外的这些人，谁有水军资源？谁有这能耐操控舆情？谁还做好事不爱留名啊？"

费鹰说："嗯。"

挂了电话，费鹰重新打开微博，浏览了一些讲 BOLDNESS "女人是什么" 这个系列相关的内容。他看到了徐鞍安的照片和视频，以及针对徐鞍安和她上身品牌的赞美和攻击。然后他又想了想刚才孙术的话，谁有水军资源，谁有这能耐操控舆情，谁还做好事不爱留名。

第十三章

孙术想不出来,但是费鹰能想不出来吗?

活动还有二十分钟正式开始,姜阑站在商场一楼中庭,拿着手机正准备给费鹰发微信。她听到有人叫她:"姜阑。"

姜阑抬起头,费鹰站在两步之外。

他看着她:"等活动结束,你想吃什么,我带你去吃,好吗?"

073 刷 新

姜阑走近一步,对费鹰说:"好。"

活动现场千头万绪,接下来的1小时20分钟之内还有不少事需要她盯,所以她又说:"我等一下会很忙,我找个人照顾你,好吗?"

费鹰没正面回答。

他一个大男人,不需要被照顾。但这是姜阑的地盘,她觉得他需要被照顾,那么他就让她照顾。

姜阑很快落实了一个最佳人选。她把费鹰带到 Petro 面前,嘱咐 Petro 把人照顾好。这是 Petro 这趟来北京从姜阑这里接到的最棒的任务,他承诺说,这绝对没问题。

姜阑很放心,转身去忙了。走了几步后,她又折返回来,对费鹰补了一句:"我一忙完就过来找你。"

费鹰点头:"你忙你的。"

等姜阑离开,Petro 对费鹰感慨,Lan 在工作中的状态很 bossy(专横),你不觉得吗?

费鹰没答,他看了一会儿姜阑的背影,然后收回目光。

Petro 打量着费鹰的神色,有点意味深长地说,但她也很有魅力,不是吗?

费鹰仍然没回答。

商场中庭区域被黑底反白 logo 的铁马牢牢地围起来,中后方是 VIA 这次的 pop-up store,正前方是媒体区,侧边 45 度角有一小块 VIP 区,最外围是密不透风的专业安保。

Petro 给了费鹰一只 VIP 手环,然后带他走入活动区域。

从品牌层面来看,这是一场不算大的活动。但在商业层面而言,这是一场必须要让在场的所有人都感受到其重要性的活动。

刘辛辰和 NNOD 的人在做媒体签到。签到台的抽屉里放着一沓一沓的媒体红包,她在心里算着媒体的出席率,每隔五分钟就在微信群里报一声。虽说活动五点整开始,但也需要等到所有重要媒体都到场才行。这种放在双休日的商业活动对媒体老师们来说又何尝不是加班,都是打工人,谁不想在周末多休息休息?徐鞍安昨晚闹了一场,今天从清晨起各家媒体就陆陆续续地向 NNOD 更新群访环节的问题,焦点大多在徐鞍安此番行为的初衷和态度。刘辛辰被安排协同处理这些事情,NNOD 负责婉拒媒体方,她负责和徐鞍安的内容宣传工作人员对接,为此,她连午饭也没顾上吃。

忙碌中,刘辛辰看见 Petro 带着一个男人路过媒体签到台。那个男人很眼生,不像媒体,也不像任何时尚博主,更不像商业合作伙伴,他的穿着风格和长相气质让刘辛辰不由得多看了两眼。热衷潮流文化的刘辛辰认出了男人身上的那件卫衣,它是 BOLDNESS 上海概念店开业限定系列之一,品牌 logo 和上海字样在左袖内侧。她都不知道这个牌子现在已经火到了这个地步,除了昨晚的徐鞍安,今天的活动现场居然也有人在穿。

THE GLAMOUR

但刘辛辰没时间多走神，很快有一家重要媒体到场。她看看时间，在工作群里发出通知：媒体出席率85%，所有重要媒体都已到场。

同一时间，温艺上楼去艺人休息室找丁硕。她对门口的保镖出示工作牌，推门进去。时间差不多了，她来检查徐鞍安的整体造型和妆容，等被cue（提示）之后就带人下去。

休息室里，徐鞍安正在见缝插针地拍抖音短视频，这是她的公司给她安排的任务。小朋友每个月也有自己的内容KPI要完成，没人管她乐不乐意。她对着镜子瞥了一眼温艺，没什么表情地别开头。

温艺双手抱胸，目光将徐鞍安从头扫到脚。OK，没什么问题。她又转身去找丁硕。

丁硕在沙发上跷着腿坐着，一脸不耐烦。

他正在和团队里负责粉丝运营的同事沟通，那边从昨晚开始就在向徐鞍安的各大后援会同步目前最新的公司动作和需要后援会配合的两件事情：一是从今天中午开始集中粉丝力量，在微博上刷#徐鞍安VIA全球品牌代言人#和#徐鞍安VIA北京活动#这两个话题，尽可能确保VIA活动的这段时间内微博的实时搜索结果都是和品牌相关的内容，徐鞍安今天上午新鲜出炉的街拍照已经发给了后援会的负责人；二是号召今天在北京活动现场的粉丝尽所能地去VIA店内购物，然后以粉丝身份在微博上同步晒单，贴出带有日期、金额的购物单据并@品牌官微。

丁硕迫切地需要通过这些手段来扫除徐鞍安昨晚热搜的负面影响，并向VIA品牌方展示徐鞍安的商业带货能力。他对粉丝运营那边下了高要求，他不管后援会用什么办法，今天的粉丝购买金额必须要达到某个数字。运营的同学听了后很犹豫，VIA不是寻常品牌，购买门槛不低，但是丁硕不为所动。粉丝不为偶像花钱那还叫粉丝吗？在这种关键时刻，不靠粉丝的真金白银来捍卫偶像在品牌方的地位，还能靠什么？

回完微信，丁硕立刻起身招呼温艺。他满脸堆笑地说："楼下准备得怎么样了？安安这边随时都可以下去。你们大老板到了吗？需不需要我先去打个招呼？"

温艺简单地说："等cue吧。"

她不知道丁硕的脑子是怎么长的，陈其睿是他想见就能随随便便见到的人吗？

姜阑一边往VIA门店走，一边看微信群里的汇报。媒体这边都准备妥当了，楼上的小朋友也准备妥当了，现在就等陈其睿从酒店过来。

唐灵章截了一些微博实时品牌词搜索的结果页面发过来，里面有不少粉丝晒单。徐鞍安的年轻粉丝群现场购买力有限，买成衣的几乎没有，成交的多是入门级的小皮件和配饰。不过只要购物人数足够多，那么单价低点也无所谓。

进店后，朱小纹春风满面地迎上来，她告诉姜阑，到目前为止，今天活动的业绩目标已经完成了180%。朱小纹完全不关心也不在乎徐鞍安的舆论情况，她今天眼里只有客流量和销售额。目前的短期结果让朱小纹十分满意，她相信老板也会满意。

180%的达成率是怎么做到的，姜阑心中有数。这是徐鞍安粉丝们疯狂撒钱的结果。她按照陈其睿的授意，把徐鞍安事件的热度持续上炒，一边计划大幅度砍艺人明年的代言费，一边坐收艺人粉丝的业绩贡献。

商人逐利是普世真理。陈其睿则用他极其鲜明的个人风格将这条普世真理进行了完美的诠释。

4点55分，陈其睿到店。

姜阑引他走到店内VIP区暂作休息，同时向他汇报了目前的最新情况。陈其睿听后颔首，没提问题。

VIA门店目前已是闭店状态，五分钟前刚刚完成清场，为了一会儿徐鞍安逛店环节做出准备。

陈其睿走到店里尽头的沙发处，停下脚步。沙发上已经坐着一个人。

姜阑在一侧解释道："Alicia今天过来捧场。中庭那边人太多太吵，她不高兴去，这

第十三章

种明星商业站台的现场对她而言也没什么好看的，所以我请她在店里休息。"

说完，姜阑看了看陈其睿的脸色。

陈其睿的表情没有变化。他走上前，解开外套纽扣，在沙发的这一头坐下。

季夏闻声抬头，她看看姜阑，又看向陈其睿。她没有起身，向后靠上沙发软垫，隔着两个人的距离对他打了个招呼："Hi，Neal。"

陈其睿开口："Alicia。"

季夏垂眼，继续看手机。

陈其睿则对姜阑说："你去忙。"

活动还有几分钟开始，姜阑很快就要请陈其睿去中庭，她没什么需要"去忙"的事情。但老板叫她走，她只能先到店里靠外的区域等着。

五点整，张格飞在对讲机里说现场一切准备就绪。为防万一，她又叫陈亭跑了一趟门店，确认姜阑已知悉。

陈亭到门店时，姜阑已经通知温艺带徐鞍安下楼。刘辛辰和 NNOD 同步通知所有在场媒体。

5 点 5 分，徐鞍安在丁硕和温艺的双重陪同下，乘专属电梯抵达商场一楼。四名贴身保镖在前开道，八名贴身保镖将她包围，沿着从电梯到中庭的这条被近百名专业安保维持秩序的通道，快速通过。

楼上楼下粉丝们的呼喊声震耳欲聋。

姜阑走回店内 VIP 区，对陈其睿说："老板，徐鞍安到了。"

陈其睿颇为配合地站起身，系上外套纽扣，迈步向店外走去。

姜阑转身之前，看了一眼沙发那边。季夏还是坐在原处，除了她面前的气泡水少了一些，没有任何异样。

5 点 10 分，陈其睿抵达中庭活动现场。他做了简短致辞，和徐鞍安完成合影后离开。

5 点 25 分，媒体群访环节完成。

5 点 35 分，徐鞍安单人在 pop-up store 内拍摄公关照环节完成。

5 点 40 分，徐鞍安到 VIA 门店。三家头部时尚数字媒体在店内分别为徐鞍安拍摄短视频，内容话题从时尚穿搭到星座再到她近期的健康饮食。

5 点 55 分，徐鞍安离开 VIA 门店。

6 点整，VIA 重新对外开店。

6 点之后，NNOD 的团队带着几十个北京当地的时尚博主和网红，来 VIA pop-up store 打卡拍照发文。活动现场图在迅速地修，修完之后会和之前拟定的公关稿一起发给今天到场和没到场的所有媒体，NNOD 会跟进媒体方连夜出稿。

这些事情很常规也很流水，姜阑不用继续亲自盯，她交给温艺和刘辛辰继续负责。

她在现场转了两圈，终于在人群中找到了 Petro 和费鹰。

两个男人看见她，表情各有不同。

Petro 笑得颇有深意，他说，Lan，我这次帮你照顾了 YN，以后你得还我这个人情。

姜阑说，OK，没问题。她示意 Petro 可以走了。

然后她很迅速地转头看向费鹰。男人的表情和状态与活动前并没有什么差别。他双手插兜，等她继续安排。

姜阑靠近他一点，声音轻下来："我们这种活动，是不是很无聊？"

费鹰说："还好。"

姜阑不确定他说的"还好"究竟是什么意思，她过去从没这样深入思考过他说的每一个字。她又说："那你再等我一下，我还有一点事情收尾，然后我们就去吃晚饭，好吗？"

费鹰说："好。你想好要吃什么了吗？"

姜阑根本没有时间细想这个问题。她看着男人的脸，下意识地说："你可以带我吃点家常菜吗？"她又继续补充，"就像我们第一次约会时那样。"

027

THE GLAMOUR

　　姜阑很快走回店内，环顾一圈，没有看到陈其睿。随后她找到朱小纹，被告知老板已经先行离去。姜阑又问，那位季总呢？朱小纹说，好像也走了，说是要赶飞机。

　　姜阑给 Vivian 发了条微信，得到回复说陈其睿确实已经动身去机场了。陈其睿的行程很紧凑，他没浪费时间找姜阑，证明这场活动的实施和执行无功无过。

　　姜阑谢过朱小纹，一边走出店外，一边给丁硕拨去电话，想要感谢他和徐鞍安这次对品牌方的配合。

　　费鹰站在原地等姜阑给工作收尾。

　　今天的这几个小时，让他对姜阑的认知又刷新了一层。从休息室里的那个电话，到傍晚的这场活动，他身临其境地体验了一番她的日常是什么样的。这样的细致度和商业化，不是他依靠想象就可以真正理解的。而这样的细致度和商业化，却足以支撑她的某些决策和行为在她的立场上的合理性。

　　这个话题，费鹰没有在此刻做过多思考。他捏着手机，琢磨了一会儿姜阑想吃的晚饭，然后给杨南打了个电话。

　　电话接通，杨南在那头说："什么事儿？"

　　费鹰问："哦，你媳妇儿今天晚上做什么饭？"

　　杨南莫名其妙："我媳妇儿做什么饭，和你有什么关系？你人在哪儿呢？北京吗？"

　　费鹰直截了当："我带人上你家蹭个饭行吗？"

　　周六晚，正是 746HW 要做生意的好时候，店里正在做营业前的准备。王涉待在办公室里，手机在桌上振了振。

　　他拿起来，那个四人群里，有新消息。

　　杨南："费鹰到北京，要带人上我家来蹭吃蹭喝，还问我媳妇儿今天晚上做什么饭。我媳妇儿为了这事儿现在正包饺子呢。就问你们服不服？"

　　郭望腾："哈哈哈哈哈，真的假的？他行不行了啊？"

　　孙术："我忙双十一忙得焦头烂额的，他在干什么呢！"

　　王涉："呵呵。在上海让我做饭，在北京让老杨媳妇做饭。这是真男人干出来的事吗？"

074　外套

　　姜阑打过去电话，询问丁硕什么时候出发去机场，然后直接上楼去休息室找他。

　　徐鞍安刚在休息室里换完衣服和鞋，正在对着镜子梳头发。丁硕叫化妆师和其他随行工作人员都出去，上前招呼姜阑："阑姐，今天活动效果怎么样？"

　　VIA 的活动虽然告一段落，但徐鞍安的粉丝在商场内不可能一下子散去，许多年轻女孩子纷纷跑去商场的化妆品区继续购物，毕竟周年庆期间，很多牌子都在做促销和买赠。VIA 的这场活动给商场的整体客流和其他品类的连带生意额都做出了不少贡献。

　　丁硕的自我感觉相当良好。

　　果然，姜阑回应他："整体效果不错。活动的整体声量、在社交媒体上的被提及数和店内销售业绩都超出了预期，今天辛苦你们了。"

　　丁硕笑了两声："不辛苦，不辛苦。安安年纪小，还需要你们多包涵。以后她的私服露出一定会更谨慎，所有容易引发争议性讨论的单品我们都会避免。"

第十三章

坐在化妆镜前的徐鞍安"哼"了两声。她的声音不大,不过足以让丁硕和姜阑听清。丁硕假装没听到,拿起手机:"哟,都六点半了。"

姜阑望向徐鞍安。

小姑娘的目光在化妆镜中晃了晃,对上姜阑的,她飞快地做了个鬼脸,然后又用手捧了捧自己的乳房。

这一切发生得太快,丁硕根本没看见。

在履行完合同义务之后,徐鞍安是自由的,她根本不在乎姜阑的品牌方角色。面对这样的徐鞍安,姜阑居然生气不起来。丁硕想要避免的争议性讨论,不正是徐鞍安这次出格行为的目标?在单纯叛逆、向偶像 DJ ZT 致敬之外,徐鞍安的行为动机难道就没有其他原因?

梁梁主持设计的"女人是什么"胶囊系列,能够轻易唤起女人的感同身受,不论是三十二岁,还是十八岁。

徐鞍安当晚还要赶回长沙继续录制综艺。丁硕叫她的助理带贴身保镖先行送她下楼坐车出发,他还要留一下,和姜阑再说两句话。

小姑娘走之前对姜阑挥了挥手:"姐姐 bye bye。"

姜阑也对她挥手:"Bye。"

门关上后,丁硕拉了一张椅子给姜阑:"年轻当红艺人不好带啊,我们的辛苦又有谁能明白?这次的事情,除了安安的对家和黑粉煽风点火,什么破烂小牌子居然也敢借势炒作。阑姐你放心,这种热度持续不了几天,很快就散了。"

丁硕怎么可能想得到,"破烂小牌子"的主理人此刻就在楼下,而掏钱帮该品牌借势炒作的人就在他眼前。

姜阑没接这话。

这就是现实,刻薄且势利。虽然每个品牌都不乏人骂,但一个根基深厚的大品牌和一个小众的圈层品牌在接受外界的评判目光时,性质和待遇完全不同。BOLDNESS 被丁硕用这种语气贬低和踩踏,姜阑毫不意外。丁硕他们圈里有句话是怎么说的?不红是原罪。

小圈子里的红不叫红,破圈层的认知度才叫真的红。

很多费鹰从来都不在乎的事情,姜阑很在乎。她知道费鹰和她的差异很大,她已经开始正视所有的差异,但还没想好该如何和他就这些差异取得共识。

临近年底,丁硕也有公司内部的考核指标。他清楚姜阑的性格,谈某些事情的时候绝不委婉:"阑姐,咱们什么时候碰一碰明年合同续签的事?你们心里有什么其他想法吗?"

姜阑说:"没什么其他想法。"

徐鞍安再叛逆,仍然是目前内地娱乐圈的领军流量艺人,VIA 并没有刚上船就要靠岸的打算。

丁硕听了很高兴,趁热打铁道:"下午活动时间紧张,我没找到机会和你们陈总当面道谢。阑姐你看现在方便吗?"

陈其睿是什么人物,他在中国大陆奢侈品行业从业二十余年,在他手里签过的一线明星数不过来。中国艺人获得国际大牌代言人头衔的先河就是陈其睿多少年前在老东家时一手开创的。虽然现在的奢侈品行业已经不是当年的奢侈品行业了,但陈其睿还是陈其睿。

丁硕很想和陈其睿直接建立关系,而不用次次通过姜阑达成他的目的。

姜阑回答:"不大方便。如果你们明年还要维持安安全球代言人这个 title,整体代言费需要再降三分之一下来。"

丁硕不说话。

姜阑站起来说:"我还有点事。你可以和公司汇报一下,考虑考虑。"

丁硕开口:"阑姐,这太为难我了。陈总还在现场吗?你就让我当面去解释沟通一下这次的误会，可以吗？"

姜阑一边推开休息室的门，一边如实回答："他已经去机场了。"

陈其睿并不是一个人去机场的。他的车上，还坐着季夏。

一天前，他们分别收到了总部的邮件。关于VIA明年上海大秀的空间创意方案，VIA总部和IDIA总部发生了不小的分歧。应SLASH集团的要求，接受设计委托的那家西班牙知名建筑事务所在传统秀场空间内加入了大量的数字科技，这为后续搭建实施和预算控制增加了很大的难度，也因此遭到了IDIA总部的强烈质疑。两边总部争持不下，最后将难题发到中国区，要求陈其睿和季夏从本地团队的角度就秀场空间创意数字化、搭建实施可行性和项目预算可控性达成一致意见。在让双方的项目团队接手做具体汇报方案之前，陈其睿和季夏需要先行取得大方向上的共识。

一个半小时前，陈其睿叫姜阑去忙。

姜阑走后，季夏把手机放在面前的桌上。VIA上海大秀的这个情况，有点麻烦，也有点复杂。在收到总部邮件后，她还没主动找陈其睿沟通过。VIA今天在北京做这种商业活动，陈其睿在其中需要承担的角色和对应的工作是什么，季夏很熟悉，她计划等活动结束后再找他。

但陈其睿先开口了："我们需要抽空谈一谈。"

季夏说："好。"

她等陈其睿说一个时间。

陈其睿问："你是今天回上海？"

季夏答："嗯。"

陈其睿说："活动结束后，你坐我的车一起走。我们去机场的路上谈。"

季夏沉默了一下。

她想到了从前。陈其睿到京出差从不过夜，往返航班只选从首都机场T3起降的。他这次也不该例外。她今晚从T2飞，坐他的车走，路上把事情谈妥，到航站楼前分道扬镳，这样很高效。

于是她答应了："OK。"

桌上放着一瓶气泡水。这是店里的人给她准备的，她只打开喝了一口。

陈其睿坐的时间短。他没叫人取饮品，自己径直拿起桌上的气泡水，慢慢地喝了几口。

很快，姜阑就回来请陈其睿去中庭活动现场。他什么也没说地站起身，系上外套纽扣。

活动结束，在去机场的路上，两人互相交流了一下各自对双方总部分歧的看法和理解。

陈其睿讲话一贯犀利："秀场装置数字化的程度要求高，IDIA总部认为中国目前的行业能力跟不上，很容易在执行阶段做砸。"

季夏同意："现在的创意方案的确很challenging（具有挑战性），我们之前没在中国做过类似的空间搭建，VIA预算又卡得严，如果最后的效果不伦不类，这要谁来买单？"

陈其睿看她一眼："你怎么想？"

季夏望向车窗外："总做一样的事情，有什么意思？"

陈其睿没说话。

这样的沉默是反馈。两人的共识已经达成。

车上高速，开得飞快。在机场航站楼标识牌出现时，季夏说："先叫司机送你去T3，然后我再去T2。"

陈其睿说："不必，Vivian给我订了从T2走的航班。"

姜阑从艺人休息室出来，先去洗手间补了个妆，然后拿出手机，告诉张格飞今天的

第十三章

晚饭自己就不和大家一起吃了，请她代为照顾Petro，挑个他能吃的餐厅。

张格飞很快回复说好。

姜阑下楼，费鹰还在原处等着她。他就只是那样双手插兜站着，也让她觉得十足帅气。她向他走过去，手不自觉地又往耳边的头发上摸。

费鹰直接带她去停车库。他今天是开车来的，车型让姜阑很熟悉，这是他们去金山岭那次的同款车。

姜阑坐上车，有点沉默。

她说让他像第一次约会时那样带她去吃家常菜，他没反对。所以今天这顿饭，可以被认为是他同意和她约会了吗？

费鹰发动车子，踩下油门，打了一把方向盘。

姜阑无声地瞧了瞧他，他也一直没说话，不说要带她去吃什么，也不往她这边看。她想不出他是什么打算。这是两人分手后，她第二次坐他开的车，有些东西好像从未变过，但有些东西又明显地变了。

姜阑垂下目光。过了一会儿，她动了动搭在腿上的手指，悄悄地把裙摆往大腿根的方向拉了拉。

还没等她处理好细节，旁边的男人就踩下刹车。车还没出地库，他松开安全带，探身从车后座上抓过一件外套，直接盖到她腿上。

"不冷吗？"

费鹰一边重新系上安全带，一边问。

BOLDNESS WUWEI

第14章

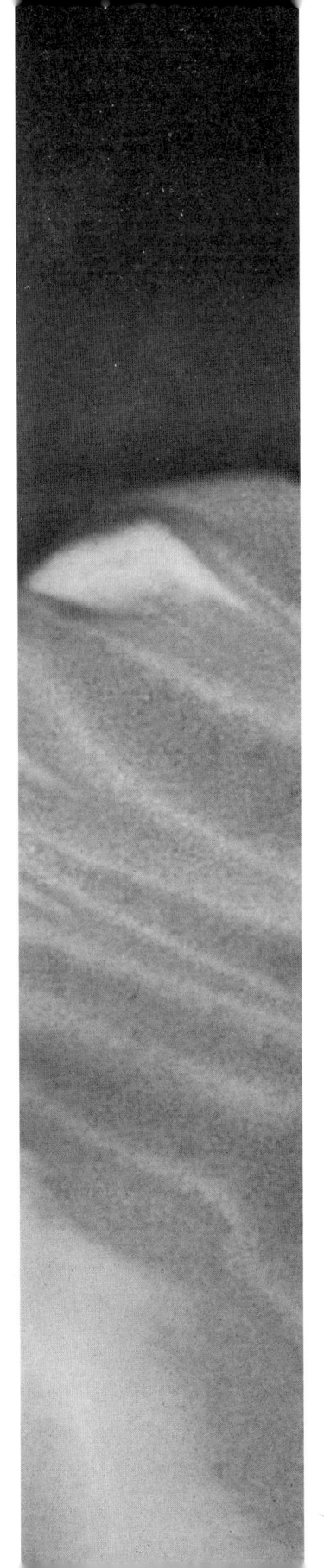

磨合

THE GLAMOUR

075 磨合

  姜阑抬头看一眼费鹰,然后把腿上的外套拨开,扭头看向窗外:"不冷。"
  费鹰收回目光,没再给她盖外套。这个动作做一回就够了,她的态度很明确,他也犯不着和她对着来。
  把车开出地库的时候,费鹰分神想了几秒胡烈那辆座位被压得很低的斯巴鲁。他对姜阑身体某些部位的迷恋,或许从她第一次坐他车时就开始了。而姜阑把裙摆拉起来的时候是在想什么?以为这种小动作他发现不了吗?费鹰想到她以前发来的照片。这个女人就算再不擅长处理亲密关系,但智商始终在线,她从来都知道他喜欢什么。她现在还知道要利用他的喜欢,试图让他主动向她缴械,但这事能是这么简单的吗?
  费鹰一字不发地开车上路,目的地,杨南家。
  北京周六晚上的路况不太好,一路走走停停,耗时很久。车上两人都没怎么说话。
  费鹰不是没话说,他是不想现在说。在姜阑提出分手后的这些日子里,费鹰想了很多。但不论他想了多少,她总能给他一些意想不到。
  和姜阑谈恋爱,费鹰从头到尾都没计较过谁爱谁更多一点,他根本不在乎这些。但他内心深处明白,他对这段感情的付出远大于姜阑。姜阑在乎他吗?在乎。姜阑的在乎能和他的在乎相提并论吗?只怕不能。
  然而从昨晚见过她之后,费鹰开始怀疑自己的结论。她来北京出差,订了个BOLD-NESS旁边的酒店,大冬天的晚上,跑来找他却忘记穿外套,在装修现场磨磨蹭蹭不肯走,她想要靠近他的强烈本能根本遮掩不住。BOLDNESS几次陷入舆论风波,她用她认为正确的方式和有效的手段在帮助他,先不论这么做到底合不合他的意,只看这背后花费的金钱、时间和精力,就已能证明她的付出。姜阑对他和对这段感情的在乎,远超费鹰曾经的想象。他对这段关系的认知,因为她给他的这些意外而被修正。
  在等红绿灯时,费鹰余光瞥见姜阑动了动,她又在低头摆弄自己的裙摆。
  他再一次地感受到了她的心思。但有些问题总得被解决,在没解决之前,任何程度的进一步都未必是好事。

  车开了一个小时左右,姜阑终于主动问:"我们去哪里吃饭?"
  费鹰答:"我一个朋友家。"
  她说:"哦。"
  他转过一个路口,说:"就快到了。"
  姜阑看看窗外。这里是一片普通的地段,前方是一个普通的小区。她不知道费鹰口

第十四章

中的朋友是谁,不禁有些好奇。

费鹰开车进小区,找了半天才找到一个停车位。他稳稳倒进去,把车熄火,说:"到了。"

姜阑捏了捏裙摆,说:"我不知道要来你朋友家,我连礼物都没有准备。"

费鹰说:"用不着。"

姜阑说:"哦。"

的确。她现在又不是费鹰的什么人,也没有什么资格给费鹰的朋友送见面礼。

下车后,费鹰带姜阑走到一栋居民楼下,直接掏卡刷开门,然后又带姜阑进楼道,上电梯。

姜阑看着电梯数键版亮红色的按钮,九楼。她抬手摸摸头发,又用指关节轻轻抹了抹下眼睑,确认妆没问题。她再一抬头,发现费鹰正在看电梯轿厢镜面里的她。姜阑像被抓包,一时有点脸热。正好这时九楼到了,电梯门缓缓滑开。费鹰率先走出去,姜阑只好跟上。

903 的住户房门大敞着。

费鹰像回自己家一样直接进门。姜阑在门口处犹豫了,她也能这样直接进去吗?费鹰转身叫她:"姜阑。"

姜阑只好再次跟上。

有人从客厅走出来,他的身高和费鹰差不多,年龄也相仿。他看向姜阑,又看费鹰:"来了啊。"

关系得多亲近,才能用这样的语气说话。姜阑觉得他的声音莫名熟悉,这声音勾起了她的一些回忆。她想起在深圳时,费鹰接过的那个电话。

这人向姜阑伸出手:"你好,姜阑吧?我杨南。"

姜阑握了一下:"你好。"

这时候屋里又走出一个女人,她的笑声很爽朗:"费鹰终于把媳妇儿领来啦?也不早点儿说,今天时间太赶,没做什么好吃的。"

杨南又对姜阑说:"我媳妇儿蒋萌。"

姜阑再次说:"你好。"

蒋萌一边说着"别这么客气",一边弯腰给姜阑找拖鞋。她在门口鞋柜里翻了一会儿,然后说杨南:"你怎么又乱收拾我东西啊?真烦。"

杨南蹲下去,把新拖鞋丢出来:"给你给你。"

他站起来后又笑了,抬手把蒋萌的辫子揪了一下。

蒋萌打了一把他的胳膊,转头对费鹰和姜阑说:"你们说这人是不是真烦?"说完,她也笑了。

姜阑跟着笑了笑。她的笑容有点局促。"费鹰媳妇儿"这个头衔对于此时的姜阑而言像是偷来的,随时都可能会被人没收。

那个很可能会没收她头衔的男人从头到尾都没做澄清。

费鹰弯下腰,把那双新拖鞋放到姜阑脚边,然后问对面的两人:"饿了。什么时候开饭?"

杨南去厨房下饺子。

蒋萌把几碟菜摆上桌,说:"今天太临时了,所以有点儿简单。下次一定要提前说啊。"

姜阑看了看餐桌。酱牛肉切片,黄瓜拍扁凉拌,还有一碟青绿色的蒜。

费鹰留意到她的目光,把那碟蒜拿远:"腊八蒜。你肯定吃不惯,别勉强。"

蒋萌说:"试试呗,万一能呢?"她对姜阑笑了笑:"腊八醋蘸饺子,可香了。"

费鹰说:"你别逗她了。"

蒋萌继续笑着转身进厨房帮杨南端饺子去了。

餐桌上暂时只剩姜阑和费鹰两个人。她的脸被屋里的暖气烘得红扑扑的,费鹰看看她,和她换了个位子,让她离墙远点。

蒋萌很快从厨房出来，一手端了一大盘饺子。杨南跟在她身后，左手端了一盘饺子，右手一路解围裙。蒋萌把饺子放上桌："赶紧趁热吃啊。"

费鹰给姜阑夹了两只放到她碗里。碗里是他刚给她调的普通醋和辣椒。姜阑说："谢谢。"

蒋萌瞪大眼睛："你跟他怎么还这么客气呢？"

姜阑语塞。

费鹰接话："她是个体面人。"

蒋萌笑得前仰后合，拿胳膊肘捣了捣杨南。杨南抓着她的胳膊往桌上一放，说："赶紧吃吧你。"

三大盘饺子很快见了底。姜阑从没见过这么能吃的费鹰。他挑食的毛病，在这张餐桌上完全看不出来。

杨南说："再给你下点儿？"

费鹰说："够了。"

杨南看向姜阑："他特爱吃饺子。小时候吃得更多，十几岁发育那会儿经常一顿能吃四五十个。"

费鹰没吭声。于是杨南没就这个话题继续发挥。他假模假式地对蒋萌表示今天他来洗碗，被蒋萌嘲讽了一番，然后乐呵呵地帮着蒋萌把碗盘筷子都收到厨房去了。

蒋萌去洗碗，没过两分钟，姜阑进来帮忙。

蒋萌客气地让她出去，让了几回无果，也就不再客气。姜阑平常几乎不做家务，眼下她选择帮蒋萌把洗好的碗盘擦干水渍。蒋萌一边洗碗一边问她："饺子好吃吗？"

姜阑说："好吃。"

这样的家常氛围，这样的饺子，让姜阑感到很舒服。费鹰带她吃的家常菜，永远都那么好。

蒋萌说："杨南剁的馅儿，我擀的皮儿，他包的。我们家经常是他做饭，我洗碗。"

蒋杨的相处模式是姜阑在她的圈子里很少能见到的真实日常，这对夫妻的恩爱无须刻意炫耀，姜阑能够感受到他们的幸福。

蒋萌说："你长得也太好看了。难怪费鹰这么多年都没女朋友，原来他就是个顶级颜控。"

姜阑看了看蒋萌，过了一会儿，她说："你和杨南结婚多少年了？"

她很想知道，要达到像蒋萌和杨南的这种相处状态，需要花多长时间。

蒋萌回答："我十七岁的时候就和杨南谈恋爱，那时候多小啊，根本不知道爱是什么，该怎么谈。谈了没多久就闹分手，前前后后闹了没十次也有八次，最后终于分了。分手之后我找了一堆男朋友，他也找了一堆女朋友，结果都没成。再到后来，同学聚会时碰到，就又爱上了。我们前年刚结的婚。"

姜阑一直听着。

蒋萌说："我们这故事听上去特俗特普通吧？但我自己还觉得挺酷的。你说兜兜转转多少年，最后还是那个人。"

姜阑对她微微笑了。

蒋萌也笑了："你别看他今天在你们面前这样儿，平常使劲儿气我的时候可多了呢。两个人在一起，不吵不打不可能。过日子太琐碎，磨合能磨一辈子。"她收起最后一只碗，说，"你和费鹰在一块儿怎么样？他这人毛病挺多的，你可别烦。不过你们这年纪，各方面都很成熟，又不缺钱，互相磨合起来要比别人容易多了。"

姜阑没告诉蒋萌，她很想试试蒋萌说的互相磨合，但她已经把自己的机会弄丢了。

费鹰说带人上杨南家来蹭顿饭，就果真只是蹭顿饭。吃完后他没多停留，和杨南、蒋萌打了个招呼，就带姜阑走了。

上车后，费鹰把空调打开，没系安全带，问："送你回酒店？"

第十四章

姜阑说:"我现在还不想回酒店。"

费鹰又问:"那你想去哪儿?"

姜阑哪儿也不想去,她就想和他待在车里,但她无法说出口。

费鹰转头看她。

她不吭气,哪儿都不想去,这样也行。现在她已经吃到了想吃的家常菜,那么他就可以和她谈些正事儿了。

费鹰开口:"这两天,徐鞍安和BOLDNESS的事情我也在微博上看到了。"

姜阑说:"哦。"

她没想到他会提起这件事情。如果没有徐鞍安小朋友的叛逆行为,她和他应该永远不可能在工作上产生讨论的交集。

费鹰说:"姜阑,我曾经对你说过,街头的事,用街头的方式解决。这是我的主张,你还记得吗?"

姜阑说:"我记得。"

费鹰说:"我需要真实。我不能接受不真实的手段。这点我希望你能够理解并且尊重。"

姜阑没说话。

费鹰又说:"我从小到大,被泼过很多脏水,也被很多人骂过很不堪的字眼。那些我从来都不在乎,我只在乎我真正想要做的事。你觉得现在网上的人骂我和骂BOLDNESS,对我来说是种无法承受的伤害吗?我需要靠一些不真实的手段来对抗这些伤害?BOLDNESS能够一路走到今天,始终是靠自身的实力,你觉得我需要靠那些不真实的手段来炒作它的热度?"

姜阑不知道他到底知道了什么,知道了多少。她的手心有点潮,她清楚自己确实没有尊重他的意愿。她在这件事情上的决策和行为一直都太自我。

沉默稍许,姜阑说:"费鹰,你昨晚说过,我们哪里都不同,我们差异很大,对吗?"

费鹰说:"嗯。"

姜阑继续说道:"这件事情我没尊重你的意愿,的确是我的问题。但你以为网上的那些评论,就全部都是你要的真实吗?你一直追求纯粹,可是什么样的商业环境才是真正的纯粹?我或许不够深入了解街头文化和你们所谓的真实,但我有我的专业判断和主张。我承认我过于自我,但同时我很希望你能够理解我的初衷,并且可以站在更加专业的角度,尽量客观地评断这些事情。"

费鹰的目光落到她脸上。姜阑说这些话时,态度很平和,语气很冷静,也很理智。

费鹰这次没有收回目光。他原本就没期望通过这次谈话和她对这个问题达成共识,他想要看到的是她的态度。面对他们之间的差异、分歧和矛盾,她会有什么样的反应,是不是仍会像之前那样拒绝沟通,然后直接切断和他的关系。

姜阑没听到费鹰再说话,她抬起眼,对上他的目光。

男人的这种目光让她的心不可抑制地跳得飞快。她不能确定这种感觉是不是她的自作多情,于是她错开目光,看向前方:"你送我回酒店吧。"

费鹰说:"好。"

姜阑伸手拉下安全带,但半天都没能扣上。她闷声说:"这个有点不太好系。你可以帮帮我吗?"

费鹰俯身,拉过她的安全带,"啪"的一声,轻轻松松地扣好了。

到底哪里不太好系了?他还没来得及抬头,就看到她又把裙摆往上拉了拉,女人温热的气息擦过他的耳垂:"谢谢你。"

她身上的香味在一瞬间变得非常浓郁。这个香味撩动着他的记忆和神经。

费鹰没能成功地抬起头来。他很想说,她能不能不要再勾引他了?

在这时,姜阑的手机响了。这给了费鹰机会,他直起身,坐正。姜阑不得不掏出手机,来电是个陌生的座机号。她本想挂断,但划动手机屏的指尖有点发软,居然接听了。

THE GLAMOUR

　　手机在她的腿上，虽然没有开免提，但在这狭小的空间内，那头的声音仍然可以被听清。
　　"你好，请问是姜女士吗？我这边是郁从医院的诊后回访，之前工作时间致电您一直未成功，请问您现在方便吗？您对之前来我院乳腺外科的就诊体验还满意吗？为免耽误病情，如果您决定做进一步的穿刺活检，也请随时致电我们进行预约。"
　　姜阑把电话挂断。
　　她其实从对方说第二句话时就想挂断，但费鹰把她的手指牢牢地按住了。直到全部听完，他才松开了她。

076　美

　　姜阑低着头，把手机调成静音。费鹰的声音传入她耳中："什么时候发现的问题？"
　　她安静了一会儿，说出一个日期。
　　车里变得静若无人。
　　姜阑一直没有转头看费鹰，她不想面对他。她再一次地变成了一个愚蠢的逃兵。那一天发生了什么事，两人都非常清楚。
　　过了一会儿，姜阑听到费鹰说："把你的超声检查报告给我。"
　　他罕见地对她使用了祈使句，也根本没征求她的同意。他的语气听上去很正常，但直觉告诉她没那么简单。
　　姜阑试图拖延："现在吗？"
　　费鹰说："就现在。"
　　姜阑说："我放在家里了。"
　　费鹰说："电子版发给我。你现在打开你的手机，找到医院的微信小程序，用你的身份信息验证登录，点击查询过往报告。"
　　姜阑找不到借口，只好从手机文件里翻出门诊的超声报告，发给费鹰。
　　费鹰看了看报告上的日期，面无表情地说："还有一份，也发过来。"
　　姜阑只好又把体检的那份也发给了他。
　　费鹰花了十分钟看完两份报告，放下手机，说："我很少有不知道该对人说什么的时候。姜阑，你是头一个。"
　　说完，他拉下安全带，一脚踩下油门。
　　一路上，车内气压极低。姜阑把手机扔进包里，然后一直看着车窗外。她不懂自己为什么要这么听他的话，他要她发报告她就发？这是她的个人隐私，她完全有理由不给他看。
　　费鹰直接把车开回她下榻的酒店，说："你现在上去收拾行李，然后下楼，退房。"
　　姜阑扭头盯住他。不是说不知道该对她说什么吗？怎么现在又在命令她了？
　　她拒绝道："这是我自己的事情。"
　　费鹰坐在驾驶位，沉默了一会儿，转头盯住姜阑："你自己的事情？"
　　姜阑不再说话。
　　男人的语气含有一种隐约的警告，这让她决定不在这种时候和他对着干。
　　费鹰等不到她的回答，索性松开安全带，开门下车，走到副驾那边，拉开门，然后弯身捞住姜阑的腰："下车。"
　　姜阑不得不开口："你要干什么？"

第十四章

费鹰说："要我直接把你抱下车吗？"

姜阑不得不拿起包下了车。她是个体面人，她要脸。酒店门口礼宾台的工作人员已经朝这边看了半天，她丢不起这个人。

下车后，姜阑没理会费鹰，直接走进大堂。

费鹰把车钥匙给礼宾，请他们代为泊车，然后跟着姜阑走进大堂。

等电梯的时候，姜阑没往旁边看。她知道费鹰就站在她身边。这个男人不仅命令她，还要确保她会按他说的做。

姜阑一瞬间心烦意乱。乳腺的问题给她的生活造成了很多不必要的困扰，她因为这件事情导致心理压力激增，在情绪上头的时候彻底搞砸了感情关系，然后她现在还要被前男友逼着面对这件她一直在逃避的事情。

电梯门打开，姜阑走进去，刷卡，按下楼层。

费鹰跟着进来。

电梯门关上。

轿厢内没有镜面，光线昏暗，空气中浮荡着这间酒店的定制款香味。姜阑在心烦意乱之间，想到刚才在车上他碰她腰的那一下。久违的温暖，久违的触感。

这几秒的回忆，令姜阑感到脊椎微麻。

她能察觉到此刻斜后方男人的气息，于是她抬手拨了一下头发，说："费鹰。"然后她又说，"你为什么要这么关心我？"

一直到房间门口，费鹰都没回答她这个问题。

姜阑刷卡开门，没问他要不要进来，似乎也不必问了。她等费鹰进来后，把门直接反锁，然后按下"请勿打扰"。

费鹰目睹她的行为，什么话也没说。他走进半开放式的衣帽间里，看到她的行李箱，于是弯腰把地上的几双鞋收到袋子里。

姜阑走到他身后："现在太晚了，我们明天早上再走好吗？"

费鹰不吭声，手上动作没停。

姜阑又说："我这两天好累，真的不想坐晚班机。"

费鹰把鞋袋丢进行李箱，转过身说："那你休息，我明天早上来接你。"

姜阑不说话。

费鹰越过她往门口走。

姜阑从后面一把抱住了他的腰。

她的脸贴在他背后，声音闷闷的："你陪陪我。"

男人的呼吸有点重。他僵了片刻，然后抬起胳膊，轻轻地拍了拍她的手背。他妥协了。

他们曾经一起住过几次酒店，但没有一次是像今晚这样。

在姜阑卸妆洗澡的时候，费鹰去开了一间总套，然后回来亲手把她七零八碎的衣服和物品收拾了。等姜阑洗完澡出来，他叫她把衣服穿好，然后叫礼宾来换房。

这是他能想到的陪她但不必和她睡同一张床的唯一方案。

换好房，费鹰把姜阑的行李重新拆开，把她的衣物和物品重新归置。他在做这些事情的时候也在同时归置自己的情绪。

太乱了。感情令人丧失理智和判断力，令人无法坚守所谓的原则和底线，令人屈服，也令人冲动。

费鹰是这样，姜阑也是这样。

他终于知道了她当初是在什么样的情绪下和他分了手。他理应责备她的隐瞒和草率，但他无法责备丝毫。

姜阑每一次给出的意外，都会让费鹰重新审视这段关系。她没给他所需要的，他就给了她所需要的吗？她需要的，真的只是"不复杂"这件事吗？在曾经那么不复杂的状态中，她为什么还是无法彻底信任他？

费鹰收拾好，走进主卧。

姜阑换了睡裙，坐在床边，双腿很自然地垂下来，两只脚还在轻轻地荡。她本来在看落地窗外的夜景，听到身后的脚步声，她转过头，又荡了一下脚，说："我去深圳那次，梁梁教我，像这样可以很解压。"

费鹰没说话，走近她。他在她面前蹲下来，伸手握住她的脚踝。

这个动作叫姜阑不再动弹，她的右手按紧了床沿。

费鹰沿着她的脚踝往下捏，这两天出差忙活动，她穿高跟鞋很辛苦。他问："你最近还喝酒吗？"

姜阑想摇头，但又记起她上一回的破罐子破摔。

费鹰说："你现在这个情况，不能喝酒，不能熬夜，不能吃辣。知道吗？"

姜阑说："你怎么知道的呢？"是刚刚在网上查的吗？

费鹰不答，他问："为什么不直接做个穿刺活检？"

姜阑也不答，她说："我很困，想睡觉了。"

费鹰松开她的脚，点点头："行，有事儿的话你再叫我。"她在这儿睡，他就去另一间卧室。

他刚站起身，然后衣摆就被她揪住了。

姜阑仰头望他："你再陪陪我。"

费鹰低头看她。

什么叫得寸进尺。他一旦妥协了，就被她抓住了软肋。她这一抓，让他这道妥协的窄隙迅速扩张成巨大的裂缝。

姜阑钻进被子里。屋里的灯光很暗，她就在这样的光线里望着坐在床尾的费鹰。

他对她的在乎和关心，超乎她的想象。姜阑觉得自己真的是没有头脑。分手后，费鹰每一次见到她时的那些反应和行为，背后意味着什么，她现在还要继续想不明白吗？

她的眼底有点潮湿。

在这夜里，她想起小时候，有一回王蒙莉把她最喜欢的一只娃娃洗坏了，她难过得要命，然后赌气不肯跟王蒙莉讲话，还不肯吃饭。对于小时候的姜阑而言，不吃饭是她用来表达负面情绪的简易途径，也是她唯一能够成功实施的抗议行为。后来王蒙莉来哄她，说妈妈下回一定当心，叫她去吃饭。她仍然赌气不去吃。王蒙莉看她态度坚决，就走开了，任她继续闹脾气。

只有小时候的姜阑知道，她内心深处有多么希望妈妈能够不要走开，继续哄一哄她。也只有她知道，当妈妈走开时，自己有多难过，但她小小的自尊心阻止了她向妈妈低头。

姜阑原本以为费鹰也走开了，但他此刻就坐在床尾，目光探过来，问："怎么还不睡？"

她说："费鹰。"

他说："嗯。"

她又说："失去左边的乳房，我会变得很丑。哪怕能够重建，也不是现在的我了。我从小就爱美，我无法接受这个可能性。"

这是根藏于她内心深处的恐惧。她不愿面对，也无法面对。

费鹰半天没说话。

姜阑轻轻闭上眼睛，说："晚安。"

过了一会儿，她感到他走到床头。她还没来得及睁眼，额头上就落下一个吻。男人的胡茬仍然很硬。

这个吻比从前的任何一个都克制。

他说："你一直都很美。不论将来会发生什么，都不会改变这件事。"

第十四章

077 ☐ 别 怕

  等姜阑入睡后，费鹰关掉主卧的夜灯。他缓步走出去，离开套房，坐电梯下楼。出了酒店，往东过两条马路，他在一家小店里买到了烟和打火机。
  这片区域，越近半夜越生机勃勃。费鹰背身站在路边，从烟盒里弹出一根，用手拢着点燃，然后重重地吸了一口。烟气过肺，他缓缓吐出烟圈，转过身。面前走过一群年轻男女，嬉笑打闹。其中有个女孩，外面披着长款羽绒服，下面露出小腿、中筒袜、球鞋。
  费鹰瞟了一眼她的背影，原来姜阑并不是唯一一个在北京大冬天的晚上光腿穿裙子的女人。
  他又想到这个光腿穿裙子的女人之前在医院偶遇他时，是怎么飞快地把她手里的纸袋藏到背后的。但当时他脑子里在想什么？
  费鹰连续抽了三根烟，然后把烟盒塞进外套兜里。
  李梦芸去世那年他十八岁。十八岁那年他学会了抽烟，十八岁那年他又把烟戒了。现在他三十二岁了，最终还是没能控制住自己，在遇到某些事时，他仍然选择了用抽烟来排解某些难以消化的情绪。
  费鹰在路边迎风站着，等到身上的烟味散得几乎闻不出来了，才转身走回酒店。
  他带着一身冬夜的寒气取了车，开去自己住的酒店，把行李收拾了，再开回来。停车，上电梯，进房间，他把外套脱了，随手搭在沙发背上，然后去洗澡。
  淋浴间里的水温被调得很热，玻璃四壁很快被水雾吞没。
  等收拾完，已经快三点了。费鹰走去主卧看了一眼。姜阑睡得很实。她的长发卷在被子里，脸掩在长发里，一只手捏着被角，另一只手搭在枕头边。
  他没发出任何声音，关上门，回到客厅，打开一盏灯，拿出手机，重新查看她的乳腺超声报告。
  半小时后，费鹰站起来，走到窗边。他在心中告诉自己，她不可能有事。影像分类的恶性概率这么低，怎么可能会有事？窗外天幕漆黑，城中有灯火，他看看时间，还太早。他只能走去另一间卧室，尝试休息。
  实际睡着了多久，费鹰不清楚。他睁开眼，没拉的窗帘外是火红的云边。床边的电子钟显示7点36分。他起床，先去主卧看了一眼，姜阑还在睡。
  洗漱后，费鹰又下了趟楼。他找了个小摊把早饭吃了。吃早饭的时候，他给高凉打电话，让高凉订他和姜阑一起回沪的机票，再把他今天下午到晚上原本的行程全部取消。高凉在那边和他确认，有一个行程比较重要，真的要取消吗？费鹰说取消。
  现在没有任何事情的优先级能比姜阑的健康还要高。
  费鹰没让高凉代为联系郁从医院。他亲自给医院国际肿瘤中心的负责人发去微信，简要说明了目前的情况和他的需求。
  时隔十六年，费鹰又陷入了一场相似的境况，他要再一次地陪同他心爱的女人去医院做乳腺癌诊断。

  九点多的时候，费鹰又去主卧看了看，姜阑已经醒了。她没起床，也没出声，这会儿正窝在被子里，低头摆弄手机。
  费鹰站在卧室门口问："醒了怎么不叫我？"
  姜阑揉揉脸："哦。"
  连续累了两天，她今天早晨起来脸有点浮肿，她不想那么快地让他看见，想等一等让它消肿。
  费鹰走近床边："你饿了吗？"

姜阑摇头，她的手机屏幕上是文件界面。
费鹰低头看清，问："工作？"
姜阑点头。
昨天活动结束，今天要赶着出报告，明天一早进公司就需要向陈其睿汇报。团队和活动公司的人都在忙，昨天半夜做了一个版本，她刚刚正在看。这不可能被耽搁，无论什么原因。
费鹰真不知道她脑子里每天都在想什么。都这时候了，不多考虑自己的身体，还这样一睁眼就不吃饭地忙工作？
他说："先吃饭。"
姜阑听出了他的语气，说："再给我一刻钟，好吗？"
费鹰重复了一遍："先吃饭。"
姜阑只好把手机放下。
从昨天晚上开始，这个男人就变得越来越凶，还越来越不尊重她了。她掀开被子，薄薄的睡裙正堆在大腿根，她的余光瞄见男人很快地转过头。他走开两步，弯腰把她的拖鞋在床边放好。

酒店的早餐已经送来，还热着。
姜阑简单洗漱，走去客厅。路过沙发时，她脚步一顿，弯下腰，从地上捡起一盒烟。她看看四周，沙发背上搭着一件费鹰的外套。
打开烟盒，里面少了三根。
姜阑捏着这个烟盒，沉默了一下。她抬眼看向站在餐桌边倒橙汁的男人，心头有说不出的滋味。
她从来都没见过他抽烟。
费鹰把蛋卷、燕麦粥和橙汁放到姜阑面前。别的他没给她点，点了她也不爱吃。
姜阑捏着勺子舀燕麦粥，问："你不吃吗？"
费鹰说："吃过了。"
姜阑吃着饭，费鹰坐在对面看她。过了一会儿，他问："你昨晚睡得好吗？"
她轻轻点头，然后也问他："你呢？睡得好吗？"
费鹰说："挺好的。"
姜阑看了看他，低下头切蛋卷。
这个男人不仅变得越来越凶，越来越不尊重她，还学会撒谎了。但这个男人，真的很让她舍不得，她从未有如此刻这般希望自己健健康康。

吃完早饭，费鹰把两人的行李收拾好，退房，和姜阑一起坐电梯下地库。上车后，他说："我带你去个地方。"
姜阑原以为他会不容人拒绝地直接去机场，愣了一下，才说："好。"
费鹰发动了车子。
车开了很久，去往的方向不是姜阑所知道的任何一处繁华商业区，她一路看着窗外，街景变得越来越市井。
最后车停在了一条路边。
路边有积雪，雪很脏，雪里面还有一些没处理干净的生活垃圾。这里是一片居民区，路边开了不少小餐馆和各种店。
车里，费鹰开口道："我腰上的刺青，你知道是怎么来的。"
姜阑转过头看他。
之前他告诉过她，他十八岁那年母亲去世，他和人打架斗殴，拿半条命换来了这个刺青。
费鹰说："当时我没告诉你，我妈是怎么走的。"

第十四章

他降下车窗，抬手指了指外面路边的一家理发店，说："那个地方，二十年前曾经是一家小服装店，店主是我妈。我的生父是个彻底的混蛋，我妈在我十岁那年和他离了婚，带我搬到这儿来。我十六岁那年，她被确诊为乳腺癌，首诊就是晚期。"

姜阑不知道该说什么。

费鹰又说："这么多年，我不止一次地想，如果当年她的病能早一些被发现，我是不是就能活得更幸福一些。"

他的话平铺直叙，语气也很平静。

姜阑鼻头一酸，垂下目光。

费鹰看着她："姜阑，你知道我妈走之前对我说的最后一句话是什么吗？她说没事儿，别怕。"

飞机落地虹桥T2后，费鹰直接驱车去郁从医院。从飞机到车上，姜阑一直异常安静。她反反复复地在想十六岁的费鹰，十八岁的费鹰。

那些她能够想象得出和想象不出的恐惧、无助、痛苦、暴戾、悲伤和长长久久的遗憾，聚成了一座难平的大山，汇成一片难破的大海。

三十二岁的费鹰，温柔而强大，看上去根本没有什么可怕的。

姜阑把手伸进自己的大衣口袋里，摸了摸里面的那盒烟。

在医院停好车，费鹰打了个电话，立刻有人来接他们，直接带他们上到VIP层。接待护士是位中年女士，姜阑向对方问好。

费鹰陪她去登记信息，护士早已准备好了之前的病例和报告，很快带她更衣，然后去见医生。医生还是之前的那位爷爷，他把今天的时间都空出来了。

费鹰没等到意想之中的不配合，因为姜阑从头到尾都没有反对他的安排。

常规外科触检完成，爷爷开出活检的单子，请护士陪同姜阑去做下一步的检查。

验完血需要短暂等待，费鹰给姜阑拿来一小瓶热牛奶。她坐在沙发上，很配合地喝了。喝完之后，她抬头看向他。

费鹰对上姜阑的目光，然后就很难再移开眼。

姜阑把牛奶瓶递给他："可以帮忙丢一下吗？"

费鹰接过，转身走开。

姜阑看着男人的背影。她的指尖刚刚触碰到他的掌心，他的手是冰凉的，这很不常见。

她终于明白，她之前对这件事的逃避和不肯正视，对他而言意味着什么。她根藏于内心深处的恐惧，是她为自己搭造的自欺欺人的保护罩。而她的怯弱，在某种意义上又何尝不是对他的一种伤害？

二十分钟后，姜阑躺平在手术台上。护士为她左边的乳房皮肤消毒，然后轻轻盖好她的上半身，只露出她需要被微创的部位。

在医生过来前，姜阑感到自己的心跳开始加速。有些生理性的反应是她无法控制的。她下意识地转过头。

费鹰被允许全程陪同。他伸出胳膊，握住她的手："没事儿，别怕。"

局麻之后，姜阑闭上眼睛。

恐惧从不会因为懂得道理而轻而易举地消失。

左边乳房传来真空针的运动压力，短短不过十分钟，却让她感觉仿佛长到没有结束的时候。

如果她的勇敢，能够让他不被伤害，这又意味着什么？

这世界上有什么东西，能够平山，能够破海，能够让怯懦之人勇于面对，能够让有胆之人感到害怕。

术后半小时，姜阑坐回费鹰的车上。她的手又被他握住了。

费鹰半天没松手，也没发动车。

姜阑说："有点疼。"

费鹰没问她哪儿疼，他轻轻捏了捏她的手："3毫米的切口，医生技术非常好，不会留疤的。"

姜阑被他这样握着手，虽然有点疼，但她仍然想要微笑。经过昨晚和今天，她对如何追回前男友已经不再感到手足无措，她甚至一点都不着急了。就像现在这样，也很好。她曾经太快，也太自我，如果要从头开始，她一点都不想重蹈覆辙。

她问费鹰："你累吗？"

他答："还行。我送你回家。"

她说："好。"

车开到小区，在楼下停稳。

姜阑很小心地解开安全带，无意识地摸了摸自己的左乳。

费鹰看了她好一会儿，然后问："还疼吗？"

078 妥 协

姜阑说："你不问，就还好。你问了，就疼。"

她回答时没朝他看，也没有打算下车的样子。

费鹰看见她的嘴角有一点弯。

他松开安全带，把车熄火，下车。打开后备箱，他把两个人的行李箱先后取出来。再转身时，他看见姜阑已经自觉地下车了。

她问："你要帮我拿行李上楼吗？"

对于这种明知故问，费鹰选择不回答。

她的乳房现在还压着绷带，上肢不可以用力，他怎么可能让她自己拖着行李箱走进楼？

楼下前厅物业保安和姜阑问好："姜小姐，出差回来了。"

姜阑也和对方问好。

阅人无数的保安看了两眼姜阑身边的男人，又留意到他手里的两只箱子，于是很识相地没要求他做访客登记。

等电梯时，姜阑从包里翻出信箱钥匙，顺手把多日未看的水电燃气宽带账单取出来。她转身走到费鹰身边，掏出手机缴费。

费鹰保持着沉默。

电梯到了，门缓缓滑开，里面走出一男一女和两个小姑娘。小姑娘一人抱着一只巨型毛绒玩具，被爸爸妈妈带出电梯。

小孩子和毛绒玩具的阵仗太大，费鹰主动侧身相让。他见姜阑还低着头看手机，就伸手去揽她的腰，示意她让一让。这个动作主要是考虑到她目前的生理状况，他不便去拉她的上肢。

姜阑顺着他的力量往后退了两步，然后收起手机。等人和玩具都出去，她跟着费鹰走进电梯，按下17楼。

进电梯后，费鹰的注意力仍留在外面那一家人身上，两个小女孩抱着娃娃，高高兴

第十四章

兴地往外跑，她们的爸爸在后面喊她们慢一点。很快地，电梯门闭合，也阻断了他的目光。

姜阑很少观察楼里的住户。她从不关心别人的家庭模式。住进这个小区三年多，她连同一层的邻居都没打过招呼。

她察觉到了费鹰短暂的走神。

出电梯，姜阑手里捏着一沓账单，左转再左转，停在一户门口。开门时，她甚至没有问费鹰要不要进来。这一路的每一步都自然得无须加以思考。

进门后，姜阑先换鞋，然后发现家里没备男士拖鞋。在今天之前，只有童吟来过这里，姜阑连姜城和王蒙莉都没邀请过。她最终找出一双一次性拖鞋给费鹰。

费鹰把两人的行李箱提进门。

他脱下外套挂在门口的衣帽架上，然后从玄关处的湿巾盒里抽出几张湿巾，蹲下来，把两只行李箱上上下下包括轮子全擦了一遍，拖进去。

姜阑知道他的洁癖，等他弄完了，才问："要先洗手吗？"

说完，她带费鹰去卫生间。

费鹰边走边简单打量这套房子。客厅加卧室加书房的两室一厅布局，装修不复杂，很有高级质感，家居摆设很少，每件都能看出价值感，但他直觉这套房子并不像是姜阑的，她的审美方向和这套房子并不趋同。

洗完手，姜阑从柜子里找出一条干净毛巾，递给费鹰："这是新的。洗过的。"

费鹰接过，擦干手。

姜阑走出去，把家里的暖气温度调高，说："抱歉，我这里没有可以让你换的衣服。"

坐了飞机，又去了医院，她知道费鹰不可能穿着外面的衣服待在家里。

费鹰说："哦，没事儿。"

他把行李箱打开，从里面找出干净的T恤和长裤。

姜阑把客厅留给他，自己走去卧室换衣服。没多久，她穿着长袖睡裙走出来，而他也换好了衣服，这会儿正抬头研究她客厅的顶灯。

那顶灯出自某个小众艺术家的设计，也是姜阑很欣赏的一件灯具。

她说："它是我房东的最爱。"

费鹰收回目光："哦。"

姜阑又说："我房东很有意思，是位新加坡女士，做艺术画廊生意的。她买了这套房子不住，自己跑去郊区租下两层大平层，把画室和家搬到了一起。"

她的房东对租客很挑剔，非华人不肯租，小情侣不肯租，一家三口不肯租，养宠物的不肯租，抽烟的不肯租，自由职业的不肯租……当初她房东装修这套房子的本意是想找个生活简单的单身汉租出去，没想到姜阑比一般的单身汉还要生活简单，让这位房东女士简直满意得不得了。

费鹰没说话。他考虑了一下这个小区的地理位置、目标定位、物业管理水平以及这套房子的空间面积和装修水准，在心中估算出一个月的租金数额。

如果姜阑的收入能够毫不费力地租住这样的房子，那么她理应可以自己月供一套还算像样的房产，但她没有选择购置房产，也没有自己的车。

他想起当初和她刚认识时，她还评论过像他这样的"年轻人"对不动产的消费观念，但她自己选择的生活方式又是什么样的？

费鹰没问这是为什么。他现在的身份和资格，不方便问这一类的问题。

姜阑似乎看出他在思考什么，主动开口道："我不买房的原因是我不想被房子绑架人生。我和你的财富水平不同，房产对你而言是投资的一种，但对我而言是无意义的负担。我不希望被束缚。你能明白我的意思吗？"

说完，她去厨房给他倒水。

从冰箱里拿出鲜柠檬，洗净。姜阑将柠檬切片时，想了想刚才的对话，她觉得自己说得似乎有点多了。没分手时，她从没考虑过邀请费鹰来家里，分手之后，她反而能够越来越自然地向他披露自己的内心。

还没等她收拾妥当，费鹰走进厨房。他把两只杯子拿出去。就这么点重量，他也没让她承担。

两人坐在沙发上，喝了一会儿柠檬水。

姜阑看看地上的两只箱子。如果只是为了送她上楼，他大可不必把自己的箱子也一并带来。她想到昨晚和今天，料定他这是要进一步地"看管"她，但她居然一点都不想反抗。

放下水杯，姜阑尝试问："我们晚饭吃什么？"

果然，费鹰说："遵医嘱，清淡的。"

她说："那你来叫？"

他说："好。"

姜阑家里从不开火，她也没见过费鹰下厨。她看着费鹰掏出手机，他没打开外卖软件，打开的是微信。

费鹰并非凡事都要使唤别人，但他今天实在不想给姜阑叫外卖平台的东西吃。他让替他在公司陪陆晟见客的高涼帮个忙，去某家从不做外卖生意的粤菜馆打包汤、蔬菜和点心送来。

他已经不在乎陆晟会怎么吐槽他了。

等饭送来还需要一段时间。姜阑说："我想洗个澡。"

不出意外地，费鹰看着她说："微创部位三天内不能碰水，你不清楚？"

姜阑说："今天坐了飞机，还去了医院。头发，还有腰腹以下的部位，我觉得可以洗一洗。"

费鹰无法反驳她的正常需求。

姜阑去放热水。她才拧开水龙头，费鹰又跟进来了。她只得说："我会小心不碰到伤口的。"

费鹰把衣服袖子卷起来，把淋浴间的花洒关了，然后说："我先帮你洗头。洗完吹干后你再进去洗别的地方。"

姜阑本想问，他会帮女人洗头发吗？但她下一秒就想到了他的母亲，无声地点点头。

其实洗头这件事可以直接去外面找家沙龙，更专业，更舒服，但姜阑脑中没有出现过这个选项。

她坐在一只小矮凳上，宽松的睡裙布料堆挤在浴缸壁和膝盖中间。她上半身前倾，抱胸低头，长发垂落在男人手掌中。

姜阑一直没有闭上眼。她看见温热的水卷住泡沫淌进搪瓷浴缸。男人的小臂和手掌时而出现在她的视野中，他的动作太温柔了，这样的温柔让她安安静静。

洗完擦干，费鹰把吹风机拿到客厅，电源接上沙发旁的墙插。姜阑在他身边坐下，他给她吹头发。等头皮吹干后，她轻声问："我有点累，可以靠一靠你吗？"

费鹰没吭声。

姜阑一点一点靠过来，又一点一点滑下来，最后，头枕在了他的腿上。

费鹰完全没了脾气。他用手梳了梳她的长发，就这样让她枕在他的腿上，给她吹湿漉漉的发尾。

姜阑眯着眼看他。有些话她犹豫着该不该开口。有些情绪很复杂，她怕开口后表达不清楚自己的意思。

最后她只挑了一句最简单的："你今晚要留下来吗？"

费鹰说："我睡沙发。"

麻醉过后，他怕她晚上会疼。

长发吹干，被扎成一个丸子头。姜阑进淋浴间简单清洗了腰腹以下，出来擦干，照向镜子。费鹰给女孩子扎辫子的水平太糟糕了，这个丸子头怎么看都是丑丑的。姜阑用

第十四章

手机自拍了一张。拍完后,她又低头笑了一会儿。

姜阑洗澡的时候,费鹰下楼拿饭。

高湶没问费鹰怎么在这个地方,只问费鹰明天什么安排。费鹰说,再说。高湶提醒说,周尧这两天一直在上海等着他定夺BOLDNESS分部选址的事情,看了这么多地方到底租哪里,租期几年,新分部的设计方案是内部直接做还是外包出去,除了这些,品牌分公司要在上海哪个区注册,和区招商局怎么谈退税政策等等一堆事。费鹰还是说,再说。高湶只好回去。

费鹰拿着饭上楼,到门口了,他才反应过来自己没密码,这门也不认他的指纹。他只好发了个微信等姜阑洗完出来给他开门。

没过几分钟,姜阑直接发来八位数的密码。

费鹰看了好一会儿微信对话框,然后才开门进去。

这顿的饭菜格外清淡。

吃饭时,姜阑后知后觉地发现费鹰已经一天一夜没在她面前打过工作电话了,他甚至连微信都不怎么回。

不过是一个很小的微创活检,睡过今晚,明天应该就没什么反应了,她实在不认为工作需要为这件事让路。但费鹰的决定,她不好评价和干涉。之前她自作主张用奔明为BOLDNESS做舆论发酵和热度传播,他和她在此事上的深度分歧还没被解决,她暂时不想给自己找新的麻烦。差异该怎么共存,磨合该如何进行,这是一个不易的课题。

一碗汤见底,费鹰又给她添了一碗。

姜阑放下调羹,问:"活检报告什么时候出?"

费鹰说:"后天。"

姜阑觉得这个男人现在真是越来越擅长撒谎了。他以为她没问过医生?他就是想明天先看到报告结果,瞒着她做好后续的打算,再晚一天让她知道。

但她没有揭穿他的谎言。

饭后,费鹰收拾餐桌,姜阑去书房开电脑。她已经耽误了一整天时间,明天要向上汇报的活动报告到现在都还没看完。她去医院折腾一趟,耽误的是所有人的时间。

报告打开没看两页,她的背后就响起费鹰的声音:"先好好休息一晚,不行吗?"

姜阑回头,见他站在门口,脸上没表情,但他此刻的没表情意味着什么,她并不愚蠢。

她不知道该怎么解释好。VIA这样的职业环境,陈其睿这样的领导,费鹰能理解吗?他和她的差异,体现在大大小小的每一处。

还没等她开口,他又说:"我建议你明天请一天假,继续在家休息。"

连续一个周末的高强度出差,再加上她现在的身体状况,费鹰认为他的主张合情合理。人失去健康,就会失去一切。

姜阑想到上一次自己喝醉之后发的疯。她只希望能够尽快让陈其睿把对她的信任分数加上去,她不想请没必要的假,更不想让费鹰知道她之前闹分手之后的失态和狼狈。她说:"你不知道我老板是什么样的人。"

费鹰走进来,坐到她对面。她有个什么样的老板,他的确不清楚。她过去几乎不在他面前提工作的难处。

姜阑想了想,尝试着解释:"他像是一台强势的机器,从来都是只要结果,不问过程。"

费鹰没兴趣评价她老板的性格。他不是不想尊重姜阑,但他的确无法理解她的这种坚持。他问:"还有吗?"

姜阑感到这样的解释很无力。

费鹰不认同她的优先级排序。健康大于工作,这是他的认知,这和陈其睿是个什么样的人毫无关系。他不能理解也无法想象,在很多时候,姜阑的确可以让健康为了工作而让步。这不是一朝一夕能够改变的。

THE GLAMOUR

　　一个三十二岁的人该为自己的决定和行为负责，她从没让别人为她背负过这种责任，为什么她需要妥协自己的选择？

　　姜阑话到嘴边，又咽回去了。

　　她看看眼前的男人。如果亲密关系代表着她的决定不再只关乎一个人，那么她必须允许对方介入她的决策路径，和她共同分担对应的结果。这个过程不舒服，但再不舒服，也比不上眼前这个失而复得的男人重要。

　　姜阑妥协道："我可以请假。不过明天有两个会议很重要，我需要在家 call in（电话加入）。"同时她要求，"但我今晚必须要把这份报告弄完。"

　　费鹰站起来："行。"他走出去给她热牛奶。

　　姜阑给陈其睿发了一条请假微信。

　　微信发出去半小时，姜阑都没等到她老板的回复。这不太常见。她捏着手机又等了一会儿，看看时间，给 Vivian 发去询问，并告知明天的会议她需要在家 call in。

　　Vivian 回得飞快："老板昨天去机场的路上出车祸了。他一直在医院，还没上海。明天的几个会还开不开，要等他明早的指示。"

　　季夏裹着大衣和羊绒披肩，在冬夜里的医院吸烟区抽烟。她心烦得忍不住。

　　昨天去机场路上的车祸是个意外。离航站楼不到一公里的地方，她和陈其睿坐的车被后车追尾。

　　季夏全程没系安全带。在北京坐车，她就没有系安全带的习惯。

　　陈其睿不一样。他的习惯不分地点，他永远都能活成一台没有变数的机器。

　　追尾时，两辆车的速度都不快，这是万幸。不过没系安全带的季夏还是被两个一吨机械装置的冲撞惯性重重地甩向前方。

　　在她的头即将撞上驾驶座时，陈其睿伸出胳膊架在了前面。在他这个动作之后，整车又被撞得向前颠了一下。

　　实际上这些都不属于季夏的记忆。车祸发生前后几十秒的事，她都已经记不得了。在惊魂过后，她只能通过事情的结果和别人的说法来拼凑出完整的事故原貌。

　　季夏只受了些皮外伤，陈其睿则是左小臂骨裂。他被送到医院骨外科急诊，拍片，诊断，打石膏，然后被医生要求留院观察三天。

　　季夏烦躁地丢掉烟蒂，走回住院楼的 VIP 病房区。

　　这里是北京某家高端综合私立医院。这个城市的政要和明星数量庞大，对高端医疗的需求更多，这里的内外资医院无论是数量还是质量都要比上海高出一截。下午和 Vivian 通电话时，季夏说幸好这次车祸在北京，不然你老板对医院要有多挑剔。现在她在电梯里反省了一番自己的措辞，"幸好"这两个字，过于刻薄了。

　　C8 房的门虚掩着。

　　季夏推门进去，里面暖气很热，她立刻把大衣和披肩脱在沙发上。会客区的桌上放着果盘，她用湿纸巾擦擦手，拿起一个苹果削好皮。然后她拿着去皮的苹果走进里间病房。

　　陈其睿没在床上。他坐在窗边，支着平板，正在单手处理邮件。

　　季夏走上前，把苹果递向他的右手。

　　陈其睿接过来。他并不吃这种完整未切块的苹果，他也不认为季夏不知道这一点。他看向她："时间不早，你该回酒店了。"

　　季夏盯了他两秒，然后二话不说地转身走了。

第十四章

079 🎲 夜

季夏走后，陈其睿把苹果放下。新鲜的果渍黏在他的手指上，他坐着没动。五分钟后，他起身去卫生间洗了手。

再回到窗边，陈其睿确认了一下时间。他准时连线Erika。两个人都没开视频，直接用语音沟通了不到十分钟。听到陈其睿和季夏就大秀数字化方向达成了共识，Erika有一丝意外。她说，Neal，我没想到在IDIA总部不支持目前方案的情况下，Alicia仍然愿意拥抱这么大的挑战。

陈其睿说，那是因为你不够了解她。

Erika在那头微笑着说，Neal，我听说她明年将要离开IDIA中国，这是真的吗？

陈其睿说，是真的。

Erika说，那么她现在的反应很正常。

陈其睿没继续这个话题。

结束通话后，陈其睿重新拿起苹果，走出去，在会客区的桌上找到季夏用过的水果刀。他单手用刀把苹果去核，切成小块。

没结婚时，季夏买水果从来不买苹果，她不会削。只有陈其睿在身边时，她才会买上两个，让他削给她吃。陈其睿削出来的苹果规整而美观，看他这种性格的人削苹果是一种享受，季夏曾经有一段时间乐此不疲。

这么多年，他一直没有当面告诉过她，她削出来的苹果真的很难看。

陈其睿把刀放下。沙发上有一条季夏忘记带走的披肩。她一贯是这样，心里烦躁的时候就会丢三落四。

四十五岁了仍然是这种性格，然后还决定要辞职去创业。

同样在外资企业干了这么多年，陈其睿不是不能理解季夏的决定。IDIA的国际化平台成就了今天的季夏，但同样的，IDIA的总部集权管理模式也限制了季夏更大的野心。拿总部资源和支持的时候有多舒服，要向总部逐级汇报和低头妥协的时候就有多不痛快。完整的本地自主权和决策权，试问哪个外企人不想要？但是自立门户是容易的事情吗？在中国做生意是轻松的事情吗？每天有多少企业诞生，就有更多的企业正在死去。

陈其睿花了一些时间思考前妻的决定。然而他在对方的决策路径中毫无话语权，他感到自己的这番思考无用且可笑。

但有些行为是无法用理性控制的本能。这番思考是本能，昨晚在车祸发生的瞬间伸出手更是本能。

这个意外给陈其睿和季夏的关系带来了新的未知。虽然他并没有打算让事情像这样发展，但他为她而受伤的事实，的确会令她在心理层面产生一定的歉疚感。这是不可避免的。

这趟北京出差，陈其睿原定当天返沪。昨夜入院，他连次日可更换的衣服都没有。于理，季夏并没有陪同照顾他的义务，但是于情，她做不到真的把他一个人扔在北京医院不管。今天一早，季夏去商场采购男士衣物，成套成套地拿回医院。她知道他不要穿病人穿的衣服。

所有她买回来的衣服，都是恰当合身的他的尺码。离婚三年，他身材不改，而她居然也没有忘记。

盘中的果肉外层微微氧化时，陈其睿身后的门被推开。

季夏再度折返。

她先看了看坐在沙发上的男人，然后目光扫向搭在沙发扶手上的披肩。她走近说道："我忘记拿披肩了。"

049

陈其睿把披肩递给她，顺便告诉她："我刚才和Erika通了电话。"
季夏接过，迟疑了一下，坐下来。她问："沟通得好吗？"
陈其睿说："还可以。"
季夏说："IDIA总部我会同步沟通，你放心。"
陈其睿说："好。"
季夏看向桌上。果盘里是被他切成块的苹果。

她曾经买过很多颗苹果，有的甜，有的酸。酸的她每次咬一块就不肯再吃，他就会端过去替她吃了。

北京的苹果应该很甜。看看苹果皮，像是烟台的品种。

这座城市对她而言很特殊。这一刻，她难得没有阻断自己回忆的思绪。这座城市见证过她职业生涯中的高光时刻，也目睹过她年轻时汹涌炽烈的爱意。

十二年前那场大秀结束，次日在北京回上海的航班上，陈其睿不经意地提过一句，他不喜欢在北京过夜。此后九年，季夏从没让他为了她在北京过夜。

季夏说："那我走了。"
陈其睿说："如果你这两天忙，可以直接回上海，不必为了我留在北京。"
季夏抓着披肩，看着他。
陈其睿也看着她："这次是个意外，你无须歉疚。换作别人坐在车上，我一样会这么做。"
季夏什么也没说，站起来。
陈其睿叫她："季夏。"
他说："削苹果这件事，你不会，就不要再做了。"

离开病房，乘电梯下楼。临近半夜，寒风刺骨。季夏把披肩裹紧，在住院大楼下站了五分钟。

她的眼角和鼻尖通红，她扯下右手的羊皮手套，抬手轻触皮肤。她想，这座城市实在是太冷了，冷到她分不清自己究竟为什么会红了眼角和鼻尖。

又过了五分钟，季夏拿出手机，迅速订了次日早晨七点飞回上海的航班。

临近半夜，姜阑终于合上电脑。

她一直没收到陈其睿的微信回复，但她在公司系统中提交的休假申请在十分钟前已被批复。她很少遇到她老板只看邮件不看微信的情况。

Vivian说陈其睿车祸受伤入院，但他在这个时间点还在处理工作。姜阑感到自己的休假申请一点都不明智。

不是所有人都想活成陈其睿那样，姜阑也没想过要成为第二个陈其睿。但是跟着这样一位老板，如果想要在他手下有所建树，那么工作和生活的天平从一开始就已天然地倾斜了。

姜阑不知道费鹰能不能真正理解这一切。她不可能次次事事都像今晚这样妥协。

洗漱之后，姜阑走到客厅，对费鹰说："我给你拿了新的牙刷，放在洗手台上了。浴巾也是新的，你可以放心用。"

费鹰把手机放下，站起来。他问："你现在有疼痛感吗？"
姜阑摇摇头。
他说："好，你去睡吧。晚上如果伤口疼，一定要叫我。"

姜阑靠在床枕上，心不在焉地划着手机屏幕，耳朵听着洗手间里的动静。

在刷牙。在洗澡。洗完穿裤子。走出来去客厅了。

她脑海中先是滚过费鹰头发湿漉漉的模样，随后又冒出他赤裸着上半身的模样。她立刻阻止自己继续发挥想象力。

第十四章

姜阑放下手机，小心翻过身，从床头柜里把委屈了好几个小时的小硬和小兰拿出来。

傍晚到家，进卧室换睡衣，她一眼看见床上相亲相爱的两只小玩偶，心虚之下立刻把它们藏进了床头柜。

她怕被他走进卧室看见，那会让她产生羞耻感。

但这一切都是她想太多了。从头到尾，费鹰都没靠近她的卧室一步。他对于她的私密空间，完全不感兴趣。

凌晨两点多，姜阑被疼醒了。

她的左乳伤口突然产生了撕裂感，这令她一秒清醒。她摸到手机，按亮屏幕，看了一眼时间。然后她撑着坐起来，把床头灯拧开。

姜阑褪下睡裙一边，自行查看伤口纱布，并没有新血的痕迹。她不能确定这是麻药过后的常规生理反应，还是异常状况。犹豫片刻，她并没叫费鹰。

那盒少了三根的烟现在还躺在她的大衣口袋里。姜阑很希望他至少在今晚能够睡一个好觉。

二十分钟后，姜阑感到这股突如其来的疼痛感在逐渐减弱。她松了一口气。

床头边的保温杯里有热水，姜阑拿起杯子，小口小口地喝了。从昨晚开始，费鹰就不允许她再喝冰水。

喝完水，姜阑穿好睡裙，下床去了趟卫生间。

整个过程她都尽可能地轻，生怕吵醒在客厅睡觉的费鹰。

从卫生间出来后，姜阑轻手轻脚地走去客厅，借着窗帘缝隙中漏进来的一点微光，打量躺在沙发上的男人。

这里的暖气恒温能力不如他住的地方。他穿着T恤和长裤，没盖她为他准备的薄被。

沙发的空间很有限，姜阑很难想象这样睡觉怎么可能舒服。但费鹰双眼紧闭，看起来睡得很熟。

她想，他这两天身心都太累了。

安静的夜色驱使姜阑走近沙发。她站在沙发边，垂着头看了好半天，然后悄无声息地蹲下来，膝盖抵在沙发下的厚地毯上。

男人的模样实在是太帅气了。

姜阑伸出一根手指，贴近费鹰的脸，离着一厘米左右的距离，隔空抚摸他的眉毛、鼻子、耳朵和嘴唇。

他温热的呼吸挨上她手指的皮肤。这呼吸稳而悠长，她想，他应该是真的睡熟了。

睡得这么熟，是不是她做什么，他都不会轻易察觉。

她犹豫着，是亲他的脸颊，还是耳朵，或是额头。十几秒后，她做出了一个困难的决定。

姜阑两只手撑在沙发边，很小心地俯下身，缓缓凑近，去亲费鹰的左脸。

就在她即将碰触到他皮肤的那一刹，男人动了动，他的头稍稍向左一偏。

她的吻正好落在了他的嘴唇上。

080 奢侈

男人的嘴唇很软，很暖。

姜阑怔住。她屏住呼吸，几秒钟后，确认了费鹰并没有因此醒过来。从某种意义上

THE GLAMOUR

来说，她现在的行为十分不体面。她在未获得他同意的情况下，做着冒犯他的事情。

不过她没有停止自己的行为。

姜阑亲吻过费鹰很多次，但今夜是她最为克制的一次。

失而复得的在乎和珍惜让她变得瞻前顾后，也让她几乎忘记了曾经是怎样无所顾忌地亲吻他的。

她将嘴唇与他的相贴。过了十几秒，她轻轻地伸出舌尖，碰了碰他的下唇。这个吻应该到此为止，如果再多做一点什么，他就会被她弄醒了。然而她体内的雌性荷尔蒙蠢蠢欲动。

姜阑松开撑在沙发边的左手，调整了一下身体的重心，然后小心翼翼地把费鹰身上的T恤下摆揭起。

她很想继续得寸进尺地摸一摸她想念多时的腹肌。她体内的每一个细胞都渴望与他进一步亲密。

这时候，男人又动了动，他屈起了左腿。

于是姜阑没能继续。她不希望将他吵醒，也不能真的得寸进尺到这个地步。她心中冒出了些许舍不得的情愫。到底是舍不得些什么，她没细想。

姜阑稍稍后退，伸手将费鹰的T恤下摆轻轻拉平。

没关系，她还有床上的小硬可以摸摸。

早晨闹钟响，姜阑起床。

她先去卫生间，洗漱之后，走去客厅。客厅里没有费鹰的身影。她转身四顾，听到厨房有响声。

姜阑走到厨房门口，探头一看，费鹰正在弄早餐。他手边有几个非常精致的保温饭盒，里面是不知道从哪家餐厅外带回来的饭。

时间还这么早，姜阑不知道他是什么时候起床的，什么时候出门的，又去了哪家这么早就开门营业的餐厅弄来了这一顿丰盛的早餐。

她右手叩着墙边，对他说："早上好。"

费鹰闻声回头，看她一眼："早上好。"

他的目光让姜阑瞬间热了耳根。她不由自主地抬手揉了揉自己的嘴唇，回忆了一下凌晨时分的那个不为他所知的吻。

姜阑走进厨房，一边从柜子中取出餐具，一边问："你昨晚睡得好吗？"

费鹰没作任何回答。他问道："你身体感觉怎么样？昨天晚上疼了吗？起床之后检查过伤口的情况吗？"

姜阑说："没怎么疼，已经好多了。"

费鹰把她手里的餐具拿过来："好。"

吃早饭时，费鹰接了个电话。时隔两天，他终于开始重新分配时间给工作了。

来电人是孙术。今年双十一当天的业绩战报出来了，BOLDNESS 在天猫潮流服饰大类的排名连升多位，头一回列入前十名，GMV 同比去年增长了334%。

这是一个惊人的成绩。

对于这种平台级年度大促，BOLDNESS 从来不做深度促销折扣，这是费鹰从最初就定下的原则，至今没被打破过。费鹰绝不用品牌的低价形象去置换高销售额，因此孙术从来没期望过品牌电商渠道的业绩能够在双十一期间达到这样的爆发。

孙术带着他的运营团队熬了两个大通宵，他跟费鹰说，在刚刚过去的这个周末，站内的品牌关键词搜索量和旗舰店直接访问流量均突破历史峰值，甚至远远超过站内的付费流量。是什么引发了这样的免费流量热潮，孙术直白地总结："咱们是不是得感谢一下徐鞍安啊？"

费鹰没接茬。

第十四章

真要感谢的话，恐怕这头一位该感谢的另有其人。

打这个电话，费鹰全程没避姜阑。挂了电话，他转过头看看她。她坐在他身边，正低头喝燕麦粥。

离得这么近，孙术说的话姜阑应该能听到大部分。

费鹰想到她前天夜里的观点。"更加专业的角度"和"尽量客观"，这次事件对品牌生意规模扩大的实际影响力不容任何人无视，此刻的事实结果捍卫了她的主张，同时证明了他在某些方面的偏执。

费鹰等了几分钟，他本以为姜阑会说些什么，但姜阑并没有就此事再度发表看法。

他略作思考，然后开口道："BOLDNESS这些年一直没有市场公关的专业人才，我最近让孙术开一个品牌公关的新岗位出来。"

姜阑抬头看看他。

这是在征询她的意见吗？在工作上一贯强势和自我的费鹰，现在居然在问她的意见。

姜阑放下调羹，说："哦。这个岗位你们打算放在哪里？"

费鹰说："深圳总部。"

姜阑说："招人会很难。时尚行业的品牌传播和营销类的资深人才大部分都在上海，你们要用什么条件吸引这一类人才心甘情愿地从上海去深圳，这是一个问题。另外就是行业资源，各大广告和营销类的代理商，潮流媒体和时尚博主，也都集中在上海和北京。你们放一个人在深圳，工作开展起来很不方便。"

费鹰说："BOLDNESS的上海分部还在筹建中，短期只会把梁梁的创意团队搬过来，再另搭一个开发团队。除此之外，其他业务部门仍然留在深圳不动。如果把人放在上海，内部协同起来也会很不方便。"

姜阑想了一会儿，说："你要不要考虑一下，直接在上海建一个品牌中心？从商品企划到创意设计，到开发，再到品牌传播和营销，全部放在这里。"

早饭后，姜阑去忙她的工作。她走进书房关上门，把客厅留给费鹰。

费鹰花了一些时间，处理完这两天堆积的所有需要他决定的事项，其间他又接了几个电话，有些没那么急的事情他仍然让人往后先放一放。

午饭前，他抽空考虑了一下姜阑的建议。

她的思路和想法同她从业多年的高度职业化的背景经历分不开，她没有在类似BOLDNESS这样规模不大的本土品牌和公司工作过，不会了解有些在她眼中看来很简单的事情，实际落实起来的难处在哪里。

但她仍为他打开了不一样的思路。

像这种高质量的对话和想法碰撞，让费鹰再一次地感受到了姜阑身上独特的魅力和吸引力。这甚至比凌晨时分她的偷吻，更加让他心动。

下午三点，姜阑收到银行通知短信，她赎回的短期理财已到账。她立刻将钱打到奔明的账户上。

刚好小窦发来这两天的事件舆情监测汇总报告，姜阑把支付电子凭证发给她。小窦说，这个项目奔明内部商量过了，想要给姜阑打个折扣。姜阑询问原因，小窦说，没有特别的原因，奔明的老板也是个女孩子。

姜阑没有拒绝小窦和奔明的折扣。

投入这些金钱、时间和精力，姜阑一开始的确是为了费鹰，但后来不仅仅只是为了费鹰。一路看着梁梁做的"女人是什么"系列，DJ ZT和白川拍摄的"女DJ是什么"纪录片，BOLDNESS推出的"无畏WUWEI"，徐鞍安身上展示的"乳房是什么"T恤，网络上针对这些事件前后几轮的轩然大波……作为一个女人，姜阑不可能不被触动，她认为这些都值得让更多人看到，值得被更多人讨论。

投入的这些金钱、时间和精力，姜阑是为了很多的她和她，也是为了她自己。

THE GLAMOUR

在看过奔明发来的报告后，姜阑又去网上读了一些热度较高的关联性内容，其中有一张在"乳房是什么"话题下发布的照片，转评赞的数量加起来近万。它的发布者是一个十七岁的女孩子，她因罹患乳腺癌切除了双乳，术后，她在疤痕的部位文了两只硕大的蝴蝶刺青。这张照片是她的全裸正面照。蝴蝶在她胸前栩栩如生，薄翼翩跹，她的身体白皙瘦弱，但又是美得那么有力量。

姜阑将这张照片看了很久很久。

美是什么？她又到底在恐惧什么？是怕她的身体不能再对异性产生生殖性的吸引力吗？是怕她不能再符合社会性的女性美感吗？

都不是。

她的梦想和追求，是她构建自我的基石。她所恐惧的，从始至终都是个体的自我缺失和不再完整。

顺着这张照片下面的评论，姜阑又看到了专门为患病女性做的义乳。

她浏览了大约半小时，过程中，她想象了一下自己使用这些产品的画面。姜阑想，她不需要义乳，她不在乎所谓的女性曲线和弧度，但她需要能够表达自我的非常美丽的内衣。

市场上的女性内衣品牌很少会为这样的特殊需求制作商品。失去乳房的女性似乎天然不被考虑有对美丽内衣的需求。这是一个遗憾。

姜阑找了很久，找到两个为乳腺癌术后群体制作内衣的品牌。这些产品很好，在功能性方面考虑到了病患方方面面的生理需求，但姜阑始终觉得它们缺少了什么。

她保存了几张内衣的产品图，然后发给梁梁。

梁梁很快回复，这些是什么意思？

姜阑打下一句话："你觉得一个失去乳房的女人，还可以拥有多少继续坚持时尚的奢侈？"

但很快，她又逐字删除，没有发出去。

那些沸沸扬扬的，是网上的舆论，网上的内容，网上的信息。而在网络之外，有多少女性，根本没有能够上网为自己发声的通道，又有多少女性，根本没有条件做一次常规的乳腺检查。

对她们而言，健康都是奢侈，遑论时尚。

姜阑想，如果失去乳房，她或许根本不需要再穿内衣，无论它美或不美。

早些时候，Vivian 将两个陈其睿应该出席的会议改到了下午，并通知所有参会人员，老板将从线上接入。

开会前，姜阑拿着保温杯去厨房倒水。

费鹰正在客厅窗边打电话。

看见她后，他低下眼，直接挂断了电话。然后他说："信号不好，我出去接个电话。"

姜阑望着他。男人低头看手机的样子很平常。

她把水杯放在桌上，走近他："我想亲耳听听我的检查结果。你就在这里打，好吗？"

费鹰抬头看着姜阑。

她的表情很平常，但她望向他的眼神不容他拒绝。

三秒后，他拨出电话，同步打开手机扬声器。

那头很快接通，是郁从医院国际肿瘤中心的负责人。

对方和费鹰打过招呼，然后先说结论："活检结果目前看是良性，但不排除恶性极早期取样部位偏差导致结果呈良性，不过这个可能性非常低。建议姜女士三个月后再来做一次超声检查，如果到时候结节状态没有任何变化，就可以彻底放心了。"

对方还说了一些话，但是姜阑已经完全没办法集中注意力去听了。

她等了一会儿。

第十四章

费鹰结束通话，他紧握手机的右手青筋凸显。

姜阑伸手，轻轻摸了摸他的手背。他在她的抚摸下渐渐放松。她转而拉住他的手，半天没放开。

姜阑不知在想什么，但她没能继续想下去——她拉着费鹰的左手被他用力一拽，整个人被抱入他温暖结实的怀中。

081 很复杂

姜阑有点疼，她没出声。

她的呼吸之间全是费鹰身上的味道，他的心跳又重又快。此刻他的怀抱很温暖，但她没有忘记昨天他在医院里的手掌是多么冰凉。

姜阑抬起胳膊环住男人的腰，一下又一下地轻轻抚摸他的腰背，口中说："没事了。"

过了一会儿，费鹰松开她。他替她拨了拨被弄乱的头发，拇指在她的脸颊边多停留了几秒。他说："嗯，没事儿了。"

姜阑看见他动了动嘴角。

这笑，自分手后她就没再看见过。现在他终于重新对她笑了。

她的心口突地收紧。男人的目光和他的笑意一般温柔。这样的温柔久违又熟悉，它给了姜阑前所未有的勇气。

费鹰从桌上拿起她刚才放下的保温杯，走去厨房。

姜阑想也没想地跟了过去。

他倒好热水，转过身，就被她迎面堵在厨房里。

姜阑从他手里接过杯子。

她现在身体没事了，他还会继续留在这里吗？他工作很忙，已经照顾了她整整两天，她现在没有理由让他继续留下来。她马上还要去和老板开会，很多话她来不及在这短短几分钟内说清楚。

姜阑很少见地着急了。她用双手紧紧地握住杯子："你不要走，好吗？"她也不给他反应的时间，又继续要求，"我有话要告诉你。你等等我，我一开完会就和你说，可以吗？"

如果他说不好，不可以，那么她可能会把他直接反锁在厨房里。

男人没给她这个蛮不讲理的机会。

费鹰低头，看着姜阑的双眼："好。"

姜阑心头的急躁立刻消失得无影无踪。她松开一只手，拨了拨头发："你想不想再睡一会儿？"

前天晚上的三根烟，昨天晚上的狭窄沙发，她不认为他真的休息好了。

她又补充："你可以去睡我的床。"

姜阑的床不算很大，尤其和费鹰在深圳和上海的床比起来，甚至可以说是有些小。这张床并不是为有伴侣的人设计的。

费鹰站在床边，看着姜阑弯腰把枕头拍松，把被子铺平，然后他听到她轻声说："你睡吧，我要去开会了。"

他应着："哦。"

枕头和被子沾着姜阑身上的香味。躺在这张床上，费鹰根本就无法控制本能性的生理反应，这简直比凌晨时还要命。

THE GLAMOUR

几分钟后,他拿起手机,试图通过工作转移注意力。

孙术给他发来双十一的整体复盘报告,里面有他最关心的商品表现深度分析。他逐字逐句读完报告,心绪得到了有效平复。

费鹰关掉文件,把姜阑在早饭时提出的品牌中心建议发给孙术,问他什么看法。

孙术回复:"你怎么不直接把整个总部都搬到上海去?"

态度很明确,而且还有脾气。

梁梁和创意团队要被搬到上海,孙术尊重大局,但这不代表他心甘情愿。

费鹰:"我就随口一问,你急什么?"

孙术:"不说了。太困了,我要睡觉。"

费鹰:"我也睡会儿,有事儿留言。"

孙术:"我困是因为双十一熬了两个通宵,你这会儿睡的是什么觉?你有什么可困的?多少事还等着你点头。"

费鹰没再多说。

他扣下手机,笑了一下。他终于能用正常的情绪和孙术像这样聊几句了。过去两天他的精神太紧绷,这会儿松懈下来,倦意层层如浪,将他淹没。

费鹰把姜阑的被子扯过来,搭在腰上,很快地睡着了。

姜阑请了病假但还从家接入会议,这种行为被何亚天称为劳模典范。他发微信吐槽她,能不能给别人留点活路?她这么干,将直接树立陈其睿对下属休假期间继续工作的全新期望值。

北京店王周年庆明星活动以高业绩达成率完满结束,朱小纹心情好,何亚天心情更好。姜阑在会上讲活动总结,没人发起任何挑战。有这场商业活动打底,上周全国的零售生意数字超乎预期得好看。

生意相关的事情讲完,陈其睿把HR单独拎出来,叫余黎明当众汇报各部门待招岗位的进度。

九十分钟的周会开完,不过是喝个水的工夫,姜阑就收到了余黎明的邮件。他这几天又筛选了三位电商候选人,没有全球多元化招聘框架约束,这次的三位全是女性。

姜阑看完简历,请他直接安排本周连续面试。

该开的会开完,姜阑没再多看其他的工作。她离开书房,走去卧室,轻轻推开门。费鹰躺在她的床上,腰上搭着她的被子,沉沉地睡着了。

姜阑在门口站了一会儿,然后轻轻关上门。

费鹰醒来,有那么短短几秒钟忘记了自己在哪里。

这张床有点软,搭在腰上的被子更软。房间里窗帘闭合,夜灯亮着,床头柜上放着一杯摸起来还有余温的水。

他坐在床边,喝下这杯温水,醒了醒神。

手机时间显示现在已经九点半,他居然一觉睡了这么久,还是在他并不熟悉的床上。

费鹰站起来,抬手抓了一把头发。他推开卧室门,走出去。

客厅里的电视开着。

姜阑没在书房工作,正坐在沙发上看电视。听到声响,她转过头,看向他:"你醒了。现在饿吗?"

费鹰居然毫无饥饿感,他摇了摇头,走到她身边。

姜阑问:"那你想看电视吗?"

费鹰并不想看电视,但他在她身边坐了下来。

下午在厨房时,她说有话要告诉他,还要求他留下来等。现在他醒了,她又开始顾左右而言他。

费鹰很耐心地陪着她看了一会儿不知所云的电视综艺。

第十四章

姜阑解释:"这些爆款综艺我平常会抽时间看看,为了工作,为了了解现在大众的热点。"

费鹰说:"哦。"

过了十几分钟,姜阑把电视声音调低,说:"你没看见沙发上有什么吗?"

费鹰前后左右地看了看。

在他右手边的沙发靠枕上方,坐着两只小玩偶。

一只是他最早送给她的仿真版公仔,另一只是一个穿着满印 VIA logo 服饰的小女孩玩偶,它的脖子上戴着一条很眼熟的项链。

这两只小玩偶头靠头地依偎在一起。

费鹰伸手把它们拿下来。

他听到她在叫他:"费鹰。"

姜阑看着男人转过头,他的眼神里有些说不清道不明的东西。她尽量语气如常地开口道:"半个月前,我问过你一个问题,当时你没回答我。"

费鹰没说话。

姜阑没问他是不是已经忘了。她相信他知道她在说什么。

她继续说:"不管你的回答是什么,我都想告诉你,我认为有必要。很有必要。有很多很多的必要。"

你做不到你承诺的,我不能理解你需要的。你觉得我们还有必要继续在一起吗?

有必要。

很有必要。

有很多很多的必要。

男人沉默着。

姜阑把两只小玩偶从他手中拿过来,放在两人之间的沙发上。

她开口了,语速不快,但很清晰:"我觉得有必要。虽然我仍然是一个不太擅长处理亲密关系的人,但我的本能让我无法放弃你。你对一段亲密关系的期望,我现在了解了。如果亲密关系本身就是复杂的,而这种复杂是充满未知又无法避免的,那么我想告诉你,这样的亲密关系,我不再惧怕,也不再排斥。如果你愿意相信我,我很想和你开始一段复杂的亲密关系。你想不想试一试?"

一段关系,从不因它的完美而动人。真正的亲密,是明知会很复杂,但仍有勇气奔赴,投入对方的怀抱。

姜阑说的每一个字费鹰都听清了。

她的信任、勇气与赤诚,是那么动人。她告诉他的这番话,超乎他的一切想象。这个女人的冷静、热情、理智、冲动、怯懦、大胆与可爱,让他根本不可能放得开手。

就算没有她今晚的这席话,他也从没打算过离开她。

姜阑伸手去拉费鹰的衣角:"听我说这些,你觉得复杂吗?"

费鹰终于开口了,他的声音有些哑:"很复杂。"

姜阑把两只小玩偶移动了一下,她凑近他。

"那这样是不是就不复杂了?"

费鹰没回答。他的嘴唇被姜阑咬住了。

大约过了五秒钟,他左手按住她的腰,右手捏住她的下巴,用她最喜欢的方式,强势而温柔地回应她的这个吻。

在这个亲吻里,曾经的伤害与此刻的爱意互相糅合。它们本就共生,并且密不可分。

如果爱是本能,费鹰的本能只为姜阑而生。

BOLDNESS ★ WUWEI

第15章

错　了

082　错　了

姜阑松开费鹰的衣角。她轻轻地喘息，然后问："还要再亲亲吗？"
这根本不是一个疑问句。
十分钟后，姜阑帮费鹰把T恤下摆拉平，她的手被他按住。沙发上的两只小玩偶东倒西歪地躺在一旁，一只抱枕落在地毯上。
费鹰直起身，又弯下腰，捡起抱枕，重新放好。他伸手触摸那只VIA玩偶的脑袋，说："很可爱。"
姜阑短暂回忆着他腹肌的轮廓和触感，他克制的性感在任何时候都让她着迷。姜阑很想把这个男人直接压倒在沙发上，但她的身体情况和理智没让她这么做。一切又重新开始，她很珍惜这来之不易的亲密，她在乎的是更为长久的磨合和更加深入的交融。
她问："今晚你回去睡觉吗？"
沙发真的不太舒服，她刚才已经尝试了一下。她也知道自己的床不够大，当初搬进来时，她就没想过有朝一日，她会顾虑一个男人能不能在她家里睡个好觉。
费鹰回答得很干脆："嗯，我回去。"
他不能不回去。他要是再不回去，今天晚上姜阑就不可能睡个好觉。她现在不能熬夜，不能累，不能有过大压力，他不希望为了一时欢愉而牺牲她的健康。
姜阑看着费鹰收拾行李箱。等他都整理好，她才把背在身后的小兰递向他："你想带它走吗？"
费鹰接过小兰："想。"
姜阑看见他把小兰揣进外套宽大的口袋里，小兰的脑袋露在外面，看起来真的很可爱。她忍不住笑了，上前半步，将他抱住。
费鹰没计较她还穿着居家睡裙，却紧贴着他去过医院的外套。他一手揽着她的腰，一手把小兰脖子上的项链摘下来。他说："项链我给你戴上，好吗？"
姜阑点点头。
她的长头发被他拨到右边肩膀处。他的手指擦过她的耳后皮肤，这让她浑身的神经末梢都抖了抖。姜阑不知道她为什么要选择这种诱惑和折磨。
费鹰收回手："那我走了。"
姜阑放开他。她想了想，叫他："费鹰。"
费鹰说："嗯。"
姜阑说："我工作很忙，有时候会忽略生活，也习惯了一个人处理和消化所有的情绪和压力。我的确很需要只属于自己的空间，也没办法做到每天都和你在一起，但我们可

第十五章

以尝试去找一个平衡，这样你觉得好吗？"

费鹰说："好。"

坐进车里，费鹰把口袋里的小兰掏出来，放到副驾座位上。小玩偶的脑袋正对着他，他回视它好半天，又伸手揉揉它的脑袋。

一段复杂的亲密关系是什么样，费鹰没经验，也无法想象。如果这段关系能够承载真实，那么他愿意以最真实的心态面对姜阑。经历过理想化的上一回，他甚至没有期望姜阑能够100%地做到她今晚的承诺。

费鹰给高凉打了个电话，说他今晚不去酒店住了，会直接回公寓。高凉表示会去处理酒店退房和他在那边的个人物品，又说公寓这边每天早上都安排了人打扫，费鹰什么时候回去都能住。费鹰让高凉在这个月安排时间，他要去实地看看之前高凉筛选出来的八套房子。

车入地库，费鹰坐电梯上楼。开门进家，玄关的地上摆着两双拖鞋。他收起一双放进鞋柜，然后给姜阑发了条微信，说他已经到家了。

她给他回了一个亲亲的表情。

一段复杂却真实的亲密关系，让人踏实，哪怕是忙碌，也忙得踏实。

费鹰周二上午和周尧对了一下BOLDNESS上海分部选址的事情，确定场地和租期，分公司注册的事情交给周尧继续在上海跟进。下午费鹰直飞西安，和陆晟一起去看项目。他在西安待了两个晚上，紧接着又去重庆。这两个城市的青年文化很有特点，又都是中国Hiphop文化重镇，他在这两个城市见了些老朋友，聊了些新事情。这几天，费鹰还抽空看了看这两个城市最新的零售业态。中国西部的几个重点城市在过去十年中一直被低估，近两年虽然新开出了一些名号响亮的商业综合体，但整体的品牌招商组合仍然不如其他地方，这背后的原因很复杂，没有总而言之，只有一言难尽。费鹰这一路都在看BOLDNESS下一家大店的潜在选址可能性。陆晟抓住机会就吐槽，说他可真能压缩行程，出一趟差，一天恨不得干一百件事，有必要这么着急吗？在外面多待几天又怎么了？

说这话时两人刚从一家苍蝇馆子出来，站在居民楼外面等车。和费鹰在重庆的街头吃饭，陆晟早就憋了一肚子槽想找地方吐。他话音刚落，费鹰手机就振了。电话是姜阑打来的，费鹰接的时候也没回避陆晟。陆晟从头听到尾，又继续吐槽，说行，我现在是明白你为什么这么着急了。

费鹰没解释。陆晟不知道他之前和姜阑分手的事，自然也就不能明白现在两个人对这段新关系的珍惜和重视。

晚上回酒店，楼下路口有个阿姨挑着竹担卖新鲜水果。费鹰买了两个耙耙柑，拿回房间洗干净剥开，拍了张照片发给姜阑。

姜阑喜欢吃柑橘橙柚类的水果。

过了一会儿，她又打来电话。这个电话不长，费鹰问姜阑这会儿在干什么，她说已经准备要睡觉了，明天又是忙碌的周一。

费鹰说让她好好睡觉，明天晚上见。

姜阑笑了笑，说明晚见。

过去的这周，姜阑比费鹰还要忙。

电商招人的工作有了新的突破。她见了余黎明新推来的三个候选人，其中一个女生叫刘戈纯，1988年生，读书时本硕念的都是服装工程，工作后一直在国内的大女装集团，职业轨迹很清晰，从商品企划转渠道买手再转电商运营，对整体零售行业、服饰商品和线上生意都有经验。但这个世界上既不存在完美的雇主，也不存在完美的候选人。这个女生不会讲英文，在VIA这种日常需要和总部进行沟通的国际奢侈品牌公司工作，将会是一个相当大的挑战。

电商建站时间紧迫，明年业绩目标又在眼前，陈其睿能每个礼拜都像本周一开会时那样把 HR 单独拎出来敲打吗？不可能。

姜阑只能向现实妥协。她请余黎明速度安排这位候选人给陈其睿见一见。

周三下午陈其睿只花了二十分钟见候选人。Vivian 把人送走后，叫姜阑进他办公室。陈其睿问姜阑是怎么想的。姜阑还能怎么想？她脑子里全是生意目标的数字，她需要一个懂女装、懂零售、懂电商，并且具备品牌方工作思维的资深候选人，刘戈纯除了英文不行，还有其他问题吗？

陈其睿说，在我们这个行业工作不会讲英文，是小事情吗？你选这个人，是在给自己找麻烦。

姜阑沉默不语。

陈其睿又说，民企的文化什么样，我们的文化什么样，她来，适应期要多久，能不能融入你现在的团队，能不能用我们的思维和语言做事情。在这样的情况下，她的经验是否还能被转化为优质结果，她的个人价值实现程度又能有多高。最关键的是，她会不会也对我们产生失望感。这些问题，你都想清楚了吗？

姜阑说，我想清楚了。

余黎明得知了姜阑在陈其睿面前的坚持，他由衷敬佩姜阑。如果结果证明这人选错了，他无法想象姜阑的高自尊会受到怎样的打击。

HR 很快叫猎头去问候选人要过往的薪资证明，了解对方对薪资的期待，当天之内就做好了 offer proposal（录用条件）发给姜阑确认。姜阑看了一下数额，给到确认。HR 次日就告知姜阑对方已经签回 offer，二十八天后即可入职。

人的事情暂时了结，业务的事情则是没完没了。

明年三月上海大秀项目正式进入倒计时，目前离开秀只剩四个月。在这个行业，四个月不过是眨个眼的时间。

姜阑按陈其睿的要求，带团队和 IDIA 的人一起忙了三天，做出一套评估大秀创意数字化的本地可行性分析和全新预算结构的汇报文件，同步发回两边总部。

季夏要做一个全新的行业标杆案例出来，这个目标极具她的个人野心，而这个野心与姜阑想要的并不冲突，她愿意在各方面配合季夏。一从北京回来，季夏就叫她的人在上海、北京、杭州、深圳四地同步寻找技术实力能够接下这桩案子的营销科技公司，并且开出了不低的项目报酬数字。

姜阑问季夏，IDIA 总部允许她找中国的本地公司做这个吗？

季夏反问，不允许又怎么样？

除了大秀的事情，所有的年度代理商也需要在本月之内确认全新的年框合同和价格。姜阑为此事又花了不少时间精力。

之前媒介采买代理商比稿结束，PIN 以其出色的品牌及效果整合采买能力和极具诚意的服务费报价赢下了 VIA 中国区这个客户。这个决定姜阑没报总部，她从陈其睿那里拿到了特批。

宋丰亲自送签章完成的合同原件到 VIA，约姜阑下楼喝个咖啡。

姜阑不喝咖啡，但她还是下了楼。

面对即将合作的新代理商，该给对方老板的面子她必须要给。

宋丰在乙方做客户这条职能这么多年，客情维护能力那是一流的。他和姜阑闲谈了一会儿，然后很随意地提到自己太太也在时尚圈，目前在某家港资高端精品百货负责珠宝和配饰的买手团队。

姜阑听到这家百年精品买手店的名字，多少明白了宋丰这一身低调奢华的品位是如何形成的。

聊到一半时，宋丰忽然想到什么，笑着说，下周一晚上他太太的公司刚好要做一场珠宝配饰的新品赏鉴会，如果姜阑有兴趣，可以带朋友一起去。他把一沓活动邀请函递给姜阑。

第十五章

姜阑接过来看了看。

地点在大剧院，该活动将在一间小厅内举行，结束后有一场德国剧团的歌剧，宋丰太太的公司包了所有的VIP席位。

宋丰说，如果下周一姜阑有兴趣一道吃晚饭，他可以介绍太太给她认识，都是一个圈子里的，应该有不少共同语言。

姜阑没有拒绝。

当天晚上她问费鹰哪天回沪，费鹰说，不出意外的话周一下午。姜阑问他想不想陪她去吃个晚饭，对方是一对夫妇，她感觉有他陪她一起出席会更好一些。

费鹰在电话里安静片刻，答应了。

挂了电话，姜阑把邀请函拍了张照片，发给费鹰，让他知道地址和时间。然后她想了想，又给童吟也发了一条微信，询问她是否需要邀请函。童吟一向喜欢时尚奢侈品牌的各种内部活动，而且这次活动之后还有歌剧，不是很适合童吟吗？

但童吟拒绝得很直接，她下周一晚上已经有安排了。

姜阑有点好奇，她不知道是什么样的安排，能比这个活动更加吸引童吟。

童吟周一晚上回了趟母校。离母校不远的地方有间小小的餐酒馆，她和另外一个女同事在今晚包了场。

今晚这里有一场很平凡的聚会，聚会的组织者是某个专注于为贫困地区的女性提供特殊援助的机构，该机构对外宣传口的负责人是一位90后的小姑娘，她发起了这场非官方行为的活动，邀请近一年来捐过款的爱心人士来一场线下聚会，方便大家互相交流慈善经验，顺便也能交交新朋友。

活动定于晚上八点开始。

童吟七点就到了，她和女同事一起主动赞助了这次活动的场地。在之后的五十分钟内，陆陆续续地来了三十多个人，不出意外全是女性。

童吟坐在靠近门的地方，协助帮忙做签到。

八点整，门外走进来一个人。

童吟抬头，那居然是个男人。

他的头发剃得极短，今天没染颜色。他身上套着一件宽大的军装风长款夹克，嘴唇和下巴压在竖起的领口中，露出上面高挺的鼻梁和薄薄的单眼皮。他耳朵上的五六七八只耳钉和耳环闪着比冬夜还冷的光。

王涉一进门，就后悔了。

他不知道自己为什么要头脑发热地来参加这个活动。

机构那边的小姑娘邀请了他好多次，他考虑了半天，觉得对方盛情难却，就答应了。

但真相是，对方的难却盛情只是次要原因。主要原因是什么，王涉刻意不做任何思考，他并不想搞懂自己到底是什么心理。

王涉没想过活动现场都是女人，更没想过在这满满一屋子女人里面，居然有一个他眼熟的。

童吟按了按黑色水笔，问走进来的男人："你是来参加活动的吗？"她撕下一个不干胶姓名贴递给他，上面的空白处需要来参加活动的人写上自己的名字。

王涉看了她两眼，把外套的领口拉高了些，然后双手揣进兜里，根本不接她递来的东西。

他说："哦，走错了。"

说完，他原地转身，推门走了出去。

THE GLAMOUR

083 　坐

　　童吟的女同事看见这一幕,过来问:"刚才那人是来参加活动的吗?"
　　童吟低头,用笔把列表上的一个名字用力划掉。她面无表情地回答:"脑子坏了,走错了。"
　　一分钟后,门又被推开,一个男人走进来。
　　童吟抬起头。看清来人,她皱起眉头,脸色变得很难看。
　　"吟吟。"
　　男人的目光锁住她。
　　童吟立刻站起身,走出来,冷冷地说:"出去讲。"
　　走出餐厅,童吟站在街沿,她一个字都不想对身后跟出来的男人讲。她没想到赵疏居然能找到这里来。
　　过去的三个礼拜,赵疏给她的单位天天订花,每个礼拜都来找她三趟,但从没有成功见到她本人。童吟把他的电话和微信全部拉黑了,她以为自己的态度已经非常明确,但她低估了这个男人的脸皮厚度。
　　此刻看着赵疏,童吟不无刻薄地想,如果他在床上的持久度也有现在纠缠她的水平,那么她对之前那段感情关系的满意度也许可以略高一点。
　　赵疏近前一步,又叫她:"吟吟。"
　　童吟问:"你怎么知道我今晚在这里?谁告诉你的?"
　　不管是团里哪个人讲出去的,她明天上班一定会去警告对方不要伸手管别人的私事。
　　赵疏不回答这个问题。
　　童吟不想浪费时间:"你有什么事情?讲快点。"
　　赵疏说:"你搬回来住,好吧?"
　　童吟简直想冷笑:"这不可能。你还有什么其他事情?"
　　赵疏说:"你闹够了没有?男女朋友之间哪有不吵架的?一点点小事情,你能闹得这么大?让两家父母都跟着操心?"
　　童吟转身就走。
　　赵疏一把拉住她:"我听你妈妈讲,你现在住的地方又远又小。你能坚持多久?你能过得下去这种日子?不怕被人家笑话?"
　　童吟用力甩开他的手,压住怒火:"你是不是有毛病?我们已经分手了!分手是什么意思,懂吧?"
　　赵疏重新把她的胳膊抓住:"你回家好吧?你如果不回家,我妈妈就要把那套房子卖掉。她不肯给我。"
　　童吟简直要气疯了:"你松开我!"
　　她不知道这个男人还有这样无耻的一面,她根本就不应该走出来和他讲话。她气自己分手分得还不够干脆果断。童吟想到姜阑之前每次分手是怎样对待前男友的,她怎么就没有从闺密身上学到一点冷酷无情。
　　赵疏的力气很大,死活不肯松手:"你三十二岁了吧?还要找个什么样的男人才能满意?我们在一起六年了,婚都要结了,你说分手就分手?你对我有什么不满意,统统讲出来,我改,可以吧?"
　　童吟彻底爆发了,她狠狠挣扎,拔高音量:"要我讲有什么不满意是吧?我在你面前假装了六年高潮,累也要累死了,我现在就想找个能让我轻轻松松享受高潮的男人!够了吧?!"

　　隔着不到十米的距离,王涉一秒不差地目睹了这场闹剧。

第十五章

他今晚还没吃上饭。刚才他走出餐厅,在路边站了一分钟,正在思考接下来是直接回家还是先找个地方解决晚饭,这个女人就带着她的前男友——或者是前未婚夫——走出来了。

小情侣吵架,王涉看得多了。746HW 里面什么样的人和什么样的闹剧都不缺。但 746HW 是夜店,不是人来人往的街道。

一个女人能在街上大声说自己在前男友面前假装了六年高潮,这种场面王涉的确是第一次见。

假装高潮六年,这是什么样的工作量?王涉简直无法想象。一个女人居然能够为了男人的自尊心做到这个地步,想必她曾经对那个男人的爱一定很深?

想到这里,王涉右手从外套兜里拿出来,把领口扯下来一点。

这个女人几次找他想要睡觉,真的只是为了解决她的性欲问题,把他当作一只优质的床上工具?在他这里得不到,她是不是要继续去找别的男人?

一股无名火在王涉胸口冒起头,压也压不下去。

赵疏紧紧扣住童吟的手,脸色发黑:"童吟,你不要脸了吗?在街上讲这种话!"

童吟爆发之后身心俱疲,语气只余冷漠:"我不可能和你复合,更不可能搬回去住。你好好和你妈妈解释清楚,我不欠你的。"

赵疏盯着她:"你不就是想要高潮吗?你现在就跟我走。我们回家,我想办法让你高潮。"

童吟说:"你如果继续纠缠,我就报警了。"

赵疏冷笑:"你报警试试看,警察管不管小情侣吵架?"

他话音刚落,大衣领口就被人从后面拽住。

赵疏被迫回头,还没看清是谁动的手,下一秒,他抓着童吟的那条胳膊又被人重重一拧。剧痛袭来,他五指张开,松开了童吟的手。

越过赵疏的肩膀,童吟看见一件男式军装风夹克。她目光上移,触上一张熟悉的冷冰冰的面孔。

罔顾赵疏吃痛的骂声和接下来可能会发生的一切,童吟想也不想地转身就走。

她没回餐厅。此刻她的情绪糟糕透了,她没有任何心情继续参加这场她原本满心期待的活动。

她不知道自己的人生怎么会变成这样。曾经她期望完满的爱情和婚姻,但她昏头爱上了一个根本不值得她付出的男人。后来她只想拥有低级的快乐,但连这样的快乐也没有男人愿意给她。

男人统统都是混蛋,她再也不要理睬任何一个混蛋。

童吟越走越快。接连穿过七八个路口,出现一个老式小区,小区门口的警卫室外摆着一把空椅子。她走过去坐下。

坐下后,童吟抱住发软的双腿。

她歇了一会儿,抬起头,看见面前站着一个男人。男人的军装夹克敞开着,他的整张脸都露在领口外。夜色里,他看向她的目光像刀锋冷刃。

她没发现王涉居然一直跟着她。

一瞬间,童吟怒火又起。她站起来,劈头盖脸地质问男人:"我的事情和你有什么关系?你有什么立场和资格出手管我的事情?你一直尾随我是什么意思?你是跟踪狂吗?你走开!"

发完一通火,童吟再次转身就走。

王涉从没见过这么不讲理的女人,他也从来没给过任何女人迁怒于他的机会。

今天晚上他为了她而陷入了一场恶俗的闹剧,她不仅不感谢他,居然还张口骂他。

顶着童吟的怒火,压着自己的怒火,王涉还是继续跟了上去。这个女人被气昏了头,他不和昏头的人计较。

走出十几步，童吟停下，回头。
王涉也停下脚步。
她走回来几步，站在他跟前，扬起下巴盯住他。
童吟说："你这个骗子。"
王涉无语，这个女人气到连脑子都坏了？
童吟说："你今天晚上明明就是来参加活动的，你为什么要骗人，说自己走错了？"
她今晚到活动现场拿到签到名单，一眼就看到了上面有王涉这个名字。机构那边的小姑娘还说，这位的捐款数额巨大，好不容易才同意来参加活动。起初她以为这是个同名同姓的人，因为她根本无法把自己认识的那个王涉和为女性慈善机构捐款的行为联系起来。
谁能想到来的人居然真的是这个男人。
而他也再一次地张口骗人，就像他说他不行一样。
此时此刻，面对她的质问，王涉一言不发。
童吟简直要被气死了。她分辨不出自己究竟是在气什么。是气赵疏的无耻纠缠，还是气王涉的紧随不退却又沉默无语？是气她怎么都睡不到这个男人的不甘心，还是气这个男人居然没她想得那么差劲？
总之她满胸满腔都是无法平息的愤怒。
愤怒中的童吟咄咄逼人："你喜欢做公益是吧？你有钱给偏远山区的贫困女性做捐助项目，你没爱心帮身边的女性解决性欲问题是吧？"
她的逻辑听起来无懈可击，甚至让王涉不由自主地进行了数秒思考。
但王涉不想和她理论。他从来就理论不过这个女人。他说："你发够脾气没有？"
听到这么一句，童吟的气死了立刻就变成委屈死了。她实在不明白自己在这个男人面前有什么可委屈的，但她根本控制不住这突如其来的情绪。
她分外委屈地说："你就是假慈善！"
她第三次转身就走，但这次她的胳膊被王涉拉住了。
她听到男人在身后问："晚饭吃过了吗？现在饿吗？要不要吃卤肉饭？还是想吃别的什么？"
她没甩开他的手。

746HW 周一到周三晚不营业。
王涉输密码，开门，进去。童吟跟在他身后。她头一回见到非营业时间段的746HW，这里空空荡荡，安安静静。
王涉让童吟坐在 V1 等他。他先去办公室，把全场的闭路监控全部关了。然后他脱了外套，走去后厨。后厨备着菜，夜店虽然不开门，但是全城外卖的生意不会停。
王涉让人都出去，卷起袖子，洗了手。关上水龙头，他转身，看见不知道什么时候跟进来的童吟。
童吟看着男人给她做饭。从来没有男人像王涉这样给她做过饭。
他的袖子卷起，露出结实的胳膊。她看了半天他的花臂，目光上挑，又看向他高挺的鼻梁，和他的嘴唇。
童吟听到男人问："蔬菜有想吃的吗？"
她没吭声。
他转头："在想什么？"
童吟对上他的双眼："我想脱光衣服，坐到你的脸上。"
王涉不发一字，从旁边抓过一把菜心。
她又说："我幻想过很多很多次。每次看到你这张冷淡的脸，我都会想象坐到你的脸上是什么样的感觉。你的鼻梁很高，我应该会很爽，或者比很爽还要爽。"
今晚的遭遇和情绪赋予了她口无遮拦的权利，她完全不怕说这些会引发他的什么行为，因为她已经被他拒绝过太多次了。

男人一言不发地炒完了一盘菜心，利落地将菜装盘，然后把它和旁边的一碗卤肉饭一起端出去。

童吟跟着走出后厨。

王涉等童吟走进办公室，关上门，锁住。

她站在桌边。

他走过去，拉了一张椅子给她坐。然后他给她递筷子，她接过。他站着，她坐着。她握着筷子，半天没动。

王涉问："不吃吗？"

童吟不响。

她仰起头，目光湿漉漉的。

王涉把手里的筷子直接扔到桌上。他伸出手，五指插入她微卷的漂亮长发，握住她的后脑勺，让她的脸仰得更高。

他什么话也没说。

童吟的心跳于一瞬间加速。

她不知道一切是怎么发生的。

084 啦

童吟的大脑一片空白。

过了好久，她才缓过来，意识逐渐归位。

太爽了。

她动动手指，指尖还在微微颤抖。她记不清高潮具体是怎么来的，那种极致的刺激给了她磅礴的快感。她当时浑身痉挛，爽得几乎发疯，而现在却感到了无端空虚。

童吟背后贴着男人的胸膛。她不知道姿势怎么变成了现在这样。她连上衣都没脱，也没扯掉他的任何一件衣物，她只用了他高挺的鼻梁、嘴唇和手指，就爽到了这个地步。面对王涉这样的男人，这一场高高在上的、反客为主的性事，让童吟彻底得到了生理和心理的双重满足。"爽了吗？"

身后男人在问她。

他的声音又冷又欲，童吟的耳根又热又麻。

她点点头。

男人扶她起来，让她坐到沙发上。他把地上的裙子和内裤捡起来，转身又拿了盒湿纸巾，把这些一并放到她身边。

童吟高潮后浑身都没什么力气。她抽出一张湿巾擦了擦，然后靠在沙发枕垫上。这张沙发很宽，皮子摸起来很舒服，她不知道这里曾经躺过多少个女人。这个想法让她抬眼瞟向站在桌边的男人。

王涉始终背对着童吟。

他收拾了一下桌上冷掉的饭菜，一言不发地端着碗盘走出办公室。去到后厨，他把碗盘扔在一边，伸手拧开水龙头，弯下腰，让冰凉的水直接浇透头顶。

过了两分钟，王涉体内的沸血被降下温度。他关上水龙头，然后撕了几张厨房用纸擦干头发和脸上的水。

洗净的菜心还剩一半。王涉重新起锅，给童吟做饭。

在这个过程中，他短暂地回忆刚才发生的一切。

THE GLAMOUR

　　王涉这辈子不知道奉献两个字怎么写。今天晚上的这一场性事，是单方面的服务与满足。要让女人高潮，男人会很累，过程不容易。如果这场性事能够勉强算做慈善的一种，那么王涉希望童吟的快感可以持续得久一点。

　　把菜装盘时，王涉走了两秒神。白川拍摄的那部女性纪录片中的某些零碎片段，偏挑这个时候冲入他的脑际，让他的心情瞬间变得烦躁无比。他手一抖，嫩绿奶白的菜心掉了两颗到地上。

　　作为一场性事的客体，压抑自己，取悦对方，掌控权归属不在自己手中，而从头到尾都被对方的幻想与快感所凌驾——

　　今晚的他切实地体验了。而这点体验，对比那部纪录片中所展现出的种种，不过冰山一角。

　　王涉在原地站了一会儿，走出后厨。

　　他这些年来和多少个女人睡过觉，他在乎过女人是怎么看待性这桩事情的吗？他是个什么东西，没人比他自己更清楚。

　　给女性公益机构捐钱做慈善，这事说出去有谁相信是他王涉干的？他甚至到现在都搞不明白他为什么要做这一切。像他这种人，配谈女性困境吗？配做女性慈善吗？

　　童吟是真的饿了。

　　她把王涉重新做好的饭菜全吃了。吃完后，她擦擦嘴，看向男人。

　　在身体被满足之后，童吟只觉得意兴阑珊。这样的低级快感太容易消逝，精神和灵魂的空洞没办法靠它填补。她甚至完全不想再继续探究王涉所谓的"不行"是真是假，这和她没有深层关系，也不妨碍他继续取悦和服务她。

　　王涉卷起的袖口下有她用指甲掐出的印子。

　　童吟看清了，伸手揉了揉那块皮肤。

　　他撩起目光。

　　她被这样的目光又弄得湿漉漉。她不懂，怎么会有男人这么冷，却又这么能让对方变得火烧火燎？

　　王涉把她吃完的碗盘收走。童吟拉住他，说："以后还可以吗？"

　　他说："可以什么？"

　　童吟说："像今晚这样。"

　　今晚什么样？让她在他身上为所欲为，连续获得高潮？给她做饭，让她吃饱喝足？她把他当什么？免费的高级工具？

　　王涉的目光又冷下去三分，随即自嘲。

　　即便她不把他当作工具，难道他就能承担得起像她这样的女人对一个男人的认真期待？他是个什么东西，没人比他自己更清楚。

　　王涉移开目光，把卷起来的袖子一层层地放下去："你应该找个男朋友。"

　　童吟说："哦。和你有关系吗？"

　　王涉说："今天晚上，如果我没有在场，那个男人会把你怎么样？你找个男朋友，他会有所忌惮，这是对你自己的安全负责。"

　　童吟半天不响。

　　王涉起身。

　　她开口："你就是怕我缠上你，对吧？"

　　王涉站定看她。

　　童吟仰头，又重复："对吧？"

　　她饭吃得太快，脸颊旁边的发梢上粘了一粒米。她的目光中带了气，瞪着他的眼珠黑亮黑亮的，从这个角度看上去有点可爱。

　　王涉抬起手臂，从她的发梢上摘去那粒米。

　　他说："在找到男朋友之前，你随时可以到这里找我。我给你做饭，我让你高潮。"

第十五章

但除了这两样，他没什么能再给她的。

童吟坐在回家的车上，掏出手机。

离开前，王涉和她互加了微信。他的微信名就是他的姓名，头像就是他本人。童吟看了几秒男人这张冷淡的脸，关掉了他的资料。

这时候，姜阑给她发来微信，问她在做什么，还关心她晚上的那场公益聚会是否开心。

童吟简单回道："还好。"

她没告诉姜阑今天晚上发生的一切，她头一次刻意向闺密隐瞒了她和一个男人之间的关系。

姜阑收到童吟的微信，她没多问。歌剧下半场马上就要开始，她去休息区找费鹰。

男人在一群人里面很显眼。

他回头，朝她笑了笑。

姜阑也笑了。

过去的这几个小时，她实在是很开心。

中午费鹰返沪，他为了晚上陪她，特意调整了行程，航班往前改了两小时。落地虹桥，他和陆晟先去公司，然后直接回公寓，给姜阑发了条微信。

她本以为他要傍晚才到，两人可以直接在晚饭餐厅见面，却没想到会有意外惊喜。

一周没见，姜阑很想念费鹰。她没有压抑自己的想念，一结束工作，就去公寓找他。

费鹰出差回来，洗过澡，在换衣服的时候被姜阑在衣帽间里抱住。费鹰有点无奈，他提醒她时间，又摸摸她的后背："阑阑，等晚上回来再好好抱，好吗？"

她像这样弄他，让他怎么忍得住？

姜阑一边摸着他的腰，一边闻着他身上的味道，说："好。"

她松开手，去帮他拿衣服。

赴约穿什么，两人没刻意商量过。姜阑平常上班穿什么，今晚就穿什么。费鹰平常出门穿什么，今晚就穿什么。

歌剧这种艺术形式，费鹰很少主动欣赏。这不属于他的世界，也不在他的舒适区。但今晚是陪姜阑，费鹰愿意为她去做一些自己不会做的事情。

宋丰订的餐厅就在大剧院旁不远。

姜阑和费鹰到的时候，宋丰已经携太太在餐厅里提前等候了。他和姜阑打过招呼，介绍太太给她认识。

宋丰的太太名叫付如意，今年三十六岁，做了十四年时尚买手，从上海到香港再到上海，从奢华男装到女装再到珠宝配饰，是相当资深的行业前辈。

付如意对姜阑说："叫我如意就可以。"

姜阑和付如意问好："我是姜阑。"她又向两人介绍费鹰，"这位是我男朋友，费鹰。"

宋丰笑着和费鹰握过手。

付如意目光轻转，将费鹰从头到脚打量。姜阑留意到她的目光，只微微一笑，没说什么。

这个圈子就是这样。任何社交的第一步，都从对外表和品位的评判开始。很多人不喜欢这个行业是由于这个原因，但身处这个行业中的每一个人都摆脱不了这个无形的规则。

坐下后，付如意主动破冰："我有一位前同事，现在也在VIA。"

姜阑问："哪位？"

付如意笑了笑："Chris He。我在香港工作的时候，和他共事过。他当年就在做女装，做到现在，还在做女装。"

中国有句古话叫文人相轻，这话用来形容时尚买手，姜阑认为也很合适。

姜阑说:"Chris 人很聪明。"
付如意说:"他对女装的审美,还停留在十年前。"
这话如果换个人讲,会显得极其刻薄无礼。但付如意长着这样一张脸,又拥有着这样的衣品,这话从她口中说出来,只会让听者会心一笑。
于是姜阑很坦诚地笑了,说:"女装不好做。"
付如意很同意:"非常难。我自从怀孕之后就转做珠宝配饰了,没办法,总得留些时间给宝宝,给家里。不然光是每年的 fashion week 和各类国内外的 showroom 就要花多少时间在外面跑?"
姜阑看了一眼宋丰。
付如意顺着她的目光看过去:"男人啊,有什么用?他们就算再疼太太,也没办法帮忙怀孕生孩子。"她又说,"我有个很要好的闺密,年龄和我相仿,今年才怀孕,你想想有多么不容易?她先生就算再体贴再周到,也不可能直接分担她将面临的生育风险。"
一旁,宋丰和费鹰也在聊。宋丰很轻易地判断出费鹰是北京人,过了一会儿又问他在哪里高就。费鹰说自己做点小买卖。宋丰笑了:"一般说自己做小买卖的,那买卖都小不了。"
费鹰也笑了,没多说。
说着话,宋丰始终留意着他太太的需求,茶就算只喝了一口也会亲自添上。费鹰看得心中感慨,他以为他对姜阑已经是照顾至极了,但没想到这事居然是天外有天,人外有人。
宋丰讲完自己和姜阑的业务往来,又和费鹰聊了一会儿自家的两个孩子。听他讲这些时,费鹰露出真心的笑意,向宋丰询问了两个小朋友的姓名。
饭到尾声,姜阑和付如意讲起 VIA 明年三月的上海大秀。两人聊得很深入,付如意发表了她对 VIA 目前品牌年轻化和产品街头化转型的看法,有些外部视角很独特,也很引人思考,姜阑听得十分仔细。
后来姜阑又提起最近在为大秀项目寻找国内有实力的营销科技公司,这事很挑战,最挑战的是 IDIA 希望找一家管理层熟悉美国人工作思维的中国本地公司,便于后续项目多方沟通和快速推进。
宋丰听到这话,说:"我有个合适的人选,可以引荐给你们。"
费鹰心中也有一个合适的人选,不过他没在饭桌上提。他没必要急于这一刻,等晚上到家之后,他可以慢慢和姜阑聊。

饭后,四人走出餐厅,步行到大剧院。
剧院内的女洗手间里没有几个人。姜阑从隔间出来,洗手擦干,然后对着镜子简单补了补妆。她旁边也有一个女人在洗手,姜阑觉得这个女人有点眼熟,但她想不起来在哪里见过。女人察觉到她的目光,也从镜中望向她,友好地眨了眨眼。姜阑不好意思对着镜子打量人家,立刻收回目光,整理好手袋,转身走出去。
女人跟在她身后走出洗手间。
女洗手间外的走廊拐角处,站着一个男人,等人等得频频抬手看表,不耐烦地踱着步。他穿着西装,没打领带,衬衫领口解开两颗,臂弯里搭着两个人的大衣。
姜阑走过男人身边,她想到了自己的男朋友。她在来上洗手间之前,也把大衣脱给了费鹰,他去替她存衣物。
同她一道从洗手间里出来的那个女人停在男人身边。
姜阑听到女人开口说话了,那个语气大约是她这辈子也没办法对费鹰使用的。
女人对男人说:"老胡呀,你是不是几分钟看不见我,就以为我要出意外啦?"

第十五章

085 　羡　慕

女人还在和男人继续讲些什么，姜阑没多停留，直接走去多功能厅。

费鹰站在门口等她。

姜阑觉得她的男朋友比任何男人都要稳妥，他一点都不急躁，也没有不耐烦地踱步。这种令人安心的气质让姜阑着迷。她走到他身边，主动牵住他的手。

费鹰问："进去吗？"

姜阑点头，想了想，轻声嘱咐他："你今晚不要乱花钱。"

费鹰捏了捏她的手心，无声地笑了。

付如意公司的珠宝新品赏鉴会请了他们在上海的 VIP 顾客和各方生意合作伙伴。大剧院的多功能厅被布置得低调而奢华，不同品牌的珠宝按区展示陈列。付如意带姜阑一一看过并且略作介绍。这里的一切展品都标志着付如意的审美与生意眼光，她的团队为这次活动精选了多家国内外小众独立设计师珠宝品牌的产品，从 fine jewelry（高级珠宝）到 fashion jewelry（时尚珠宝），从项链到手链到戒指到耳环到吊坠，琳琅满目。

付如意公司的市场部和活动公司负责这次赏鉴会的现场布置和流程，姜阑的职业病让她没办法像别人一样专注于欣赏珠宝，她在这一类活动中总是习惯于留意别家公司和品牌的做法。现场有销售顾问为 VIP 顾客服务，付如意对姜阑说，不要在意。这句话固然是客气，但也不乏真诚。宋丰请姜阑过来，是借他太太公司活动的机会对姜阑做必要的客情维护，于情于理，姜阑都没必要为这场活动贡献任何销售业绩。

姜阑确实没有在意。她对珠宝的兴趣度很低，远不及服装和鞋履。她自己没有购买和投资珠宝的习惯，她答应来今晚这场活动，只是给宋丰一个工作社交的面子。能够认识付如意，对姜阑而言则是期望之外的愉悦收获。

付如意带姜阑看完所有展品回来，两人继续站着聊天。从行业内讲到行业外，从国内讲到国外，姜阑在不知不觉间和付如意聊了很久，两个人的同频沟通让姜阑感到非常愉快。

熟了之后，付如意问："姜阑，你喜欢他什么？"

这个"他"是指谁，不言而喻。

姜阑说："讲不清。"她笑得很淡，"本能？"

付如意也笑了一下。她的目光在活动现场转动一圈，又说："你会不会觉得，他和这里，格格不入？"

姜阑明白付如意是指什么。

现在的剧院和正式社交场合对着装的要求已经不像十年前那么保守，但在今天这样的场合，到场的绝大多数男士还是选择了商务风的正装。

姜阑说："如意，奢侈品牌这几年的街头化转型已经是行业大趋势，你说我们什么时候可以真正像热爱街头文化的年轻人一样，能够包容和我们不一样的人，进入属于我们的圈子里？"

费鹰没有打扰姜阑和付如意聊天，也没要宋丰继续陪同。

这间多功能厅不大，费鹰转了两圈，把在场陈列的珠宝首饰一件件看过去。他对珠宝没有兴趣，此前也没有刻意了解这一领域，但今晚活动现场的氛围让他反思，他好像还从来没有给姜阑送过什么像样的礼物。女人对珠宝首饰似乎都有天然的兴趣，费鹰站在一个展柜前琢磨了半天，考虑是否应该给姜阑送一件首饰。

有个销售顾问留意到他，走过来询问他是否需要帮助，并且向他递上今晚的展品名录。费鹰随口问了一下今晚活动价格最高的首饰是哪一件。销售顾问回答了他的问题，并且告之价格。

费鹰说了一个"哦"以及一个"谢谢",没有进一步的表示。

销售顾问等待了几分钟,不留痕迹地打量着费鹰的装扮,然后很有礼貌地离开了。

这个小插曲过去没多久,费鹰听到身后传来一个熟悉的男人声音:"费鹰。"

他转过头,看清来人后笑了:"胡老板。"

这也太巧了。刚才吃饭时,费鹰还想到要推荐胡烈的公司给姜阑,现在他就出现了。

胡烈走到他跟前:"你怎么在这里?"

如果他对费鹰的了解没有出错,那么这一类的场合费鹰根本不可能主动进入。

果然,费鹰说:"陪女朋友。"

胡烈说:"哦。我陪我太太。"他略略转身,四下一望,又问,"你女朋友是哪位?介绍一下?"他还记得费鹰对女朋友的描述——可爱。

费鹰不急:"等她忙完。"

胡烈说:"哦。"他看向费鹰手里的展品名录,"准备买点什么吗?送女朋友?"

费鹰递给胡烈,说:"本来想买。"

胡烈接过来,扫了两眼,了然。今晚最贵的一件首饰也不算太贵,估计费鹰是认为送不出手。他说:"没看得上的?"

费鹰没否认,又说:"我女朋友不让我乱花钱。"

胡烈失笑。

他不知道费鹰这是找了个什么样的女人。这话不仅可笑,也低估了费鹰的心力。在热恋期,为另一半花钱的本质并不是花钱,而是表达感情的一种直接方式。

胡烈对珠宝一样毫无兴趣,他今晚跟过来是为了确保陈渺渺的人身安全。在这个空当,他简单和费鹰聊了两句:"你最近怎么样?"上次的问题不知道解决了没有。

费鹰说:"还行。"

胡烈不认为现在的场景适合深谈,他知道创业者管理思维的转型需要一个过程,费鹰的困境只有他自己能够面对。

他正要继续开口时,肩膀被人从后面拍了一把。

"胡烈。"

宋丰的声音冒出来。

胡烈转身:"哦,刚才打你电话你没接。"他给宋丰介绍费鹰,"这是我朋友费鹰。壹应资本的创始合伙人,我之前和你提过一次。"

费鹰站在胡烈身旁,对宋丰点了一下头。

宋丰觉得这未免也太巧了。他笑道:"我们认识。今天晚上刚一起吃过饭。"不过费鹰当时不愿意过多披露自己的信息。很显然,费鹰在有姜阑的饭局上,并不想把对话的焦点转移到自己身上。

宋丰多看了几秒这个年轻有为却又这么低调的男人,然后问胡烈:"渺渺呢?"

胡烈说:"她一来就去找付如意了。"

还不允许他跟着。

在VIP区域,姜阑和付如意多聊了几句。这几句话之间,有人快速向她们走来,姜阑听到一声很雀跃的招呼:"如意!"

付如意看向来人,脸上露出一个很美丽的笑容。她张开双臂,抱了抱眼前的女人。

姜阑没想到像付如意这种性格也会有这样待人的一面,她微微惊讶。紧接着,姜阑看清了这个女人的长相,很巧,她们不久前在洗手间碰见过。

付如意主动介绍:"姜阑,这是我的好朋友陈渺渺,以前也是做Marketing(市场营销)的。不过和你的行业不同,她在国内消费品巨头AKS集团工作。"

AKS三个字母一出,姜阑很快反应过来那股熟悉感是从何而来了。

当初她在微信朋友圈里看到宋丰转发的那篇数字营销公众号的头条报道,里面讲到

第十五章

AKS集团内部新孵化的年轻品牌，文中配有一张该品牌总经理的近身照。

姜阑对照着记忆，看向眼前的陈渺渺。她本人比照片上看起来还要年轻，还要漂亮。

付如意又介绍道："渺渺，这位是宋丰的客户，姜阑。她在VIA，负责品牌在中国区的整体传播和营销推广。"

陈渺渺对姜阑眨了眨眼，就像刚才在洗手间里隔镜对视时的那样。随后她微笑着伸出手："你好，我是陈渺渺。"

姜阑轻轻握住："姜阑。"

陈渺渺仍然微笑着松开手。

付如意问陈渺渺："胡烈呢？没陪你来吗？"

陈渺渺说："别提他了好吗？我好不容易能出来玩一下，不想让他总跟在身边。我是怀孕，不是生了什么重病。"

姜阑目光下移，陈渺渺的腹部能看出稍稍隆起的弧度。她记起付如意吃饭时提起的"那位闺密"，不由得多想了一些。对比陈渺渺在职场上所取得的成就，三十六岁是多么年轻，然而面对即将到来的生育风险，三十六岁又显得多么高龄。

这个世界对女性，从来不讲公平。

姜阑不太理解，为什么像陈渺渺这样的女性，依然要选择生孩子。但尊重差异是教养的体现，她不想再用自己的偏见去随便评判别人的人生决定。

距离歌剧开场还有半小时左右。

有同事来找付如意，她暂时走开。陈渺渺随处看了看，问姜阑："你喜欢珠宝吗？"

姜阑说："兴趣不大。"

陈渺渺一笑起来，脸上就出现了小酒窝。姜阑觉得小酒窝非常漂亮，她听陈渺渺说："我也没有太大兴趣，我只是想出来见见人。"

两个女人走到一旁坐下来。服务生端来饮品，姜阑替陈渺渺取了一杯水。她说："我前不久刚读过一篇你的专访。"

陈渺渺说："见笑了。"

姜阑摇头，说得十分直接："我很羡慕。"

陈渺渺喝了口水，没问姜阑是在羡慕什么。过了一会儿，她说："你觉得你们这个行业在Marketing领域跑得太慢了，是吗？"

姜阑说："是。"

中国的营销业态和欧美的差异非常大，国内营销新玩法在日新月异地进化。奢侈品行业的保守和缓慢，让圈子里每一个做市场的人都很无奈。大众消费品行业则不同，这个行业对新兴事物的接纳速度与对营销手段的拓展宽度永远走在最前端。

除此之外，企业和企业之间的差异也是姜阑所羡慕的。在内资企业工作的职业经理人所能够拥有的高度本地自主权，是她望尘莫及的。

陈渺渺看出姜阑在想什么，说："外资企业和内资企业各有优劣。你只看到了我们对新生意机会的快速反应和准确落地，但你没看到像AKS这种本土大型集团内部的沉疴和积弊。"她又轻指不远处的付如意，"如果你和如意聊聊天，让她给你讲一讲港资企业是怎么做事情的，那又是另外一番天地。事实上，如果想要做出优异的成绩，那么不管在哪里工作，都很难。"

这个话题如果继续展开，就太大了。

姜阑没能继续和陈渺渺聊下去，她的先生前来找她了。

"小渺。"

男人把西装外套脱了，这会儿只穿了件衬衫。他弯下腰，去抓陈渺渺的手，口中说："歌剧快开始了。我先带你进去，否则一会儿人太多。"

姜阑看见陈渺渺在男人没注意的时候，再次冲她眨了眨眼睛。

陈渺渺对男人说："噢。"她又说，"那你再去帮我拿一杯水好不好呀？"

姜阑一时无言。

THE GLAMOUR

　　她实在无法把这样说话的陈渺渺和刚才的那个陈渺渺合并为一个人。在面对爱人的时候，一个人真的可以变得同平常完全不一样吗？
　　陈渺渺的转变很自然，也很甜。
　　姜阑再一次地羡慕了。

　　歌剧幕间休息时，姜阑给童吟发去微信。看到陈渺渺和付如意，她十分想念童吟，近来因为工作、感情和身体的各种事情，她疏忽了对童吟的关心。
　　收到童吟的回复后，姜阑放下心，走去找费鹰。费鹰和宋丰在一起，他们身边还站着陈渺渺的先生。宋丰把胡烈介绍给姜阑，姜阑和胡烈打了招呼，然后互换名片。因为陈渺渺，姜阑对胡烈有了很基础的好感。她请胡烈把他公司的资质介绍发过来，下周再约时间找 IDIA 一起过来细聊。胡烈说 OK。
　　等姜阑和胡烈说完正事，费鹰才向胡烈补充介绍："姜阑，我女朋友。"
　　姜阑抬起头。
　　她不知道费鹰和胡烈居然也是朋友。
　　听到这句话，胡烈才把注意力放到姜阑身上，他不失礼貌地看了两眼费鹰的女朋友，然后说："哦。"
　　费鹰对可爱这个词应该有很深的误解。

　　歌剧结束，几人互相告别，分头离去。
　　费鹰开车，载姜阑回他那儿。
　　在路上，他听到她在轻轻地哼歌，这不常见。他转头拉住她的手："今晚玩儿得高兴吗？"
　　姜阑"嗯"了一声。
　　这么多年，她一直保持着尽量简单的私人交际圈，她的个人生活也一直很无趣。但今晚这场本该很无趣的工作社交，却让她意外收获了两位聊得来的新朋友，这让她真的很开心。
　　看到她心情这么好，费鹰也笑了。他从没觉得时间花得这么有价值。
　　姜阑轻挠他的手掌心："谢谢你陪我。"
　　她很清楚这样的社交并不是费鹰会喜欢的。但同时，她也很希望他能够给她一些机会，让她同样花时间陪他去做一些她原本不会做的事情。
　　姜阑还在想该怎么表达，就听费鹰说："杨南和两个朋友在上海办了个国际 Breaking 比赛，最近海选刚刚结束。你回头要是有空，我带你去看下个阶段的比赛。"

　　到家后，两人先后洗澡。
　　姜阑洗好出来时，费鹰正在窗边看手机。他头发半湿，没穿上衣，这幅画面在明目张胆地引诱她靠近。
　　姜阑走过去，没出声。费鹰抬起头，丢下手机。他胳膊一动，把她直接捞进怀里，先亲了亲她的额头："之前的伤口都好了吗？"
　　姜阑说："还有些瘀青。"
　　费鹰的嘴唇移去她的耳根："是吗？"
　　姜阑的神经末梢比上周一晚抖得还要厉害。她不由自主地抬起手臂，搂住他的脖子。他自己看一看摸一摸，不就清清楚楚地知道了吗？

　　入睡前，费鹰把手机调成静音。
　　姜阑脸埋在松软的枕头里，右手搭在他的腰上。她虽然很困，但想和他再聊聊天："你说我三十六岁的时候会是什么样？"
　　费鹰没回答。他不知道她怎么会突然问这么一个问题。

第十五章

　　姜阑的声音越来越轻:"我觉得我不该评判别人,但我真的不理解,为什么像陈渺渺这么优秀的女人要在这个人生阶段结婚生孩子?如果她不这么做,或许不需要十年,她就有机会坐进 AKS 集团的董事会。我替她感到可惜。"

　　费鹰沉默了一会儿,侧身伸手把床头灯关了。

　　黑暗里,他听见姜阑均匀的呼吸声。

　　她已经睡着了。

BOLDNESS ★ WUWEI

第 16 章

这姓这血

THE GLAMOUR

086 这姓这血

在上海待了两个晚上，费鹰又飞去深圳。周尧跟着他一起回去。BOLDNESS 上海分部的设计方案费鹰没打算外包出去，他让严克带人直接做。

这段时间，梁梁一直在和团队做搬去上海的准备。她现在同时管着两个牌子的全线产品设计，时间和精力都已紧绷至极。BOLDNESS 的创意设计团队是品牌的灵魂，她的团队里不乏跟着品牌一路成长至今的同事。但是从深圳搬到上海，不是每个人都孑然一身毫无牵挂能够说走就走的，梁梁手上已经收到了不止一封辞呈。她把情况如实告诉费鹰，费鹰说，招人。

要招，就要直接在上海招。两个城市的人才结构和薪酬水平存在差异，孙术叫人力核算成本，把数字拿给费鹰看。

孙术说："你一定要现在动？再过几年不行？线下几家新店，开业的开业，装修的装修，今年各方面资金的压力本来就很大。你现在又要建分部，又要继续开店搞渠道扩张，这些事就不能慢慢来？你再考虑考虑？"

费鹰说："不考虑了。"说完，他在文件上签了字。

孙术坐在费鹰的工作桌前，他背后是无装饰的水泥墙。墙上有块不大的灰手印，那是当年搬进南山新总部时他非要费鹰按上去的。孙术注视着那块印子，说："成都新店装修的消防方案有些问题。业主今天早上专门打电话来问了。"

零售门店的消防是大事，哪个品牌都忽视不得，更何况是这家业主，更何况是这么重要的落位。

费鹰了解了一下情况，问孙术："你辛苦跑一趟？"

孙术没说话。不然呢？

费鹰看看他的表情："老孙，你之前不是一直想从外面招个负责线下渠道拓展和零售运营的人吗？"

孙术说："啊，怎么？"

费鹰说："招吧。"

孙术动了动眉头。

费鹰又说："招的这个人，放在上海，到时候工作直接向我汇报。你有没有问题？"

孙术沉默了，过了一会儿，他反问："我能有什么问题？你说了算。"

晚上在食堂吃饭时，梁梁端着餐盘坐到费鹰对面。她最近累瘦了好几斤，下巴尖几乎不见一点肉。

第十六章

费鹰看了看她的餐盘:"怎么不多吃一点儿?"

梁梁说:"睡不够,没什么胃口。"她观察一下费鹰的情绪,开口道,"你和孙术到底是怎么回事嘛?"

费鹰和梁梁对视。

梁梁说:"你们上次吵架之后不是已经和好了吗?孙术不是还说让你把阑阑一起带回来吗?怎么你俩今天又不对劲了?"

搞艺术和创意的人在某些方面的思维普遍单纯。费鹰不想让梁梁掺和这些事,也不想浪费时间解释。他告诉梁梁:"没事儿。"

孙术说得没错,BOLDNESS 是费鹰的,但 BOLDNESS 不是费鹰一个人的。品牌和公司发展到今天这一步,费鹰作为主理人和创始人固然需要做出改变。但是需要做出改变的仅仅是他吗?他一个人改变,就能让整个公司走上更加职业化的管理模式吗?

这次费鹰回深圳,姜阑没跟去。一是时间对不上,二是电商这边已经招到了合适的人,她对去找孙术取经的需求就没有之前那么迫切了。

梁梁经常给她发一些好玩的东西,设计啦,艺术啦,服装啦,音乐啦,电影啦……这让姜阑十分期待梁梁彻底搬来上海的那一天。

胡烈做事雷厉风行。那晚活动结束后,隔天他就给姜阑发来了 FIERCETech 最新的资料和近年来的一些标杆级案例。FIERCETech 服务过多家生意体量巨大的国内外企业,它为这些企业的全渠道数字化转型和营销科技平台搭建提供过各类解决方案和服务。用 FIERCETech 做一场 runway show(时装秀)的数字化后台,不免会让人产生杀鸡焉用牛刀的感觉。

姜阑一边浏览,一边怀疑 VIA 的预算没办法付得起这样的公司和这样的服务。不过她还是把资料转发给 IDIA,请季夏的团队直接评估。

季夏很快给姜阑打来电话,问她这关系是怎么找来的。季夏的人这半个月一共找了十一家本土营销科技类公司,没有一家她能看得上。这家 FIERCETech 她有兴趣,之前她的人也去接触过对方的客户团队,但是对方委婉拒绝,表示对时尚奢侈品行业毫无兴趣。

姜阑在电话里说:"比较巧,我们新的媒介采买代理商的老板和对方创始人关系很好。"

季夏很干脆:"把他名片发给我。"

次周,逢 VIA 大秀项目每个月要开的 all-agency meeting,季夏亲自带队过来。这场会议结束后,季夏告诉姜阑,FIERCETech 的创始人胡烈已经和她见过面,沟通很顺畅,对方表示愿意放一些内部资源来评估 VIA 和 IDIA 的需求。在见过季夏之后,胡烈安排了高级客户群总监彭甬聪来跟进这件事情。

季夏对姜阑说:"这家公司除了不懂奢侈品,什么都好。"

胡烈的脑子相当清楚,也相当了解美国人那一套思维。他给季夏安排的彭甬聪更是服务过多家美资企业在中国的子公司,季夏非常满意。关于对方不懂奢侈品这一点,季夏并不担忧。有她在,这是问题吗?

姜阑问:"贵吗?"

季夏说:"他们要是肯接 VIA 的案子,那一定不是为了赚钱。"

VIA 这点预算,对 FIERCETech 来说完全不够看。如果对方在评估之后仍然愿意做,那么只能说明这家公司愿意开始考虑切入奢侈品零售行业的数字化市场蛋糕。胡烈是个有远见的人,他所看到的潜在生意机会,根本不在于眼前 VIA 的这一场秀。

姜阑很放心季夏对事情的判断。

季夏又说:"你帮我解决了这个难题,晚上我请你吃饭,好吧?"

姜阑看看季夏,心中犹豫。

自从那次被陈其睿通过 Petro 间接敲打过之后，任何同季夏相关的事情，姜阑都很谨慎。她不认为和老板的前妻在工作之外的场合有进一步的交流是明智之举。

季夏也看看姜阑，说："怎么？我是你老板的前妻，就连晚饭都不能一道吃了？"

姜阑没有其他理由能够拒绝，她微微笑了："我不是这个意思。"

季夏说："那么我先去隔壁楼见另外一个客户，晚点我把餐厅地址发给你。"

傍晚时分，姜阑去找陈其睿汇报工作。

陈其睿手伤未愈，石膏没拆。他在客观条件允许的情况下减少了一些工作量。Vivian 帮他拒绝了不少内外部会议的出席邀请。

姜阑先简略讲了讲今天他没出席的这场会议。她说："Petro 一定要参加这个会，里里外外所有人，为了让他能听懂，从头到尾讲英文。本来两个小时就能开完的会，搞了将近三个小时才解决。"

陈其睿问："你对他有什么不满意？"

姜阑不答，只说："他最近和日本、韩国也总吵架。"

陈其睿问："什么情况？"

姜阑说："他对日本和韩国两边提过来的 celebrity list（明星名单）不满意，他点名要韩国去找某个当红女团来上海看秀。韩国说做不到。他就一直闹。"

陈其睿说："还有吗？"

他的语气好像在说这就是件小事情。

但如果事情真的这么简单就好了。Petro 闹不来的东西，就一定要拉着姜阑陪他一起去闹。姜阑难以拒绝，因为他的理由很正当：这些资源都是为了中国、为了上海，姜阑怎么能不和他一起去闹？

姜阑不蠢，Petro 这么闹，不只是为了中国的面子好看。韩团在全球流行文化的影响力有目共睹，中国做一场大秀，就算请二十个一线国内明星到场，微博刷个几十亿的话题热度，又有什么用？外网和 Ins 上能有多少水花？SLASH 总部在全球层面还要花多少精力和金钱做二次传播？有什么能比让韩国直接飞一个当红女团过来更有效的手段？

最重要的是，Petro 也要借此完成他个人在这个项目上的 credit（功劳）。

姜阑讲完，陈其睿仍然无动于衷。

老板不明确表态，她就无法再继续。

在离开前，姜阑还有最后一件事情需要坦白："老板，我晚上会和 Alicia 吃饭。"她思来想去，认为这件事还是对陈其睿保持 100% 的透明为妥。

陈其睿说："这是你自己的私事，不必向我汇报。"

任何下属的私事，陈其睿都没有兴趣。

姜阑准时去赴季夏的约。餐厅不远，出写字楼，过两个路口就是。季夏特地挑了一家姜阑步行可达的餐厅。她的日常作风再强势，也不会忽略该怎么照顾好甲方。

这顿晚饭两人没聊工作和项目的事情。季夏一直在讲美食和美酒，姜阑多听少说，氛围十分轻松。

饭吃到一半时，邻桌带进来一家五口，其中三个金发碧眼的小孩一坐下就开始叽里呱啦，吵吵闹闹。

季夏皱起眉，说："不好意思，我不知道这家餐厅现在变成这样了。"

姜阑表示不要紧。

但凡有小孩子在的地方，环境和气氛立刻就会变得不同。

季夏直接把餐具放下，没再碰食物。过了一会儿，她问姜阑："你喜欢小孩子吗？"

姜阑在这个问题上很坦率："不喜欢。"

她的直接反馈获得了季夏的好感。

季夏看着她："也许讲这种话会显得我很冷血，但是我真的非常不喜欢小孩子。没有什么特别的原因，就是纯粹不喜欢。每次一有小孩子进入我的视野，我就会很烦躁。如

第十六章

果你不介意,我们可以换个地方再聊。"

姜阑没有反对。

季夏叫来服务员买单,然后和姜阑一起离开这家餐厅。

不到一公里的地方,有一家新开的 bistronomy(餐酒馆),季夏问姜阑想不想去试试。姜阑说好,距离不远,不如直接走过去。

今夜不冷,两个女人裹着大衣,缓步走在路上。这样的氛围很适合多讲点故事。

季夏说:"我三十多岁的时候和周围人讲,我不喜欢小孩子,但没人真心相信。几乎所有人都认为我是担心会丢掉更好的职业机会,所以故意给自己塑造一个不喜欢小孩子的人设。好笑吧?讽刺吧?一个女人在职场中,居然连真的不喜欢小孩子,都没有人相信。"

姜阑听着,她想到陈其睿确实没有孩子。

季夏又说:"当年我老板,一个英国男人,非常器重我,所有重要的项目和机会都会第一时间想到我。但他要求我,如果有结婚的打算,必须要至少提前半年通知他,以便他做好准备。要用半年时间做的准备,能是什么准备?"

讲这些时,季夏没有情绪。她平铺直叙道:"考虑到我当时的年纪,他默认我在结婚后一定会很快要小孩。没人相信我会一直不生孩子。"

姜阑转过头,看向季夏。

她曾经一度以为,陈其睿从不过问下属的私事,是毫不在乎,是漠不关心。她根本没设想过陈其睿的这种态度背后,是否有不为人知的其他原因。

姜阑说:"我能理解。"

季夏转头一笑:"我这个人听上去很自私,也很冷血,是吧?人类繁衍几百万年,如果都像我这样,那么我们这个物种早就该灭绝了。"

姜阑也笑了。这笑很短,因为她也想到了一些事。

当初,她体内强烈的雌性繁殖冲动和欲望让她被费鹰牢牢地吸引,无法控制地靠近他。但如今,让她愿意和他继续深度融合的理由,却和繁殖基因全然无关。

周五下班后,姜阑直接去隔壁楼的公寓找费鹰。

他这趟去深圳待得有点久,昨天才刚回来。两人自从关系修复之后,一直聚少离多。这种聚少离多增加了想念和依恋的浓度,也让姜阑格外在乎每一次的约会。

费鹰说这周末杨南来上海,张罗 Breaking 赛事,蒋萌跟着他一起来玩两天。他把工作安排了一下,计划周五晚上带姜阑一起去浦东看看比赛,见见兄弟。

姜阑欣然同意。她很期待再次见到杨南蒋萌夫妇。为了今天晚上的约会,她还特意去买了一双新球鞋。

到了约定的时间,费鹰还没出现。姜阑坐在客厅沙发上,一边拿着手机补课 Breaking 赛事常识,一边等他回家。

时间过去半小时,姜阑几次打开微信确认,都没有费鹰的消息。

时间又过去半小时,姜阑微微皱眉,费鹰从来不会无缘无故爽约。她主动给费鹰打去电话,但没人接。她又跟着发了一条微信,但过了很久他都没回。

姜阑不知道发生了什么,她握住手机站起来。

壹应资本办公区。

高淙十分忐忑不安,他觉得自己做了件蠢事。

陆晟安慰性地拍拍他的肩膀,把他带离是非之地,叫他早些下班回家。高淙根本不敢走,他忍不住将目光投向费鹰的独立办公室。

那间办公室平常很少有人用。但是现在,办公室的门紧紧地关着,玻璃墙上的防窥帘被一降到底。

高淙问陆晟:"我是不是不该把那位老先生带进来?"

但他当时根本没得选。那个找上门来的老人在前台大声嚷嚷,自称是费鹰的父亲,专程从北京到上海来看费鹰。前台不敢怠慢,高淙更是无论如何也不能怠慢。

他根本没有料到费鹰在见到来人之后,脸色会变得那么难看。

对于高淙的这个问题,陆晟没有能力回答。费鹰的父亲居然还活着?这事他根本不知道,不了解。他和石硕海一样,一直都以为费鹰的父亲在很多年前就已经去世了。

费鹰坐在沙发上。

这张沙发他很少坐,他也很少在资本这边的办公室里关上门待这么久。

他看向坐在对面的男人。男人体态臃肿,脸上布满皱纹和斑痕,一半因为病,一半因为老。他瘫坐在这辈子都没坐过的高级沙发上,左看右看,上看下看,最后看向费鹰。他咧了咧嘴,眼白浊得像烧光了凝成块的黄蜡烛。

费鹰开口:"你有什么事儿?"

他没必要问对方的心脏恢复得如何,又是怎么有这个本事找上门来的。

男人把嘴张开,前牙已经掉了好几颗:"我来找我那十几年都没打过照面儿的儿子啊。我开了个刀住了个院,我那儿子不仅没有不管我,还回北京帮我把欠的钱都还清了!我这一出院,就告诉所有人,我费问河这辈子就这么一个儿子,我儿子这辈子也就我费问河这么一个老子,他身上流着我的血,他怎么可能不管我!"

费鹰姓费,费鹰身上流着费问河的血。

这姓这血,凝集着他从小到大所有的恨和惧。

这就是这片土地上人人生来不可分割的父系亲缘。费鹰无法改变费问河是他生父的事实,他只能掌控自己的人生。

这姓这血,到他为止。

087 周五快乐

十六岁时,费鹰能把费问河按在沙发上揍,但是费鹰这辈子都不可能再回到十六岁。

费问河在费鹰的办公室里坐了二十分钟。

高淙接到费鹰的内线电话,让他把人送下楼,叫辆车,送去酒店。高淙立刻照办。

看到高淙带人下楼,陆晟走回他自己的办公室。

费鹰一直没来敲他的门。陆晟坐不住了,他出门右转,敲了敲费鹰办公室的门。

费鹰抬起头。

陆晟走进来,关上门。

办公室的落地窗外是城市的夜景和光影,繁华光鲜。费鹰坐在这样的夜景前,沉默无言。

陆晟说:"聊聊吗?"

费鹰点了一下头。

他从来不是一个会回头看的人,绝大多数时候,他只愿向前远望。曾经的那些鲜血、眼泪、不堪、狼狈、暴戾,是他踩在脚下的成长基石,更是他难以开口的过往。但是现在,面对基金合伙人,费鹰不得不揭开这段过往,他必须向陆晟主动披露所有潜在的关联性风险。

他对陆晟说:"高淙带进来的那个人,是我生父。在今天之前,我已经有十六年没和他说过一句话了。我十三岁那年,我妈还在世,他来找我妈要钱,我妈没给他,他四处

第十六章

张贴侮辱我妈的大字报,还去我学校大闹一场,造谣生事,逼走了一个喜欢我妈的老师。"

陆晟了解费鹰。费鹰从不向人示弱。哪怕是在讲这些事时,陆晟也没有感受到他有任何不平常的情绪。他一次性披露的信息已经足够了。

陆晟问:"他来找你要钱?"

费鹰点头。

陆晟问:"要多少?"

费鹰说出一个数字。

陆晟有所心理准备,但在听到这个数字后,还是骂出了一句非常脏的脏话。他在费鹰办公室里面踱了几步。

二十年前是什么年代,现在又是什么年代。当年没有网络,现在人人都可以在社交媒体平台上注册账号、创造内容。当年所有的新闻都由权威机构核实后发布,现在每天都有成千上万个自媒体为了流量和热度不分真假地散播各种消息。

作为朋友,陆晟理应建议费鹰走法律途径,他所背负的对生父的赡养义务不等同于可以被对方肆意勒索。然而作为壹应资本的创始合伙人之一,陆晟不能不考虑费鹰生父在要求未被满足的情况下可能会做出的一系列行为,以及这些行为可能会对公司声誉和雇主形象造成的负面影响。

陆晟问:"你怎么想?"

除了壹应资本,费鹰还有承载着他所有理想的BOLDNESS。陆晟认为费鹰的顾虑不可能比他少。

费鹰没回答。

他的这种沉默让陆晟皱起眉。陆晟知道费鹰的性格和脾气,他的强势不外露,但他强势起来没人压得住。

陆晟说:"费鹰?"

费鹰看向他。

陆晟是他生意上的重要合伙人,在资本这边的话语权不低,陆晟完全有资格要求他为公司考虑、做出让步,但陆晟没有逼他。陆晟作为朋友,有朋友的仗义,他不能辜负这份仗义。

费鹰终于开口了:"我有理智。你放心,我不会拿BOLDNESS和壹应的前景开玩笑。"

公司的法务不便处理这事。高淙按费鹰的要求,请法务协助找一家擅长处理家庭和赡养纠纷的外部律所。费鹰要拟一份协议让费问河签字,一次性付清所有赡养费。这件事一夜之间办不完,高淙又给费问河多订了几晚酒店。

陆晟和高淙先后离开公司。

费鹰从桌上拿起手机,上面有多个未接电话和多条未读微信。

他先回杨南的微信,说今晚没办法去比赛现场了,明后天再找时间请杨南蒋萌吃顿饭。杨南问,到底是怎么回事,半天都联系不上,一联系上就说不能去,出什么大事了?

费鹰:"费问河来上海了。"

费鹰划动微信界面,看到宋丰发来的两条消息:一张收到礼物的照片和一句简短的感谢。

上次见面后,费鹰让高淙找了一家艺术品商店定制了两样作品,作为送给宋付二人的孩子的礼物,让人送至宋丰名片上的办公地址。宋丰发来的照片上,两样艺术品底部刻有两个宝宝的名字。

宋丰说:"你真是客气。礼物有心了,我太太非常喜欢,多谢。"

费鹰:"祝两个宝宝健康幸福,快乐长大。"

回复完,费鹰多看了一会儿这张照片,然后他起身走到窗边,打电话给姜阑。

那头接起得很快。

姜阑正准备离开费鹰家,手机响了。她本来就握着手机,低头一看来电人,心头先

THE GLAMOUR

松了口气。费鹰没出意外。

她接了起来:"费鹰。"

男人在那头说:"对不起,让你等了半天。"

姜阑说:"没关系。你是公司临时有事吗?比赛我们还去看吗?"

男人说:"我今晚的事儿有点儿多,去不了。改天我们一起请杨南蒋萌吃顿饭,好吗?"

姜阑说:"好,那你忙吧。我回家了。"

男人沉默了几秒,叫她一声:"阑阑。"

姜阑说:"嗯?"

男人说:"没事儿。你回吧。"

姜阑叫了车,拎着新球鞋下楼。在电梯里,她看着屏幕上跳动的数字,心里有一丝抑制不住的失望。

走出公寓时,姜阑抬头望向旁边的写字楼。她知道费鹰就在公司,她也知道壹应资本在几层,但她还是上了车。

换位思考,如果今晚是她为工作所困,她应该也不会有好心情进入一个约会。她能够理解费鹰。

车子很快开出去,姜阑想了想,给童吟发微信,问她今晚有空吗,要不要见个面,吃个饭喝点东西?

童吟很不满意,她质问姜阑,为什么之前说周五没空,现在突然又要约她?是不是姜阑被费鹰放了鸽子,才想到她的?闺密的作用就是男人空缺时的替补吗?

姜阑言不由衷:"并不是你想的那样。"

童吟:"我没空。我有事。"

姜阑:"什么事?"

但是童吟就不理她了。

童吟把手机扔进包里,走进746HW。

今晚她自掏腰包,花200块钱买了一张入场券。周五晚,正是这里生意火爆的时候,店里人潮拥挤,音乐震动耳膜,空气里充斥着酒精气味。

站在门口的男孩子看见童吟,稍稍一愣,但很快反应过来。他上前和童吟打了个招呼,把她带到V1卡座。

对着童吟,男孩子面露难色:"我们老板今晚不在店里,所以没有卤肉饭哦。"

童吟听清了,没有任何不满。她说:"那我要一份卤鸭脖,一份炸大肠。酒,你看着帮我上一些?"

她今晚来,并没有提前告诉王涉。这周她过得很糟糕,赵疏继续阴魂不散,某场演出时出了个不大不小的事故,内部正在追责,她只想在周五晚上找个地方发泄一下情绪。夜店里就算没有王涉,也还有其他男人。

童吟四处看看。舞池里确实有好几个身材长相都不错的。

杨南来上海张罗 Breaking 圈子里的国际赛事,照理说在上海的兄弟们都应该来捧捧场。王涉到了,郭望腾到了,结果最该来给 Breaking 和杨南捧场的费鹰居然缺了席。

王涉坐在休息区的地上,语气十二分的不满:"什么情况啊他?打电话不接发微信不回?怕是个假的 B-boy 吧?老杨,你看他就这点兄弟情义,这必定是见了女朋友就不愿意过来了。"

杨南不接茬,他的表情有点沉。

过了一会儿,杨南转开话题:"老王,等到总决赛的时候,你过来给我当现场DJ,没问题吧?"

王涉骂骂咧咧:"你们这些人一个个的,都把兄弟当成什么东西?我现在什么身价,

第十六章

普通活动多少钱一场你们到底清不清楚？我就这样被你们随随便便地使唤干活？"

郭望腾听不下去了："你牛啊，就你牛！"

王涉懒得和郭望腾打仗。郭望腾和他根本就不在一条水平线上。

蒋萌拿着饮料回来，递给杨南，杨南接过来，伸手捏了捏她的脸。蒋萌立刻打了一下杨南的手。

王涉简直觉得没眼看。他放着大礼拜五晚上的夜店生意不做，穿大半个上海跑到这儿来，就为了看这些？连费鹰都不来，他还待在这儿凑什么热闹？热闹这种东西，留给郭望腾就行了。

王涉掏出手机，打开微信扫了几眼。

店里有人拍了现场照片，发来汇报，还说那个每次来只点卤肉饭的女人今晚来了。

王涉看了看这几张 V1 的照片。退出去，他再次确认了一下，童吟没给他发任何微信。

他站起来，把外套穿上，手机揣进兜里。

杨南问他："上哪儿去？"

王涉说："你再给费鹰打个电话，问问他怎么回事。店里有事，我得先走。等总决赛的时候我来给你当现场 DJ。"

童吟玩得有点开心。她把两个男人从舞池带回 V1，三个人一起喝酒聊天。其中一个男人和童吟居然是校友，比她高两届的作曲系。童吟在昏暗的光线里打量这个长着端正面孔的男人，她撩了一下头发，冲对方笑了笑。

不知过了多久，酒全部喝空了。一个男人去卫生间，另一个主动去吧台买酒。童吟觉得低级的快乐真的好快乐，如果每天都这么过，这样快乐的感觉不知道能延续多久？

她掏出手机，想给姜阑发微信，告诉她一个快乐的周五晚上应该怎么过，但眼前的亮光被遮住了。

童吟蹙眉抬头，看向卡座前站着的男人。

逆着光，男人的一堆耳钉和耳环很冷，很刺眼。他的短发和高挺的鼻梁让童吟一瞬间起了心火。她莫名其妙就想发脾气："我以前要加你微信，让你把耳环耳钉的链接发给我，你为什么不肯加我微信，不肯发链接给我？三块钱一个不是吗？你是不是故意不想让我买到便宜又好看的首饰？"

王涉不会和喝醉了讲胡话的女人继续牵扯。他冷着一张脸，转身想走。

童吟一把揪住他的外套下摆，说："你回来了，刚好，快点去做卤肉饭。我今天生理期，只想吃你做的饭，不想坐你的脸。"

王涉简直怒火攻心。

他一路驱车回来，看见她坐在他的专属卡座里，和两个男人喝酒调情，见了他张口说出来的话没一个字能听。他现在只想把这个女人直接扔到店外去。

088 🎲 烟 火

童吟酒醒了。太阳穴很疼，她按了按额角。

她一面对追求低级快乐的自己失望，一面又克制不住通过追求这种快乐来发泄负面情绪。低级的快乐虽然很快乐，但快乐过后余下的只有空虚。这种空虚让她感到非常不快乐。

童吟抬眼看向四周。她身处一个陌生的房间，坐在一张陌生的沙发上。

THE GLAMOUR

沙发上铺着一张手感昂贵的动物皮草,她摸了摸,指尖的触感让她在心中估算出一个大致价格。

这是一套平层的客厅,面积不小。沙发对面空空荡荡,没有电视,墙上挂着一张尺寸硕大的现场演出照片。照片上,男人不羁而野性,冷淡却性感。

童吟看清后,知道了自己在哪里。她醉酒后的记忆一点点地拼凑起来。

厨房那边传来声响,有人在里面忙碌。

童吟没去厨房。她从沙发上的包里找出棉条,走去卫生间。洗手时,她下意识地观察了一下洗手台和旁边置物架上的东西,没有任何女人的用品。童吟也不知道自己为什么要留意这些。

出来后,童吟看向虚掩的厨房门。有暖光从门缝里流出来,她还闻到了饭菜的香味。在一个男人的住处经历这样的场面,对她而言陌生。

童吟走回沙发边,坐下。她拿出手机,看了眼时间,然后打开地图APP,查看这里的定位。

定位显示的路名和小区名让童吟又想发脾气了。

同样都是搞音乐的,有人可以在这样的地段坐拥一套这样面积的房子,有人却只能去老远的地方租一套勉强放得下三角钢琴的房子。

童吟感到自己让古典乐在 Hiphop 面前颜面扫地。她很生气地把手机丢回沙发上。

二十分钟后,厨房门被人推开。

男人走出来,看见坐在沙发上的童吟。他一张冷淡的脸上没有任何表情,转身把手里的餐具放在餐桌上,开口道:"吃不吃?"

童吟的脾气被饭菜的香味迅速盖下了。她很没出息地走到餐桌前坐下。

王涉不只给她做了卤肉饭,还给她煲了汤,配了一盘少油少盐的青菜。

童吟尝了尝汤,暖鲜入胃,味道好得让她简直无刺可挑。生理期喝酒的不适感被这碗汤很迅速地消解了。她实在是不懂这样一个男人怎么会有这样一手好厨艺,为了追女人吗,这是给多少个女人做过饭练出来的?

王涉坐在一边,看着这个女人一副若有所思的样子吃着他做的饭,从头到尾连个"谢"字都不说。

他压着火气,问:"酒全醒了?"

童吟点点头。

王涉的火气更大了。

如果今天晚上他没回去店里,她喝多了之后会跟着哪个男人走?那个长得很高但瘦得可笑的?还是那个戴无框眼镜的斯文败类?

女人感知不到他的火气,还用很无辜的目光看向他,说:"你会做甜点吗?我生理期有点想吃甜的。"

王涉觉得这一切都是他的自取其辱。他盯住童吟,很想教育教育这个女人什么叫作见好就收,以及什么叫作适可而止。

但她说:"不做就不做,你这么凶是想要吓唬谁?"

王涉一个字都没说出口,带着满腔的怒火回到了厨房。

童吟吃光了饭菜。王涉还没从厨房里出来。她想了想,离开餐桌,推开厨房门。男人正在煮赤豆汤。

做饭时,他的袖子总是卷起来的。童吟盯着他肌肉线条清晰的左臂,又看向他握着锅柄的左手,还有他结实的胸膛,她脑海里出现了一些别的画面。

童吟走到王涉身后。

王涉回头,看见她伸手摸了摸他放在旁边的碗。

这间厨房里里外外所有的东西加起来比他的车还贵,他不可能让一个从来不会烧菜

第十六章

的女人在这里胡来。

他说:"放下。出去。"

童吟没被他凶冷的语气击退。她松开碗,转而扬手摸了摸他的左耳垂,指尖擦过冰凉的耳钉和耳环。

王涉一动不动。

童吟又继续揉了揉他的耳朵。

被她挑弄的男人终于动了动。他放下手里的锅,转过身。

童吟还没反应过来,就被他一把掐住腰,用力地推到了墙壁上。

王涉凶得很不耐烦:"你不是说生理期?"

童吟说:"是啊。"

他更用力地掐住她:"那在闹什么?"

她很委屈:"你做饭的样子太性感了啊。"

王涉觉得他压根就不该把这个女人扔出746HW,扔出去后也不该带回家来,带回家来也不该给她做饭吃。

女人这种生物,难于满足。让童吟彻底满足,对王涉而言是个根本不可能完成的任务。

生理期中的童吟又说:"高潮可以换成别的吗?"

王涉简直无语。这是在超市买东西吗?挑来拣去的,这个不能要就换成别的?她是一点亏都吃不得?高潮不要,她想换什么?

童吟眼神湿漉漉地盯着他:"抱着睡一觉,可以吧?"她又补充道,"太晚了,我好困,不想走了。"

黑暗里,王涉心烦意乱。他不知道是这无声的夜让人烦闷,还是女人的长头发让人焦躁。

躺在床上很久,童吟都没成功入睡。背后,男人的胸膛和她想象中一样结实,他伸出左臂让她枕着。

她翻了个身,把脸埋进他的颈窝里。她感到男人很明显地避了一下。黑暗中,她深深地嗅了一下他的味道。他没喝酒,没抽烟,身上除了洗澡后留下的淡淡沐浴液的香味,就是他成熟男性的荷尔蒙气味。这样的气味足以抚慰她体内的某些躁动和心里的某些空洞。

王涉抱着童吟,动也不能动。

他不管怎么动,都会压到她这一头麻烦得要人命的长发。他既烦躁又后悔,心里的那股火直往别处烧。

黑暗中,他听到她没头没尾地说:"谢谢你。"

过了一会儿,他又听见她问:"你为什么会做女性公益?"

王涉没回答。

他体内的火和火气都渐渐地平息了。

过了不知道多久,童吟不再说话,她睡着了。

王涉动作缓慢地抽出被她枕着的左臂,翻身下床。他走出这间卧室,把童吟一个人留在床上。

王涉直接出门,开车回了746HW。

在办公室,他一个人坐了一会儿,然后出去巡场一圈。周末凌晨热闹喧嚣的氛围让他成功地找回了熟悉的情绪。他问了问今晚的业绩,然后坐进V1。DJ booth后面是一个暂时还没出名的年轻人,他给小孩捧了个场。

王涉掏出手机,打开兄弟群。

一个小时前,杨南那边完事了,郭望腾发了一堆现场小视频,远在深圳的孙术发来了场外点评。

THE GLAMOUR

王涉看完聊天记录。费鹰从头到尾都没在群里说一句话。

半夜时分,费鹰离开写字楼。他没回公寓,而是去地库取了车,直接开出去。行驶中,他把车窗全部降下来,让冬夜的风穿透整辆车。

费鹰没有任何目的地开了大概二十公里,兜了几个圈子,最后停在了姜阑的小区外。车泊在路边,打着双闪,他松开方向盘。

费鹰不知道为什么要来这儿。他很清楚自己现在的心情有多糟糕,他根本就不应该在这种时候靠近姜阑。作为男人,他应该为心爱的女人遮风挡雨,而不是把她牵扯进任何漩涡当中。

姜阑是个浑身不沾烟火气的人。

为了避免复杂,她连房子车子都不买,生活里外极其简单,她为自己挣得了活得不复杂的权利。费鹰不忍心把一个这样的姜阑拉入烟火俗世,让她和他一起蹚这遭肮脏泥潭。如果爱一个人,反而要让她承担本不属于她的压力和不幸,那么费鹰不愿再向前半步。

坐在车里,费鹰想到了李梦芸。

想到李梦芸的那一刻,他的心脏感到了迟至的痛楚。费问河带来的不仅是赤裸而无耻的勒索,更是一场掺杂着所有恨的往事倒叙。

费鹰闭上双眼。过了一会儿,他睁眼,重新发动车子,准备驶离此地。

这时候他的手机振了。

姜阑发来微信:"你忙完了吗?回家了吗?"

自晚上那个电话之后,两人没再联系过。费鹰看着这条微信,迟迟没回。几分钟后,姜阑的电话打过来了。他不得不接起。

她的声音在夜里听起来很遥远:"费鹰。"

费鹰没戴耳机,他握住手机:"嗯。"

姜阑说:"你还在公司吗?大概还要忙多久?"停了停,她又解释,"我不是在查你的岗。我只是想提醒你注意劳逸结合,记得吃饭和喝水,也要尽量早点回去睡觉。"

费鹰没说话。

姜阑说:"你在听吗?"

费鹰说:"嗯。"

姜阑说:"哦。那你忙吧,我不打扰你了。"

费鹰又沉默了几秒。

姜阑没挂电话,呼吸声很软。狭小的车厢放大了她柔软的呼吸声。

费鹰开口了:"阑阑。"

姜阑说:"嗯?"

费鹰说:"我在你楼下。我可以上去吗?"

姜阑下楼前只来得及在睡裙外披一件单薄的外衣。

她在电梯门口处接到费鹰。

在见到他的那一刻,姜阑心中积压了一整晚的失望烟消云散。没去看成 Breaking 比赛不要紧,重要的是她终于可以在小别多日后与他亲密相处。她没问他怎么大半夜地来了,她对他露出了一个很开心的笑容。

这个笑容让费鹰感到心脏回了血。他忍不住用手背碰了碰她的脸,然后和她一起进了电梯。

姜阑按下楼层,然后牵住他的手。

进家门,费鹰看见玄关地上放着一双新的男士拖鞋。

姜阑说:"我买了一些你来这里可以换的衣服。"她等他换鞋洗手,然后把衣服找出来给他,"都已经洗过了。你今晚还走吗?"

费鹰看了看这些衣服内标的品牌。她不允许他为她乱花钱,但她总喜欢给他乱花钱。

第十六章

费鹰回答说:"不走了。"

他看到姜阑又笑了,那笑比之前的更开心。

在费鹰换衣服的时候,姜阑在他身边问:"你吃晚饭了吗?"就算吃了,现在也很晚了,"饿不饿?"

费鹰套上T恤,抓了下头发。他把她拉进怀里:"不饿。"现在这个点,外卖没什么能挑的,他不想让她折腾。

姜阑不信,说:"我简单做点吃的给你,好吗?"一边说,她一边把他推开了。

费鹰看着姜阑转身走去厨房,只得跟着走过去。

从不在家烧菜的姜阑,冰箱里只有鸡蛋和玉米。

煎两个鸡蛋,煮一根玉米,不复杂。她处理得很好,这证明她不是不会,她只是嫌麻烦和浪费时间。

姜阑在厨房里忙活。

费鹰站在她身后两步远,看她给他做吃的。她的长发又扎成了丸子头,有几撮发丝掉下来,柔软地贴着她的脖子。

他从没见过她这般身处烟火中的模样。

姜阑煎出漂亮的太阳蛋,但她很快意识到了问题。她扭过头:"我忘记家里没有盐了。"

费鹰走上前,把她手里的平底锅接过,放下。

姜阑被他牢牢地箍进怀里。

"阑阑。"

费鹰的声音贴住她的耳。

男人的拥抱紧得很反常,几乎让她喘不过气。

姜阑有些吃力,她摸摸他的后腰:"费鹰?"

费鹰不语。

他把她的下巴捏住,用力亲吻她的嘴唇。一边亲,他一边掀开她的上衣,手探进去,剥开胸罩,握住她的左乳。

她的乳房上还有一点点术后残留的瘀青,已经变得很淡很淡。

费鹰的手指很温柔地掠过那块皮肤,他反复地揉捏她的左乳,渴望被压抑,只余珍视。

然后他稍稍弯下腰,低头,将嘴唇贴上她的乳房,另一只手按紧她的腰,让她整个人都贴向他。

过了许久,他都没有抬起头。

姜阑感到左乳的皮肤上传来细而微凉的潮意,那触觉与亲吻不同。她从旖旎缠绵当中醒过神,下意识地搂住费鹰的脖子。

男人一直不语不动。她终于发现了不对。

"费鹰?"

她试着叫他一声。

这样的费鹰,姜阑从来都没有见过。他温柔,但温柔当中有不忍;他强势,但强势当中有痛苦。

她不知道发生了什么事,能让他的情绪变成这样。资本那边出问题了吗,严重到了什么地步?非常重要的项目面临失败?LP要撤资?合伙人想出走?

姜阑设想了很多可能性,每一种指向的都是很复杂的情况,但又都不足以让费鹰变成这样。

他不开口,她也不逼问。

她很轻地揉一揉他的脖子和肩膀。过了一会儿,她又揉一揉他的脖子和肩膀,直到他恢复如常,抬起头来,重新给了她一个吻。

睡觉前，姜阑拿出一只新枕头。

费鹰看着她拍拍枕头，听她说："我的床有点小，不过我还是想要你抱着我睡，好吗？"

她从头到尾都没问他到底发生了什么事。她性格中的克制与平静，在这样的时候显出一种动人的力量。

关灯后，两个人相拥，谁都没说话。

这两周，小区邻街的地方在昼夜不停地铁施工。过了一会儿，姜阑爬起来找耳塞。她扭过身，问他："是不是有点吵？"

费鹰捉住她一条胳膊："阑阑。"

姜阑停下动作。

市政工程的噪声远远传来，她的睡裙肩带滑下一边。

在这张不大的床上，费鹰开口："有一件事儿，很复杂。我不想让你因为和我在一起，而必须去面对这种复杂。"他应该尽可能地让她活得简单，快乐。

夜很黑，姜阑看不清他的表情。她抬手抚摸他的脸。男人的嘴角平且直，他的态度不寻常。

姜阑的语气很简单："有多复杂？"

费鹰没有快速回答。

今夜他想了很多、很远，远到在这个阶段他本不该想这么深。费问河的出现，迫使费鹰将他和姜阑未来关系的考量提到了现在。费问河的存在不以费鹰的意志为转移。如果他今后和姜阑进入婚姻，那么在法律层面上，她必须要和他共同面对费问河的存在。

姜阑给过费鹰承诺，她愿意和他进入一段复杂的亲密关系，但他不确定她能不能接受得了费问河这样的复杂。她的理性和冷静足够她做出判断，婚姻本身对她而言已是难以理解的事情，那么费问河的存在只会让她往后撤得更远。她可以后悔，也可以退缩，但他难以在今夜承受被她推开的结果。

姜阑感受得到男人罕见的踟蹰。

抛出那四个字，她并没有感情用事。她不可能应付得来一切复杂的事情，没人可以。但她清楚，她不能够只享受一段亲密关系中的甜美与动人，而不去面对这段亲密关系中的挑战与艰难。世界上有纯甜的爱情和生活吗？人生毕竟不是童话。姜阑从小就不是一个爱做梦的女孩。

费鹰所经历的一切，成就了现在的他。姜阑不能只选择他的温柔和强大，而拒绝他的经历所带来的困苦。她选择拥抱费鹰，就必须拥抱一个完整的费鹰，正如他对她一样。

姜阑对费鹰说："如果你愿意相信我。"

女人的声音平和却坚定。她的胳膊仍然被他握着，费鹰还在想她说的话，但下一秒，她就抽出胳膊，倾身将他抱住。

这个拥抱胜过一切言语。

费鹰抬手把姜阑紧紧地搂住。

面对这样的她，他没什么是不能相信的。他此前所有的深思与犹豫，在姜阑的拥抱中，都化作了泡沫。

一切难以启齿的话语，在这一刻终于寻得了出口。

第十六章

089 　平　静

　　礼拜天晚上，费鹰和姜阑请杨南和蒋萌吃饭。
　　姜阑订了一家烤肉店。她记得上回在北京吃饭时，蒋萌提起过很喜欢吃各种烤肉。当时姜阑问费鹰、杨南喜欢吃什么。费鹰说，随便，都行。姜阑想到费鹰对食物的"随便"，她决定放弃考虑杨南的喜好。
　　到了饭点，费鹰开车从姜阑家出发。杨南不让他专门绕道接，说和蒋萌直接过去。费鹰就没坚持。
　　到了餐厅，服务员引位，姜阑牵住费鹰的手往里面走。杨南和蒋萌已经到了，四个人互相打了个招呼，一道坐下。
　　姜阑请蒋萌点菜，蒋萌也没推来推去地客气。她很爽快地点完肉，姜阑又补了点蔬菜。
　　服务员离开。杨南说："我媳妇儿，肉食动物。你们看她这胳膊。"他一边说，一边捏了捏蒋萌的手腕。
　　蒋萌打掉他的手："你这爱动手动脚的毛病到底什么时候能改改啊？"
　　杨南笑了。蒋萌也笑了。
　　费鹰习惯了这两人的相处模式，没搭话。他给姜阑的杯子添满茶。这回姜阑没和他说谢谢。
　　蒋萌看看姜阑，又看看费鹰，说："费鹰，前天晚上怎么不见你带姜阑来看比赛啊？王涉、郭望腾又没女朋友，没人陪我玩儿，我一个人在那边都快无聊死了。"
　　不等费鹰回答，杨南直接切换话题："我昨天陪她去迪士尼玩儿了。"
　　一提这个，蒋萌立刻来了兴致。她打开手机相册，给姜阑看她在迪士尼逼杨南给她拍的各种照片。姜阑一边看，一边微微笑了。
　　费鹰看了一眼杨南。
　　杨南没看他。
　　一整顿饭都没人再提周五晚上 Breaking 比赛的事情。蒋萌说下次一定要约姜阑再去一次迪士尼，男人的拍照技术真的不行，根本指望不上。
　　姜阑抿抿嘴唇，答应了。
　　吃到差不多的时候，杨南离席，说去下卫生间。
　　费鹰也跟着去了。
　　杨南直接走出餐厅，站在街边。
　　过了一会儿，费鹰也走出来，往杨南身边一站："怎么回事儿？"别人看不出来杨南不对劲，他能看不出来吗？
　　杨南不吭声。
　　费鹰说："什么事儿？说。"
　　两人从小一起玩到大，真不应该有什么事还张不开嘴的。费鹰等了半天，还听不见杨南开口，他皱起眉头："杨南？"
　　杨南一脸烦闷："你别逼我成吗？"
　　费鹰说："成。"
　　五分钟后，费鹰转身，准备回去。
　　杨南叫住他："费鹰。"
　　费鹰停下脚步。
　　杨南说："费问河是从我妈那儿打听到你的情况的。"这话他说得很不容易。说这话时，他的脸色也很难看。
　　费鹰看着杨南。

THE GLAMOUR

杨南对上他的目光："我压根儿就没想到他居然能去找我妈。这事儿是我们家对不住你。"

费鹰说："你妈就是我妈，你说这种话有意思吗？"

当年李梦芸患病，在费鹰最艰难的时候，是杨南妈妈给的那笔钱救了他的急。从十八岁起，费鹰每年除夕都是在杨南家过的。

杨南说："没意思。"

几秒后，杨南又骂了一句脏话。

要不是他上次碰巧回老厂家属院，他也不会听说费问河心脏动手术和欠了一屁股债的事。要不是为了帮费鹰清理费问河的债务，他也犯不着叫他妈帮着找老熟人四处打听。这么多年了，杨南家和费家早就没来往了，谁能想到费问河在出院之后居然能觍着脸一路找上门来。十几年来，费问河只知道他儿子不在北京，但从没想过他儿子能混成如今这副模样。见了杨南妈，费问河捶胸顿足，大哭大嚷，说自己重病在身，活不了几年，好在儿子还记着他这个爹，没忍心彻底扔下他不管，他老了，唯一的心愿就是再多见儿子几面。杨南他妈年纪越大，心就越软，想着费问河做了这么一场开胸换瓣膜的大手术，兴许真就变了个人也说不定，于是就把费鹰现在的情况一股脑地告诉了费问河。费问河拿着费鹰公司的名字，让费家亲戚帮忙在专门查注册公司信息的软件上找到办公地址，直接买了高铁票就跑上海来了。

这些事杨南本来不知道，直到周五晚上得知费问河到上海来找费鹰，这才打了个电话问他妈和这事有没有关系。他妈如实相告，杨南听后差点爆了。

费鹰当年有多不容易，能够走到今天这一步付出了多少心血和努力，没谁比杨南更清楚。他没办法接受费鹰现在得来不易的安稳生活要被费问河打扰。

杨南断断续续讲完，费鹰一字不落听完。他拍了拍杨南的肩头，示意他别往心里去。

在这个世界上，良善的人不应该因他们的良善而被怪罪，正如狭隘恶毒的人不应该因他们的可怜而被同情。

杨南问："费问河来找你要钱？"

费鹰点头。

杨南又问："要多少？"

这已经是短短三天之内，费鹰第三次回答这两个问题了。他说："一套北京二环内的房子，再加五千万现金。"

杨南怀疑自己的耳朵："你说什么？"

费鹰没重复。

三秒后，杨南骂出一句脏到家了的脏话。他想不出人怎么能无耻到这个地步。杨南回忆了一下刚才的晚饭，试图确认："姜阑还不知道吧？"

费鹰说："我告诉她了。"

杨南差点跳起来："你傻了吗？你告诉她这事儿图什么啊？"

哪个女人能在听到这种事之后还能心无旁骛地和他继续谈恋爱？杨南真不知道费鹰是怎么想的。过去那么多年费鹰不找女朋友，是因为他不想拖累别人，现在费鹰有资本了，他有能力给一个女人他想要给的幸福，但费问河又出现了。杨南真的很想骂天。

费鹰不回答杨南这种问题。

杨南知道他的脾气，忍住没劝，只问："那她知道了之后有什么反应？"

费鹰说："没什么反应。"

那天晚上的姜阑的确没什么反应。她说她知道了，这种事情对她而言过于陌生，她需要消化一下这些信息。

周六一整天，姜阑在家都没怎么说话，她一直抱着电脑。费鹰认为她在工作，没打扰她，但他并没有离开她家。到了晚上，姜阑问费鹰，壹应资本有没有专门做企业公关的人。费鹰说暂时还没有。姜阑没再多说。

她的反应完全不符合费鹰预想的任何一种反应。

第十六章

而她的平静成功地影响到了费鹰。他在见过费问河后,头一回真正地放平了心绪。

礼拜一到公司,姜阑约温艺吃午饭。

温艺带了几张名片给姜阑。她说:"阑姐,你看看能不能帮上忙。"

姜阑接过:"谢谢你。"

温艺说:"不要客气。这对他们来说也是新的业务机会。"

两天前,温艺接到姜阑的电话,向她询问手上有没有专门做企业公关的公关公司资源。

隔行如隔山,时尚公关的日常工作和企业公关相差太远。

姜阑一直在品牌侧工作,她必须尊重不同岗位对不同专业性的需求,她不能在自己不熟悉的企业公关领域随意指点江山。要处理企业舆情危机,也不是奔明这种做娱乐营销和品牌舆情的水军公司能应付得了的。

温艺加入 VIA 之前一直在北京,她做乙方出身,先后待过三家规模不等的国际公关公司。其中一家除了时尚公关,在企业公关方面也有很好的口碑。

面对姜阑的询问,温艺还是帮了这个忙。

吃饭时,温艺说:"我能问问是什么事吗?"

姜阑说:"我男朋友的公司在这方面有一些需求。"

温艺本是随口一问,但姜阑的回答让她惊讶了。她说:"阑姐,你什么时候有男朋友了?我们都不知道。"

姜阑微笑道:"也没多久。"

温艺很好奇,但没继续八卦。她说:"什么时候公司活动可以请他一起来参加啊。"

姜阑说:"他很忙,看情况吧。"她想了想,又说,"你最近怎么样?小朋友都还好吗?"

温艺说:"挺好的。离了婚,虽然累点,但比之前自由多了。"

姜阑看着温艺:"明年三月的上海大秀,对参与这个项目的所有人而言都是一个难得的机会。Ceci,你觉得呢?"

温艺用调羹拨了拨汤:"嗯,是。"

姜阑做最后一次尝试:"你留下来,我们还像从前一样配合。像这种规模的大秀不是去其他哪个品牌都有机会碰到的。做完这一场,你个人的 market value(市场价值)也会和现在不一样,到时候机会将更多,选择也更广。Ceci,你很聪明,我希望你再仔细想一想。"

余黎明对温艺的职位进行保密招聘,进度很慢。之前为了电商招人,姜阑和余黎明没少争执,现在她希望能够将两人的关系缓一缓。对于这个职位,她没有提出过高的要求。如果温艺最终能够继续留下来,这对姜阑和余黎明的工作都是帮助。

温艺找非竞品的新工作同样不容易。姜阑始终抱有一线希望,期待温艺能够感受到上海大秀这个机会的难得和重要性,由此逐渐改变之前的想法和决定。

面对姜阑的说服,温艺笑了笑:"阑姐。"

这是她的回应。姜阑的为人和职业素养让温艺尊重,所以她愿意帮姜阑一个小忙。但是这和她的职业选择毫无关联。VIA 中国的最高领导人是陈其睿,温艺不认为她留下来还能够像过去一样工作。这种话在这个时间点,已经没必要说,也没必要再和姜阑讨论。

吃完饭,温艺最后说:"阑姐,如果你男朋友的公司在联系这几家公关公司的过程中遇到任何问题或者困难,你随时告诉我。"

姜阑说:"好。"

午饭后,姜阑把几张名片拍照发给费鹰。

应对可预见性舆情危机的最好方式是率先计划,一切提前做好的主动传播方案,都好过事到临头的被迫回应。

THE GLAMOUR

上次在北京，费鹰说过他的生父是个彻底的混蛋。但是这次，姜阑才知道他的生父是个怎样彻底的混蛋。站在她的立场，姜阑不愿意过多干涉费鹰的决定，她只是尽自己之力地为他提供所需的支持。

有这样一个亲生父亲，却还能够成长为这样一个男性，费鹰一定拥有一位非常温柔而强大的母亲。姜阑很希望能够见一见这位令人尊敬的女性，但她清楚，这个愿望永远不可能实现了。

晚上不到七点，姜阑收到 Erika 的一封邮件。Erika 早起办公的习惯和陈其睿如出一辙。她需要从早到晚地应付这两位老板。

姜阑将这封邮件从头读到尾，心情变得有些不快。

考虑十分钟后，她站起身，去找陈其睿。

Vivian 看见姜阑，摇头说："老板在忙。见客。"

姜阑说："要等多久？我可以等。"

Vivian 没有直接回答这个问题，她提供了另一个信息，以便姜阑自行判断："老板在见 IDIA 的 Alicia。"

090 Professional （职业化）

姜阑对 Vivian 说："我知道了。"她转身离开。

回到工作桌前，姜阑收拾了一下东西，直接下班。出电梯后，她接到一个猎头的电话。猎头名叫孔却，当年 VIA 的工作机会就是她推荐给姜阑的。孔却专注做奢侈品时尚行业的资深岗位，很擅长和候选人建立长期关系。在姜阑入职 VIA 后的三年半中，她一直对姜阑的动态保持关注。

孔却沟通做事的风格很职业，姜阑并不反感她。

电话那头，孔却的声音很和煦："姜阑，我是孔却啊。咱们有一段时间没联系了。你下班了吗？现在方便聊几句吗？"

姜阑说："方便的。请讲。"

孔却说："VIA 被 SLASH 集团收购之后，你们的人动得比较频繁。我手上有不少机会，但一直没来接触你，一是多少了解你的性格，二是也听说你现在刚接了电商业务。"

姜阑知道孔却没废话，她等对方继续说。

孔却继续道："不过呢，你在 VIA 也有三年半了，我还是想来问问你，有没有动的想法？我最近在做一个新客户，他们有个机会蛮有意思的，我想给你介绍一下。你有没有兴趣听一听？"

如果孔却的这个电话是其他时候打进来，姜阑会委婉拒绝。但她现在的心情不大好，所以她说："哪个牌子？什么位子？"

孔却说："不是哪个牌子。我的新客户是个集团型企业，local（本土）公司，做稀有金属生意起家的，集团总部在北京。他们现在对进军高端时尚零售行业有兴趣，想要在上海新建一个 BU（业务单元），专门做这一块业务。我客户现在要给这个新的 BU 找一个负责全品牌矩阵的 Marketing Head（市场负责人），集团内部职级是 VP。他们只看国际奢侈品牌背景的候选人。你想聊一聊吗？"

姜阑说："Local 企业？他们是要自己做还是收购人家的品牌？做什么品类的生意？"

孔却说："都有。有计划自己做的，也有要收购人家现成的。品类嘛，从服饰到箱包

第十六章

到珠宝都有。他们的野心很大，目前的版图规划中已有六个品牌。"

这家中国公司的野心确实大，大到让姜阑觉得这俨然就是一个天方夜谭。她认为这家公司完全不懂高端时尚零售行业的挑战，他们的计划听上去自大又自负，这是一家典型的以为只要有钱就能征服时尚产业的民营企业。

姜阑拒绝了："不好意思，我没有兴趣。"

孔却说："我客户对这个位子的预算放得比较宽，年薪三百万以内都可以谈。"

姜阑不为所动："我真的没有兴趣。"她的智商和判断力还不至于让她为了钱而主动往坑里跳。

孔却转变策略："姜阑，这个位子的自主权很大，对上直接向这个新BU的老大汇报，操盘六个品牌，没有难搞的总部，因为你就是总部。这样的scope你没有兴趣？我等一下把JD发微信给你，你先看一看，我们再聊。"

挂电话后不到三十秒，孔却就发来一份PDF文档。

姜阑并未点开这份文档。她没有任何必要去浏览一个她根本不可能纳入考虑的职位JD。

这时候，Petro给姜阑发来微信，问她明早八点和日韩的会议参加吗？他坚决要求她必须一起参加。姜阑直接关掉微信界面。

Erika的邮件她还没回，她不能一直这样拖着。

坐在车上，姜阑重新读了一遍Erika的邮件，里面讲了两件事情。

第一件，是上次Erika来上海时，姜阑提出的希望能让中国团队直接负责明年农历新年系列的广告创意和传播方案。在Erika回纽约后，姜阑做了一份完整的提案发给她，内含十条中国本土品牌的农历新年广告优秀案例，以及中国本地的创意热店、时尚摄影师、导演和制片公司的介绍。今晚，Erika最终回复姜阑，明年中国农历新年系列的整体传播方案及创意仍将由VIA在米兰的时尚创意部门掌控，她为中国争取到一个权利：姜阑可以在米兰做好创意方案后给出中国团队的反馈，但仅限一轮。

第二件，针对VIA中国换了新的媒介采买代理商一事，Erika需要姜阑给出合理解释，为什么要选择PIN这种毫无服务奢侈品牌客户经验的中国本土代理商？为什么在做最终决定之前没有向总部汇报？Erika提醒姜阑，VIA中国虽然是陈其睿在掌舵，但陈其睿和Erika拥有一个共同的老板，他们也拥有一个共同的目标，那就是要为VIA的全球品牌调性的高度一致性负责。Erika希望姜阑明白这一点，姜阑不能认为所有的事情只要得到陈其睿的批准就没有问题了。Erika不希望类似的情况再次发生。

姜阑在手机上回复邮件。打字打到一半时，她放弃了。她想把Erika这封邮件转发给陈其睿看一看，但在按下发送按钮前，她再次放弃了。

这时候，Petro的微信又进来了。他把NNOD今天刚提过来的明年三月大秀拟邀明星名单截了几张，用红圈勾出来几个名字，问姜阑，这几位中国明星为什么值得被邀请？

姜阑关掉微信，关掉邮箱。

五分钟后，她重新打开微信，找到孔却的对话框，点开那份JD。

又五分钟后，姜阑关掉文档。她对VIA总部的不满，不应该成为她丧失理智随便选择工作机会的理由。

没有其他地方，能够让姜阑拥有一个像陈其睿这样的老板。他强势，冷静，不近人情，但他公平，理性，以结果为导向，为下属创造了一个难以轻易替代的工作环境。

陈其睿，是姜阑选择继续留在VIA的理由。

陈其睿看着坐在对面沙发上的季夏。

季夏说："情况就是这样了。我两周后就会正式离开IDIA，邮件晚点会发出来。VIA明年三月的上海大秀，你和你们总部讨论一下，看看要怎么办。"

四十五岁的人了，还是和年轻的时候一样冲动。这是季夏的性格，陈其睿没有感到意外。

THE GLAMOUR

　　季夏将在四个月之后正式告别 IDIA 中国，这件事情本当做得体体面面，但她偏偏为了这次 VIA 大秀创意数字化的决定和 IDIA 总部闹僵了。季夏的坚持，在 IDIA 总部看来毫无坚持的必要，总部的老板认为她的主张和决定只是为了她自己的荣耀，他指责季夏是在离开之前利用 IDIA 的平台和资源给她个人履历增加闪光点。两人吵得不可开交，关系已没有善终的可能性。IDIA 总部彻底撕破脸，决定收回季夏手上所有的大客户和大项目，季夏则破釜沉舟，宁可向公司直接赔付二十四个月的薪水，也要直接提前离职。

　　季夏要走，就要带着她的客户和项目一起走。她今天拜访了数家重要客户，VIA 和陈其睿是她的最后一站。季夏对陈其睿讲完目前的情况，要求他尽快给出答复，VIA 明年三月大秀这个项目是要继续选择 IDIA，还是选择她季夏。

　　陈其睿沉默着。

　　对于绝大多数 IDIA 中国的品牌客户而言，大家之所以选择 IDIA，是因为 IDIA 有 Alicia Ji。没有 Alicia Ji 的 IDIA 中国，不是众人认知里的 IDIA。

　　这个决定做起来，本不应该困难。但 IDIA 中国的每个品牌客户头上，都有它们各自的总部，VIA 不是例外。

　　季夏说："如果你没有什么要讲的，那么我就先走了。"

　　陈其睿叫住她："季夏。"

　　他没叫她 Alicia。季夏抬眼。

　　陈其睿的声音听不出情绪："你做事情，什么时候能够少一些冲动？"他又说，"四十五岁了，要辞职，要创业？辞职这桩事情，和总部闹到这么僵，还要自己赔二十四个月的薪水，就为了赌一口气？你的这种行为，会生出多少麻烦？为求一时痛快，就要这么冲动？值得吗？"

　　季夏盯着陈其睿，说："我做事情，值不值得，冲不冲动，你又有什么立场教育我。"

　　陈其睿说："我是在明确地告诉你，我不满意你的这种做法。"

　　季夏说："我做事情，是为了要你满意？"

　　陈其睿说："你不要我满意，那么你凭什么认为 VIA 会跟着你走？"

　　季夏说："我不缺 VIA 这一个客户。"

　　陈其睿："如果不缺，你今天不会来找我。我对你只有一个要求：妥善修复和 IDIA 总部的关系，高度职业化地完成 VIA 明年三月的上海大秀。"

　　季夏冷笑："不可能。"

　　陈其睿看了她几秒，然后说："过去这些年，你冲动的次数少吗？每一次冲动之后，是什么结果？"

　　季夏的目光和他的相触。这样的不满，陈其睿在过去十二年当中从来没有直接表达出来过。

　　陈其睿又说："放在以前，我可以一次又一次地包容你的那些冲动。十二年前在北京，十年前在大溪地，三年前在上海。但是这次，不可能。"

　　季夏不响。

　　他包容过她的许多次冲动，那些全是他和她的往事。他今晚把这些事情拿到台面上来讲，有意思吗？

　　季夏问："你讲这话，什么意思？"

　　陈其睿说："你来找我，什么意思？"

　　季夏说："Neal，我在跟你讲公事，我麻烦你 professional 一点。"

　　陈其睿："我如果足够 professional，当年就不会被你在电梯间撞到，我更不会答应同你一道去吃工作午餐。这么多年了，你始终以为是你不小心撞到我的？你现在要我 professional？"

　　季夏拿着手袋站起来，转身离开他的办公室。

　　Vivian 在季夏身后叫她，说她有东西掉了。季夏一步不停地走向电梯口。

　　电梯到了，季夏进去，按下一楼。

第十六章

电梯门要关上时,有人伸出手臂挡住。季夏不必抬眼也知道来者是谁。

陈其睿走进来。

电梯门缓缓关上。轿厢里有摄像头。没人动,也没人再开口。

到一楼,电梯门开,季夏率先走出去,陈其睿随后走出去。

季夏穿过写字楼大堂,走出大门,下台阶,笔直走向泊在临时停车道的一辆车。驾驶座门打开,下来一个年轻男人,上前给季夏一个拥抱,又笑着亲了亲她的左脸。

季夏头也不回地上了这辆车。

BOLDNESS ★ WUWEI

第17章
冲 动

THE GLAMOUR

091 冲动

车子滑出临时泊车道,前行两百米,在路口大转弯,很快不见了踪影。

离婚三年,陈其睿既然清楚季夏工作和生意的种种情况,自然也就清楚她那些小男朋友的事情。一共有多少个?陈其睿没刻意算过。

这些年轻男人,除了能够让季夏感到新鲜、热烈、刺激,还能给她什么?

季夏性格里的冲动,落到这些年轻男人身上,不过是三分钟热度,说厌就厌,说腻就腻,说甩就甩。

陈其睿无动于衷地转身,走回写字楼。

Vivian 正在收拾东西准备下班,但她看见陈其睿又回来了。他手里还握着那张季夏掉在这里的小区门禁卡。

陈其睿吩咐:"帮我安排和 Erika 的视频会议,就今晚。"

Vivian 无话可说。

几分钟前,她把季夏掉的东西捡起来,给她老板,目送她老板走出去,结果她老板居然能拿着东西再次回到办公室,还要求她继续给他排会议。

Vivian 发邮件给 Erika 的行政助理。陈其睿的需求在 Erika 那边的优先级一向很高,Vivian 很快要到了一个半小时后的空当。她发好会议邀请,去告知陈其睿时间。顺便,Vivian 说:"前面姜阑来找过你。你在见客,她就先走了。"

陈其睿点头:"知道了。你可以下班了。"

Vivian 并没有走,她回到座位上,给季夏发微信:"夏夏姐,你有一张门禁卡掉在这边了哦。"

季夏不回复。

于是 Vivian 给自己找点事情做,她还有很多不急的事情没处理完。马上年底了,她把各部门的差旅费用重新过了一遍,扫到 Executive Office 的时候,她把某几条标出高亮黄色。上一趟她老板出差去北京,回程的航班她订了两个航站楼的四个时间段。结果呢?结果是她老板因车祸在北京多待了三天,而季夏一个人回了上海。

Vivian 除了无话可说,就是无话可说。

她看了一眼屏幕上的微信,季夏还是没有回复。

车上,年轻男人打开音乐。

季夏给还等在写字楼地库的司机发微信,说她已经走了,然后她顺手删掉年轻男人十分钟前给她发的微信。

第十七章

季夏看向窗外，语气不悦："为什么要自作主张来这里接我？我在和客户开会，我有司机，我要你接？"

年轻男人笑着说："Alicia，你不是再过两周就要离开 IDIA 了吗？到时候我可以当你的司机，今天正好提前练习练习。"

季夏说："我雇不起司机？需要你来给我兼职？"

年轻男人一边开车，一边抽空打量她的脸色。他说："你今天心情不好？我带你去玩啊。你想玩什么？"

季夏瞥他一眼。

这个男孩子已经算不错的了。他有自己的工作和爱好，不会逼她给出任何承诺，也不会没事找事地吃醋，分寸感么，年轻人要什么分寸感。她不应该要求太高。她难道要指望这样一个男孩子和她聊事业、聊野心？他能懂什么？在她心情不好的时候，他可以快速提议带她出去玩，尝试排解她的压力，这已经足够贴心了。

年轻男人听不到她的回答，右手伸过来，拉住她的手："Alicia？"

季夏说："随便。"

年轻男人又说："你现在是不是很累啊？要不要直接回家？回我那儿还是去你那儿？"

季夏还是说："随便。"

她拨开男孩子的手，打开手机。她要提前离职的决定让所有人都措手不及，各种鸡飞狗跳，微信一刻钟不看都不行。

季夏看到 Vivian 发来的微信。她没有回复。

处理完工作，季夏转过头，继续看向窗外。

她冲动吗？为求一时痛快，值得吗？

季夏活到四十五岁，现在就只图一个活得痛快。三十九岁那场严重胃病之后，她就想清楚了，没什么比活得痛快更重要。

工作，男人，谁不让她痛快，都不行。

一个四十五岁的女人，想要用自己的方式活一个痛快，可以吗？

不管答案是什么，季夏都这么做了。

Erika 准时上线。她今天开了视频。

陈其睿坐在办公桌后，对她说，晚上好。

Erika 微笑着说，Neal，早上好。有什么事需要你一大早找我？

陈其睿说，IDIA 中国最新的人事变动，你是否已知悉？

Erika 说，当然，我听说 Alicia Ji 私下联络了很多重要客户，要他们承诺在她明年自立门户后继续选择她的服务，她可以为此给这些客户目前的项目一些折扣，IDIA 总部知道后非常生气，他们决定要将她尽快扫地出门。

陈其睿说，你听到的版本是这样。

Erika 说，是的，难道事情不是这样吗？

陈其睿说，事情真相是什么，不重要。重要的是 Alicia 确实要走，她两周后就会从 IDIA 中国离职。

Erika 有些惊讶，这么迅速？

陈其睿说，VIA 明年三月上海大秀应该如何继续推进，我需要和你讨论，然后尽快做出决定。

屏幕中，Erika 皱了皱眉。她说，Neal，这太棘手了。

陈其睿没说话。

Erika 又说，你的想法是什么？

陈其睿说，站在 VIA 中国的角度看这个问题，答案很明确，IDIA 在两周之内不可能找到一个在能力、经验、业内资源以及人脉等方面和 Alicia 接近的候选人。VIA 这场秀，

THE GLAMOUR

准备时间只剩三个月，需要协调中、日、韩、美、意五个国家和十几家不同的代理商，调动最顶级的明星和模特资源，而且秀场创意数字化的落地难度很高。Erika，你对 IDIA 中国接下来的能力有信心吗？

Erika 没说话。

陈其睿继续说，如果你对 IDIA 中国有信心，那么我会支持你，毕竟将上海这场大秀升级成亚洲规模的决定是你做的，这场秀或成或败，都是你的作品。

Erika 的目光透过屏幕探向陈其睿。陈其睿很松弛地坐着，他在等她开口。

十几秒后，Erika 说，Neal，你这是在绑架我。

陈其睿不说话。

Erika 说，Alicia 出走 IDIA，她能带多少人和她一起走？她又能在短期之内招募到什么质量的团队？这个项目依托的是团队的努力，靠她一个人，不可能做得好。

陈其睿说，我完全同意你的观点。

Erika 说，Neal，我需要你对我坦率一点，你认为 Alicia 能够成功地完成这场大秀，可能性有多大？

陈其睿说，我很坦率地回答你，只有 50%，但我仍然坚信 Alicia 能够给到我们 100% 的惊喜。

Erika 不说话。

陈其睿说，Erika，你不是一直想要被派遣到 VIA 中国来做一把手吗？如果这场秀失败了，我将是第一责任人，这对你而言是不是一个很好的机会？你考虑一下，我等你十分钟。

结束通话，陈其睿离开办公桌。他坐回沙发上，看向对面空无一人的沙发，回想自己两个钟头前说过的话。

"放在以前，我可以一次又一次地包容你的那些冲动。"

"但是这次，不可能。"

这种话说出来，是要骗谁？骗季夏？还是骗他自己？这么多年了，难道他还真的要让她学会妥协和隐忍？

陈其睿比任何人都清楚，季夏从来都不是不会妥协和隐忍。她曾经所有的妥协和隐忍，都在他不得而知的时候，全部给了他。

如今的他，还有什么立场和资格，要求她少一些冲动？

时间不晚，但是季夏兴致缺缺，她叫男孩子离开她家。对方走之前，又亲了亲她的左脸，和她约了下次见面的时间。

等人走了，季夏披上睡袍，走去书房。她一边收读邮件，一边喝光一杯水。

十几分钟后，季夏收到了来自 VIA 的 Erika 的邮件。

邮件很直白简单，Erika 写道，她从 IDIA 总部处得知 Alicia 即将离职，经过内部讨论，VIA 总部决定将明年三月的上海大秀交由季夏和她将来的团队继续完成，无论她是否离开 IDIA，无论她何时离开 IDIA。

季夏读完邮件，回复 Erika，感谢她和 VIA 的信任。

然后她合上电脑，站起来，又去倒了杯水。

喝第二杯水时，季夏靠在冰箱门上，回想自己两个半钟头前说过的话。

她今天去拜访陈其睿，根本就没指望过他会同意 VIA 中国跟着她走。他是什么性格的人，在工作中有多么职业化，没人会比他更清楚。

陈其睿是 VIA 中国的一把手，但他也只是 VIA 中国的一把手。季夏从未真的把 VIA 明年三月的上海大秀纳入她离开 IDIA 后的工作计划中。

那她为什么还要找理由去见他这一趟？因为上周她亲自带队去 VIA 开的 all-agency meeting，他因伤没有出席。

北京车祸后，他的手臂恢复得怎么样了，她希望亲眼所见，才能心无愧疚。理由就

第十七章

是这么简单，也只能是这么简单。

一个四十五岁的女人，一边和年轻男人约着会，一边还惦记着前夫受的伤，这么做，可以吗？

不管答案是什么，季夏都这么做了。

喝完水，季夏把杯子放下。她走去客厅，从衣架上取下大衣，直接裹在睡袍上，拿了车钥匙出门。

"这次是个意外，你无须歉疚。换作别人坐在车上，我一样会这么做。"

"放在以前，我可以一次又一次地包容你的那些冲动。"

"但是这次，不可能。"

季夏从家开车去 VIA 所在的写字楼。一路上，这几句话反反复复地出现在她耳边。

司机已将车开到楼下。陈其睿坐电梯下来，走出写字楼，然后他脚步略顿，目光看向不远处的一点火星。

季夏背靠车门，站在那里抽烟。

她看见他，没多犹豫，捏着烟走上前来。

季夏走到陈其睿面前，开门见山道："我收到 Erika 的邮件了。"

陈其睿沉默。

季夏说："你是怎么做到的？VIA 总部怎么可能同意？这个决定是怎么做出来的？"

陈其睿还是沉默。

季夏说："你拿了什么筹码去交换？没有 VIA 这场秀，我活不下去？我需要你为我的冲动买单？我会不清楚你的手段？你以为能瞒得过我？"

陈其睿开口道："季夏，你要什么？"

季夏不说话了。

陈其睿说："你的野心。你的梦想。你不在乎？你不要？"

季夏说："你讲这些，有意思吗？"

陈其睿说："你来找我，有意思吗？"

季夏说："Neal，我不知道你和 Erika 是怎么谈的，我希望你不要做任何会后悔的事情。这是得不偿失。"

夜风凛凛，季夏深深地吸了一口烟，然后转过头，不再看陈其睿。

那点火星一明一灭。

陈其睿伸手，把她夹在指间的香烟直接拿走。

曾经他认为，如果她已经能够活得非常真实且快乐，那么他没必要多此一举。人生之路很长，也很宽，在这条路上，选择很多，通向幸福的门永远不只一扇。

但是碰上季夏，他陈其睿又什么时候真的冷静和理智过？

季夏听到男人说："后悔的事情？"

她的烟被他拿走，她下意识地转回头来看向他。

陈其睿说："我这辈子最后悔的事情，就是在和你的离婚协议上签了字。你以为我这三年是怎么过的？季夏。"

092 痛 快

陈其睿这三年是怎么过的？

这个行业不大，季夏就算没有刻意关注，也知道他一直没有再婚的传闻。至于女朋

THE GLAMOUR

友？她没听说。

十几年来，陈其睿社交圈里的女性从来没少过。明星、名媛、富商、模特、生意伙伴，数不胜数。他是个零绯闻的男人。

季夏曾经以为，这是因为他对另一半的忠诚度极高。到了后来，她才明白，这其实是因为他的情感需求极低。

要获得陈其睿的信任和青睐，让他交心，有多难？要亲耳听到他一句情感外露的表白，又有多难？有几个女人能够克服一切让陈其睿动心，又有几个女人能够热烈真挚不计输赢地爱他一场？

季夏认为没有女人会像从前的她一样盲目。

陈其睿说后悔，季夏不懂他有什么可后悔的。她离开了，没人帮他打理衣橱、订衬衫、叮嘱阿姨做家事？她也只会做做这些。

季夏从来都不是一个完美的妻子。

她为了事业，拒绝对外公布已婚信息，所有陈其睿重要的社交需求，她都无法以伴侣身份配合。她和陈其睿甚至没有讨论过生育这件事，她直接默认他也同样不喜欢小孩。还有抽烟，她什么时候真正成功地戒过烟？那些年她一直很忙，项目很多，出差很久，能够和陈其睿真正亲密相处的时间被一而再再而三地压缩。最开始，她觉得愧疚，到后来，她只觉得释然。因为她无法真正改变自己，所以她给不了他一个完美的妻子。

在和陈其睿的婚姻中，季夏一直漏洞百出。对于失去一个这样漏洞百出的妻子，陈其睿有什么好后悔的？

夜风撩起季夏的头发，发丝遮住她的视线。她没问陈其睿，他在后悔什么。

三年了，当初没说出口的话，现在再说，有必要吗？人生永远向前，曾经做出的选择，现在后悔，能回头吗？

陈其睿看了她几秒钟，目光从季夏布料空空的大衣领口，扫到她光着的小腿。他转身，找个地方丢掉手里的烟头。再回来时，他解开大衣，取下羊绒围巾。

他没说这三年是怎么过的，也没说他到底在后悔些什么。他只是抬起手，把围巾圈过季夏的脖子，给她系上。

她还是老样子。每次急躁起来，就什么都不管不顾。出门前，连衣服都不愿意花费几分钟换一换。

陈其睿说："这里冷，车上说。"

季夏没动，她对上任何一辆车都没兴趣。她略显烦躁地把男人的围巾从脖子上扯下来，递还给他："我来找 Vivian，我有东西掉了。"

那张门禁卡本来在她大衣口袋里，之前离开得太匆忙，她不记得自己是什么时候掉了卡。卡掉了就掉了，她也根本不需要再回来拿，但她还是讲着这种没意思的话。

陈其睿接过围巾，搭在臂弯里。他从西裤口袋里摸出门禁卡，递给她。

季夏接过来，随手丢进大衣侧兜里。

陈其睿看着她的动作，已能想象出她大衣口袋里的零碎东西有多么杂乱。从前冬天时，季夏每趟回家，脱掉外套找东西，总是要把两只口袋倒干净，然后在沙发上翻半天。他每次见她又烦又着急的模样，都会出手帮忙。早些年，她会抱着他亲亲，到后来，她只会简单说谢谢。

今夜，季夏连谢谢都已不再说。

陈其睿说："季夏。"

季夏看向他。

他说："天冷，你早点回家。"

他没问她之前为什么要匆匆离去，现在又为什么要匆匆回来。

开回去的路上，季夏把车内空调温度调到很高，把左右车窗全部降下来。

心里的烦躁感难以消除，她记不清这是自己第几次从陈其睿身边掉头就走。刚才，她甚至连 VIA 的事情都没彻底和他讲清楚。

第十七章

陈其睿拿了什么东西去交换，VIA总部为什么会同意，他为了她的冲动，到底付出了什么。

几分钟后，季夏左手握住方向盘，右手摸了摸空空荡荡的领口。下一个路口，她直接掉头，踩下油门，原路返回。

写字楼下，陈其睿的车还在。

季夏没开过去。她停在马路对面的商场门口。解开安全带，季夏掏出烟盒，飞快地又点着一根烟，左手肘往车窗边一搭。商场已闭店，门口的保安探头看了看，没来找事。

烟烧了半截，季夏转过头看窗外，那辆黑色商务车仍然没走。她就这样看了好一会儿，等指间这根烟全部烧完，才重新发动车子，松手刹，缓缓驶离此处。

陈其睿坐在车上。

隔着车窗，季夏的车重新闯入他的视野，停在马路对面，过了一根烟的工夫，又再一次地开走。

陈其睿收回目光，吩咐司机回府。

在路上，他接到一个电话。

来电人是一个业内的朋友，目前任职于某家欧洲奢侈品集团，管着该集团下的某个瑞士高级腕表品牌。

对方在电话里问："Neal，你们近期在IDIA中国有项目吗？"

陈其睿说："有。"

对方问："IDIA的Alicia Ji和总部闹得撕破脸，这事你们知道吧？你们总部有什么打算？"

陈其睿说："怎么？"

对方语气很无奈："明年年初瑞士的两大表展，你懂的。我们这趟要送两个大中华区代言人过去，跟当地对接布展和media day的事情之前都在Alicia和她团队手上。现在IDIA内部撕成这样，Alicia说走就走，太棘手了。我刚和我们总部开完会，瑞士人对这种事情的态度不用我多讲吧？他们叫我在行业里问一圈，看看别的品牌怎么处理。"

陈其睿没废话："VIA明年三月在上海有场大秀，这个项目跟着Alicia走。"

对方显然没想到："你们总部这么有魄力？"

陈其睿说："VIA这场秀，上亿人民币的预算。你们在表展上的投入规模能和这个比？你们总部有什么可犹豫的？"

对方短暂沉默了，然后说："VIA就这么相信Alicia的能力？"

陈其睿说："你给我打电话是为什么？"

对方略顿，笑了："OK。"

陈其睿放下手机。

没人比他更懂得季夏为事业的牺牲和付出。她在IDIA度过了整整二十年的职业生涯，她对这家公司和整个行业做出了无法衡量的贡献。

季夏决定告别IDIA，但又为了她的谢幕大秀和总部闹僵，背后的原因是什么？两边撕破脸后，IDIA总部一面要她赔付二十四个月薪水，一面又在重要客户面前诋毁她的声誉。

如果季夏的冲动，是为求一时痛快，那么陈其睿希望她能够痛快得彻彻底底。

周二早上五点，闹钟响。

季夏起床，先去厨房做咖啡。咖啡做好，她打开工作邮箱。在很多封未读邮件当中，她看到了某家瑞士高级腕表品牌中国区GM的邮件。

陈其睿在行业里这么多年，朋友不少。季夏了解他的人脉网络。她喝了两口咖啡，把邮件读完。

THE GLAMOUR

和陈其睿在一起的九年里，为了规避利益冲突，她和他从没共享过业内资源，她也从没借助过他的社交人脉。离婚三年，事情却翻覆变样，略显讽刺。

没有 VIA 和这家高端制表品牌的两张单子，她难道就活不下去了吗？或许一开始会很艰难，但所有的艰难一定能迎来曙光。现在这两个品牌能够跟着她走，对于季夏而言，意义不在于生意，而在于它们做出的选择。这个选择，象征着中国本土行业能力所得到的信任。不论这个结果背后的原因是什么，整个行业都将看到这个事实。

这两个品牌不会是全部，它们只会是开始。

"我希望你不要做任何会后悔的事情。这是得不偿失。"

陈其睿冲动吗？于他而言，得是什么，失是什么。从十二年前到今天，他看错过谁，用错过谁？季夏会让他后悔吗？

不可能。

陈其睿 professional 吗？

她想到昨夜，隔着一条马路的那辆黑色商务车。

他这三年是怎么过的，到底有什么可后悔的，陈其睿在利益冲突这条红线面前，没再多说一个字。这个男人沉默之下的全部表达，都敛在所有的等待和克制中。没有什么事情，比她的野心和梦想更重要。

季夏放下杯子。

面对眼下的结果，她痛快了吗？

周二早上八点，姜阑准时出席 Petro 和日韩两国的会议。整整一个钟头，一个澳大利亚人，一个日本人，一个韩国人，一个中国人，没能就任何一件事情达成共识。

视频电话挂断，Petro 很不满意姜阑的表现，他质问姜阑为什么不帮他。

姜阑说，我没有这个精力，你要不要把难题升级给 Erika，让她帮助解决？

Petro 更加不满了，工作级别的会议结果如此糟糕，姜阑怎么有胆量说出这种建议？

随后他抛出头一晚没得到姜阑回答的问题：被他用红圈勾出来的那几个中国明星为什么值得被邀请？

姜阑面无表情地做了解释。

之后 Petro 又表达了对姜阑领导力的不满，他不理解为什么她一直要坚持将温艺继续留在这个项目上。

姜阑的心情不允许她再多给 Petro 半分耐心，她直接起身走了。

九点半，Vivian 叫姜阑到陈其睿办公室。

姜阑收拾了一下情绪，再度起身。

Erika 的那封邮件，姜阑于昨晚半夜时分做出回复。对于中国农历新年系列的创意和传播方案，她表示理解；对于选择 PIN，她表达歉意，并承诺今后类似的决定一定会事前向总部汇报。姜阑最终还是没把这封邮件拿到陈其睿面前，她不想升级问题或激化矛盾，也不能事事都靠陈其睿给她撑腰，替她出头。陈其睿和 Erika 之间的关系相当微妙，要如何平衡好这两位老板的需求，是姜阑自己该做好的功课。

陈其睿办公室的门开着，姜阑直接走进去。

她说："老板，早。"

陈其睿问："你昨晚找我什么事？"

姜阑说："已经解决了。"

陈其睿没多问。

他将 IDIA 中国最新的人事变动告知姜阑，同时也将他和 Erika 共同做出的决定通知姜阑。

讲完后，陈其睿说："有问题吗？"

姜阑只能回答："没问题。"

VIA 要终止和 IDIA 中国的项目合作，并且把上海大秀直接移交给季夏和她的新团队，

第十七章

姜阑能想象出采购、法务、财务这些后台部门知悉后会有多头疼。老板们每做出一个新决定，实施层面都需要许多部门的许多同事付出努力。

姜阑随后想到她的团队和她自己。这个变动会带来额外的工作量和压力，消化起来不容易。但是对于这个早上的姜阑而言，她虽然一面感到烦躁，又一面为季夏和 IDIA 总部撕破脸而感到隐隐的痛快。

晚上十点半，费鹰来找姜阑。

在这么忙碌的日常中，姜阑每天能拿出半小时谈恋爱已经是奢侈。费鹰给她需要的独立空间和时间，对应地降低了见面频率和时长，这是让她感到非常舒服的平衡。

在费鹰进门后，姜阑二话不说地把他抱住。费鹰揉揉她的丸子头："今天累吗？"

姜阑把脑袋埋得很低："心烦。"

费鹰说："想直接睡觉吗？"

姜阑的脑袋在他胸口蹭了蹭。

躺在床上，姜阑把脸贴在费鹰的腹肌上，她拿他的腰腹做枕头，十分解压。费鹰把她的丸子头拆开，用手指梳理她微湿的长头发。

姜阑舒服得闭上眼睛："你今天过得好吗？"

费鹰说："还行。"

他今天花了大量时间和公司法务以及外部律师商讨给费问河的赡养费协议和后续事宜，但是这种事情说出来并不会对姜阑的心烦有帮助。于是他挑了另外一件事情和她分享："上次你一起见过的那位 Writer Lume，今天又联系我了。"

姜阑的眼睫毛动了动："是吗？"

费鹰说："嗯。他想和 BOLDNESS 做一次实验性的文化合作，具体的细节还要进一步再聊。"

姜阑听了，安静了几秒钟。

如果这次能够成功，那么这将是 BOLDNESS 第一次和北美街头圈的联名合作。费鹰曾经说过的话，她曾经感受过的勃勃野心，在这一刻焕发生机。

她积攒了一日两夜的烦闷与不甘，在听到这个消息后，开始无声地消解。

姜阑的指尖滑过他线条分明的肌肉线条。"费鹰，我非常期待有一天能够看到 BOLDNESS 在洛杉矶的 La Brea 和 Fairfax 开店。"

费鹰捏住她的指尖，说："我加油。"

姜阑说："嗯，你加油。"

过了一会儿，她又说："我也加油。"

他摸一摸她的脸："嗯，你也加油。"

BOLDNESS ★ WUWEI

第18章

分 道

THE GLAMOUR

093　分　道

周三一早，费鹰给丁鹏打电话，问他有没有兴趣一起玩点有意思的东西。

丁鹏问："什么啊？"

费鹰说："BOLDNESS 最近在和 Writer Lume 谈联名企划，打算做一个中美街头涂鸦艺术家系列，里面有六款特别的手签限量单品。你有兴趣吗？带上 crew 一起来？"

丁鹏说："Writer Lume？是我想的那个 Writer Lume 吗？"

费鹰说："来吗？"

丁鹏在电话里很大声："真是那个 Writer Lume？费鹰你有点牛啊。你终于不操心女人生意了？终于回到街头圈的正轨上了？"

费鹰说："废什么话？"

丁鹏说："来来来，必须来啊。你还缺几个人？我把国内 graffiti 圈子里有名有姓的都给你送过去。"

费鹰说："嗯，你加油。"

丁鹏莫名其妙："我加什么油？"

费鹰笑着挂了电话。

梁梁同步得知了这件事情。她刚刚落地虹桥，还在等行李。

BOLDNESS 上海分部才开始装修没多久，但梁梁需要提前过来面试新人，还要和新筹建中的第二开发部门负责人共同商讨明年的两地工作模式，她先打包了秋冬衣物飞过来。

梁梁听费鹰讲完和 Writer Lume 的联名企划，说："这个系列要什么时候上市？"

费鹰说："明年开春，只在线下门店发售。美国那边会在东西海岸分别找几家街牌集合店做联合发售。"

梁梁说："在哪里生产？"

费鹰说："中国做。"

梁梁说："费鹰，时间太紧了。过年期间工厂都要休息，开发那边肯定又要把压力转到设计这边，逼我们尽快交图。设计又不是我们能直接决定的，合作的那些 writers 如果不按时给 graphic，那我们要怎么办嘛？"

费鹰说："正是因为考虑到了这些，所以这个系列只做 T 恤，难度已经大幅降低了。开发那边我去打招呼，你不用担心。"

梁梁一边吃力地把两个 28 寸的大箱子从转盘上弄下来，一边说："钱呢？我们要不要给 Writer Lume 那边付设计费？这次联名企划对方是否要求销售保底提成？这些事情你都

第十八章

和孙术商量过了没有嘛？"

她实在不想看到两个男人再次吵架。

费鹰没有直接回答她这个问题，他叫她注意安全，派去机场接她的司机会送她到公司帮忙租的房子那边。

周三到公司，姜阑给 Petro 带了一件小礼物。

Petro 问姜阑，这是因为她后悔最近对他的态度太糟糕了吗？

姜阑说，这是代表 YN 感谢你。

Petro 意味深长地看着她说，不用谢。

姜阑上午和季夏通了个电话，确认季夏在 IDIA 的离职日，又问季夏要她未来新公司的客户团队负责人，以便提前做好交接准备。

季夏在电话里说："有事情直接找我。"

姜阑顿了一下，问："Alicia，接下来会有很多又乱又杂的琐事，你看得过来？"

季夏说："我还在招人，完整的团队搭起来没那么快。这段时间我会亲自看所有执行。"

姜阑有些顾虑。季夏在 GM 这个位子上坐的时间太久了，实际进入项目后，她真能看得了执行的事情？

季夏说："姜阑，我也是从小朋友一路做上来的。我像你这么大的时候，一样是个很 hands-on（亲力亲为）的人。"

姜阑说："OK，我希望你不会太累了。"

季夏说："有不累的创业吗？"

姜阑微笑了，又说："OK。"

下午余黎明来找姜阑。电商的新人刘戈纯下周二即将入职，唐灵章的工作汇报线会正式转到刘戈纯下面。早前陈其睿给电商一共开了三个新的人头，除了刘戈纯和唐灵章，还要再招一个。唐灵章转到电商，数字营销需要补人，还有温艺的岗位，这些余黎明都需要和姜阑讨论。

两人聊了将近一个钟头。电商的人，姜阑要等刘戈纯到岗之后由她亲自招，姜阑不做越俎代庖的事情。温艺和唐灵章的两个岗位接任者，姜阑打算合并成一个资深岗位，同时看公关和数字营销，以提高团队内部工作效率，同时再释放出来一个人头给明年备着。余黎明表示，符合这种条件的候选人只会更少更贵，他对姜阑随心所欲改团队架构的行为不能认同。姜阑不需要余黎明认同她，只需要余黎明配合她。余黎明知道这样讲下去的结果又是要找陈其睿当判官，他心力交瘁地向姜阑举起白旗。

余黎明又累又烦，姜阑就不累不烦吗？人的事情比什么都重要，没有一支得力的团队，事情要怎么做，成绩要怎么出。

姜阑想到季夏。她在大公司里都这么吃力，很难想象季夏将要面临的挑战和压力。她由衷地佩服季夏的魄力与勇气。

三月上海大秀，一百样事情都没确定，二月时装周又将如期来临。

VIA 再一次决定将 2019FW 系列放在纽约时装周发布，这次时装周的日程正好和中国春节假期重合。

傍晚的时候，Petro 来找姜阑，问她要时装周的工作计划。

姜阑按了按额头，把屏幕转向他，叫他直接看上面的文件。

因为要过年，国内的一线当红明星大多不愿意出去，这趟纽约时装周的中国媒体和明星阵容相对弱一些。姜阑上周才和丁硕通过电话，丁硕委婉表达，徐鞍安希望能够在家和父母一起过个团圆年。基于此，NNOD 做了一版 VIA 二月纽约时装周的看秀媒体和嘉宾列表。

THE GLAMOUR

Petro 抱着胸站在姜阑桌前，目光下斜着看她的屏幕，然后问，当初 Ann 的经纪人问 VIA 要全球代言人 title 的时候，就没想到现在吗？

姜阑说，合同权益里只规定了线下活动出席次数，没有规定具体的时间点。品牌和艺人友好协商，本来就是行业惯例。这次时间撞到中国春节，艺人不愿意出差，也在情理之中。

Petro 的笑容有点刺眼，他说，VIA 中国连代言人都带不到纽约秀场，Lan，你的能力在哪里？

姜阑坐在椅子上，抬起目光。她说，我的能力在哪里，不需要你评价。

Petro 说，我需要看一看你做的 staffing plan（人员工作表）。

姜阑找出文件，打开给他看。这次中国媒体和明星出席情况如此，姜阑决定只带刘辛辰一个人去纽约，叫 NNOD 在上海远程支持，她没必要大过年地拉着所有人一起出差。

Petro 看后说，Lan，我真的无法理解，时装周在你眼里是一件毫不重要的小事吗？

姜阑说，我最后跟你解释一遍，目前所有的情况和安排，都是因为时装周和中国农历新年撞在了一起。

Petro 说，中国人过一个年，就什么事情都不做了吗？

姜阑盯着他，笑了。她说，你怎么不去问问 CFDA（美国时装设计师协会），为什么不把纽约时装周放在每年十二月圣诞节期间？嗯？Petro？

一走出写字楼，姜阑就接到了孔却的电话。

她不得不佩服孔却的运气，孔却每一次打电话来的时机都恰巧卡在姜阑负面情绪的摇摆点上。

孔却在那头说："姜阑，下班了吗？今天方便再聊聊吗？还是上次的那个职位。"

姜阑坐上车，说："OK。"

孔却笑着问："之前发给你的 JD，看了吗？我觉得从长远来看，这个职位还是蛮符合你的职业规划的。你结合近两年的国内大环境看看，民企在发展层面的潜力很大，我是真心建议你可以考虑考虑的。"

姜阑说："我不是对民企有偏见，我是对这家民企要做多品类时尚奢侈品牌的野心很有顾虑。这在我看来真的是开玩笑。"

孔却说："是不是开玩笑，取决于做这件事情的人是谁。你们在外企做管理的都熟悉那句话，People make the difference（一切成果，因人而异）。姜阑，我讲得对吧？"

姜阑没说话。

孔却说："我客户在集团内部负责新 BU 搭建的副总这周正好到上海，她看了你的资料很感兴趣。如果你愿意，我想推荐你和她直接聊一聊。这个职位就不用见 HR 了。"

姜阑还是没说话。

孔却说："只是聊一聊而已，又不是决定要去，对你有什么损失？你可以把这当成一次普通的人脉拓展，怎么样？"她又补充，"百分之百的保密，绝对不用担心你们 Neal Chen 会知道你在外面看机会。"

几秒钟后，姜阑说："我看一看时间，微信沟通。"

周四午饭后，高淙从壹应资本前台把费问河引至办公区，再一路把他带到费鹰的办公室。

办公室里，有公司法务，有外部律师。高淙请费问河在沙发区坐下，给他端来一杯热茶，然后离开，关上门。

费问河还穿着第一次来的那身衣服，他叉开腿坐在沙发上，左看右看，上看下看，最后盯住对面的费鹰，咧开嘴笑了。

费鹰没有任何表情。

他身边的律师替他开口，在征得费问河的同意后打开桌上的录音笔，然后取出四份

第十八章

一样的文件，公事公办地告知费问河赡养费协议的具体内容。

考虑到费问河患有心脏病，费鹰愿意承担他后续在中国内地公立医院看病、手术、治疗、住院、用药的费用，并在此基础上付给他每年十万元人民币的生活费，这份协议将以费问河死亡为终止时间。

费问河瞪着双眼一个字一个字地听，听完问："房子呢？我儿子答应给我的房子呢？"

律师回答："费先生并未承诺给您任何房产。您在北京有自己的居所，如果您还有其他住房需求，可以用每年的生活费另外租房。"

费问河大声嚷道："十万块钱？一年才十万块钱？十万块钱在北京能干什么啊！我儿子一年赚多少钱，才给我十万块？"

律师说："费先生给您的赡养费金额已经远高于北京当地最低生活所需金额。如果您没有其他问题，我建议您签署这份协议。"

费问河看看律师，又看看律师递上来的笔，突然一拍大腿，哭号起来。他一边哭，一边说："我签，我签啊，我敢不签吗？我要是不签，他肯定又要打我啊！他从十六岁就开始打我，你们看看我脑门儿上的这个疤，就是当年他打的啊！我要不是病到了现在这个分儿上，我敢来找他吗？我不要命了吗？我签还不行吗？"

公司法务不留痕迹地看了一眼费鹰，担心费鹰会有过激反应。如果费鹰在这里对费问河动手，那就太不好收拾了。

费鹰仍然毫无表情。他看着费问河签下字，看着费问河被人送出办公室。后面法务和律师又对他说了些什么，他没听，也听不见。

二十分钟后，费鹰掏出手机，给杨南发了条微信，说费问河下午高铁回京，往后这段时间要麻烦杨南帮忙留意着点儿。

杨南直接打来电话："费问河愿意走了？你给了他多少钱？"

费鹰说："报销以后看病的钱，再加一年十万块。"

杨南先是松了一口气，然后又冒出怀疑："费问河能同意？他这么容易就走了？这是费问河？"

费鹰说："他走不走，都这些。"

BOLDNESS正是各方面都缺现金流的时候，没有任何东西比BOLDNESS对费鹰而言更重要。他在深圳那两套房子的现金一到账，立刻折进北京成都两家大店和上海分部的施工。他怎么可能还有余力施舍费问河这种混账？

就算费鹰体内终究流着李梦芸的血，就算那血液里的善良与宽容，会这样跟随他一辈子，让他做不成真正的狠人。

挂了杨南的电话，费鹰走到窗边。他不知道如果李梦芸还在世，会和他说些什么？窗玻璃上倒映出费鹰的脸。他从那张脸上看到了十六岁的自己，又从那个少年的眼瞳里看到了浅浅笑着的李梦芸。

费鹰沉默地站了很久，直到孙术打来电话。

孙术的语气听起来很正常："费鹰，这两天在忙什么呢？"

费鹰说："在资本这边开会。"

费问河跑来上海管他要钱的事，除了杨南，其他兄弟都不知道。大家知道后，除了愤怒，没别的用处。费鹰犯不着拖着所有人一起糟心。

孙术说："哦。我听梁梁说，你在和美国的一个writer谈联名企划。"

费鹰说："嗯。"

孙术说："现在到什么地步了？要商量商量吗？"

费鹰说："谈得都差不多了。两边各找三个本国最有特点的writer，一起涂六个graphic出来，印在T恤上，这六款做亲签限量版。然后再做六款非亲签限量的常规大货，明年开春直接发售。"

孙术问："费用怎么说？对方要项目的设计费吗？销售保底提成要吗？"

费鹰说："三百万人民币的一次性设计费。销售提成25%。不需要保底。"

孙术没说话。

费鹰说:"你有什么问题?"

孙术说:"知道的人以为你们这是在玩圈子文化,不知道的人以为你这是在被美国人坑钱。这些还只是生意层面上的,项目前中后期的宣推费用呢?量产成本呢?库存压力呢?还有各种杂七杂八的,你都没算?25%这么高的销售提成,还能有比这更离谱的吗?"

费鹰没说话。

孙术说:"你是不是需要我再给你算一算现在有多少事?多少个地方需要花钱?你非要挑这个时候去和北美街头圈的搞这些?就缓一缓,不行吗?"

费鹰说:"孙术,我们不做,就会有别人做。我们不当第一个,就会有别人当第一个。只有成为第一个,才能获得最大的声量和影响力。"

孙术说:"重要吗?我就问你,这重要吗?"

费鹰说:"对你来说不重要,对我来说很重要。"

孙术的脾气上来了:"对我来说不重要?行,对我来说不重要。费鹰,不是每个人都像你一样只靠直觉就能走下去,起码我不行。"

费鹰说:"孙术。"

孙术打断他:"曾经我以为,我们是志同道合的。"

费鹰说:"你什么意思?"

孙术说:"就字面意思。"

费鹰用力握住手机,一字不说。

过了几秒,孙术又说:"费鹰,我太了解你了。"

孙术眼里的费鹰,B-boy 出身,Breaking 是什么,crew 是什么,battle 是什么,Hiphop 是什么,费鹰再熟悉不过。那是他的来处,是他的生活,更是他一生不弃的精神。

在 B-boying 的世界里,志同道合的人,费鹰可以和他并肩一起走。不认可费鹰的人,尽管去别的地方,费鹰不会阻止他。

但如果有人要挡在费鹰前面,不让费鹰继续往前走,那么费鹰只会问他要不要 battle。

孙术永远都不可能选择和兄弟正面 battle。

他对费鹰说:"我决定走了。这事我已经考虑了很久,其实不该拖到今天才告诉你。你什么都不用说,我们该说的早就已经说完了。"

094 零诺

孙术要走,费鹰不挽留。谁走他都不可能挽留。

费鹰是什么性格,孙术能不清楚?孙术既然说了要走,那就是铁了心地走,这中间不存在任何谈判和斡旋的意图。

胡烈说过什么?合伙就像婚姻。如果合伙就像婚姻,那么孙术的离去,让费鹰切实地体验了一把什么是婚姻的本质。孙术走,钱要怎么分?共同的兄弟朋友要怎么通知?以后还见不见面合不合作了?

孙术退出,对 BOLDNESS 品牌运营的影响虽不至于伤筋动骨这么惨烈,但确实是动摇人心的一次大变动。考虑到这一点,孙术同意待到过年前,这两个月作为工作交接的过渡期,给费鹰留够招人的时间和余地。

第十八章

梁梁头一个得知了这个消息,她二话不说地打车过来找费鹰。

但等真的见到费鹰,梁梁又无从说起。孙术和费鹰两个人的矛盾,是一件事情引发的吗?是一朝一夕能化解的吗?她知道自己没有办法改变现状。

梁梁在费鹰办公室里坐了好半天,罕见地沉默着。费鹰给她递水,她也不接。最后,梁梁问:"孙术走了,那你要怎么办嘛?"

费鹰说:"该怎么办,就怎么办。"

没有哪个公司缺了哪个人就要完蛋。他十年前能找到孙术,那他十年后就能找到另一个人。

费鹰在某些方面的坚持和强硬,梁梁很清楚。她不劝,但她无法遮掩伤心的情绪,她眼泪汪汪地瞪着费鹰:"孙术走了,你就一点都不难过吗?费鹰。"

费鹰没回答。

送走梁梁后,费鹰给姜阑打电话,说他得回一趟深圳。姜阑没多问,她认为这是一趟常规的出差。叮嘱了两句注意安全多休息,姜阑说她也在忙,两人就结束了通话。

费鹰让高淙订机票。

孙术走,他持有的 BOLDNESS 股权费鹰必须要回购,这事得当面聊。一个运营合伙人决定退出的消息,费鹰也必须要亲自当面告诉深圳总部各团队的负责人。电商这块是生意大头,孙术在东莞那边建的电商支持中心,费鹰这些年就没怎么管过,他太放心孙术了。现在,他也必须要回去走一趟,实地看看情况。

诸多事情如山一样倒下来,除了费鹰,没人能替他扛。他没精力去想梁梁问的话。

姜阑接电话的时候确实在忙。她正和一家时尚大刊在上海这边的销售总监喝咖啡。

明年三月上海大秀,VIA 拟邀二十位国内一线明星。要为这些明星拍摄观秀预热短片,VIA 总部只放心国际时尚大刊的中国版来做。这几年纸媒式微,这些大刊的广告业务越来越向线上和新媒体倾斜,除了传统硬广和软文,他们也在陆续开发一些 360° 深度合作模式,让品牌主既能拥有优质内容,又能获取流量热度。针对奢侈品牌的线下大活动,媒体销售可以给品牌报一个打包方案和价格,从邀请明星到拍摄制作到曝光传播一条龙,物料同步授权给 VIA 在非商平台使用,对像 VIA 这种把品牌调性和内容质量放在首位的国际奢侈品牌而言是个省心省力的选择。

这个合作聊完,姜阑换了家咖啡厅,去见从北京来的木文。

木文计划在上海再开一家工作室,最近跑来看房子和租金。加上他北京的工作室和那家新的 MCN,木文的生意是越做越大,简直是时尚造型师中最知道该怎么赚钱的。木文的八卦体质对姜阑很实用,每次和木文聊天,姜阑所收获的业内小道消息能顶得上她平常一个季度的听闻。

木文一聊起他那家 MCN 就滔滔不绝。他说现在做时尚博主的这些姑娘也真是不容易,网友们都觉得她们光鲜亮丽地就轻松把钱赚了,但她们哪个不是白天苦哈哈地搞拍摄加内容产出,晚上继续苦哈哈地给品牌金主们做 PPT。木文唉声叹气,说连做博主现在都要做 PPT,你说这日子还能怎么过?叹完这口气他又来了精神,说上个月来上海出差参加另外一个奢侈品牌的线下艺术展,在活动现场碰上某个微博五百万粉丝的知名姐,那位姐就看不上现在的这些新网红媒体平台,什么抖音啊小红书啊,这位姐坚决不去,嫌 low。知名姐还说,家里穷的就别凑热闹来做时尚博主,各大品牌现在做 seeding(产品植入)都不挑,那些没见过世面的只要拿了免费产品就一顿海夸,真要是家里有点钱见过世面的,能在乎这些免费产品吗?还需要巴结这些大牌吗?谁还买不起个包和衣服鞋子首饰啊?就只能靠品牌送啊?敢不敢自己买了之后说几句真话啊?做"意见领袖"的为了小名小利不说真话,这就是现在的中国时尚博主圈现状。

木文脖子向后一仰,笑问姜阑,知名姐这话说得怎么样,真不真实,够不够胆?姜阑喝了口水,没发表看法。

现在任何一个垂直领域的意见领袖圈子大抵都如此。对于搞内容的人,但凡目的是

THE GLAMOUR

为了博名博利，又有谁能真的做自己想做的东西？

这个道理又不止于此。

姜阑想到了费鹰。他的理想有多纯粹，现实就有多势利。商业面前穷人只有痴梦，金钱才能铺就梦想阶梯。如果没有资本养着BOLDNESS，那这个世界上不会存在BOLDNESS。

见完木文，姜阑看看时间。她答应孔却，今天晚些时候去见那个民企的副总，聊一聊这个工作机会。约定的地点在另一栋写字楼的商务会议室，那里是这家公司在上海临时租用的办公室。那栋写字楼下的商场里有VIA的精品店，现在距离约定时间还有四十分钟，姜阑步行前往，先去店里。

进商场，姜阑下意识地抬头，望向二楼。BOLDNESS上海概念店的外观始终如一的酷，姜阑听说这家店和业主签了高额定租合同，她能想象到费鹰为了他的理想牺牲了多少实际的金钱利益。

姜阑走到VIA店里，想用现在这个空当内领两条裙子，等一下会面结束后再来取货。在成衣区，姜阑看见Tina又跪在地毯上服务一名女顾客。

那名女顾客一边和Tina笑着讲话，一边转过头。姜阑看清了，原来是北京的刘女士，她又来上海这家店照顾Tina的业绩了。

刘女士怀着孕，身材比上次见面时丰满了不少。她也瞧见了姜阑，抬手打了个招呼。

姜阑上前："刘女士，您好。"

刘女士对她笑了笑："我来看看你们早春的新款。这次买完，你们明年春夏的那些年轻款式我是肯定穿不成了。"

姜阑和刘女士寒暄了几句，然后礼貌告别，走去找店经理。姜阑心想，像刘女士这样的顾客是真心热爱时装，即便这么辛苦地怀着孕，也依然无法放弃亲自选购服饰的乐趣。

姜阑提前五分钟抵达写字楼商务会议室。虽然是临时租用的场地，这家公司竟然也安排了一名前台工作人员。姜阑看看前台的桌面，很整洁，侧边摆放着两盆白色蝴蝶兰。

前台带姜阑走进去，推开最里面一间独立小会议室的门，对里面的人说："刘总，姜小姐到了。"

姜阑看见北京的刘女士就坐在里面。

刘女士看见姜阑，再度露出笑容，她站起来对姜阑伸出手："又见面了，我是刘峥冉。"

刘峥冉是零诺集团的常务副总裁，她简单向姜阑介绍了零诺目前的现状和计划。对于即将成立的零诺时尚（LINO Fashion），她愿意解答姜阑的一切问题。

姜阑有些意外这个巧合——如果这真的是个巧合的话。

她说："我没想到会是您。"

刘峥冉笑了："你在三年前就给我留下了很深的印象。当时VIA店里做活动，你在现场和我打招呼，我们还聊了不少国际奢侈品牌的事情，你记得吗？"

姜阑有些印象，她当时以为北京的刘女士只是一位非常富有的奢侈品牌拥趸。她说："让猎头来接触我，是您的意思？"

刘峥冉又笑了："这重要吗？"

姜阑说："谢谢您对我的认可。坦率来说，我对这个职位的顾虑很大。"

刘峥冉说："你可以展开说一说。"

姜阑说："国内民企想涉足高端时尚零售产业，做得不伦不类的例子很多。上海的一家，山东的一家，都是资金雄厚的大型集团，收购了多个欧美大牌，也一度号称要打造自有时尚生态和品牌矩阵，但是现状是什么，您应该比我更清楚。我暂时看不到零诺在这方面的优势，也很难相信零诺不会重蹈这两家的覆辙。"

刘峥冉说："我们永远不能因为过去的失败，而否定将来成功的可能性。'事在人为'，这是零诺的坚持。如果你一定要问我们的优势，那么第一是不缺钱，第二是对国内外行业人才的重视。中国的时尚产业在未来会变成什么样，这取决于每一位愿意思考这个问题的人。姜阑，你觉得呢？"

姜阑说："您的这些话都没有错，但是听上去都太大了。我是一个理性的人，很难被热血和口号所驱动。"

刘峥冉对姜阑的说辞表示尊重。她把电脑屏幕转向姜阑，上面是一张上海地图，她点了点某块地方，说："这里，我们拿了一块地，在造零诺时尚的大楼。你有没有兴趣听我讲一讲我们目标要收购的牌子？"

姜阑点头。

刘峥冉切换页面，屏幕上出现一张品牌矩阵图。不同的品类下都放有占位标志，目前有四个位置已被填进内容。

姜阑看过去，目光随之被吸引。上面不只有她预期中的传统高端品牌，竟然还有一个奢华街头品牌。有一瞬间，她稍稍一动念。

刘峥冉说："有兴趣了吗？整个时尚行业的大趋势，零诺很清楚。"

姜阑想到上一回刘峥冉对她儿子的描述，不由得笑了："原来您也了解街头品牌和街头时尚。"

刘峥冉说："天天被我儿子洗脑，能不了解吗？"

两个女人都笑了。

随后刘峥冉继续给姜阑展示零诺准备打造的本土高端品牌计划，她说："中国不是没有奢侈品，中国人也不是不能做奢侈品牌。但是这些品牌都陆陆续续地被几家欧洲奢侈品集团收购了，这是个遗憾。"

姜阑知道她指的是哪些牌子，姜阑也认为很遗憾。

刘峥冉关上屏幕，说："姜阑，我希望你能够认真考虑一下零诺的工作机会。"

这次会面进行了一个半小时。姜阑离开写字楼，上车。她终于开始愿意认真地看待这个工作机会，并对其进行全方面的评估。

工作机会和亲密关系一样，不存在完美的选项。

姜阑想到梁梁，想到宋丰，想到陈渺渺。自己就是总部，拥有完整的决策权和品牌权，一手打造中国本土高端时尚品牌，这样的机会，对姜阑的现实吸引力非常大。但另一方面，民企文化会带来的冲击，一切大饼能否真的被落地，管理模式和决策路径的复杂性，这些都是姜阑无法轻易绕过的问题。

除此之外，还有一个更重要、更现实、更残酷的问题摆在姜阑面前：如果有一天，她真的决定离开VIA，陈其睿会怎么对待她？

姜阑想到了她那份比温艺更为严苛的竞业条款，还有之前陈其睿给她的staff retention letter（员工留存奖励信）。

六天后，费鹰从深圳返沪。晚上，姜阑下班后去公寓找他。她为刘戈纯入职的事情忙了一整天，很是辛苦。

费鹰到楼下接姜阑，问她吃过晚饭了吗？

姜阑说想睡觉。

他笑了一下，带她上楼。

一进家门，姜阑就把费鹰的衣服撩起来，手轻轻钻进去："费鹰。"

男人把她的手按住。

他说："阑阑，我有点儿累。今天就不做了好吗？"

THE GLAMOUR

095 　懂

洗澡时，姜阑稍作回忆，过去十天她确实没怎么放多余心思在费鹰身上。他回深圳几天，她很忙，两人电话也打得少，以致于她都不知道自己的男朋友最近是忙什么忙到连性欲都减退了。

姜阑吹好头发，走出浴室。

客厅里，费鹰坐在沙发上。他前方的电视大屏幕亮着，上面在放那部中国graffiti纪录片。海边，蓝天，少年，五彩斑斓的墙壁。光影折在他的侧脸上，男人的表情很难分辨内心情绪。

姜阑不知道他为什么又在看这部片子。她走过去，单膝屈在沙发上，伸手摸摸他半湿的黑发。

费鹰拉住她的手。他什么也不说，倾诉欲和性欲一样低迷。

姜阑坐在费鹰身边陪他看这部纪录片。十几分钟后，她把脑袋搭在他左侧肩膀上。

费鹰搂住她的腰。

关于孙术要走的事情，这六天每个人都来找他问，问完就劝，劝了还劝，没完没了。

郭望腾，杨南，王涉，没人能理解费鹰走的路。兄弟们无一例外地站在孙术那边。就连王涉这种平常根本不乐意掺和这些事的人，也给费鹰打了个电话，问他到底是怎么想的，为什么就不能对孙术退一步，退一步能要了他的命？十年的兄弟情分在费鹰这儿什么都算不上？

总部各团队的负责人对此事大多抱以类似的态度，有些话当着费鹰的面不可能说得那么直接，然而孙术的决定让每个人都感到了费鹰在某些方面的无情。费鹰没有做任何解释。

陆晟也听说了。作为费鹰在基金这边的合伙人，陆晟掂量着自己的角色和身份，同样在话里话外表达了自己的看法。

回一趟深圳，费鹰和孙术就见了一次面。两人去东莞看电商支持中心，看完之后找了个地方吃饭，吃饭的时候把股权回购的价格谈了。

孙术没多要，但费鹰该给他的一毫也没少。两人十年的兄弟情分和胼手胝足拼搏至今的过往就化在了这一笔金钱中。

费鹰没问孙术接下来要去哪儿。这还重要吗？

孙术也没提工作的事，他就问了一下费鹰，梁梁搬去上海之后怎么样。

从创业到今天，公司规模一路扩大，创始人的管理思路应该做出什么样的转化，什么是分权，什么是授权，这些道理费鹰从不同的人那里听过太多遍了。前一回和胡烈吃饭，胡烈说的也是这一套。

但是费鹰在坚持什么，有没有人懂。

他今天晚上实在是不想和姜阑倾诉这些。姜阑高度职业化的思维和她在大公司的管理经验，只会说出和胡烈一样的话。

费鹰累了。

纪录片播完，又自动循环，从头开始。

男朋友太累不想做爱，姜阑选择了另外一种交流方式："想聊聊天吗？"

费鹰沉默了。他有什么能和她聊，让她开心的？

姜阑没在意他的沉默。她和他分享自己这一天是怎么过的："我部门今天有新人入职，负责电商业务的。是个女孩子，比我小两岁，之前没有在外企工作的经验。这份工作对她而言比较挑战，她的入职对我而言也很挑战。"

刘戈纯的到来，让姜阑意识到自己之前确实低估了她的民企背景和不会讲英文的能力短板会带来的现实困难。

第十八章

这一天下来，唐灵章直接在下班前越级来找姜阑，询问姜阑为什么会认为刘戈纯这样一个人可以当她的直接上级？

能让唐灵章这么无视界限感，证明情况很不乐观。

第一天其实并没有什么实质性的工作，刘戈纯上午参加了两场入职培训，下午回来后和唐灵章过了一下电商代运营公司比稿的阶段性工作进展，她看不懂唐灵章做的会议演示资料，也听不懂唐灵章口中夹杂的英文单词。唐灵章问她，你是一点英语都不会吗？刘戈纯说，听是听得懂一点点，讲是讲不来的。

唐灵章问姜阑，阑姐，以后开会要怎么办？和总部的沟通要怎么办？都让我来吗？我这个级别又没办法推动所有事情，那都要升级到你这边吗？

姜阑让唐灵章有点耐心，一天的时间不足以下任何结论，而且刘戈纯的专业价值也不能靠会不会讲英文来体现。

但是唐灵章的问题让姜阑重新思考，对于电商业务，她没办法完全授权和放手而只看业绩数字，至少她需要承担起刘戈纯做不到的跨部门和向总部汇报的全沟通工作。她仍然需要补充电商相关的深度知识。

姜阑讲完这些，问费鹰："之前孙术邀请我有空的时候再去一趟深圳，看看BOLD-NESS的电商运营是怎么做的，他还说要带我去你们在东莞的电商支持中心。双十二今天也结束了，你觉得我这周末自己去一趟深圳好不好？"

费鹰侧过头看姜阑。他再度沉默了一会儿，然后开口："你非去不可吗？"

姜阑说："也不是非去不可。你是觉得有什么问题吗？"

她的疑问和困惑，让他不得不面对这个他根本不想提起的话题。费鹰说："孙术要走。他现在已经在交接手上的业务，东莞电商中心那边短期之内他不会再去。"

姜阑愣了一下："孙术要走？是要离开BOLDNESS的意思吗？"

费鹰把搂在她腰间的手抽回来。他微微前倾上半身，肘支在膝头，右手捏了捏眉心："嗯。"

姜阑问："为什么？"这个消息太突然了。

费鹰没动，他半天没回答。

在今晚之前，姜阑从没主动干涉和介入过他的工作决定。他能预测到她今晚可能会说的话，也能预测到她的话不会起任何帮助，但他既然向她索要一段复杂的亲密关系，他就必须做到对她坦诚。

费鹰说："导火索是这次和Writer Lume的联名企划。但这不是根本原因。孙术和我的分歧很多。我在很多事情上的专断让他不舒服。我对BOLDNESS未来发展扩张方向的判断让他有顾虑。我不计成本地砸钱打造两个品牌让他不认可。就这样。"他不看姜阑，"孙术要走，我没挽留，他持有的股权我全部回购，他退出得很干净。这件事情，没一个人认可我的做法。我知道我的问题，也知道你大概会说什么，但是姜阑，我今晚真的有点儿累。"

姜阑抬起手，又摸了摸费鹰的短发。她的指尖留在他耳边："孙术走，你能接受这件事情会带来的影响和结果吗？如果你都能接受，那么就让他走吧。"

费鹰转过头。

姜阑说："费鹰，我一直没有告诉过你，你身上最吸引我的特质是什么。"

他问："什么？"

她说："你的存在，让我看到了另一种活着的可能性。我的性格不允许我那样活，但是你的活法让我感受到了人生的宽广。行业，生活，爱情，你给予了我全然不同的视角。你的理想，你的纯粹，你的狂妄，你的坚持，这些都是刻在BOLDNESS品牌中的基因。如果这些都不存在了，那么BOLDNESS也不再是BOLDNESS了。"

这个世界上永远不缺成熟睿智的企业家，但是又能有几个费鹰？

姜阑说："你不完美，你或许也会做出错误的判断，但只要你能承担你选择的结果，那么不被亲近的人理解也没有关系。"

THE GLAMOUR

　　费鹰抬眼看向电视。他说:"你知道在中国玩儿街头的人,是多么不容易。"
　　姜阑随之看过去,屏幕上是叼着烟整理喷漆罐的丁鹏。
　　费鹰有太多想让世界看到的东西。那是他的情怀和向往,是他无法退让的坚持,更是当初让她心扉为之开启的缘起。
　　姜阑说:"我还有一些话。但你累了,我可以改天再和你讲。"
　　费鹰说:"好。"
　　姜阑把手从他耳边拿下来,说:"去睡觉好吗?"她明天也有排满了一整天的工作计划。
　　费鹰没起身,一把搂住她的腰,低头凑近她颈侧,一边闻她的味道,一边把她按倒在沙发上。
　　"阑阑。"费鹰的手一路摸下去,把她右腿的膝盖向上一提,握住她的脚踝。
　　姜阑说不出话来。
　　嘴上说着累的男人,还能这样吗?

第 19 章

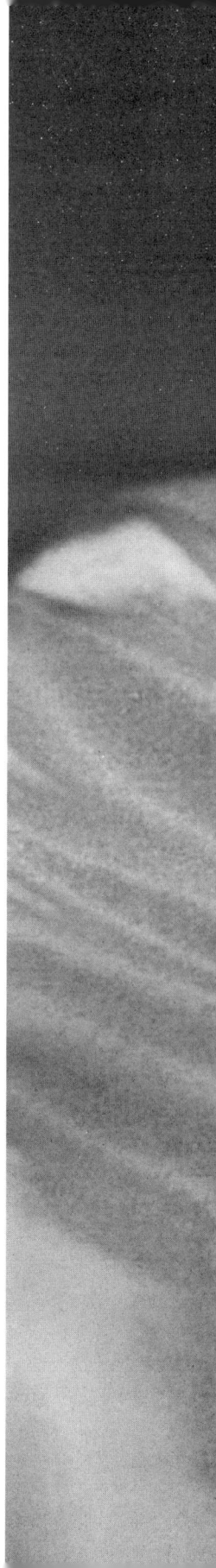

跨　年

THE GLAMOUR

096 跨 年

　　费鹰洗完澡，走回卧室。姜阑看上去已经睡着了。
　　他走过去，掀开被子，从后面抱住她。姜阑身上的香味若有若无，轻而淡地覆住他的感官，费鹰感到久违的放松与舒适。
　　一场酣畅淋漓的性事固然十分解压，但生理性的释放快感远比不上她说的那番话。每一个字都打在他的心上，让他无法克制地想要同她更加亲密。
　　费鹰把姜阑睡裙的领口扯下来，低头亲吻她的脖子和肩膀。他短发上的水珠落在她的皮肤上，她半睡半醒地推他："太湿了。"
　　"太湿了吗？"他刻意曲解她的意思，从下面撩起她的睡裙。
　　姜阑又醒了些，反手勾住他的脖子："你到底累不累？"
　　男人接下来的一系列行为让她后悔问出这句话。
　　这一次结束，姜阑看一眼床头柜上的电子钟。她一手遮住眼睛，一手紧紧抱住被子："我明天还有一整天的工作。你适可而止。"
　　费鹰拨开她额头上的碎发，低头亲亲她。
　　姜阑摸摸他的脸，然后把睡裙往他身上一丢，翻过去背对他。
　　费鹰笑了。他真的已经很多天没有这样笑过了。
　　姜阑睡着的样子很安静。这个女人总是能够让他获得平静，不管面对的是什么样的困境。这种心情让他产生了家的错觉。
　　看着睡梦中的姜阑，费鹰本能地想要更多，不只是一段复杂的亲密关系，而是比复杂的亲密关系还要复杂不知多少倍的婚姻关系。
　　他用手指碰了碰她的脸颊。
　　上次见过胡烈陈渺渺夫妇之后，姜阑回家睡觉前说了些什么，费鹰仍然记得很清楚。他理解她对婚姻的排斥，他不能无视可能会遇到的困难，他应该抱有充足的耐心。
　　再次冲了个澡，费鹰站在客厅落地窗边，打开手机。
　　前年杨南和蒋萌结婚时，兄弟们齐聚北京。孙术在婚宴上羡慕得要命，捶了好几下费鹰的肩膀，要求费鹰以后也必须给他当伴郎。孙术说他必须要组一个比杨南的伴郎团帅起码二十倍的伴郎团出来。费鹰说行啊，没问题，就是不知道要等到猴年马月。孙术骂他你少放屁，老子肯定比你早。
　　手机相册里，有杨南拍的一张现场照片。孙术喝多了，倒在郭望腾的背上，王涉坐在一边，费鹰站在王涉前面。四个男人衣冠不整，毫不帅气。
　　费鹰盯着照片看了半天。

第十九章

梁梁问，孙术走了，他就一点都不难过吗？
费鹰关掉这张照片。

早起，姜阑洗漱化妆更衣。她的手机响了，是孔却。孔却头一晚没联系到她，今早上班前的时间再尝试了一次。

孔却问姜阑，零诺的机会她考虑得如何。

姜阑说最近太忙，没精力仔细思考这件事情。上次她虽然和刘峥冉聊了一个半小时，但这远远不足以让姜阑做出决定。

孔却说："那你慢慢再考虑考虑，我这边也整理一些零诺近期的商业新闻和集团现已公开的收购计划发给你。你可以从其他渠道和途径多方面了解一下这家集团。不急的。"

姜阑说："好，谢谢你。"

姜阑没有直接拒绝，这已经让孔却很满意了。刘峥冉在看候选人，孔却给她送过去的不止姜阑一个，刘峥冉全部见完后表示还是希望先等姜阑的决定。零诺的招聘预算非常充足，对于这样的大单，孔却的耐心非常好。

打完这通电话，姜阑拉起裙子拉链。她胳膊肘的皮肤有些红肿，这提醒着她昨晚的事情。

她走去客厅。冬日清晨，阳光明媚如春。餐桌上摆着费鹰一早叫来的早餐。费鹰站在窗边阳光里，听到声音，转过头。

姜阑看见男人这张侧脸，情绪一下子就软了。她走近他，踮脚亲亲他的脸，问："怎么不先吃呢？"

他说："我不饿。等你一起。"

两人一起坐下。

费鹰给姜阑递调羹，姜阑接过。她一边喝燕麦粥，一边拿手机读邮件。读了没几封，她听到男人说："我后天飞洛杉矶，跟丁鹏、梁梁还有视觉部的几个男孩儿一起。"

姜阑说："好。哪天回来？"

费鹰说："这次去见 Lume，拍点联名企划的片子，一切顺利的话圣诞节前回来。等到一月上旬，再请他来一趟中国，去昆明，丁鹏在那边。"

姜阑点点头："好。"

她已经习惯了他没完没了的忙碌。

过了一会儿，费鹰说："等这事儿忙完之后，我准备看看房子。你有空的话和我一起去看，好吗？"

姜阑抬起目光。费鹰的表情很平常。

她问："你看房子做什么？"

他答："投资。"

她想了想，同意了："好。我陪你一起。"

在洛杉矶的头两天，梁梁没事就给姜阑发微信。她偷拍了很多张费鹰的照片，全数发给姜阑。姜阑看着这些梁梁眼中的费鹰，感受到了梁梁内心深处对老板的怨念。

中间隔了两天，梁梁没精力再发照片，她说，和这些男人在一起真是太累了！到了第五天的时候，梁梁突然无比兴奋地发了一张将近30MB的照片给姜阑。她说，阑阑你看你看！

姜阑开完会后，打开这张高精照片。

加州阳光下，一段大约三十米长的墙壁，色彩张扬地喷涂着拉丁艺术字母和中国上古神兽。涂鸦墙前面，丁鹏和 Lume 搭着肩站着。两个男人笑得比阳光还灿烂。

姜阑还没来得及回复，梁梁又给她发来一张 Ins 截屏。

这个 Ins 博主专门搜集西海岸街头涂鸦艺术作品，粉丝量很大。丁鹏和 Lume 的这幅作品被该博主于当日收录，配文写着"The coolest streetart of the day（今日最酷街头艺术作品)"。

当晚，姜阑和费鹰打电话时，说起这个。

费鹰说："嗯。还行吗？"

还行吗？姜阑有时候想不明白，这个男人怎么可以在狂妄的同时又保持着低调，这种魅力让她着迷。

她说："你怎么不发给我看？"

费鹰在电话那头笑了："我想给你发点儿更好的，行吗？阑阑。"

姜阑抿抿唇。过了一会儿，她问："你困吗？"为了配合她的休息时间，他每天都需要很早起床给她打电话。

费鹰说："我不困。"

他又说："我就是有点儿想你。"

有点儿是多少？姜阑没问。

又过了两天，费鹰主动给她发来一段90秒左右的视频。这是一条BOLD-NESS×LUME的联名企划预告片。

姜阑点开。

视频是全竖版，由手持摄像机拍摄完成。与其说这是一条预告片，不如说这更像是一段很随性的花絮。

Compton街区，两个男人坐在街边。Lume给丁鹏讲自己小时候的经历，怎么开始接触街头文化，为什么会爱上涂鸦，这么多年涂过哪些国家和地方，以及他期待中的一月中国之行。后来丁鹏说肚子饿，Lume站起来，然后把丁鹏也拉起来，说我带你们去吃soul food（灵魂食物）。

Lume走出镜头，丁鹏路过摄像机时被人叫住，有人问他："老丁，什么感受？"

丁鹏抬起胳膊，一把推开摄像机。

黑色的画面中，就听到丁鹏的声音："世界顶尖的街头涂鸦艺术家向我伸出了一只非常帅的手，你说什么感受？"

有人在画外笑了。

短片结尾走出一帧简单的BOLDNESS logo。

姜阑认得那个笑声。她把结尾这段听了好几遍。

她回复费鹰："我也有点儿想你。"

费鹰这次出去了八天。回来后，姜阑问他有没有兴趣在年末和她一起去听一场音乐会。

费鹰问："是什么特别的场合吗？"

姜阑说："我想介绍我的好朋友给你认识。我朋友是交响乐团指挥，他们团有跨年音乐会，请我去听。我想带你一起去，音乐会结束后，可以找个地方喝点东西，聊一聊。你愿意吗？"

说这些时，两人正躺在床上。姜阑枕着费鹰的腹肌，她什么也没穿。他一只手掌捧着她的脸，手指轻轻揉着她的嘴角。

愿意吗？

费鹰说："阑阑，你朋友叫什么名字？我让高淙提前订好花。"

姜阑仰起头对他笑了笑，说："童吟。这个名字是不是很好听？"

费鹰也笑了，没回答。

跨年当晚，车多人多。

姜阑提前很久请了半天年假，和费鹰吃了个早晚饭，然后驱车去音乐厅。在路上，姜阑收到童吟的微信。费鹰以姜阑的名义订了一捧花送到演出后台，童吟拍了那"一捧花"的照片给姜阑，很开心姜阑有了男人之后也没忘记闺密。

姜阑对在开车的费鹰说："童吟可能会吃醋。你要提前做好准备。"

她的语气很认真，一点都不像在开玩笑。

费鹰说："哦。行。"

这玩意儿要怎么提前做准备？

停好车，走到正厅门口，姜阑才想起她忘了工作手机在车上。费鹰让她等着，回去帮她取。

费鹰返回停车场。他找到姜阑的工作手机，关门锁车，一转身，看见一个熟悉的人影从离他四五步远的地方走过去。

费鹰不确定对方看见他没有。

他站着想了几秒，掏出手机，拨出一个电话。

那边响了好半天，才被人接起。

费鹰说："老王。"

那头说："哦。你什么事？"

费鹰说："你在哪儿？"

王涉说："我在哪儿需要和你汇报吗？"

费鹰说："老王，之前我和孙术的事儿，你对我不满，这我能理解。但是你至于看见我也装看不见吗？"

王涉说："你在哪儿？"

费鹰说："你回头。"

费鹰站定，目光直视前方，看着还在等电梯的王涉握着手机转过身。

两人电话还没挂。

王涉说："靠。你怎么在这儿？"

费鹰简直无语，把电话挂了。

两个男人一起坐电梯上楼，轿厢里没别人。

费鹰问："最近生意还好吗店里？"

王涉说："正常。"

两人沉默着，电梯叮的一声，门开了。

离演出开始前还有一段时间，童吟出来接姜阑。她今晚的发型和平常不一样，微卷的长发被梳成一个利落的高马尾，她还化了线条上扬的黑色眼线。

姜阑抱抱她，说："你其实不用特意出来的。"

童吟说："费鹰呢？我要看你男朋友。"

姜阑四下看看。

费鹰走了也有一会儿了，该回来了。正想着，他就出现在她的视野中。不过他身边怎么还有一个王涉？

姜阑指了指电梯那边："他在那边。"

童吟顺着望过去。下一秒，童吟松开拉着姜阑的手，甩着高马尾转过头："我先进去了。演出结束后再找你。"

097 执棒

姜阑伸手拉住童吟，阻止她的离去："费鹰已经过来了，你和他打个招呼再进去吧。"

这在姜阑看来最多只需要花费三十秒，但她的提议依旧遭到了童吟的干脆拒绝：

THE GLAMOUR

"不要。"

童吟试图甩开姜阑的手。

姜阑觉得很奇怪。

王涉停住脚步，对费鹰说："你先去，我有事。"

他没给费鹰反应的时间，直接转身。

费鹰叫了他一声："老王？"

王涉没搭理他，大步走出音乐厅正门。

童吟气死了。明明她才是那个想要掉头就走的人，结果王涉在看见她后居然先走了？他凭什么！

她真的气死了："阑阑，你为什么要拉住我？我现在要气死了！"

姜阑松开手："好了好了，你回休息室吧。等演出结束后我再介绍你和费鹰认识，好吗？"

她无法理解童吟前后矛盾的态度和此刻突如其来的情绪是怎么一回事，她只能将这归结为童吟在大型演出前的神经兴奋综合征。

童吟回到演出后台，越想越气。她找到手机，翻出微信的黑名单。王涉的名字显示在第一位。她盯着男人的头像看了半天。

王涉走出音乐厅，过马路，右转，进便利店，买了一盒喉糖。他离开便利店，在街边站着，把喉糖的包装拆了。

天上在飘雪，落在地上湿漉漉的。王涉吃了两颗喉糖，继续在外面站了半小时。天很快黑了。王涉掏出手机看一眼时间，然后两手插进外套兜里，踩着湿泞的地面走回马路对面的建筑内。

跨年音乐会已开始，晚到的观众无法入内。

王涉没进去。

正厅外有一条长长的走廊，他在走廊边找了个地方坐下。手机里有新微信。ZT 带女朋友到店里玩，没找到他，问他今晚跑哪儿野去了，一年也没几个像跨年夜这样做生意的好日子，他怎么破天荒地没在店里盯场？

王涉拍了一张交响音乐厅的建筑照片，发给 ZT。

ZT 回他："哈。"

王涉也觉得自己实在是很可笑。

他没回 ZT。

王涉打开手机相册，里面有一些近期保存的视频。这些视频的长度和清晰度各异，视频中的主角都是童吟。最早的一条是六年前，国内某个指挥比赛，童吟在比赛中获奖的片段。二十六岁的童吟和现在差不多，一张很小的脸，一双很黑的眼，一头很长的发。她在舞台上就像另一个人，只有眼中炽热的光芒没有变过。

除了这条视频，还有四年前童吟受邀去法国某交响乐团做助理指挥的演出视频，以及她回国后在上海、北京和广州等地执棒乐季音乐会的现场视频。

古典乐迷数量不大，但粘性极高，童吟从业这么多年，网上当然有喜欢她的人。正是网上的这些零散资料，让王涉陆陆续续地拼凑出了童吟在她的专业领域内是个什么样的人。

能这样投身古典乐的女人，家境不会差，当年 ZT 就是个例子。童吟应该也一样。她的正常人生轨迹无论如何也不该和王涉这种人有所交集。这样的交集对童吟这种人而言，堪称一种堕落。

味蕾的满足和性欲的释放，这两样快感很低级。低级的愉悦无法持久，需求消逝的时候甚至不必找理由。

王涉低头查看微信，他仍然被童吟拉黑着。

第十九章

中场休息结束,姜阑回到观众席。她想到什么,问费鹰:"王涉呢?你开场前不是和他在一起?"

费鹰说:"不知道。"

姜阑说:"他也是来看这场音乐会的吗?"

费鹰说:"搞不懂他。"他没和姜阑解释王涉最近对他的意见有多大,今晚见到他之后的态度有多么敷衍。

姜阑想了想,又想了想,没继续问。

九十分钟后,整场跨年交响音乐会顺利结束。正厅内观众的掌声经久不息。童吟在台上致意。她的目光缓缓扫过高价票区,很快收回。

姜阑为闺密感到非常骄傲,她开心的笑容落在费鹰的眼中,他也不由自主地跟着笑了。他轻轻地捏了捏她拍红了的手。

演出结束,三人在贵宾休息室碰面。姜阑正式把费鹰介绍给童吟。童吟此时的情绪很正常,恢复了在外人面前一贯的矜持,和费鹰互相打了招呼。

三人离开音乐厅,就近找了一家小酒馆。

跨年的气氛随处可见,服务员头上戴着毛茸茸的红色发饰,酒单也做了新年版。在人人都欢声笑语的环境中,童吟的兴致并不高昂。

费鹰开车不喝酒,姜阑替他点了无酒精的饮料。她问童吟:"你想喝什么?"

童吟翻着菜单。上面没有卤肉饭,也没有她在746HW常喝的酒。她回答:"随便好了。"

姜阑帮她点了单。

这应当是一场舒适的见面,姜阑不想让费鹰或童吟任何一个人感到别扭,她主动承担起了寻找共同话题的责任。

时尚和音乐永远互相渗透影响,这一点在街头服饰和嘻哈音乐领域尤为明显。姜阑问起童吟上半年在纽约林肯中心举办的那场交响乐团和当红说唱歌手的合作演出,童吟接过这个话题,说完之后很自然地延展到整个街头文化圈层,问费鹰怎么看中国街头圈的现状。

三个人一边喝一边聊,中途费鹰有重要的工作电话进来,在问过姜阑之后,他离开去接电话,一走就是半天。

童吟跟姜阑感叹:"他跨年夜也这么忙?"

姜阑说:"嗯,平常更忙,一顿饭能接好几个电话。隔三岔五就要出差。每天都工作到很晚。"

童吟说:"那和你挺配的哦。"

姜阑一下笑出声了。她说:"你是谁的闺密?"

童吟放下杯子,抱住姜阑的腰:"你的,你的。"

姜阑搂住童吟,摸摸她靠在自己肩头的脑袋,轻声问:"吟吟,你还好吗?最近有什么事情吗?"

童吟不响。

姜阑说:"可以和我讲讲。"

半天,童吟才开口:"我要被一个男人气死了,是真的要气死了。"

姜阑问:"怎么回事?"

童吟不知道该从哪里讲起。

自上次她让王涉抱着睡一觉至今过去了一个月。在这一个月中,她和王涉又见了八次面。他给她做饭,他让她高潮,他尽心尽力地履行着对她的承诺。但童吟还是把王涉拉黑了。

拉黑的原因很简单,不复杂。四天前在她家,她递给他一张今晚跨年交响音乐会的票,请他来看她的演出。

当时的情景和对话让童吟记忆犹新,耿耿于怀。

127

THE GLAMOUR

那晚客厅里只开了一盏落地灯，童吟窝在懒人沙发里，吃着王涉做的甜点。她抬起眼皮，看见男人挽起袖子，拿着一块软布擦她的三角钢琴的琴盖。刚才，她在那上面获得了无比的愉悦。

童吟放下甜点，从茶几隔层里抽出一张音乐会票，走过去递给王涉："你31号晚上有没有空？这场音乐会我执棒，我想请你来看现场。"

王涉转过身，没接这张票。

童吟的手在半空中举了好几秒。

王涉冷着一张脸，终于开口了："你到底还想怎么样？"

童吟放下胳膊，说："什么？"

王涉不响。

童吟的眼睛黑黑亮亮的："你以为我要怎么样？"

王涉还是不响。

童吟盯着他："你是不是以为，我吃了你的饭坐了你的脸，我就会爱上你？我就要你和我谈朋友？饭是饭，性是性，什么智商的人会把这两样东西和爱挂钩？你会吗？你给女人做饭，让女人坐你的脸，然后你就会爱上她吗？你都不会的事情，为什么认为我会？"

王涉不和愤怒中的童吟吵架，他也绝对不可能理论得过童吟。

他把手里的布一丢，放下袖子，说："行。"

说完这个字，王涉直接离开了童吟的家。

童吟被那巨大的关门声刺激得直接拿起手机拉黑了王涉的微信。

童吟把脸埋在姜阑的肩膀上。

姜阑听她讲完，问出一句话："是王涉吗？"

童吟立刻把脑袋抬起来，很惊讶地看着姜阑。

姜阑又问："你喜欢他吗？"

童吟再次靠到她身上："我不觉得我是真的喜欢他。我只是非常享受那种感觉。阑阑，他虽然看起来很凶很冷，但是我在他面前一点伪装的负担都没有，想怎么提要求和发脾气都可以。这样讲，我好像很过分，也很作。可是这种感觉让我很迷恋。这是喜欢吗？应该不是的。我只是在占他的便宜。我是不是很坏？"

姜阑没回答，她说："那你邀请他来看你执棒的音乐会，是因为什么？"

童吟半天不响。最后，她低声说："我也想不明白。"

喝完酒聊完天，童吟婉拒了费鹰姜阑要送她回家的好意。她自己打车回去。坐在车上，她看看时间，这是她恢复单身之后的第一个跨年夜。

一场成功的演出，一次闺密的聚会，这个夜晚理应足够完美。

雪花落上车窗，很快融化。童吟用手指在起雾的窗上随意描绘，过了一会儿，她意识到自己描绘的是哪三个数字，立刻收回手。

到小区楼下时，差不多11点50分。

童吟下车，抬头看见侧边停车道上有一辆眼熟的车。再往旁边望去，又有一个眼熟的男人身影。

童吟站着没动，看着男人向她走过来。

半夜气温已低于0℃，地面上凝着细冰。王涉的金属耳钉耳环上挂着薄霜，他的大衣没纽扣，露出里面硬挺的黑色机车夹克。

童吟抬眼盯住他。她辨别不出到底是天气冷，还是王涉的目光冷。

王涉的声音没什么情绪："你把我拉黑了。"

童吟不响。

她给他音乐会票他不要，但他今晚又自己买票来看她的现场。他在现场见到她直接掉头就走，但是半夜又等在她家楼下。他那么不情愿在这个跨年夜同她一起过，那现在

第十九章

为什么又要出现在这里？因为才发现她拉黑了他，所以来兴师问罪吗？这个男人是不是有毛病？

这满腹的问句和牢骚，童吟一句都没发出来。天气太冷，她情愿这些话被冻在心里，也不想在这种时候再跟这个男人吵架。

王涉的眼神在夜里看起来毫无温度，这种毫无温度的眼神竟然也令童吟感到异常性感。

童吟难以抗拒这种诱惑，她忍不住抬起胳膊，触摸他的耳垂。她的指尖从他发烫的皮肤滑到冰凉的金属。

男人的头低了低。童吟看着他微微向前倾身，有那么一瞬间，她几乎产生了他要亲吻她的错觉。

但这终究只是她的错觉。

童吟说："你还有别的话要讲吗？"

王涉不响。

童吟意识到他刚才讲话时声音有点哑。他病了吗？可能是吧，这个男人本来就有毛病。

她说："如果没有，那就再见。"

王涉还是不响。他看着她垂下目光，转身走进楼道。

王涉一路开回746HW。

跨年夜的道路车多人多，小情侣一对一对地从人行道上走过。等红绿灯时，王涉漫无目的地扫视这些人。

行人的一张张脸叠在一起，他眼中只剩童吟的面孔。女人的眼睛很黑很亮。在今夜之前，他从没见她穿过裤装、扎过马尾、化过那样的眼线。

下半场音乐会他进去看了现场。她执棒时的耀眼光芒，让他忍不住想要靠近，又止不住想要退却。

王涉左手握着方向盘，右手把喉糖的盖子打开，往嘴里倒了两颗。他从中午起床就觉得嗓子疼，不光嗓子疼，头也疼，浑身都疼。

停好车，王涉解开安全带。他掏出手机，看看时间，已经过了十二点。他点开童吟的微信对话框，把当面没说出口的四个字打出来，点击发送。

仍然是系统提示：消息已发出，但被对方拒收了。

这个小小的红底白字感叹号让他的头更疼了。

下车，王涉打开后备厢。他把后备厢里的一大捧鲜花取出来，单手拎着，笔直走到746HW后门的大垃圾桶前，扬臂将花砸进去。

098 礼 物

王涉一进办公室，就收到了费鹰的微信。

费鹰："有空聊两句吗？"

王涉把手机往桌上一摔。跨年夜，有女朋友的男人还找兄弟聊个屁。他烦得太阳穴像要炸开一样，连场子也没去巡，直接躺倒在沙发上。

左耳垂很烫。王涉不清楚是不是因为不久前刚被童吟摸过的缘故。

那股热意从耳垂处蔓延开，逐渐扩散到全身。十分钟后，他的额头、脸颊、胸膛、呼出的气，都变得和耳垂一样烫。

有人敲办公室的门。

王涉不响。

门没锁，来人直接推门进来："王涉？"

是ZT。

王涉闻声皱起眉头。他右臂搭在额头上，没睁眼。这会儿他正烧得浑身难受，要说店里他最不想见的人，那就是ZT。

一年多前，要不是ZT带着白川去拍他们的巡演，那他绝对不可能看到那部纪录片。要不是看了白川那部纪录片，王涉绝对活不成现在这样。他能让一个女人对他为所欲为到这个地步？他能在和女人吵架被拉黑后还继续买票买花想去道歉？

王涉想让ZT直接滚，但是他烧得说不出话来。

ZT叫了他两声，没反应，她走近弯下腰，用手背碰触他的额头。随后她离开了一会儿，再回来时拿了一只电子温度计，对着王涉的脑门"嘀"地一照：39.6℃。

ZT说："你这得去医院。"

王涉铆足力气说："滚。"

ZT把温度计扔在沙发边，给他倒了杯温水，离开了办公室。

离开前，ZT把办公室的大灯关了。

王涉搞不懂女人，女人都太奇怪了，这灯有什么好关的？

没过多久，王涉睡着了。

他做了一个梦。梦中，他躺在家里卧室的床上，童吟枕在他的左臂上。他一动都不能动，因为不论怎么动，他都会压到她那一头麻烦得要人命的长发。

他记起来这是哪个晚上了。那个晚上，童吟曾经按着他的胸膛问："你为什么会做女性公益？"

他没回答。

此刻在梦中，童吟又问了一遍相同的问题。

他不懂她为什么要这么执着于这个问题。这是个连他自己都从没搞透彻过的问题。

一年多前，746HW厂牌去西部巡演。在转场去下一个城市的路上，王涉的手机掉在高速服务区旁的水沟里了。在长达五个小时没有手机能用的路途中，他百无聊赖地问坐在旁边的白川有没有什么片子能看。白川把平板递给他，说她刚完成了一部纪录片。

点开这部纪录片两分钟，王涉就关掉了。这种片子是他会感兴趣的吗？农村女性生存纪实，和他有什么关系？

二十分钟后，王涉重新点开纪录片。他想自己实在是太无聊了，居然无聊到只能拿这个解闷。片子全长117分钟，分为九个单元，每个单元讲述了一位普通农村女性。这些女性的经历迥然不同，年龄最小十六岁，最长七十四岁。

白川的拍摄手法朴实无华，镜头语言简单纯粹，不煽情，只叙事。

剖腹产下第四胎后摘除子宫的三十八岁晓红（片中化名），用皲裂的手指摸了摸镜头，问画外的白川，拍这个片子有没有钱赚。白川说有一点，但不多。晓红躺在病床上很不好意思地笑了，说那可以给家里的三个闺女买几个娃娃带回去。

七十四岁的郑惠（片中化名）头发花白，抹着眼泪说自己被几个年轻男人"欺负"了。白川问她村里干部知道吗？郑惠说没人相信她，大家都说她年纪大了脑袋糊涂。午后烈日下，白川跟着郑惠去地里，镜头里郑惠佝偻着腰背干农活，镜头外白川问这样一天能挣多少钱。郑惠愣愣地对着镜头，她回答不出来。

小萍（片中化名）十五岁，她在给刚刚大便完的一个年轻男人擦屁股。白川问小萍，这是她的什么人。小萍很沉默。白川等了很久，她才回答这是"哥哥"，将来是"丈夫"。小萍是这一家的"养女"，从四岁就开始学习应该怎么照顾她的残疾"哥哥"。

二十一岁的翠翠（片中化名）去大城市打工，认识了一个男生，和他发生了性关系。翠翠说她这辈子都是他的人了，她爱他。白川问，他已经和你分手了，你还这样认为吗？翠翠咬着嘴唇问，能不能别拍了？过了几秒，翠翠又把镜头找回来，她问白川，自己这

第十九章

样算脏了吗？以后如果回村里还能嫁人吗？镜头下移，她的手腕上还残留着刀片划过的伤痕。

……

王涉没看完。他根本看不下去这种东西。他不浪费生命在与他无关的事情上。

第二天演出完，回酒店路上，不浪费生命的王涉拿着新手机，让白川把这部片子传给他。到酒店，王涉再一次打开这部片子。117分钟后，他关掉播放器。那些镜头，那样地贴近那些女性，捕捉着她们没有机会表达出的所有痛苦。

第三天吃早饭时，王涉问白川，她拍这种东西是要干什么？

白川说，不干什么，有人活着，就有人记录。

王涉说，这都不是新鲜事。

白川说，不是新鲜事，就更需要一遍一遍地有人拍。

她又说，你以为全中国的女人都能像我和ZT这样想怎么活就怎么活吗？你以为片子里的女人是少数？那个翠翠说的话你听了吗？女人看待性能像你们男人一样简单吗？这个社会一直在教女人什么东西？你以为和你睡过的女人都只把性当作性吗？她们里面有没有可能有另一个"翠翠"？

王涉想让白川闭上嘴。她假设性的话语和她的纪录片一样，令他窒息。

巡演结束后一个月，王涉去了一趟医院。医生为他做了系统全面的检查，然后表示他的生理健康没有任何问题，并且建议他转诊去心理科。王涉只看了一次心理医生，那次过程让他产生了强烈的抗拒心理，此后再没去过。

给那个女性慈善机构捐出第一笔钱时，王涉没考虑过自己的动机。他拒绝剖析自己的心态，他宁可永远不去想为什么。

像他这种人，配谈女性困境吗？配做女性慈善吗？

遇到童吟，允许她将他工具化，供她满足生理欲望，让她发泄心中所有的委屈和不满足，王涉同样拒绝剖析自己是什么心态，他抗拒理解深层的自己。

高烧的梦中，王涉把怀中的童吟抱紧。他说："你知不知道，我对你从来不是公益。"

这话在王涉自己听来太可笑。但在梦中，任何可笑的话语都可以被体谅，任何可笑的话语都不会被童吟听见。

然后他产生了幻觉——四周一片黑暗，他感到童吟的指尖轻轻地揉了揉他的左耳垂。

新年元旦，王涉在中午时分醒来。

他的烧退了不少，手机一角压在枕头下面，他拿起来解锁。里面有ZT的微信，说让他今天好好休息，别来店里了。

王涉问："昨晚你送我回来的？"

ZT："当然。还能有谁？"

姜阑一早就在床上和童吟打电话。

费鹰几次路过卧室门口，忍住没问她到底有什么事。昨晚半夜，梁梁给姜阑打了个电话，然后姜阑从他怀里离开，跑到衣帽间里给童吟打电话。费鹰不知道她有什么事是不能当着他的面说的，但他女朋友既然有秘密，那么他愿意尊重她的一切秘密。

打完电话，姜阑起床洗漱，然后和费鹰一道出门吃早餐。

难得的元旦假日，天气放晴，两人的心情都很不错。姜阑找了家带户外位的餐厅，和费鹰坐下。

吃着早餐，姜阑和费鹰沟通了一下彼此一月份出差的行程。费鹰很快就要去昆明，这一趟又是至少一周。姜阑则要陪老板去一趟杭州，具体行程还待定。说完一月说二月，因为时装周的工作，姜阑除夕当天飞纽约，初五才能回上海。她问费鹰过年怎么安排，费鹰说回杨南家。

说完这句话，费鹰看着姜阑："阑阑。"

关于过年的话题，他似乎还有话想要说，但他最终只是笑了下，给她递上一张餐巾

THE GLAMOUR

纸。

姜阑没察觉到费鹰的神态,她有点心不在焉,她在想别的事情。

过完年没两天就是费鹰的生日。这是两人在一起后的第一个生日,意义非凡。她这几天一直在琢磨要怎么给他过这个生日,以及该给他送个什么礼物才好。

元旦假期过完,周三一早复工。姜阑到公司没多久,Vivian 就拿着一张硕大的生日贺卡来找她了。

Vivian 说:"老板周五生日。"

姜阑居然把陈其睿今年的生日忘了。她立刻请教:"哦。大家都有些什么表示?"

姜阑口中的"大家",不外乎是何亚天、朱小纹、孔行超这几位。尤其是朱小纹,每年花头最多,谁备礼都比不过她的心思。

Vivian 把手里的卡片拍在姜阑桌上:"老板今年什么礼物都不收。"她准备了贺卡,要求陈其睿的 first line(直属下级)统统用文字表达心意,她会把大家的心意转达给老板。

姜阑盯着 Vivian 留在她桌上的任务贺卡。

她很无奈。要让她写满这一张贺卡,用文字向陈其睿表达生日祝福,还不如让她直接买个礼物更为方便。她是真的不懂,她老板到底是想要为大家减负,还是在变相增压。

周五一天,陈其睿过得和平常的每一天都一样。

早上 Vivian 拿了一叠贺卡进来放在他桌上。直到下班,陈其睿也没看这叠贺卡中的任何一张。

在生日当天,陈其睿一直开会到晚上八点半。这个周五他没有任何饭局,Vivian 通知司机直接送他回府即可。他走后,Vivian 直接把那些贺卡收进文件柜。陈其睿的用意很明确,他根本不在乎下属对他的祝福,他只需要大家把必要的心思放在工作中。

走出写字楼,陈其睿看见了季夏的车。

那辆车亮着双闪,很快地,驾驶门打开,季夏从里面下来。她裹紧大衣,冲他扬了扬下巴,算是打招呼。

陈其睿迈步走过去。

他站定在她面前:"Alicia。"

季夏说:"Neal。"

陈其睿说:"你找我?"

季夏说:"嗯。"

陈其睿抬臂看手表:"你等了多久?"

季夏说:"不久,五分钟。我让 Vivian 同步给我你今天的日程。"

陈其睿没质疑她为什么用他的大秘书用得这么顺手。他说:"找我什么事?"

季夏看了他几秒,转身拉开车后座的门,探身从里面提出一捆礼盒,然后对他说:"生日快乐。也谢谢你和 VIA 相信并选择 Xvent 的服务。"

季夏正式离开 IDIA 中国已有半个月,Xvent 是她创立的新公司。经过初期新项目团队交接磨合的鸡飞狗跳,现在 VIA 大秀的各项工作都已步上正轨。虽然比预期进度略慢了些,但季夏的信心一分没减。

陈其睿低头看向她手里的东西。那是一打定制衬衫。

他说:"你应该清楚,我从不收价值超过 200 美金的礼物。"

季夏当然清楚,但她说:"你现在和我讲职业化准则?"

陈其睿对上她的目光。几秒钟后,他伸出手,接过了这一打衬衫。他说:"谢谢。"

季夏说:"那就先这样。"

陈其睿点头:"那就先这样。"

季夏转身上车,很快发动车子,开走。

陈其睿从礼盒的丝带上取下一张小卡片。他打开卡片。内页没有写任何字,只有季

第十九章

夏画的一只点着蜡烛的小蛋糕。

099 你男朋友？

周一下午，Vivian 来找姜阑："明天去杭州开会，你跟老板的车走，OK 吗？"
姜阑放下手上的事情，抬头问："为什么？"
Vivian 说："老板觉得这样方便。怎么了，你难道更想自己坐高铁然后再打车过去吗？你不愿意和老板一起走吗？"
姜阑的确更想自己坐高铁走，但她只能违心道："OK，没问题。"
Vivian 笑了笑："明早八点，公司楼下出发。"

周二早八点，姜阑准时坐上陈其睿的商务车。
她说："老板，早。"
陈其睿说："早。"
公司距离杭州目的地 195 公里，现在出城，车程至少三个钟头。要和陈其睿在车内共处这么久，对姜阑而言绝不轻松，她甚至感到头疼。
姜阑一边取出电脑，一边回忆上周她写的贺卡。她不擅长在工作之外讨好上级，到最后，她也只写出"老板生日快乐"这六个字，再加一个她的签名。
过了一个周末，她十分希望陈其睿已经忘记了贺卡内容。
车上高架，姜阑看向窗外林立的高楼和滚滚车流。
陈其睿的司机在前面问："姜小姐，你吃过早饭了吧？车上有水，你喝。"
姜阑说："吃过了，谢谢。"
她思考了一下自己什么时候能有专车和司机，这个答案与她的职业晋升之路息息相关。在这时候，她想到了零诺时尚的机会。那个机会对于即将三十三岁的姜阑而言，是一个肉眼可见的快速通道。
陈其睿就坐在旁边，姜阑的职业道德感不允许她继续就这个问题深思下去，哪怕只是在脑中想一想，她也感到有负陈其睿对她的器重和信任。
姜阑重新将目光投向电脑屏幕。今天和平台方的高层开会，陈其睿要她来讲品牌的部分，她想再熟悉一下会议资料。
陈其睿转过头，看了姜阑一眼。他说："你招的那个新人怎么样，适应了吗？"
姜阑说："还在适应中。"
陈其睿不满意刘戈纯，这点显然易见。刘戈纯入职后，姜阑带着她一起去向陈其睿汇报过一次工作。陈其睿没有发表对刘戈纯的看法，但姜阑能够感受得出他的态度。
姜阑又说："老板，今天开会的这份资料就是刘戈纯做的。她加了好几个晚上的班。"
陈其睿不响。
刘戈纯准备的会议资料是全中文的，姜阑头一回没有叫唐灵章帮忙翻译，因为平台方的人又不要讲英文。
面对陈其睿的沉默，姜阑想，她绝不是这个世界上唯一一个固持偏见的人。比她的问题还要严重的人，眼前就有一个。

11 点 1 刻，车到西溪园区。
平台安排了人在园区入口处接待陈其睿和姜阑，然后将他们引至某栋楼的某间会议室。

去年九月初，该平台 Luxury Pavilion 的人曾带队到上海拜访过 VIA。当时姜阑从纽约时装周赶回来开会，那次会议的内容她至今印象深刻。对于 VIA 是否要进驻第三方电商平台并开出旗舰店，陈其睿的态度在过去四个月中一直不明确。

今年，数字渠道毋庸置疑是 VIA 中国的增量生意机会点。除了开通品牌官网在线购物功能和上线品牌微信小程序商城这两个自有渠道，面对流量巨大的第三方电商平台，VIA 需要作出它的抉择。

在过去的四个月中，这家电商平台的奢品中心在拓展国际大牌开店业务方面也取得了不小的成果。他们先是说服了某家生意体量巨大的美国轻奢皮具，紧接着又拿下了某家老牌法国奢华珠宝腕表，然后又陆续有四家欧洲奢侈品牌同意进驻开店。

至此，陈其睿终于同意亲自来一趟杭州，与平台方的行业高层直接会晤，商谈相关事宜。

高层对高层的会议，姜阑只管讲好她的部分。其他时间，她都在专注地听。互联网电商平台的人和传统零售行业的人思维模式差异很大，他们更直接，更激进，一切决策皆靠数据驱动。

老板们讲话各有技巧。平台方保证为 VIA 旗舰店带来站内大曝光的免费流量，陈其睿不为所动。他要平台方做到两件事，一是全面清扫目前站内的 VIA 海外代购和假货，屏蔽一切相关搜索结果；二是对现有门店模块产品做出改动，使之更加符合 VIA 的品牌调性，能够真正地让顾客感受到什么叫作"premium（高级感）"。

这两件事情没有一件做起来容易，但是平台方在思考过后，当场就做出了承诺。

这种决策速度，让姜阑侧目。她又一次见识了什么是民企的优势。

开完会，平台方的人带陈其睿和姜阑在园区内进行参观，参观后用餐，餐后送他们去停车场。

和平台方告别后，陈其睿问姜阑："你有什么感受？"

姜阑确实有自己的感受。

互联网电商与传统零售虽然差别巨大，但商业的本质仍然互通。第三方平台对待国际奢侈品牌的方式，和商业地产没有根本区别。平台方和地产方都坐拥顾客流量，但为了吸引国际大牌进驻开店，一边是给免费曝光流量、清扫灰色生意、修改产品模块，另一边是减租免租、提供高额装修补贴、场内资源倾斜。总而言之，国内的电商平台和商业地产，不论流量多大实力多强，在面对欧美奢侈品牌时，没有哪一家不在"割地赔款"。

很讽刺，但这就是现状。

姜阑没对陈其睿讲她的心里话，她说："VIA 如果要进驻，那么越早越好。"越早，就越能享受平台新业务的前期各项红利。

回程路上，姜阑和季夏有一个电话会议。

季夏这两天带人去了北京，为三月大秀做 model casting（模特选角面试）。她将初步成果同步给姜阑。三月是旺季，顶级模特资源非常紧缺，但是季夏仍然用她深厚的人脉资源锁住了一流的模特档期。除此之外，季夏也给姜阑发来秀场搭建的 3D rendering（三维建模），这一稿是第 27 稿，季夏和那家西班牙建筑事务所前后开了不下五十次会议，终于磨出了目前的可实施方案。在电话中，季夏又提到和 FIERCETech 的合作进度，她成功地让对方给出了一个近乎零利润的项目报价。

工作中的季夏，能力强悍且作风激进，令姜阑心服口服。她想到当初和季夏第一次见面时季夏对她的考验，像季夏这样的人，的确有资本按照自己的意愿挑选合作方。姜阑又想，这世界上能有什么事情难得倒季夏？

结束通话，姜阑简要地将项目进度向陈其睿作了汇报。

陈其睿表示知道了。

两个最要紧的会开完，姜阑感到些许轻松。她合上电脑，拿出手机。借这个空当，

第十九章

姜阑看了看朋友圈和微博。BOLDNESS 官微从这周开始陆续释出和 Writer Lume 的联名企划的相关物料，那条预告短片下面有很多条评论，不少人都在问片尾的那个笑声是不是 YN 的，还有人在刷屏求真相，问 YN 这么多年不肯出镜是不是因为长得实在不行？

姜阑没忍住，笑了。

陈其睿听见了，说："笑什么？"

姜阑说："我男朋友。"

这话说出口，她才意识到是多么自然。她又无声地笑了笑。

陈其睿说："你男朋友？"

姜阑重复道："嗯，我男朋友。"

正常情况下，陈其睿不会过问下属的私事，但今天姜阑主动讲起，陈其睿问："行业内的？"

姜阑说："他做 streetwear，有个自己的品牌。另外他还有个消费品基金，专注投本土的初创品牌。"

陈其睿点头，简单说："知道了。"

姜阑觉得自己的话似乎有点多，但是能够像这样和老板聊一聊自己的事情，体验不仅不坏，反而让她感到了前所未有的温度。

周三午饭后，温艺来问姜阑："阑姐，你有空吗？"

姜阑说："有。什么事？"

温艺在姜阑对面坐下，开门见山道："我拿到了新的工作 offer，想来和你沟通一下离职日期。"

这是个意料之中的意外。

面对第二次提出辞职的温艺，姜阑向她确认："非竞品的工作机会对吗？"

温艺笑了："当然。"

她又说："阑姐，之前壹应资本找我咨询过几次公关公司的事情，我和他们聊得挺好。上周，他们给我打电话，说想要请我去做企业公关，我仔细考虑后同意了。这事我也要谢谢你。"

姜阑没说话。

温艺说："他们这一块业务目前空白，很缺人，希望我能尽早入职。我的年假全部抵现，过完年之后离职，你觉得可以吗？"

姜阑还是没说话。

温艺打量着她的脸色："阑姐？"

姜阑开口："OK。"

和姜阑聊完，温艺正式发出辞职邮件，同步抄送 HR。

很快，余黎明打来电话，劈头盖脸地问："人还没招到，你就放她走？她要去哪里？Offer letter（录用通知书）出示给你看过吗？"

姜阑说："你找她要。"

余黎明说："你怎么想？"

姜阑说："Cecilia 手里的新工作机会，跨行业，跨岗位，公司还要拿什么卡她？只能放人走。"

余黎明说："她是怎么做到的？真是措手不及。"

措手不及的不只余黎明一个。

姜阑挂掉电话，从桌上抄起私人手机，拨给费鹰。但她又很快挂断了。

姜阑把手机扣在桌上，试图迅速平复情绪，因为她还有更大的挑战需要应对。

一个钟头后，姜阑被 Vivian 叫到陈其睿办公室。

陈其睿并不空。他言简意赅道："HR 的邮件我读了。姜阑，我对你只有一个问题，Cecilia 要去的壹应资本，是你男朋友的公司吗？"

135

姜阑用人最看重诚实正直,她不可能轻视自己看重的东西。她回答:"是。"

陈其睿说:"你可以出去了。"

姜阑第一次知道了什么叫作百口莫辩。

温艺辞职一事,姜阑虽不认可陈其睿的手段,但也职业化地履行了他的指示。但是现在,这一纸壹应资本的录用通知,跨行业,跨岗位,完美地解决了温艺的困境,让陈其睿的不近人情变得毫无制约之力。陈其睿会怎么解读这个录用通知,在他眼中,这是否是姜阑对他的阳奉阴违?作为管理者,对温艺抱有同情心的姜阑不是陈其睿需要的管理人才;作为下属,用手段玩弄上级的姜阑不是陈其睿可以信任和器重的心腹。

姜阑问心无愧,但她无法解释。

她感到自己无比愚蠢。她为什么要在前一天的车上和陈其睿讲起自己的男朋友?但下一秒,她否认了对自己的质疑。这件事从头到尾,错都不在她。

晚上十点半,姜阑来到费鹰家。

费鹰正在收拾行李,他明天一早要飞昆明。听到门的响声,费鹰走到客厅,他等着姜阑走过来,像平常一样抱抱他。

但是今天姜阑连一个笑容都没给他。她换好鞋去洗手,洗完手去倒水喝,喝完水去卸妆,然后洗澡、涂身体乳、穿睡裙、护肤、吹头发,最后走去卧室。

十分钟后,费鹰也走进卧室。

姜阑靠在床枕上,低头看手机。

费鹰叫她:"阑阑。"

姜阑一声不吭。

费鹰说:"你怎么了?还是我怎么了?"

姜阑把被子一掀,直接下床,拿着手机去客厅了。

费鹰走到客厅。姜阑一个人站在窗边,不知道在想什么。他皱了皱眉:"有什么事儿,你说出来。"

姜阑开口道:"你的公司挖了我的人,这件事情你知道吗?"

费鹰说:"温艺吗?"

姜阑说:"你知道。"

费鹰说:"我知道。"

姜阑说:"你知道,但你不告诉我?"

费鹰说:"陆晟做的决定,他上周跟我提了一下,我没觉得是什么大事儿,再加上忙,就没想起来和你说。怎么了?"

姜阑说:"怎么了?你觉得这是小事?"

费鹰说:"嗯。"

姜阑的火气冲上头顶。她简直无法和这个男人继续对话。她说:"你不要和我讲话了。"

这算吵架吗?

姜阑不知道。她满腔满腹的火气无处可撒。要继续吵架吗?吵完的结果是什么?分手是不能分的,但是这个男人实在是太气人了,他根本就不理解这件事情对她的工作造成了什么影响。这是她自己选的男人,她选了一个能把自己气死的男人。就连他的这张帅脸,她现在也不想再多看一秒。

第十九章

100 🎲 Battle

姜阑需要冷静一下。吵架只会激化矛盾，解决不了任何问题。她携着一腔火气转过身，看也不看旁边的男人，笔直向客卧走去。

费鹰在她身后叫："姜阑。"

姜阑停下脚步。

费鹰说："你这是要吵架吗？"

姜阑无法相信自己的耳朵。她在竭力压制自己的负面情绪，但他在讲什么东西？她今天晚上过来难道是为了找他吵架吗？

费鹰走过来，重复了一遍："要吵架吗？"

姜阑回头盯住他。

男人双手插兜，面无表情。

姜阑的字典里没有吵架这个词。冷静、理性、体面、克制，这些才是姜阑的人生关键词。她和这个男人不一样，他玩了这么多年的 Breaking, hungry for battle 这三个词已经刻入他的骨髓。要吵架吗？这个男人居然要在姜阑完全不擅长的领域，让她和他一较高下。这是个什么混蛋男人？

费鹰说："要吵吗？不吵的话就回床上睡觉。我明早七点半的飞机。"

姜阑气得脑袋发蒙。她的冷静和理智全然不受控制地开始逐层瓦解："你知不知道这件事情对我的工作有什么影响？你知不知道我老板是个什么样的人？"

费鹰说："哪家公司没有员工流失？这不都是正常的事儿吗？你老板什么人，不能理解？"

姜阑说："这不是简单的员工流失，这是我的人跳槽去了我男朋友的公司。"

费鹰说："哦。这不行吗？"

姜阑说："不行吗？我现在的团队极其缺人，在没补到合适的人的情况下，我老板不允许我放温艺走，在这件事情上我和他有过分歧。温艺身上背着竞业禁止协议，如果今天不是你的公司给她出了这份 offer，她能这么容易地走吗？你要是我老板，你怎么看这件事？怎么看我？"

费鹰说："我不是你老板，也不能理解你为什么要在乎他怎么看这件事儿，怎么看你。"

姜阑气得说不出话来。

VIA 这样的大公司和她所需面临的职场挑战是费鹰不可能理解的。他对于人走人留是什么态度，在孙术一事上体现得淋漓尽致。陈其睿的手段，是费鹰永远不会选择的手段。姜阑面对陈其睿的百口莫辩，更是费鹰无法感同身受的。

她说："我和你讲不通。"

费鹰说："哦。那睡觉吗？"

姜阑真是要气疯了："睡什么觉？"

费鹰说："不睡吗？那要继续吵架吗？"

姜阑强迫自己深呼吸，然后说："费鹰，想要在职场上做出成绩，没人容易。我能走到今天不是侥幸。在 VIA 这样的外资企业里工作，我需要多方平衡，我更需要赢得老板的信任，这至关重要。"

费鹰说："这件事情，你有做错的地方吗？"

姜阑说："这不是我错不错的问题，这是他会不会继续相信我的问题。"

费鹰说："他不相信你，是他的问题。"

这句话真是太费鹰了。从当初的"女人是什么"到后来的徐鞍安风波，面对外界一切的质疑、抹黑、造谣、脏水，他始终不解释。不论外界怎么看他、怎么评价他，他始终不在乎。这是费鹰，这也是 BOLDNESS 和无畏 WUWEI。

在主动干涉舆论和引导外界认知这件事上，她和他从来没有达成过真正的共识。她和他各有主张和坚持。

　　姜阑说:"你要所有人都像你一样?你要我像你一样?"

　　费鹰说:"我没这个意思。"

　　姜阑说:"那你什么意思?"

　　费鹰说:"我的意思是,你老板如果就因为这一件事儿而不再相信你,那么他并不是一个值得追随的老板。"

　　姜阑的火气此刻已到顶点:"一件事?你以为只有一件事?我告诉你,这不是我第一次因为你的事情而损失他的信任。"

　　费鹰皱起眉头:"我还怎么了?"

　　姜阑说:"你还怎么了?去年10月27号,我半夜喝醉,给我老板发了一条胡言乱语的微信。我这辈子没有为谁那样昏过头。"

　　费鹰没接话,他看着姜阑。

　　她撇开目光。

　　时隔两个半月,她再一次地破罐子破摔了。也只有这个男人能让她一次又一次地破罐子破摔。

　　姜阑把这几句话直冲冲地摔到费鹰身上,并不负责收拾后果。

　　吵架只会激化矛盾,解决不了任何问题。这是她从一开始就清楚的道理,但她还是做了愚蠢的选择。现在,事实证明她完全没有想错。

　　姜阑说:"吵够了。我今晚去客卧睡。"

　　她试图离开,但没能成功。

　　费鹰挡住了她的去路。

　　男人靠近的身体很有压迫性,他说:"吵够了,就回床上去睡觉。"停一停,他又说,"你和我分手的那段时间,我没再睡过那张床。"

　　分手这两个字,唤起姜阑对于那段时间的记忆。白热化的激烈争吵固然消耗,但比起曾经的冷漠与疏离,此刻的一切竟然显得有点美好。

　　美好?姜阑觉得自己真是被气糊涂了。

　　随后,姜阑又发现自己紧紧贴着男人的胸膛,她竟然没意识到这是什么时候发生的。

　　费鹰把姜阑按在怀中:"吵架就吵架,只要不分手,你想怎么和我吵,都没问题。"停一停,他又说,"只要不分手。"

　　姜阑没出声。

　　分手当然是不能分的,她难道还需要他来强调这一点吗?

　　费鹰又说:"累了吗?睡觉好吗?"

　　姜阑还是没出声。

　　这个男人总是惦记着她睡觉的事情,从始至终,没有变过。

　　躺回床上,姜阑睡进被子里。她说不清自己现在到底还气不气。这么吵一架,没有任何建设性结论,值得吗?事情也并不会因此而变化,她的困境依然存在,有必要吗?

　　费鹰走到床边,把上衣脱了。

　　姜阑终于愿意正眼看一看他。最近这段时间他太忙,也不知道是饮食结构不注意,还是每日运动量跟不上,他的腹肌轮廓没有之前那么清晰了。

　　这样的腹肌,没有摸的价值。她把头扭去另一边,不再看他。

　　费鹰叫她:"阑阑。"

　　过了好几秒,姜阑才答应:"嗯。"

　　他说:"陆晟挖你的人,我的确应该先和你打个招呼。我没在意这一点,是我不对,下不为例。"

　　姜阑把头扭回来。

　　费鹰伸手摸了摸她的脸。

第十九章

姜阑没动,说:"好。"

费鹰低下头,姜阑的眼睫毛轻轻一抖。他碰碰她的嘴唇:"对不起,让你生气了。我应该理解你的难处。"

姜阑垂下眼皮。她伸手摸了摸他的腹肌。这是一个和好的讯号。

费鹰握住她的手,说:"陆晟请温艺加入壹应资本,如果你事先知道,现在的结果会有不同吗?"

这是一个两人都知道答案的问题。

姜阑无声地叹息,答道:"不会。"

费鹰捏了捏她的手心,转身关上床头灯。

被子被男人扯落,在他继续扯落她的睡裙时,姜阑掐住他的胳膊,仰头看了一眼电子钟的显示屏。

12:53。

12:53。

童吟和 ZT 站在 746HW 的后门。

ZT 从烟盒里弹出两支烟,分给童吟一支。

半夜风大,点烟花了一点时间。

ZT 说:"你说王涉是不是有病,非要把店里的营业时间改成每周三四五日。礼拜六开门做生意不开心吗?"

童吟说:"他就是有病啊。"各种装出来的毛病,多得要命。

ZT 笑了,捏着烟说:"我去下洗手间。你要一起吗?"

童吟摇头:"我等你。"

ZT 走了没多久,童吟指间的烟就被人截走了。她抬眼,面前的男人一脸不耐烦地把烟丢在地上,踩灭。

童吟没留意到他什么时候出来的。她很不开心:"你有病吗?"

王涉冷着面孔,不说话。

她什么时候和 ZT 关系这么好了?还学会抽烟了?三个月前见过那么一面而已,就能混得这么熟了?

童吟冲他摊开手心:"烟。"

王涉冷着声音:"你见过我抽烟?"

童吟瞪着他。

她不知道他今天在店里,ZT 没告诉她。如果她知道,她才不要来。这个男人上次高烧糊涂,一晚上对她做了些什么,他恐怕是失忆了。

王涉任她瞪着。他想不明白这个女人。她既然一直拉黑他,为什么还要跑到他店里来晃?

童吟讨厌死这个男人了。她将他从头到脚扫了两遍。感冒完全好了吗,就穿这么少?耳钉耳环还换了新款,真的是有空。

他薄薄的单眼皮一掀:"看什么?"

童吟真的讨厌死这个男人了。

她抬手,报复似的去揉他的耳朵,指尖扫过那些新耳钉耳环,她感到他整个人在她手心里微微一抖。

童吟垂下目光。

那一晚,他的皮肤滚烫。他抱着她,说了一句话。她轻轻地揉了揉他的左耳垂,随后她的手腕就被他死死地攥住了。

发着烧,他把她的手一路拉下去。

四周一片黑暗,她被他按在怀中,清晰地感受着他的热度和硬度,听他在耳边一遍又一遍地叫她的名字。

BOLDNESS ★ WUWEI

第 20 章

忠 诚

THE GLAMOUR

101 忠诚

　　被童吟伸手一摸，王涉瞬间跌落梦境。他整个人不受控制地在女人手中微微一抖。
　　那一晚的梦太真实了。四周一片黑暗，他抱着童吟说了一句非常可笑的话，她轻轻地揉他的耳垂，然后他死死地攥住她的手腕，极度迫切而渴望地想要得到她的抚慰。他还咬了她。在某个令他发狂的时刻，她把柔软的脸颊贴上他的肩头，他狠狠地咬住了她的脖子。
　　然而就算再真实，梦也只是梦。
　　王涉太清楚自己是个什么玩意儿了。有哪个男人能在发着高烧的情况下硬得起来？他那一场春梦，足够心旌摇荡，也足够荒唐滑稽。
　　面对现实中的童吟，王涉攥住她的手腕，扯开她的手。这个女人凭什么认为他就可以被她随意揉弄捏搓？他只要一想到微信对话框里那一排红底白色的感叹号，就更加觉得做梦的自己可笑。这个女人吃他的饭，坐他的脸，一不顺意就拉黑他，还有比她更作更坏的女人吗？这样一个又作又坏的女人，又怎么可能在跨年夜跑去他家照顾他？
　　王涉松开童吟的手腕："你以后少对我动手动脚。"
　　童吟气炸了。她没见过这么不要脸的男人。
　　姜阑在新年清晨的电话里说得一点都没错，像王涉这样的男人，对女人的忠诚度不可能高，如果童吟还没完全喜欢上他，那么不妨看看其他更好的选择。
　　有一个这么冷静理性的闺密是童吟的幸事。
　　童吟对王涉说："我今晚是来找你的吗？你出现在我面前干什么？刚才是谁先动手的？"
　　她的烟还在地上，这个男人管太多了。她才不要过这么憋屈的日子。跨年夜去照顾他的自己真是脑子坏掉了。
　　王涉不响。
　　童吟瞪了他两眼，直接拿出手机打车。她很快叫到车，在穿过马路前她冲他扔下两句话："你别再自作多情了，全世界就剩你一个男人了吗？更何况这个世界上除了男人，还有很多很多很多女人。"

　　ZT 坐在 V1 里。
　　她看见脸色铁青的王涉，很友好地冲他招了招手："Hi。"
　　王涉走过去，压着怒气："你有病？刚才叫我去后门是什么目的？你和她睡过了吗？"
　　ZT "扑哧"笑出了声："你管我和她睡过了没？你爱上她了？"

第二十章

王涉真的想骂人。

在店里磅礴的音浪中，他走近ZT两步，低头盯住这个霸占着他的卡座的女人："你要是只想玩玩，你别碰她。明白吗？"

ZT的表情很无辜："我不明白。你爱上她了？"

王涉冷冷地和ZT对视："你到底想干什么？"

ZT划拉两下手机，把屏幕转向王涉："这周六有音乐会哦。好巧，下周六和下下周六也有。反正店里现在周六也不营业了，不如我们一起去听音乐会？"

全世界的女人都没一个好东西。

王涉转身走回办公室。

爱？

问出那句话的ZT不明白，童吟在王涉身上找的从来不是爱，她索要的只是堕落的快感。

至于王涉爱不爱童吟，还有比这更无关紧要的问题吗？

童吟半夜发来的微信，姜阑清晨才看到。

童吟在微信里骂王涉："装病装失忆的混蛋男人！我脖子上被他咬的印子还没消呢！"

姜阑给她发了一个起不来床的小兔子表情。

论混蛋男人，姜阑也有话讲。

半夜吵架吵到太晚，她说不要做，要睡觉。费鹰把她的睡裙扯下来一半，一边埋下头亲吻她的乳房，一边说："阑阑，别气了，生气对它不好，让我亲亲，就不气了好吗？"她推了几下他的肩膀没推开，反而被他亲得舒服极了。亲到后来，她用脚尖踢了几下他的腹肌，叫他过来也让她亲亲。

姜阑回忆着昨夜，翻了个身，把脸埋进费鹰的枕头里。

闻着男人留下的味道，她纵容自己多睡了十分钟。

在机场休息室，费鹰给陆晟打了个电话。

陆晟刚起床没多久，正在外面晨跑。他一边调整步速，一边按下耳机键："费鹰。"

费鹰说："陆晟，有个事儿。"

陆晟说："你说啊。"

费鹰说："你把温艺的入职日期往后推一推，成吗？"

陆晟说："成啊。这个职位我之所以着急，不也是因为担心费问河哪天突然就闹事吗？"

费鹰说："我明白。"

陆晟说："怎么了，姜阑那边有难处？"

费鹰说："嗯。她昨天知道这事儿之后，晚上和我吵了一大架。"

陆晟纳闷："我之前不就告诉你了？怎么她昨天才知道？你没和她说？那我白告诉你了？"

费鹰说："我忙忘了。"

陆晟无语，费鹰自己当老板当惯了，人的事情在他这儿向来一言堂，根本想不到别人会有的难处。陆晟久经职场，说："行我知道了。这回怪我，这种事你和我们的视角不一样，以后我多提醒着你。"

费鹰说："也不怪你。"

陆晟说："老婆生气了要哄啊。你会不会哄啊？"

费鹰想说姜阑还不是他老婆，但陆晟这么说，他却一点都不想纠正对方。他说："我用得着你操心这事儿吗？"

陆晟边跑边笑："行行，那先挂了。"

THE GLAMOUR

姜阑一到公司,就看到桌上摆着超大的一束鲜花。她拿起花上的卡片,是费鹰送的,高淙帮忙订的。

这束花的体积是跨年音乐会给童吟那束的两倍,实在是太夸张了。

公司里人来人往,都被这束花吸引着目光。姜阑团队里的小姑娘纷纷致以八卦的眼神,大家已经听说了姜阑有男朋友的消息,现在则进一步地验证了姜阑的确有男朋友的事实。

看着这一大束花,姜阑只有尴尬。

她一点都不喜欢在众人面前秀恩爱,也一点都不喜欢这种老派的哄人方式。这个男人完全不擅长道歉,姜阑想起当初那道"原谅我"的甜点,只能摇摇头,叫陈亭和刘辛辰来帮忙,把这束花拆了,分给公司里平常有养鲜花习惯的同事。

姜阑最后只留下了一朵花。这朵花被她插在桌上的笔筒里。

她给这一朵花拍了张照片,然后抿抿唇。

十一点半,Vivian通知姜阑可以来见陈其睿。

经过一夜的思考,姜阑认为就温艺跳槽去壹应资本一事,她应该对陈其睿做出必要的解释。她主动请Vivian帮忙约老板的时间。

昨晚的吵架中,费鹰有一句话说得很对。如果陈其睿不相信姜阑,那是他的问题。

但姜阑是否信任陈其睿,这是她的选择。

进陈其睿办公室,姜阑先开口了:"老板。"

陈其睿点头:"坐。"

姜阑坐下。她很连贯地说出了想好的话:"壹应资本确实是我男朋友的公司,但是他们请温艺跳槽加入他们一事,我事先并不知情。老板,我不希望这件事被你误会。"

陈其睿看了她几秒,说:"如果你事先知情,你会怎么做?"

姜阑沉默了。

她很清楚,就算事先知情,她也不会叫费鹰不要给温艺这张offer。她对温艺的处境始终抱有某种程度的同情,如果叫姜阑选择,她永远也成为不了陈其睿。

十几秒后,姜阑说:"如果我事先知情,我会主动向你和HR披露。"

陈其睿说:"但你不会阻止它的发生。"

姜阑承认道:"我不会。"

陈其睿说:"你讲这些,是为了证明你对我的信任吗?"

姜阑说:"是。"

陈其睿又看了她几秒,说:"姜阑,你最近对公司和你个人工作的满意度如何?"

这个问题来得有些突然。姜阑怔住。

陈其睿从来不是一个喜欢和下属闲聊的人。他的每一句话和每一个问题,背后都有动机。

下一秒,她想到了零诺。孔却虽然承诺过100%的保密性,但是任何保证撞上陈其睿,都不可能100%的滴水不漏。

姜阑犹豫了一下。她不知道陈其睿是否已经听说了什么,就像当初温艺在外面看机会,她不一样也能从何亚天口中听说吗?

姜阑从来都没真正了解过她的这位老板。她无法预测他会如何对待开小差的下属。面对这个问题,她无法做到和盘托出。

如果陈其睿是要测试她的忠诚度,那么姜阑无愧于心。

她说:"老板,几个月前我来找你为Cecilia要加薪,当时讲到staff retention,你问过我一个问题,我没有回答。"

陈其睿说:"那么你现在要回答吗?"

姜阑对上他明锐的目光。

第二十章

"今天你来和我讨论 staff retention，你的想法就是靠钱吗？你的 leadership 在哪里？靠钱留下来的员工的 loyalty 能是什么样的？"

"你姜阑今天还留在 VIA 没走，是什么原因？是钱吗？你在外面找不到 package 更好的工作吗？"

姜阑说："老板，能让我留在 VIA 不走确实不靠钱。我有野心，你也知道我的野心。你让我接手电商业务，用我自己的野心把我牢牢地拴在这里，但这不是根本原因。"她一字一句道，"我选择继续留在 VIA 的理由，是你。"

陈其睿说："你讲这些，是为了证明你对我的忠诚吗？"

姜阑说："是。"

陈其睿的表情和语气没有任何变化。他说："我知道了。"

下午四点左右，余黎明手里握着一沓文件来找姜阑。

他把门关上，说："姜阑。"

姜阑很少主动关门，她只有和余黎明谈保密性很高的人事问题时才会保证不被打扰。

她说："什么事？你讲。"

余黎明抽出一份文件，放在她桌上："关于你的竞业协议，公司新增了补充条款。这是更新后的协议文件，你需要签署。"

姜阑拿过这几张纸，匆匆扫过，目光落在新增条款处。除了二十四个月竞业期不变，她在离开 VIA 的十二个月内，不能以任何直接或间接理由招聘她目前部门中的任何员工。

姜阑抬起目光："只针对我？"

余黎明听得出她的语气，解释道："你误会了。所有的部门总监都需要签署，并不是只有你一个人。公司需要控制整体员工流失率，如果每个团队负责人走的时候都要带人走，公司怎么办？这一点你要理解。"

姜阑把这份协议扔回桌上："公司这样要求员工，你们 HR 觉得公平吗？"

余黎明说："你觉得不公平？我和你讲，Neal 已经带头签了这份更新后的竞业协议。老板要是哪一天离开 VIA，他自己照样一个人都带不走，限期三十六个月。你现在还觉得不公平？"

姜阑看着余黎明，说不出话。

她一直都知道陈其睿是个公平的人，但她没想到，陈其睿为了让他的直接下级心甘情愿地签署这样的协议，竟能做到这个地步。

陈其睿，是姜阑继续留在 VIA 的理由，又不仅仅是姜阑继续留在 VIA 的理由。

在姜阑的设想中，如果可以，她希望能够一直追随陈其睿这个老板。如果陈其睿有一天选择离开 VIA，那么她愿意跟他一道走。

但是现在的这份协议，让姜阑对陈其睿的忠诚，变成了一个笑话。

余黎明向姜阑递上笔。

姜阑接过，没有再多问一个字。她拔开笔帽，在新的竞业协议文件的最后一页左下处，签下了自己的姓名。

102 ❧ *Offer*

次日上午开完会，何亚天找姜阑一道吃午饭。

姜阑不挑，跟着他去了某家粤菜馆吃点心。下了单，何亚天说："更新的竞业协议你签了吗？"

姜阑说："你签了吗？"

何亚天说："能不签吗？"

姜阑说："你要真的不愿意签，当然可以不签。"只要能够面对不签的后果就行。

何亚天说："哈哈哈。"

服务员来斟茶，何亚天挥手表示不用。他给姜阑添茶："你最近怎么样？别只说忙，说具体的。"

姜阑捏住茶杯："烦。"

何亚天说："上午开会，你和 Selina 吵架，我看得很开心。"

姜阑抬眼看他。

何亚天说："你别误会。我的意思是，终于又多了一个人能够明白我的痛苦了。姜阑，我希望你将来不要成为第二个 Selina。"

姜阑说："我不能保证。"

讲起这事她就烦躁。

上午开会在吵什么？VIA 官网旗舰店月底即将上线，需要线上独家限量商品作为引流噱头，何亚天让他的人按电商的需求做商品分货，朱小纹立刻拍桌子表示不同意。品牌数字生意渠道刚刚起步，这就要线下零售为之做出让步？朱小纹不是不识大局，但是大局不能让她牺牲自己的利益。

吵完分货的事情，又继续吵下一个话题。电商渠道即将开始运营，品牌顾客数据和交易信息要不要做跨渠道拉通和同步？商品库存要不要线上线下实时共享？零售门店要不要协助推广品牌官网旗舰店？要，那给一线零售员工什么样的激励？这预算要从哪个部门出？店里获取的顾客如果在官网完成复购，这部分业绩算谁的？要是不算门店的，那朱小纹能同意？就算朱小纹能同意，她的整个零售团队能同意？这还只是品牌自有渠道，如果后续要陆续开出第三方平台旗舰店，VIA 内部还要吵成什么样？

姜阑无法将这样的讨论称为内部博弈，何亚天说这是吵架，这的确就是非常低级的吵架。

自从踏上电商这条路，姜阑每一天都过得很割裂。她在逼迫自己进行思维模式转化，从以前的单一品牌视角变为现在的品牌及生意双视角。在做汇报用的销售预估表时，她开始在乎流量预估，在乎转化率，在乎客单价，在乎销售业绩，在乎站内选品宽度，在乎热销款深度，在乎这个那个以及许许多多她以前根本不看的东西。品牌调性是什么？有生意达成率重要吗？她现在越来越能理解曾经的朱小纹了，何亚天要她不要成为第二个朱小纹，姜阑不能保证。

想一想过去开会时姜阑是怎么看朱小纹的，她自己都觉得讽刺。

姜阑的野心要让她向上走，陈其睿要求她看生意数字，要求她管理损益，这是成就野心的必经之路，她没有捷径。

但这是她真正热爱的事情吗？姜阑很清楚答案。

午饭后，姜阑被唐灵章找上门。

这是第二次唐灵章来越级汇报，她说："阑姐，我真的没有办法和刘戈纯一起工作。"

姜阑说："说具体的事情。"

唐灵章说："她最近在招人，我们不是还要补一个人吗？"

姜阑说："嗯。"

唐灵章说："她看不懂候选人的英文简历，叫我给她翻译。我让她自己用翻译软件，她还不高兴。这都不是重点，重点是 HR 发给她的候选人简历，她转发给我看？她有没有基本的 common sense？这些信息不应该被保密吗？她实在是太不 professional 了。"

姜阑本来就烦，听了这些话更烦。她说："Lynn，我都听到了。你还有事要说吗？"

唐灵章不依不饶："阑姐，她这种表现，你要给她过试用期吗？"

姜阑盯住她："你听到自己在说什么吗？你自己足够 professional 吗？"

唐灵章委屈道："可我是有苦衷的呀。"

姜阑说："人在职场，谁没苦衷？我没有？我每天过得很容易？你的工作是给老板解决问题，不是创造问题。这要我教你？"

唐灵章闭上嘴，她的眼神比之前更委屈了。

姜阑说："你还有事？"

唐灵章转身走了。

桌子后面的立柜里，放着两瓶酒。姜阑自从查出乳腺结节之后，非常控制日常酒精摄入量，她已经很久没在办公室喝过酒了。现在是在正常工作时间内，她也没办法喝酒解烦。

姜阑知道她刚才对唐灵章的态度不够好。她不是一个完美的领导，没人是。现在团队情况如此，她损失不起唐灵章，她需要迅速解决问题。

姜阑打电话给余黎明："我要给刘戈纯做 Individual Improvement Plan（个人提升计划），四十五天，如果没有效果，她需要走人。"

余黎明不满道："姜阑，你在搞什么？当初这个人你非要招，现在又这样？招聘团队压力不大吗？这样下去猎头公司都要投诉我们的好吧？"

姜阑说："你去找 Neal 投诉我好了。"

说完她挂了电话。

姜阑花了二十分钟写完了给刘戈纯的 IIP，发给余黎明让他确认。余黎明没料到她这么快，他没理由不确认。

一个小时后，刘戈纯跟着姜阑走进小会议室。

姜阑要求余黎明一起参加这个对话。余黎明打印了两份 IIP，递给刘戈纯一份，向她解释这是什么。

刘戈纯点点头，望向姜阑。

姜阑说："我们透明地聊一聊你入职之后的一些问题，以及公司对于这个职位的期待是什么。"

刘戈纯捏着面前的纸："好。"

姜阑说："首先是你的商务英语能力，HR 接下来会给你安排课程，费用公司报销，这是对员工的持续教育投资，你需要保证按时去上课，并且快速提升相关能力。"

刘戈纯说："好。"

姜阑说："其次是你的领导力。你在电商运营方面的业务能力我是认可的，但你要如何获得下属的信任和认可，如何正面积极地影响他人，这些都是你需要思考的。领导力课程 HR 也会为你安排，但这不是只靠案头书本就能提升的，你需要和 Lynn 建立双向的信任，你要倾听她的反馈，也要让她理解你的想法和难处，在工作中互相磨合和摸索出一条合适的路。"

刘戈纯也答应了："好。"

余黎明叫她在 IIP 文件上签字。刘戈纯看到上面的四十五天时限，一下泪眼汪汪："我会被炒吗？"

姜阑不为她的眼泪所动："这取决于你自己的表现。"

余黎明看了一眼姜阑，于心不忍，对刘戈纯说："你别哭啊。我们接下来会和你定期跟进，有任何困难我们都一起面对，好吗？公司也不希望损失任何一位有潜力的员工。"

姜阑不说话。

刘戈纯忍着眼泪点点头，把字签了。

走之前，余黎明收妥文件，对姜阑说："全公司上下，你最得 Neal 的真传。"

姜阑看向他。

余黎明说："你别这样看我。刚才那一段如果录下来拿给大家看，没人会不同意我的感受。"

THE GLAMOUR

姜阑在处理"麻烦"时的强势、果决和不近人情,这都是从谁身上学来的?余黎明没把话说得太直接。

他说:"你叫刘戈纯签 IIP,她如果不蠢,一定会开始在外面看机会。"

姜阑说:"我想这样吗?如果不逼刘戈纯迅速成长,那么开始在外面看机会的就是 Lynn。"

余黎明说:"姜阑,你呢?最近怎么样?"

姜阑听出他话中有话,问:"什么意思?"

余黎明说:"没什么意思,就随便问问。"

姜阑说:"我一切正常。"

余黎明这话是随便问问?不可能。

姜阑想到头一天她对陈其睿表的那场忠心,越发感到自己的可笑。

晚上七点,姜阑和 Petro 有个共同的视频会议,对面是 VIA 在米兰的时尚创意部门。

拖拖拉拉几个月,意大利人终于把中国农历新年系列的创意方案拿出来给大家看。这套方案让姜阑连反馈的欲望都没有。

视频会议结束后,Petro 皮笑肉不笑地说,Lan,和意大利人相比,美国人还是更了解一些中国,你说对吗?

姜阑一点说笑的心情都没有。她说,意大利人这条片子做出来,VIA 中国区一分钱的广告预算都不会投。

Petro 很识时务,他看出姜阑心情不好,没进一步调侃。

走回位子,姜阑刚拿出手机,桌上内线又响了。

Vivian 打过来:"姜阑,下个月的时装周,老板要一起过去。"

姜阑说:"为什么?这一季是小季,不需要他去。"更何况陈其睿已经连续几季时装周都不去现场了。

Vivian 说:"老板要去和总部开会。"

有些事不该姜阑多问,她说:"OK,我等你发出来他的 itinerary 再看。"

有什么事情,比在过年期间和老板一起去纽约时装周出差,还要令人烦躁的吗?

姜阑认为没有。

她再一次拿起手机,打开微博。

BOLDNESS 官微这几天一直在陆续发 Writer Lume 和中国涂鸦圈的几位 OG 在昆明完成的作品和视频花絮。

这一次联名企划,在垂直街头圈层引发了意料之中的热议,它的纯粹街头属性和合作方在欧美街头圈内的地位与知名度,让它获得了前所未有的高注意力。已经有不少潮流媒体每天都在紧跟搬运 BOLDNESS 官微释出的消息。

姜阑一篇不漏地看完了今天关于 BOLDNESS × LUME 的所有新讯息。她抬头,电脑屏幕上是 VIA 的中国农历新年创意视觉。她低眼,指尖划过手机屏幕上的涂鸦画面,这堵墙,地处中国西南,它的顶部铺满了鲜花,色彩浓烈的中华图腾和英文字母填满了墙面的每一寸。

这是费鹰想要让世界看见的理想,这又何尝不是姜阑内心深处的向往?

烦躁了一天的情绪,此时迫切需要一个出口。她的烦与闷,只有这个男人能够迅速抚慰和消解。

姜阑切到通讯录,和费鹰的通话记录正在最上方。

她正要拨出时,一个本地座机号先打进来了,是孔却。

孔却笑着说:"姜阑,有空吗?聊几句?"

她总是可以正好在姜阑工作情绪低谷的时候抛出诱饵,姜阑不知道今天她还有什么新鲜事情可以讲。

姜阑说:"有几分钟。"

第二十章

孔却说:"还是零诺时尚的机会。我知道你还在观望和考虑中,但对方蛮有诚意的,今天直接做了一版薪资给我,请我来和你沟通看看。你先听听零诺开出的数字和待遇,好吧?"

姜阑没说话。

孔却首先报出一个数字。

这个数字对比姜阑目前在 VIA 的税前年薪,涨幅足足有 55%。

然后孔却继续说:"零诺时尚想要组建行业中最优的管理团队,刘峥冉要做内部合伙人制度,你如果加入,她愿意给你 1.25% 的股权。这部分的细节条件我晚点微信发给你。当然,我知道钱不是你的首要决策因素,但是从普通职业经理人到合伙人的身份转变,这样的机会还不足够吸引你认真考虑吗?"

姜阑的长久沉默让孔却几乎以为通话断了。她说:"姜阑?你还在听吗?"

姜阑出声:"嗯。"

孔却说:"考虑看看,好吗?"她知道不能推得太狠,又说,"不急的。反正马上要过年了,零诺那边我去沟通,你在年后给到一个答复就好。"

103 房

孔却作为一名资深猎头顾问,分寸感一直掌握得很好。

如果有哪个候选人说看机会的时候不考虑钱,那一定是她客户的钱砸得还不够狠。零诺和刘峥冉用这个薪资数字展示了什么叫作财大气粗的实力,也诠释了什么叫作势在必得的诚意。

姜阑放下手机。

她在 VIA,去年 9 月的时候税前年薪不到 120 万,职责加入电商之后涨薪 35%,从 11 月开始调整为税前 160 万,现在零诺直接将这个数字拔高到了税前 250 万,而这个数字甚至离孔却最初说的 300 万的职位预算尚有 50 万人民币的空间。

这还不算刘峥冉承诺的股权。

半年之内,薪水翻高一倍有余,这是摆在姜阑面前的现实诱惑。虽然薪水和个人能力及机遇息息相关,但每个行业的每个职位都有客观的薪水天花板。不像金融和互联网,时尚行业向来不是一个普遍高薪的行业,以姜阑的年龄和从业经验,在现阶段不可能有比零诺时尚更诱人的其他机遇。而想要突破薪水天花板,从职业经理人的身份向合伙人转型,是唯一的选择。

零诺如此的财大气粗让姜阑没有料到。这并不只意味着金钱数字,更意味着零诺对招募一流行业人才的决心和愿意为之付出的成本代价。

金钱是什么,对于每个人都不同。

金钱对于费鹰而言,是他用以培育埋想的必备物质基础。金钱对于姜阑而言,是她能够不必向现实压力妥协的人生资本。

姜阑从桌后的立柜里取出一瓶酒,起身去茶水间找杯子时,她想到了今天余黎明说的话。

她最得陈其睿的真传,是吗?她希望追随陈其睿这个老板,难道就代表她想要成为第二个陈其睿吗?

费鹰打来电话时,姜阑还在公司没走。她正在翻阅零诺集团过往的财报,以及此前

THE GLAMOUR

她一直刻意无视的有关零诺时尚的媒体报道。

电话里的背景音很空旷。费鹰问:"下班回家了吗?"

姜阑说:"还没,今天有点忙。"

她看着电脑上的零诺财报,考虑要不要把这件事情告诉费鹰,听一听他的意见。但是费鹰的意见,姜阑还需要问吗?他百分之百会说:从心。

"从心"有多自由,就有多奢侈。从心是有代价的,从心的结果也是未知的。

两个人在一起,有一个人坚持活得从心就够了,难道要两个人都承担同样的代价和未知吗?

姜阑这样想着,却不明白她为什么要把自己和费鹰看作一个整体来思考。她晃晃脑袋,将这种想法驱除。

费鹰又问:"吃饭了吗?"

姜阑说:"吃了。"她听着电话那头的背景音,问,"你在哪里?"

费鹰笑了:"屋顶上。和老丁他们一起。"

姜阑想象了一下那个画面,也无声地笑了。这个男人很快就要三十三岁了,天天玩的东西和青少年热衷的没什么差别,这大概就是街头文化和青年文化的魅力所在。

她问:"你什么时候回来?"

费鹰说:"下周一吧,最晚周二。等定了我告诉你。"

姜阑用鼠标戳一下日历,还有好几天。她说:"我有点想你。"

费鹰说:"我非常想你。"

费鹰的这句话引发了一阵善意的哄笑。

丁鹏摘掉脸上的过滤面罩,笑得差点喘不上气来。他推开围着的几个年轻男孩,踢了踢脚边空的自喷漆罐,走到费鹰旁边坐下:"嘿。"

费鹰说:"嗯。"

丁鹏说:"我听杨南说长得特别漂亮啊。"

费鹰说:"我又不是看脸的人。"

丁鹏说:"那你看什么?"

费鹰说:"老郭去年在上海办了个破展,我是在展上碰见她的。当时她和别人说了一句话,我听着特别顺耳。"

丁鹏说:"说给我听听。"

费鹰一扬胳膊,勒住丁鹏的脖子:"美得你,还给你听?"

丁鹏不依不饶:"照片有吗?我要看照片。"

费鹰不给。两个三十多岁的男人在屋顶上打打闹闹没个正形,到最后费鹰放了丁鹏:"缺钱吗最近?"

丁鹏说:"你能别每次都是这句话吗?"他掏出手机,"给你看看兄弟最近新接了个什么活。"他胡乱翻着手机相册,终于锁定一张画面,"这个牌子要做中国七夕限量手袋,七绕八绕地找到我们,让我们用中文涂鸦体写情话,回头印在包上。"

费鹰看了两眼,是个法国奢侈品牌。

丁鹏说:"怎么样?没想到还能来这种活吧?"

费鹰说:"没想到。"

丁鹏证明了不缺钱,把手机丢到一旁,摸出烟,一边打火一边自嘲:"其实没劲。"

他不说,费鹰也知道。

丁鹏重重地吸了一口烟,又说:"BOLDNESS 和 Writer Lume 的这次联名,你们得好好做。"

费鹰说:"嗯。"

丁鹏不知道,费鹰也没让丁鹏看出来这段时间他有多忙。

孙术定了年前要走,运营交接的事费鹰一直远程跟着,每天晚上都要和运营那边开日会。这次和 Writer Lume 的联名企划,费鹰前后两趟出长差,中间还要抽空找开发部

第二十章

门的人解决大货的工期问题。他忙,下面的人就更忙,视觉和推广那边不必说,BOLD-NESS官微每天发的联名物料都是现拍现发。为了不耽误联名系列的型录拍摄,梁梁一个创意总监,这周也亲自跑去宁波工厂前线盯样。

BOLDNESS在北京和成都的两家大店即将竣工,开业前验收和筹备又是不容小视的工作量。孙术的继任现在还没眉目,新的零售运营和渠道拓展的负责人暂未到岗,只能由现有运营团队的人先顶着。

费鹰累吗?

这是他自己选择的路。他没理由觉得累,他也不会叫停,更不会回头。

费鹰说最晚下周二回,但他周二又直接从昆明飞去成都看新店。姜阑理解他现阶段的压力和难处,并没有因此而不开心。她在电话里叮嘱他要注意身体。

周三下午,季夏带人来和姜阑开会。她给VIA配的新团队平均年龄只有二十五岁,相当有想法,也相当精力充沛。

这次会议,FIERCETech的人一并列席。

季夏请他们来给姜阑解释一遍目前秀场数字化后台的解决方案。

这是姜阑第一次见彭甬聪。虽然他是做客户的,但是不知道为什么,胡烈的手下总有一种不同于其他公司客户团队的务实气质。姜阑不知道这是不是行业差异使然,科技公司出来的人都这样吗?

面对VIA这个利润几乎为零的项目,彭甬聪丝毫没有马虎怠慢,他的人带来的方案具备百分之二百的诚意。

对方讲完,姜阑甚至连一个问题都没有。她谢过彭甬聪和他的团队,然后请陈亭负责跟进这部分的工作对接。

会后,彭甬聪稍作停留,很直接地问姜阑:"姜总,您还有一些时间吗?FIERCE-Tech的全渠道零售解决方案,不知道您有没有兴趣?"

姜阑笑了一下。她不反感彭甬聪这种拓展新业务的方式,也愿意拿出时间回报优质供应商。更为重要的是,在彭甬聪问出这句话后,姜阑想到了上次开会时和朱小纹的那一场激烈的争吵。

姜阑在办公室里和彭甬聪聊了大约半小时。

VIA数字生意渠道和线下零售渠道的内部利益分配冲突是目前最大的业务痛点,姜阑没有太展开这个话题,她还不想在这个阶段让代理商知悉过多内部问题。

但是彭甬聪似乎也不需要她继续展开,他说:"这个问题对于传统零售行业普遍存在。姜总,你们内部产生争执的原因是你们只看自己的生意,没有站在顾客的立场上,考虑过顾客怎么想。"

姜阑说:"怎么讲?"

彭甬聪说:"Customer-centric(以顾客为中心),这是任何一个品牌在现在这个时代想要取得成功的关键。如果你们今天考虑的是官网要抢多少货,线下门店要抢多少客人,那永远不可能成功。你们应该试着以顾客为中心,在顾客的整个购买决策路径和购物流程中,为他们提供当下最想要的途径和方式。用实际场景举个例子:我今天想买VIA的一双鞋,我在官网浏览下单,但我选择去店里取货,然而到店试穿后,我发现不合适且不想要了,那么门店POS系统可以直接给我退单退款,同时我在店里又看中了两条裙子,可惜店里没有我的尺码,但我可以选择在店里买单,然后由官网为我配送到家,如果收货后我又想退货,那么我可以直接在官网后台完成退货申请……通俗一点讲,就是顾客想要怎么消费,品牌就能让顾客怎么消费。要做到这一点,顾客数据和交易信息的跨渠道拉通和同步、商品库存在线上线下的实时共享、首次获客渠道认定和内部业绩归属部门认定都需要配套的系统基建作为后台支撑。这才是我们今天讲omni-channel Retail(全渠道零售生意模式)的核心。"

Omni-channel(全渠道)这个概念对于整个奢侈品零售行业太新了。这是个连数字化生意都还没完全普及的行业,而彭甬聪现在就要对姜阑售卖 FIERCETech 能够为品牌做的全渠道零售解决方案。

姜阑说:"彭总,你可能不太清楚,奢侈品行业是个很难以顾客为中心的行业。"这个行业惯于教育消费者,而非取悦消费者。

彭甬聪说:"全渠道零售模式是大趋势。如果 VIA 的领导层足够有远见,那么越早规划越好。毕竟这个世界变化太快,我们永远无法预测明年会发生什么、后年又会发生什么。姜总,你说对吗?"

姜阑没回答。

彭甬聪又说:"FIERCETech 对奢侈品零售行业很有兴趣,我们老板想要找一家品牌做一个标杆案例出来。姜总,我们现在已经在做你们三月的上海大秀,如果你们对全渠道零售概念有兴趣,我们可以免费出一版定制化解决方案给到你们,供你们内部管理层评估。这虽然是个很慢的行业,但 FIERCETech 有信心可以帮助你们跑得快一些。"

姜阑内心深处认可彭甬聪说的每一个字,但她内心深处也知道这件事情的推动绝不是一件简单的事。然而面对彭甬聪,她无法拒绝这样的诚意。

姜阑说:"OK,我等你们的方案。"

周六早,费鹰从成都回上海。姜阑去机场接他,然后两人一道去看房。

在路上,姜阑问:"今天要看几套?"她对于他一回来不休息也要把房看了的决定很不理解,这事情的优先级有那么高吗?

费鹰一边给高淙回微信,一边说:"八套。"

姜阑更加不能理解了。他终于出差回来,她其实很想直接和他回家,但是现在又要花大量的时间去看房。她转头看向窗外,尽量控制语气:"那要看很久是吗?"

费鹰看她一眼,说:"不会很久。"

直到和高淙会合后,姜阑才知道费鹰说的"不会很久"是什么意思。高淙找的房子,地理半径都在姜阑上班地点的五公里之内。

姜阑觉得奇怪极了,有这样买房投资的吗?不能多看看吗?全上海有那么多好楼盘,为什么就只看这一片区域?

两小时后,三个人站在某小区的某栋楼里。

高淙在门外等着。

门内,费鹰问姜阑:"你觉得怎么样?"

姜阑说:"一层两户,你要一起买了?有必要吗?"高淙是怎么找到这些房源的?这也真是不容易。

费鹰说:"打通之后,空间大一点。"

姜阑说:"打通做什么?"这都是什么奇奇怪怪的逻辑?

费鹰说:"做投资。"

姜阑认为自己无法理解做投资的人的思维模式,她也不认为自己能够提供任何建设性意见。

她满脑子只想要快点结束看房环节:"你决定就好了。"

说完,她转过身,走去门口。

费鹰跟在她身后,叫她:"阑阑。"

姜阑没回头:"嗯。"

她听到他说:"那我就决定了?"

姜阑真的有点烦,这个男人什么时候变得这么啰唆?她到底还要等多久,才能回家去床上抱抱他?

第二十章

104 🎲 除 夕

十天后，姜阑拿着FIERCETech做的解决方案初稿去找陈其睿。

陈其睿听姜阑讲了二十分钟。

姜阑讲完，等他给出意见或反馈。

陈其睿言简意赅："没必要。"

他的反应让姜阑不理解，她说："为什么？"

陈其睿说："Retail行业现在热衷于鼓吹Omni-channel这个概念的都是些什么牌子？需要我列举给你吗？VIA和它们有可比性吗？我们是fast fashion吗？"

姜阑说："但是现在的luxury也不是十年前的luxury了，luxury的生意模式也在逐年变化。秀后即看即买这种模式，在五年前能想象吗？学街头品牌的做法，drop式推出新品，在两年前能想象吗？"

陈其睿说："你要当行业里第一个吃螃蟹的。你的目的是什么？"

姜阑不说话。

陈其睿说："做这件事情，IT infrastructure（IT基础设施）的预算投入要多少？各个business function（业务部门）需配合的人力投入要多少？它在今年又能给VIA中国带来多少incremental sales（增量销售额）？"

姜阑说："这件事情的投入不能用短期的业绩产出来评估。老板，品牌数字化转型是整个大零售行业的趋势，谁走得更快，谁就会在将来获得更大的利益。我们无法预测未来这个世界会发生什么样的变化，而那样的变化是否会从本质上影响消费者的购物习惯。你不可能不明白我在讲什么。"

陈其睿说："不要讲大话和空话。你要当行业里第一个吃螃蟹的，你的目的是什么？"

姜阑短暂沉默了，然后说："我很想做出一个让全行业仰视的标杆案例。"

陈其睿说："然后用它装点你的个人履历，让你个人的market value得到提升，是吗？"

姜阑难以用言语描述她此刻的心情。在她的设想中，这件事情的推动阻力会在总部，可她没想到陈其睿会不留余地地否决她的想法，并且毫不留情地指出她的私心。

但是她的私心和为VIA品牌赢得更大的行业优势，这两者冲突吗？

姜阑试图压制情绪，却没能成功。她说："老板，今年三月的上海大秀，你当初为什么要执意将它打造成一场亚洲级别的盛事？你又为什么要做这样一个行业标杆案例？"

陈其睿看着姜阑。他在给她一个收回这些话的机会，但是她无动于衷。

陈其睿开口道："你还有其他事吗？"

姜阑说："没有了。"

走出陈其睿的办公室，姜阑甚至没有一丝后悔。

在过去面对陈其睿时，她有过不认可，有过不理解，但她或以沉默应对，或以行动履行职责。她从未像今天这样正面冲撞过他。

是什么给了她这样的底气？是零诺的承诺和机会吗？当她意识到自己在思考这个问题时，她的心态已经在悄然之间完成了难以察觉的转变。

Vivian看见姜阑走出来，立刻叫姜阑来看陈其睿去纽约的itinerary。但是姜阑一字不发地从她身边走过。

曾经的姜阑认为下属的忠诚对于陈其睿而言很重要，但是她错了。

曾经的姜阑坚信陈其睿是个很公平的人，但是她也错了。

THE GLAMOUR

临近年前,孔却很及时地致电关心姜阑。她说:"姜阑,最近还好吗?过年前后有休假计划吗?"

姜阑说:"要出差。"

孔却了然:"时装周对吧?你们真是很忙,不容易。"

姜阑没工夫闲聊,她等孔却讲正事。

孔却说:"关于零诺的 offer,你还有没有什么问题?任何问题我都可以帮你解答。"

姜阑没有问题。

之前孔却跟进了几次,不仅明确了薪资构成和股权细节,还为姜阑在 VIA 的竞业协议提供了解决方案——如果姜阑辞职时公司不肯免除相关协议,那么零诺承诺会替她赔付相应的违约金额。

姜阑说:"都很清楚了,谢谢。"

孔却说:"刘峥冉说希望能够直接加你微信,保持后续沟通。你觉得 OK 吗?"

姜阑说:"你 OK 我就 OK。"

孔却作为猎头都不担心候选人被客户直接截走,姜阑有什么可顾虑的?

孔却笑了:"好,我晚点把你微信推给她哦。"

接孔却电话时,姜阑心情很糟糕。

她刚从姜城和王蒙莉家里出来。过年要出差,她提前回家看望他们,并且在家里吃了顿饭。距离上次她回家,已经过去了七个月。但就这一顿难得的团圆饭,吃得也不愉快。

王蒙莉这次没把结婚生小孩的事情挂在嘴上,但她又在评判姜阑的生活方式。为什么不肯买房子?一直租房住有什么好的?家里明明有多套房产,王蒙莉想要拿一套出来给姜阑,让她自己置换一套在公司附近的房子,又方便又有长期增值空间,为什么姜阑就不愿意接受?王蒙莉这都是为了谁好?怎么姜阑就不能理解她的苦心?姜阑今年马上就要三十三岁了,外表看上去光鲜亮丽,收入看上去精英高端,但是没房又没车,家里摆着一堆漂亮裙子漂亮鞋子,这些东西有什么用处?天天顿顿叫外卖,自己一点饭菜都不会烧,这种生活方式,要叫王蒙莉怎么放心?

王蒙莉在餐桌上讲这些,姜城从头到尾不表态。他的中立就意味着对王蒙莉的支持。

姜阑烦不胜烦。

面对年近退休的父母,她没有兴趣与他们争辩或向他们解释。饭一吃完,她就寻了个要回公司加班的借口,提前离开了。在玄关处,王蒙莉又讲,什么公司要叫人过年出差,还要叫人天天加班?连谈男朋友的时间都没有,不如趁早换个公司好了。

姜阑把门甩在身后。

结束孔却的电话,姜阑切到手机邮箱。

邮箱里有两封彭甬聪的邮件,她一直拖着没回复。一封是彭甬聪整理的国内外全渠道零售案例和相关补充资料,一封是彭甬聪上次给 VIA 方案的跟进邮件,他期待得到姜阑的进一步答复。

姜阑没有办法答复。在 VIA 中国,得不到陈其睿的认可和支持,就推动不了任何事。

姜阑无法获得陈其睿的绿灯,但她不想放弃,更不愿意在这件事情上向陈其睿低头妥协。

稍晚的时候,刘峥冉来加姜阑的工作微信。姜阑通过好友申请。

刘峥冉:"姜阑,你好。我叫小孔把你的微信给我,这样我们可以直接沟通,更方便,更高效,希望你不会介意。"

姜阑:"我理解。谢谢你,刘总。"

她对刘峥冉的一句谢谢,包含了多层含义。

刘峥冉:"你客气了。我们上次见面聊的时候我就说过,零诺对行业内人才的重视,是我们有别于其他竞争企业的核心优势。姜阑,我真的非常希望有一天我们能够一起共

第二十章

事。对你而言，零诺时尚将是一个全新的起点，它的挑战与机遇并存。你是个理性的人，我很欣赏你的理性，因为理性的人最终做出的选择会让她更加全力以赴。"

刘峥冉的领导力风格和陈其睿很不同。作为女性，刘峥冉对以女性消费者为主体的高端时尚品牌的洞察也和陈其睿有所差异。姜阑还在观察和感受中。

姜阑看着手机屏幕，她在措辞。

这时候，彭甬聪发来一条微信，礼貌询问姜阑是否收到了他的两封邮件，他不确定是不是公司服务器出了什么问题，因为他迟迟未收到姜阑的任何回复。

姜阑想了下，把刚才在刘峥冉的对话框中敲下的内容全部删除，重新编辑："刘总，我想听听你对全渠道零售生意模式的看法。"

刘峥冉很快回复道："Omni-channel 吗？这个概念很新，但我们有兴趣尝试。零诺时尚内部刚刚组建了一个全新的部门，这个部门的名字就叫作全渠道零售战略部，专门负责对内驱动各品牌的数字化革新。"

姜阑将这段话看了两遍，回复："我知道了，谢谢你。"

刘峥冉："关于零诺时尚内部的组织架构、生意渠道的规划方向，如果你还有其他问题，可以随时问我。"

姜阑并没有决定要加入零诺，但是刘峥冉在现阶段就愿意披露这些信息给她，这相当大气，也相当自信。

除夕当天，费鹰开车送姜阑去浦东机场。高凉给他订了从浦东飞首都机场的票，让他在送完姜阑后可以直接走。

这段时间两人聚少离多。为了能在过年前把 BOLDNESS × LUME 的联名系列大货赶出来，费鹰直接带着梁梁和开发的人驻扎在宁波，今天凌晨才回上海。

费鹰没像其他人一样直接从宁波飞回家过年。杨南家虽然也是家，但是任何地方都比不上和姜阑在一起有家的感觉。即便他这一趟回上海只能和她待半天，他也执意要赶回来送她去机场。

姜阑坐在车上，她的左手一直被费鹰握在掌心里。

这段时间她有很多情绪积压着，也有很多话想要对他讲。和老板的冲突，和父母的矛盾，职业上的抉择，每一样都让她过得不轻松。但他的理想就在眼前，他一直在忙，他的压力比她更大，她没必要用那些情绪打乱他的节奏。

此刻，在狭小而私密的空间内，姜阑感受着费鹰皮肤的温度，她的心慢慢地变软了，那些负面情绪也不知不觉地消解了。

这是陪伴的力量，不必倾诉，她依然得到了抚慰。

这样的亲密关系让姜阑感到依赖。这种体验既甜蜜，又令人担心失去。她看看身边的男人，觉得自己变得越来越不像曾经的自己了。

这是好事吗？姜阑不知道。

在安检入口前，姜阑停下脚步。

费鹰把她的手松开，右手插进裤兜。他知道她不喜欢在大庭广众之下向陌生人展示恩爱，所以克制住了想要把她抱进怀里亲吻的冲动。

姜阑垂下目光，说："费鹰，那我走了。"

费鹰说："嗯。"

姜阑抬起目光。身边人来人往，她不想把告别这件事做得太矫情。她向前迈出半步，伸出一只手揽住他的腰，轻轻说："那我走了。"

费鹰的右手从裤兜里掏出一只红包，把它塞进姜阑的大衣口袋里，低下头亲了亲她的额头："阑阑，除夕快乐。"

姜阑动动睫毛："你给我压岁钱？"

她今年都多大了？

THE GLAMOUR

费鹰说:"嗯。压岁钱。"

姜阑忍不住笑了,她很开心。她说:"可是我没给你准备压岁钱。"

费鹰说:"我今年都多大了?"

姜阑没有指出他的逻辑问题,她踮起脚尖,亲亲他的脸,最后说:"除夕快乐。我走了。"

费鹰对她笑:"去吧。一路平安。"

在休息室里,姜阑把红包打开。里面不是现金,是一张银行卡。她能猜到密码,但猜不到男人给这张卡里存了多少钱。这又是一次十分老派的行为。

姜阑真是拿他没有办法。她抿起嘴唇,然后把这个红包装好。

离登机还有四十分钟,Vivian给姜阑发来微信:"你们在纽约的用车信息我微信再同步发你一遍。"

有陈其睿在,Vivian一定要确保所有的事情都万无一失。

姜阑把司机的电话存进手机。

Vivian给姜阑和陈其睿订了同一航班的不同舱位。Petro比他们早走两天,回去先和Erika碰头开会。这次时装周任务不重,前两天的行程都是高级别的会议,姜阑让刘辛辰回家过除夕,初二一早再飞。

Vivian确认了一下姜阑已经抵达机场,又发来:"除夕快乐!一路平安。"

姜阑回了一个谢谢。

按灭手机,姜阑摸了摸红包。

过去三年,每次过完年回公司,大家都会去陈其睿办公室拜年领红包。在此事上,陈其睿一向慷慨,Vivian还会在每年的红包里放入一些小彩蛋。

姜阑不知道像这样从陈其睿手里领取红包,还能有几年。

她想到上次对他的冲撞,以及过去的这一周两人僵持的上下级关系。她是否应该主动向陈其睿道歉?但她做错了什么?

姜阑坐在窗边,望向外面的停机坪。冬日天色渐暗,这一年很快又要过去。

在今天,或许一句简单的"除夕快乐",就能帮她破除和老板之间的这层冰。

然而直到登机,姜阑也没在休息室里碰见陈其睿。

在飞机起飞的巨大引擎轰鸣声中,她心中那一道想要低头妥协的短暂念头,很快就被震得再无影踪。

105 🎲 我决定了

落地纽约,陈其睿住半岛,姜阑住安达仕。Vivian给他们安排了两辆车从机场分头走。

到酒店时已过半夜,北京时间的大年初一,姜阑给费鹰打电话报平安,听他讲在杨南家都吃了什么好东西,然后被他嘱咐早点休息。挂了电话,姜阑去洗澡。洗完澡出来,她打开电脑。有时差,她没什么困意,拿了瓶冰水边喝边看邮件。

陈其睿一样在工作。姜阑看到他回复销售业绩的邮件,春节假期是零售生意一年一度的高峰期,他要求朱小纹和她的团队必须全力以赴。

姜阑的微信一直有新消息进来,都是各种拜年祝福。在公司的管理层内部群,大家也都在纷纷发消息祝老板新春吉祥,恭喜发财。

姜阑一直保持沉默。

第二十章

从浦东的出发休息室到肯尼迪的到达入境处，陈其睿都没有给姜阑任何缓解二人关系的机会。他的这种作风和态度，姜阑再熟悉不过。如果陈其睿的目的是让工作回归工作本身，那么姜阑没有任何意见。

凌晨三点半，姜阑终于躺在了酒店的床上。

关灯后，她又从枕头下摸出手机，打开 Instagram。

2019FW 纽约时装周的官方日历早已发布，VIA 这一季的大秀定于 2 月 7 日早 10 点，Ins 上已有多条预热短片。

姜阑刷了二十分钟和 VIA 大秀相关的话题，然后回到关注列表。下滑好几屏后，她看到 Writer Lume 在几个小时前的新动态。

Lume 在他的官方 Ins 账号发布了 BOLDNESS × LUME 的联名预告，他选择中国农历新年的第一天公布这个讯息，具有特别的象征意义。Lume 在 Ins 上的百万关注者中不乏中国粉丝，这些粉丝热情高涨地在评论中输出介绍 BOLDNESS 是一个什么样的中国街头品牌。

姜阑退出 Ins，打开微博，毫不意外地看见了各大潮流媒体和垂直街头圈的大号们截屏搬运 Lume 的这几条 Ins。去年 10 月采访梁梁的那家头部媒体的动作最快，他们的编辑将近期所有 BOLDNESS 官微释出的物料一并整合进来，写了一篇深度剖析文章，从圈内的角度解读这次联名对于本土街头文化发展的意义。他们甚至还列出了 BOLDNESS × LUME 联名系列将在美国东西两岸发售的线下街牌集合店的完整名单。

文章的末尾写道：

"虽然 BOLDNESS 从来不需要向任何人证明什么，但是这一次的涂鸦艺术家联名系列，由从西海岸 Compton 街区走出来的 OG Writer Lume 背书，将于下个月登陆街头文化的起源地市场美国，这比三年前 BOLDNESS 在日本东京南青山的那次联名发售更加具有划时代的开创性意义。虽然 BOLDNESS 不需要被证明，但它和所有热爱街头文化并致力于打造本土街头时尚的品牌一样，值得被更广阔的世界看见。

"在本文结束前，再说一个题外话：BOLDNESS 的品牌主理人 YN 至今没有对外接受过任何媒体采访，也拒绝开通个人官方微博账号，相信很多看客都和我们一样好奇，在 BOLDNESS 走上更大的舞台之后，他会不会做出相应的改变？我们能期待看到 YN 的官方 Ins 账号吗？"

最后这个问号，让姜阑在被子里微微笑了，她比任何人都清楚答案。

2 月 5 号，姜阑开了一天的会。下午最后一个会议结束，Petro 问姜阑是否参加晚上的欢迎派对。日韩的 MarComm 团队都会参加，他认为姜阑最好也一起参加，大家可以当面聊一聊 3 月上海大秀的事情。

姜阑没有立刻答应。她问 Petro，Erika 也会参加吗？

Petro 说，不，Erika 和 Neal 有另外的会议要开。

姜阑感到如释重负，她不需要在工作之外的社交场合应对陈其睿。她对 Petro 说，OK，没问题。

这段时间，Petro 的表现可圈可点，他完全发挥出了主场优势。韩国团队之前一直声称没办法飞一个当红女团到上海看秀，Petro 这次直接在 Erika 列席的会议上逼迫韩国同意。事后作为安抚，Erika 额外拨了四十万美金的预算给韩国作为支出补贴。所有的问题到了最后都还是指向权力和金钱，Petro 不认为这个结果反映了他的个人能力，但他对姜阑讲，Lan，这个世界就是这样。

为了让韩国同事心无芥蒂地配合后续工作，Petro 晚上和他们喝了不少酒，讲了不少好笑的事情。

姜阑喝完该喝的酒，讲完该讲的话，没多滞留，提前回了酒店。

回酒店后，姜阑习惯性地卸妆洗澡，然后打开电脑。

处理完工作后，她打开一张表格文件。这张表格她做了两天，上面列着"留在 VIA"

和"跳槽去零诺"这两个选择对应的利与弊。

姜阑没有对陈其睿说谎。她一直留在 VIA 的最根本原因，是他。

她早已不是职场新人，当然清楚能够拥有一个陈其睿这样的老板意味着什么，这也是她曾经期望能够一直追随他的原因。

但是她的理智让她看清现实，陈其睿的手段更让她认清现实。现实是什么？现实是陈其睿会永远留在 VIA 不动吗？当有一天陈其睿决定离开 VIA，他会告诉姜阑吗？他的竞业协议允许他带姜阑走吗？如果 VIA 没有了陈其睿，那 VIA 中国还是现在的 VIA 中国吗？新的一把手会是什么样的人？组织架构和内部文化将发生什么样的变化？姜阑还能获得像现在一样的机会和平台吗？姜阑留在 VIA，是因为陈其睿，但是陈其睿留在 VIA，会是因为姜阑吗？

这些问题的答案，十分明确。

这个世界上不存在任何完美。没有完美的男人，没有完美的亲密关系，自然也不可能有完美的工作机会。

零诺给姜阑开了一个非常高的薪水。作为雇主方，姜阑明白这意味着对候选人的高期待。如果选择这份机会，在能够拥有高度本地自主权、决策空间、难得的机遇与强竞争力的薪水之外，她更将面对全然不同的民企文化、刘峥冉对她在工作中交付成果的高要求、全新的人际关系打磨，以及在新的事业征程中所需付出的大量时间和精力。

走出这样一步，对姜阑而言很难。

她还年轻，也许再等几年，也没有什么问题。但是像零诺和刘峥冉现在给出的机会，是随时都能有的吗？姜阑可以不走，可以再等几年，但是几年之后，这样的机会是否还会出现？就算出现，这样的机会是否还会依然青睐她？这些都是以她的意志为转移的吗？

姜阑的确还年轻。年轻也意味着相对低廉的试错成本。如果走错，再回头，她的损失也比别人都小，不是吗？

姜阑盯着这张表格，过了很久，她仍然没有办法做出一个决定。

2 月 6 号，刘辛辰抵达纽约，和姜阑会合。这次时装周时逢中国春节，但是 VIA 总部仍然要求各个国家和地区对这场大秀做实时线上直播。

刘辛辰问姜阑："过年期间，真的会有人看这些吗？我们一定要让 agency 过年加班吗？Lynn 在上海除了忙电商的工作，还要帮忙看这些事，她会好辛苦。"

姜阑解决不了这个问题。要不要做这件事，她没有决策权。

刘辛辰这段时间在和温艺做工作交接，除了日常 PR 的工作，上海 3 月大秀的明星邀请、媒体合作和 PR 传播方案都要她来和 NNOD 跟进。刘辛辰很累，也有被赶鸭子上架的苦恼。她问姜阑："阑姐，Ceci 能不能再晚点走？大家都觉得我太年轻了。"

姜阑说："年轻又怎么了？NNOD 的 Ken 去年接手整个 VIA 客户团队的时候，不是一样被质疑年轻？现在呢？"

刘辛辰想了想，然后点了点头："嗯！"

晚上，姜阑带刘辛辰一起回酒店，两人在楼下吃了点东西，各自回房休息。

连续两天，姜阑和陈其睿各开各的会议，日程排得都很满，没有什么当面交流的机会。其间陈其睿给姜阑打过一个电话，问她大秀的准备情况，姜阑如实汇报。姜阑没有主动去找过陈其睿，这并非是她的情绪作祟，而是因为实在太忙了，她认为没必要挤压老板和她为数不多的休息时间。

睡觉前，姜阑打开微信朋友圈。

梁梁最近在疯狂发布 BOLDNESS × LUME 的联名创意和上市预告，她的兴奋度突破了历史峰值。

姜阑给梁梁的每条朋友圈都点了赞，一路下滑，她看到了刘峥冉发的三条朋友圈。

三条都是转发不同的时尚商业媒体对零诺时尚的报道。

第二十章

一篇是讲零诺时尚对欧洲某奢华女鞋品牌的收购交易正式完成,文章同时回顾了零诺时尚自成立以来的种种动向,并预测了零诺时尚接下来的海外收购蓝图和品牌矩阵布局。

另一篇是讲零诺时尚在打造企业社会影响力方面的动作:零诺时尚宣布设立女性设计师支持基金,首期由母集团注资20亿人民币,该基金将长期用于扶持国内女性独立设计师品牌的发展。

最后一篇是讲零诺时尚近期内部孵化推出的一个女性时尚内衣品牌,该品牌的价值主张是"美无唯一",品牌广告大片上的女性有白癜风患者、乳腺癌患者以及各形各色的普通素人女性。

姜阑的手指在屏幕上停留了许久,然后给刘峥冉的最后一条朋友圈点了赞。

二十分钟后,刘峥冉主动给姜阑发来微信:"姜阑,新年快乐。"

姜阑还没来得及回这一条,刘峥冉又发来一条:"希望在新的一年,我能收到你愿意加入零诺时尚的好消息。"

姜阑打字:"刘总,新年快乐。我想直接问你一个问题,你执着于邀请我加入零诺,背后的原因是什么?这个行业不乏优秀的人才,我不可能是零诺唯一的选择。"

刘峥冉:"但是行业内没有比你更年轻的人才。"

"姜阑,这个职位我们让猎头做了很翔实的 mapping(人才地图),扫了整个奢侈品行业内这个职级的候选人,你是最年轻的。"

"优秀是基础,但是年轻,才是我们最看重的。"

"现在整个时尚行业正逢巨变,过去'登不得大雅之堂'的街头文化被奢侈品牌热捧,过去最看重资历的老牌时装屋如今能够委任年仅二十八岁的创意总监。现在早已不是过去了。我喜欢年轻的血液,年轻的勇气和魄力,我相信年轻的管理层可以带给零诺时尚期待之外的惊喜。"

姜阑迟迟没有回复。

刘峥冉最后说:"姜阑,加入我们吧。我们一起让世界看看,中国人也可以做品牌。"

姜阑按灭了手机。

2月7号早上9点,姜阑站在秀场外等陈其睿。

陈其睿的车在二十分钟前从酒店出发,她看看时间,应该差不多了。

"Lan。"

有人在身后叫她,姜阑回头,是 Petro。

他今天应该是最忙的人之一。Quashy 应 VIA 的邀请,再次现身 VIA 纽约秀场。和之前那一回不同,她这次不只是看秀嘉宾,还将是开秀的模特。Quashy 是 Petro 的人脉资源,他全程陪同并安排相关工作,忙得快要飞起。

Petro 见缝插针地出来抽烟提神,他问姜阑,Neal Chen 什么时候到?

姜阑说,快了,最多五分钟。

Petro 看看她,说,Lan,前几天我很忙,有件事情忘记当面告诉你了。

姜阑问,什么事?

Petro 说,VIA2019 年春夏系列的广告,美国在去年 10 月份请 Quashy 出镜拍了一条新的,这条片子的后期效果很好,Erika 最近决定,3 月份的全球广告主视频都用 Quashy 这条片子,所有的国家和地区都必须执行。至于中国区去年 9 月份请 Ann 在纽约拍摄的那条片子,请你们先搁置,不要投放。

姜阑看着 Petro,很沉默。

Petro 说,我需要得到你的确认。

姜阑问,你需要我确认什么?总部不是已经决定了吗?

Petro 冲她露出标志性笑容,说,Lan,你在生什么气?一直以来不都是这样吗?总部负责做决策,本地团队负责做执行,你有什么问题?

THE GLAMOUR

Petro 抽完一根烟，很快走回秀场。

姜阑顶风站着，一动不动。她很清楚地感受着自己的变化，这一刻她很想给费鹰打个电话，听一听他的声音。如果他在身边，会对她说什么。但她并没有做这件事的时间。

陈其睿的车到了。

车门打开，陈其睿下车。他一边系上大衣的扣子，一边说："姜阑。"

姜阑转身跟上他的脚步："老板。"

这条走廊很长，陈其睿的步伐很稳健，姜阑走在他身边。

姜阑从来都不知道真正意义上的从心是一种什么样的感觉。

她开口叫住陈其睿："老板。"

大秀还有四十五分钟开始，两人停在秀场入口处。

姜阑说："老板，我决定了。"

陈其睿侧过头。

姜阑说："我决定离开 VIA 中国，老板。"

开秀前暖场乐队的现场演奏撩动人的情绪，姜阑的声音很冷静："老板，我做出这个决定，不是冲动，不是情绪化，不是对你不满，更不是要和公司谈条件。我想去走一走，一条不同的路。"

第21章
南 墙

THE GLAMOUR

106 南 墙

大秀结束后，陈其睿坐在车里等姜阑。

姜阑处理完秀后现场工作，把车留给刘辛辰，从 war room 里走出去。秀场外，她看见陈其睿的车没走，车门开着。

姜阑上车，关门。她说："老板。"

陈其睿让司机开回 SLASH 大楼。他直截了当地问姜阑："你要辞职，下家是哪里？"

姜阑身上绑着竞业协议，她必须如实披露："零诺时尚。"

零诺最近的动作很多，相关的媒体传播声量也很大，姜阑相信陈其睿不会漏过任何业内新闻，他应该知道这是一家什么样的企业。

陈其睿看了一眼姜阑："国内民企？"

姜阑不想评判他的语气，她点头："嗯，民企。"

陈其睿说："他们给你什么 title？什么 package？"

姜阑继续如实回答了陈其睿。

她不需要公司和她重新商谈工作薪资，她也不认为 VIA 的薪酬预算能给得出比零诺更优厚的待遇。

事实证明，姜阑多虑了。

陈其睿根本没有要和她谈新条件。他说："姜阑，一家民企，给你这样的 title，给你这样的 package，你就动心了？民企的内部文化用我讲吗？你去这样的公司，精力是要用来搞办公室政治还是做事情？你以为民企的决策路径和授权模式，就更合你的心意？你脑子到底清不清楚？还是你太天真？"

姜阑说："要面临的挑战我做过假设，也深度思考过。老板，你应该能理解，这个世界上不存在完美的工作机会。民企确实有民企的问题，但是我真的很希望能够拥有更高的本地自主权。我的这个诉求，在外资奢侈品牌永远不可能被实现。如果今天来找我的机会是其他类似 VIA 的品牌，那么我根本不会考虑。"

陈其睿说："你觉得，在 VIA 工作限制了你的才华和能力。"

姜阑不回答。

在这种情境下，她的不回答即是默认。

陈其睿说："SLASH 这样的跨国大集团，VIA 这样的国际奢侈品牌，你认为是它们限制了你的能力，但如果没有它们，你姜阑的能力能被谁看见？你以为你所有的工作成就都来自你的个人能力，但事实上起码有一半都依托于 VIA 本身的品牌光环。"

他又说："零诺时尚收购的海外品牌，有哪个是如日中天的？他们要自己孵化推出的

第二十一章

本土品牌，有哪个不是从零开始的？你去零诺时尚，以为靠个人能力就能取得比现在更大的成就？"

陈其睿的话冷酷吗？理性吗？一针见血吗？

或许是的。但是这些话撼动不了姜阑的决心："老板，意大利人这次拍的CNY广告，你看了吗？你知道我作为VIA中国区的市场负责人，连给中国拍一条农历新年的片子的权利都没有吗？你知道去年徐鞍安9月在纽约的那条片子吃了我们多少预算吗？你知道这条片子被总部说废就废吗？今年要上电商，为了更好地优化预算，整合品牌投放和效果投放，我决定用PIN做VIA中国区新的媒介采买代理商，你知道Erika是怎么写邮件挑战我的吗？哪怕我已经拿到了你的特批，但是有用吗？类似的事情不胜枚举，我不多讲。我每天都在质疑自己，我的才华、精力和生命到底都用在了什么地方。你讲得都对，我不反驳。但是零诺的机会，我一定要去试一试，哪怕会失败，不然我会不甘心。"

陈其睿说："你会失败的。"

这句断言让姜阑动了动目光："如果失败，我就回头，我还年轻。"

陈其睿像是听了个笑话，他说："你的高自尊心，能允许你失败了回头？你能忍受被所有人看笑话？你能拉得下脸皮重新回到这个圈子找工作？姜阑，你在讲笑话。"

姜阑说："我没有在讲笑话。"

陈其睿说："你想走，但现在是合适的时机吗？"

姜阑说："有合适的时机吗？什么时候才是合适的时机？做完3月的上海大秀，还有下一场大秀，不是吗？品牌电商自有渠道上线，再做第三方平台的旗舰店，业绩从0做到1000万，然后再做到1个亿，等做到1个亿之后，还要继续做到10个亿，以后还会有层出不穷的其他新平台，不是吗？做好了电商，还会有其他事情等着我，不是吗？只要我一直在做，究竟什么时候才是'合适的时机'？"

陈其睿沉默了。

姜阑说："老板，按合同协议，我的notice period是三个月。今天是2月7号，那么我的last day（离职日）是5月6号。我在系统里还有十八天未休年假，如果你不希望我休息，那么我可以一直工作到5月6号。我会带团队完成3月的上海大秀，会确保品牌线上旗舰店在各平台的如期上线，并且在走之前把团队现有的人员缺口都补齐。"

陈其睿问："你全部想清楚了？"

姜阑答："老板，我想清楚了。"

车到SLASH大楼，陈其睿下车后，直接进楼。姜阑去楼下买吃的，走了两步，她站在街边，掏出手机，拨出一个电话。

那边很快接起。

姜阑说："费鹰。"

隔着一万公里，男人的声音贴在她耳边："阑阑。"

姜阑转过身，背风讲电话："你睡了吗？"

费鹰说："还没。你今天上午都顺利吗？"

姜阑说："我辞职了。"

那头静了两秒，然后费鹰说："好。"

姜阑说："费鹰，我决定去一家民企。这个决定在别人眼里看起来非常愚蠢，我可能会失败，还可能会被别人看笑话。"

费鹰说："只要你想好了，就不用管别人想什么。"

姜阑说："嗯，我知道。我就是想和你说一说。"

费鹰说："新公司在哪儿？"

姜阑说了某个区和某条路，然后说："还在盖楼，不知道什么时候盖好。临时办公的地点在BOLDNESS上海概念店那边。"

费鹰说："我知道了。"

姜阑捏着手机。

费鹰问:"阑阑,你吃饭了吗?"

姜阑还没吃,但她说:"吃了。"

费鹰又问:"昨天晚上睡好了吗?"

姜阑前一夜只睡了四个小时,但她说:"挺好的。"

费鹰说:"你忙你的吧,等回来见面说。"

挂了电话,姜阑抓紧大衣领口,轻吸鼻子。风很大,她快步走进店里。

陈其睿的每一句每一字,都刻进了姜阑脑中。她执意要走的这条不一样的路,在他看来是通往必败结果的路。她不撞南墙不回头的决心,在他看来更是一个笑话。他甚至连一句挽留的话都没有讲。

陈其睿根本不试图阻挡姜阑去撞南墙。他坐等着她去撞这堵墙,然后头破血流地回来求他。

开完秀后的各国家地区的 recap meeting(总结会议),刚好傍晚六点。

余黎明给姜阑发来微信,问她现在是否方便通电话。姜阑找了间空会议室,接了余黎明的电话。

余黎明的电话是必然要打来的。

陈其睿已经确定了姜阑要走的决心,但陈其睿绝不会亲手做任何难看的事情,他交给余黎明来跟进姜阑的竞业协议。

余黎明在电话那头的声音很困倦:"姜阑,你真是不让人好好过年。"

姜阑说:"很抱歉。"

余黎明说:"你是怎么回事?去纽约和 Neal 吵架了吗?说辞职就辞职?"

姜阑不想解释:"我已经做了决定。"

余黎明无法理解她为什么铁了心地要走,还是去一家民企?姜阑的这个决定,让他的工作很棘手。他说:"Neal 的风格你清楚,不用我多讲吧?就算你走得很配合,公司也不可能 waive(免除)你的竞业协议。"

姜阑说:"我下家公司会替我赔付违约金。"

余黎明说:"姜阑,你这是何必?一定要和 Neal 撕破脸皮吗?他在业内人脉有多广,你不明白?"

姜阑说:"我都明白。"

余黎明说:"赔不赔付违约金是重点吗?这件事情,Neal 开不开心才是重点好吧?你就算要走,你也要确保他开心。不然你就是走了,你也开心不了。"他又说,"老板是真的不开心。你要走这件事情,他要求 HR 对内封锁消息,也不允许我开始看你的 replacement(接任者),你想这是什么意思?"

或许在余黎明看来,姜阑辞职一事,在 VIA 内部尚是一场长达三个月的拉锯战,不到最后一刻,谁都分不出结果。

但姜阑很清楚,她既然已经下了决心,那么就没有任何人和事,能够阻止她的离开。

2月9号晚上,姜阑落地浦东。这趟出差占了六天春节假期,她选择在初七、初八补休两天。

费鹰还在北京。他这趟回去过年,顺便看看 BOLDNESS 北京新店的情况,开业之前的各种运营准备在孙术走后都得他亲自盯。

夜里,费鹰在新店围挡外面接姜阑的电话。她要他12号回上海,她有事要当面和他说。

女朋友很少像这样对他提硬性要求,费鹰想一想,最近这段时间确实忙得太过了,虽然他没觉得自己冷落了姜阑,但她的感受可能不同,那他就必须做出调整。

12号,费鹰回上海。他先去壹应资本,陆晟要他参加几个会。开完会,陆晟递给费

第二十一章

鹰一张请柬。

费鹰接过一看，稍稍一愣，然后笑了："你这动作够快的啊。"

请柬是婚礼请柬。婚礼是陆晟和齐柚的。

过了个年回了趟家，陆晟就能把这事定了，这速度让费鹰刮目相看。

陆晟说："就这还快吗？你可不知道有多费劲！"

费鹰拍拍他的肩膀："恭喜啊。"

陆晟笑道："婚礼当天你和姜阑一起来啊。"

费鹰点头。

晚上，费鹰按姜阑的要求直接到她家。

她年前给他申请到了长期停车位，他把车停进地库，坐电梯上楼。进电梯，他按下17楼，然后琢磨了一番她要找他干什么，他想不出答案。

出电梯，左转再左转。费鹰按下密码，开门进去。

他先抬头看一圈，姜阑并不在客厅。他弯腰换鞋，出声叫她："阑阑。"

姜阑答应了一声。

听声音方向，应该是厨房。

厨房？

费鹰摇摇头，先去洗手间把手洗了，然后换了衣服。他一边往厨房走，一边确认："你是在厨房吗？"

姜阑又答应了一声。

费鹰走到厨房门口，伸手推开门。

姜阑在里面忙碌。她回头看见他，脸上露出笑容："生日快乐。"

费鹰看见她前面的桌板上摆着几十只饺子，她的丸子头后面还沾着白色的面粉。他今天生日？他自己都记不清了。自从李梦芸去世后，他就没有过生日的习惯了。

姜阑有点不好意思："我想不出你缺什么，于是决定包饺子给你吃，作为生日礼物。"

费鹰沉默无言。

他的确不缺什么。他只缺一样东西。

姜阑打量着他的神色，说："我请蒋萌远程教我包的，应该不会难吃。你对我有点信心，好吗？"

费鹰上前，一把将姜阑搂紧。

姜阑围裙上的面粉蹭到了他身上。她张着两条胳膊，有点着急："锅里还在烧水。"

费鹰把她牢牢按在怀中。他闻着她身上的味道，半天才松开她。

姜阑把第一盘煮好的饺子端上桌。她瞟一眼站在桌边的男人，心里其实并没有多少底气。

她摆弄着手里的筷子："你要尝尝吗？"

费鹰并没有坐下。他看着她："阑阑。"

姜阑把围裙从身上摘下来，看向他。

费鹰说："我们结婚吧，好吗？"

他又说："我爱你。"

姜阑看着费鹰，一个字也说不出来。

费鹰看着姜阑。她此时的沉默，不是害羞，不是迟疑，更不是没反应过来。

她的沉默是什么意思，答案很明确。

桌上的饺子冒着热腾腾的气。

桌边，费鹰两手插进裤兜里，他自嘲地笑了一下："我搞砸了，是吗？"

姜阑还是看着他，不说话。

费鹰觉得他没必要再问，但他不撞南墙不死心。他说："阑阑，是我搞砸了吗？我是不是应该像其他人一样，把钻戒和房产证摆在你面前，单膝跪地，然后再问你这个问题，

THE GLAMOUR

那样你就会答应了？"

　　姜阑撇开目光，终于出声："费鹰，你别逼我。"

　　费鹰说："我没有想要逼你。"

　　姜阑说："我找不到婚姻的意义。"

　　费鹰点点头，沉默了一下，然后再开口："姜阑，你爱我吗？你说得出这三个字吗？"

　　姜阑不开口。她的目光从一旁重新回到他的脸上。

　　男人的脸色看上去很平静，他说："所以这和仪式感没关系，对吗？就算我换一种求婚方式，你也不会答应，对吗？如果这次过年你没有去纽约出差，你会想要带我回家见你父母吗？你在做辞职的决定之前，有没有想过和我说说你的机会和选择？你有没有设想过哪怕一次，和我在一起生活的场景？你的人生规划和构想里，有我的存在吗？"

　　姜阑一个问题都没有回答。

　　她也没有必要回答，费鹰知道她对每一个问题的答案。

　　饺子的热气没了。

　　姜阑动了动嘴唇："费鹰，我不要和你分手。你也不要和我分手。我们不要分手。"

　　费鹰终于坐下来。他拿起筷子，夹了一只饺子放在姜阑碗里，又夹了一只饺子放在自己碗里。

　　他说："我从来没有想要和你分手。"

　　晚上睡觉时，姜阑去拉费鹰的手。男人的呼吸声很平稳，像是已经睡着了。

　　她紧紧握住他的手。过了一会儿，她翻过身，紧紧地抱住他。她不知道自己有什么问题，为什么明明想要紧紧地挨着他，却要把他推向远处。

107 愤 怒

　　周六下午，费鹰陪姜阑去医院做乳腺复查。

　　距离上次报告日刚好过去了三个月，"爷爷"还记得姜阑上次来的情况，他看向坐在她身边的费鹰，脸上的笑容很和蔼。

　　单子开出来，照例去做影像检查。

　　等电梯时，费鹰接了个工作电话。BOLDNESS北京新店今天开业，他并没有过去。新店的店经理在给他同步汇报情况。

　　姜阑听着他和对方打电话。她自己都不记得三个月要复查的事情，而他忙到忘记自己的生日，却把这件事记得这么牢。

　　门诊超声室给姜阑做检查的还是那位崔医生。

　　崔医生一边操作，一边说："你瘦了哦。是工作太忙了吗？你这个情况压力不能大，要注意自我调节。"

　　姜阑说："嗯。"

　　医生的说教是她最不喜欢听的，但她又不得不经历这一切。

　　崔医生看着屏幕："没什么问题，应该可以100%确认是良性了。以后每年正常体检就可以。"

　　她伸手递给姜阑干净的软布。

　　费鹰在一旁接过来，低头帮姜阑擦了擦。

　　崔医生很随意地说："你老公真是心疼你哦，两次都是寸步不离地全程陪同。"

第二十一章

换好衣服，姜阑走出来。费鹰和她再坐电梯去找"爷爷"看影像科的报告。

在电梯里，两人同时沉默着。

费鹰看着轿厢镜面中的姜阑，很想问问她，刚才为什么不纠正医生说的那句话？他是她老公吗？她不想和他结婚，但她能接受别人这样误会？

但他克制住了开口问她的欲望。他不能搞砸了一次之后，再搞砸第二次。面对姜阑，费鹰一贯良好的耐心从来都不起作用，他不知道问题出在哪里。

电梯"叮"的一声，姜阑走出去，抬头看费鹰："我想喝牛奶。"

费鹰说："行。"

他让姜阑坐在诊室外的沙发上，自己去给她取牛奶。

在加热牛奶的时候，费鹰回忆起生日那晚。那晚他根本就没怎么睡着，姜阑在床上一会儿摸摸他的手，一会儿翻身抱抱他，一会儿又动作很轻地亲亲他，一会儿又钻到他怀里。她翻滚了大半夜，还一直以为他没醒。

姜阑的这种表现，费鹰一点都不陌生。这并不是她第一次在他"睡着"的时候对他做类似的事情。上一次是三个月前，他至今记忆犹新。

费鹰把热好的牛奶取出来，回头看一眼坐在沙发上的姜阑。

她的那些行为，背后意味着什么，他还能不清楚吗？

姜阑喝着牛奶，看着门诊的走廊上有两个小孩子跑过去，又看着一对老夫妻互相扶持着走过来。

她毫无征兆地开口道："我不喜欢小孩子。"

费鹰听见了。他没表态。

姜阑说："费鹰，你喜欢小孩子，对吗？"她还记得他第一次来她家的时候，在楼下看到别人家小朋友的神态，还有后来付如意给她发来道谢的微信，她才知道费鹰给付如意和宋丰的两个宝宝送了礼物。

费鹰说："你想说什么？"

姜阑说："我无法想象生孩子这件事。"

费鹰问："有人让你生孩子了吗？"

姜阑转头看他："我父母一直坚持要我结婚，要我生小孩，尤其是我妈妈。她怕我老了没人照顾。但是我无法认同她的观点。我也不希望成为第二个她。"

费鹰听着。

姜阑："我给你讲过我名字的事情，你还记得吗？"

费鹰说："嗯。"

姜阑说："我和我父母的关系不是很亲密。从小到大，我在家里有很多的不开心。我也不喜欢回家。家对我而言，更像是一个负担。我这样讲，听上去很冷血。所以我很少和别人讲这些。"

费鹰还是听着。

姜阑说："我无法想象有小孩这件事，也无法想象我是不是会一辈子都这样想。但我非常确定，我现在一点都不喜欢小孩子。"

费鹰说："所以呢？"

姜阑撇开目光："没有什么所以。"

内心深处，她很想现实一点。如果他喜欢小孩子，那么他应该去找一个同样喜欢小孩子的伴侣。但是她很自私，她绝不允许他这么做，他只能和她在一起。姜阑想，她真是全世界最自私的人。

费鹰从她手里拿走空牛奶瓶，问："还要喝吗？"

姜阑摇摇头。

她看着男人去丢牛奶瓶，然后垂下目光。

从门诊楼出来，费鹰去取车。

上车后，姜阑低着头刷微博。

费鹰给她系安全带，余光瞥见她在看BOLDNESS相关的内容。今天北京店开业，微博上有很多北京的粉丝去线下打卡拍照。BOLDNESS也为北京这家店做了特别的开业限量款T恤，每一件都用很bold（粗体）的字体写着北京当地的各种名小吃。

姜阑问："我已经做好检查了，你要不要下午直接飞北京？"这几家店都凝结着他的心血，他理应去现场看一看。

费鹰说："不飞。"

姜阑说："成都呢？"三天后，成都店也要紧跟着开业，他不去北京，成都总要去看看吧？

费鹰说："不去。"

姜阑说："为什么？"

从他生日那晚到今天，她说的都是些会把他推远的话，为什么他还一直在她身边？

姜阑从来没有这么矛盾过。

费鹰不回答。他朝她那边倾身，打开副驾的手套箱，从里面掏出一大包薄荷糖。他拆开，倒出一颗，问姜阑："想吃吗？"

姜阑看着他做这些，不应声。

费鹰吃了一颗糖，他伸手捏住姜阑的下巴，低头咬住她的嘴唇。

薄荷糖的味道在姜阑的唇舌之间溢开，辛烈的冷，粘腻的甜。他一直都知道她最喜欢怎样的亲吻，她闭上了眼睛。

在这个强势却不失温柔的深吻中，姜阑回忆起当初的第一颗薄荷糖。那时候她并不知道，自己和这个男人的感情与亲密关系就像这颗薄荷糖一样，甜味中总不可能脱得开这几分辛烈。

一个吻结束，费鹰的手松开姜阑的下巴。他替她把头发拨到耳后："阑阑。"

姜阑很轻地答应着："嗯。"

费鹰说："我那晚并没有睡着。"而他这几天也想了很多。

姜阑抬眼。

费鹰说："我不想掩盖我对你的诉求，如果我不表达，那么我们又会重蹈上一次分手的覆辙，所以那天晚上我什么都说出来了，我搞砸了。我承认你当时的反应让我很失望。但如果让我再选择一次，我还是会向你求婚，会对你说那些话。"

姜阑听着。

费鹰说："你觉得婚姻没有意义，我听到了。但我必须很坦率地对你说，我不止想要一个有你的家，我更希望我的人生和你的人生能够全方位地深度融合。我认为婚姻可以快速达到这个目的。你有权利拒绝我的求婚，但我无法保证我今后不会再次向你求婚。我做不到。"

姜阑还是听着。

这太费鹰了。男人说这些话的时候，就像当初告诉她什么是他的本能一样。

费鹰把薄荷糖放到姜阑腿上，发动车子："我喜不喜欢孩子，和我想不想要孩子，以及我是不是要让你生孩子，这是三件不相关的事情。你不要用你的想当然来断定我会有什么样的想法。如果你不想生孩子，那么这个世界上没有任何人真的有能力逼迫你生，包括你的父母。"

姜阑剥了一颗薄荷糖，放进嘴里。她在男人拉下手刹之前，把他的脖子勾下来。

十几秒之后，姜阑说："就这样吗？如果我一直不答应你的求婚，也不和你分手，你要怎么办？"

费鹰说："以后的问题，需要现在就想吗？"

姜阑说："不用现在想吗？"

第二十一章

费鹰说："那你想。我等你帮我想个办法，好吗？"
姜阑什么也没再说。她动了动膝盖，把一整袋薄荷糖抱进怀里。

周三是温艺在公司的最后一天，姜阑代表团队给她送了一只大礼盒。
礼盒拆开，里面是每个人给她写的一封信，一本60页的相册，还有一条温艺很喜欢但是很昂贵的裙子。
温艺很惊喜。她说："阑姐，谢谢你和大家。"
姜阑说："本来想叫大家和你一起再吃个晚饭，但是考虑到你明天一早要去新公司入职，就取消了这个环节。"
温艺笑了笑："我还在这栋楼里，以后随时约。"
姜阑点头："有空约。"
下午的时候，姜阑给彭甬聪打了个电话，很抱歉地告诉他，FIERCETech为VIA中国定制的全渠道解决方案在现阶段没办法落实。
彭甬聪在电话那头说："理解，理解。姜总，您不用为此道歉。美资企业的决策路径我很清楚，也习惯了。我们保持联系，以后或许还有机会。"
姜阑说："好的，保持联系。"
在这件事上，彭甬聪错了。他的提案并不是被VIA总部否决的。
姜阑想到了陈其睿，但也只想了那么几秒。

温艺离开公司后，姜阑找刘辛辰过了一遍3月大秀的准备情况。
倒计时24天，VIA内部和各个代理商都进入最后的备战阶段。
刘辛辰实在是顾不过来所有的事情，她在和姜阑申请后，请陈亭完全负责对接Xvent那边的工作，她专注和NNOD团队盘所有明星嘉宾和媒体的事项。
VIA这场大秀列进名单的20位头部明星，目前只确认了13位。还剩三周半，刘辛辰每天都在逼NNOD加快进度。
Ken被逼急了的时候也会骂人，要不是VIA给了年纪轻轻的徐鞍安一个全球代言人的头衔，这次的事能有这么难吗？中国娱乐圈天天争的就是咖位，徐鞍安的存在，让其他明星的经纪和宣发团队都不甚痛快。
姜阑正在和刘辛辰对已确认明星的看秀fitting情况，Petro过来抱胸看戏。
他问，Lan，你最近还好吗？
姜阑听出了他的语气，说，一切正常。
Petro看看姜阑，又看看刘辛辰，走开了。
当天半夜，姜阑睡前查看工作邮箱，收到Erika一封邮件，要求她正式将手上和上海大秀相关的工作全部移交给Petro。
姜阑睡意全无，直接掀开被子。
费鹰翻身一把捞住她的腰："怎么了？"
姜阑一边扎头发一边说："我现在非常生气。"
费鹰也清醒了："我又怎么了吗？"
姜阑摸摸他的脸："工作的事情。"
姜阑光着脚走到客厅，直接打电话给Petro。
Petro接起电话，他的声音很不快，Lan，这么晚了，你有什么急事？
姜阑问，你背着我做了什么？
Petro说，你觉得我能做什么？Lan，你不是已经决定离开VIA中国了吗？你觉得现在这样的安排有什么问题吗？
姜阑说，没问题。
她挂了电话，直接把手机扔到沙发上。
她辞职的事情，除了陈其睿和余黎明，没人知道。

THE GLAMOUR

　　Petro 是怎么知道的？ Erika 是怎么知道的？把她从上海大秀这个项目中剥离出去，不让她的个人履历添上这浓墨重彩的一笔，如果不是陈其睿点头，Erika 能这么做？
　　姜阑头一次愤怒了。她重新抓起手机，想要直接给陈其睿打电话，但她仅存的理智阻止了她发疯。
　　这就是曾经那个告诉她什么才是双向信任的陈其睿吗？她在这场秀上投入的所有心血，在他眼中算什么？这是他对她一意孤行决定辞职的惩罚吗？
　　姜阑愤怒地转过身。
　　费鹰站在她面前，他把她的拖鞋拿来了。他弯下腰："别着凉。"
　　姜阑二话不说，直接扑进他怀中。
　　费鹰抱住她。她在他怀中微微颤抖，他的胸前逐渐有了湿意。
　　费鹰从没见过姜阑为了工作流眼泪。他一下接一下地抚着她的后背："阑阑？"
　　姜阑出不了声。
　　在费鹰怀中，她所有的愤怒，统统都化作了委屈。

108　LINO

　　如果没有费鹰在身边，姜阑会感到委屈吗？会像现在这样哭吗？为什么这个男人拥有这样的能力，可以让她变得出奇脆弱。
　　这是好事吗？她不知道。
　　姜阑没有哭太久，她从头到尾也没有发出声音。
　　她把脸在费鹰胸口处蹭了蹭，抬起头："没什么事。我老板不让我插手上海 3 月的这场大秀了。我应该不需要再像之前一样密集加班了。"
　　费鹰听着。
　　又是她老板。他对姜阑的这位老板始终没有什么好感。他没见过对方，也称不上了解对方，但他非常清楚他和对方绝不是同一类人。
　　对待工作，对待事业，姜阑一直全力以赴。费鹰尊重她的选择，但如果一份工作让她委屈到这个地步，那他就算再不理解，也依然只能尊重她的选择。
　　躺回床上，姜阑把未读邮件清完，然后还是像往常一样把早起的闹钟设置好。
　　费鹰看着她做这些。
　　这太姜阑了。没有任何负面情绪能让她无视热爱的工作。
　　费鹰关上灯，他低头亲姜阑："你加油。"
　　姜阑说："嗯。我加油。"
　　费鹰说："我也加油。"
　　姜阑摸摸他的腰："嗯。你也加油。"

　　次日上午，姜阑带着团队和 Petro 开了三个不同的内部交接会议。
　　会开完，Petro 先行离开会议室。
　　姜阑叫刘辛辰留下来，让她尽快约 NNOD 和 Xvent 的时间，来 VIA 这边和 Petro 开下一轮的外部交接会议。
　　刘辛辰很不情愿："阑姐，为什么要这样安排？"
　　部门内部并不知道发生了什么，姜阑没有对大家解释这项工作变动背后的原因，她只说是公司的决策，需要大家理解并配合。

第二十一章

姜阑说:"我已经讲过了,这是公司的决定。"

刘辛辰不相信这么简单,她说:"阑姐,是不是 Petro 恶意排挤你?老板们也没有帮你说话吗?就因为他是总部的人?你为这个项目付出这么多,他们怎么能这样对你?"

姜阑说:"不是。"

刘辛辰又说:"我想不通。哪怕是之前 Ceci 提辞职,你不是也让她正常跟着这个项目到最后一天吗?我以为在这里,大家都会是这样做事情的。但现在到底是什么原因,公司要让你离开这个项目?"

姜阑说:"Ivy,这个话题就到此为止。你还有其他问题吗?"

刘辛辰摇头,然后抱着电脑出去了。

姜阑站起来。

她曾经也和刘辛辰一样,以为在这里,大家都会是这样做事情的。但她错得离谱。

姜阑回想起余黎明说的话。她认为余黎明也错得离谱。全公司上下,如果有人最不想得到陈其睿的真传,那就是此时此刻的姜阑。

午饭后半小时,Petro 来找姜阑。他向她投诉陈亭,说,Lan,你如果对这件事情有意见,请你去找 Erika,你为什么要叫你的团队不配合我的工作?

姜阑问他,你认为 Tracy 对你的不配合,是我指使的?

Petro 很不满地看着她。

姜阑说,你这是在侮辱我的职业操守,请你离开。

Petro 走后,姜阑叫陈亭来,请她解释发生了什么。

陈亭很愤慨:"阑姐,你都被他打压成这样了,我们还要配合他吗?我们吃午饭的时候已经商量好了,就要让 Petro 和老板们知道,这个项目不能没有你。"

姜阑说:"你们?你们都有谁?"

陈亭一点都没觉得有问题:"就我,Ivy,还有 Lynn。"

姜阑说:"你们以为这样做,就能让我重新回到这个项目上?我需要靠你们用这样的方式为我鸣不平?公司真的亏待我了吗?我需要你们这种愚蠢的忠心?"

陈亭超级委屈。

姜阑说:"你们三个人,如果再有类似的行为,我只能请 HR 给你们发 warning letter(警告信)。"

大秀倒计时 23 天,NNOD 和 Xvent 正在争分夺秒地做各项秀前准备工作,但是两边都被 VIA 各用一个电话叫来配合开交接会议。

Ken 在路上把这事汇报给了他的老板袁潮。袁潮叫他原地掉头回去,然后从北京打电话给姜阑:"姜阑,什么意思?你们怎么回事儿?在闹什么呢?"

姜阑说:"公司决策,要麻烦你们配合。"

袁潮说:"你们总部是在搞笑吗?啊?一群白痴老外?"

袁潮真要骂起人来无所顾忌。他早就看 Erika 不顺眼了,上次 Erika 来上海,开会时是怎么让他难堪的,他还没忘。

袁潮说:"我的人不去开你们这个会,有什么事儿,邮件沟通吧。"

他直接把电话撂了。

NNOD 的袁潮当然有对客户叫板的资本,姜阑不可能在他的气头上逼迫 NNOD 无条件地配合品牌方的一切需求。她要等袁潮气消了,再做沟通。

姜阑放下手机,看看微信。

还有另外一家更加强势的代理商,不知道他们的老板什么时候会把电话打过来。

季夏并没有打电话找姜阑。这桩事情,找姜阑有什么用?

陈其睿正在见一家本地业主,手机振动,他看了一眼,没接。

THE GLAMOUR

　　一刻钟后，陈其睿叫 Vivian 来送客。
　　等人走了，陈其睿回拨电话给季夏。
　　季夏接得很快："Neal。"
　　陈其睿说："Alicia。"
　　季夏单刀直入："VIA 什么意思？开秀前 23 天，临阵换将？我当初为什么同意接这桩案子，还需要再讲吗？如果我第一趟来 VIA 开会你们就给我看一个老外，我会接这个案子？姜阑脑子灵光，判断准确，审美在线，情商合格，你现在要把她换掉？你要让我的人每天都听那个不会讲中文的老外的指挥？让他来对接 local agency（本地代理商）和 VIA global，你是怎么想的？"
　　陈其睿说："你还有其他问题吗？"
　　季夏说："VIA 这种情况，我没办法做。Neal，我需要知道实情。"
　　陈其睿说："这是 VIA 内部已经决定的事情，没有转圜余地，你和你的团队需要配合调整。"
　　季夏说："我麻烦你讲点道理。"
　　陈其睿不响。
　　季夏说："你把姜阑换掉，是什么原因？她得罪你了？所以你不让她碰这个项目？我不管 VIA 内部在搞什么人事斗争，我必须要这场秀成功。Neal，你这样做事情有意思吗？"
　　陈其睿说："你在以什么身份和我讲话？Xvent 的老板？还是我的前妻？"
　　季夏说："有区别吗？"
　　陈其睿说："如果你是 Xvent 的老板，那么我没必要再多和你讲一个字。"陈其睿又说，"如果你是我的前妻，那么我想问问你，你认为我宁可牺牲这场大秀的成功概率，也要为了自己的痛快去惩罚一个下属？我不知道临阵换将会引发的后果？孰轻孰重，我分不清？你季夏曾经看中的男人，这么愚蠢？"
　　季夏不响。
　　陈其睿说："你还有其他问题吗？"
　　季夏说："Neal，我需要知道实情。"
　　陈其睿说："我会找个合适的时间告诉你，但不是今天。"
　　结束这通电话，陈其睿叫 Vivian 把余黎明找来。
　　一刻钟后，余黎明走进陈其睿办公室，关上门："老板。"
　　陈其睿走到沙发区："坐。"
　　余黎明坐下。
　　陈其睿说："公司上下人事变动，你们 HR 最清楚。"
　　余黎明笑了笑："是，老板有什么事？"
　　陈其睿的目光落定在他脸上："姜阑辞职的事情，是你向 Erika 汇报的吗？"
　　余黎明的笑容减了一点："老板，总部主动来问我公司目前的员工稳定性，我必须如实汇报啊。"
　　陈其睿说："我将要离开 VIA 的事情，想必你也听说了。"
　　余黎明没说话。
　　陈其睿说："你是什么时候知道的？"
　　余黎明说："上周五。Erika 直接找到我，通知我这件事，并且让我向她汇报 VIA 中国内部员工的稳定性。"
　　陈其睿说："Erika 要到五月底才能来接替我的位子，你现在就迫不及待地要向她表忠心？我交代的话，你已经听不进去了，是吗？"
　　余黎明试图解释："不是这样的，老板。"
　　陈其睿说："你明早不用进公司了。解雇赔偿和保密协议，Vivian 会和你跟进。"
　　余黎明一怔："老板？"
　　陈其睿说："你还有其他问题吗？"

第二十一章

而这并不是一个问题。

晚上七点，Vivian 来找陈其睿，说 Josh Lynch 的行政助理直接发来邮件，要陈其睿抽出时间和 Erika 做个简短的沟通。

Josh Lynch 是 SLASH 集团全球 CEO，也是陈其睿和 Erika 的共同老板。这段时间老板们的沟通频率很高，Vivian 不清楚发生了什么事。连她都不清楚的事，很少见。

陈其睿叫 Vivian 去安排。

一刻钟后，Erika 上线，她今晚没有任何笑容。

陈其睿说，晚上好，Erika。

Erika 盯住陈其睿，你向 Josh 投诉我？

陈其睿说，你越界了，你的手伸到了不该伸的地方，你管了不该管的人和事。我还没有卸任，你也还不是 VIA 中国区的一把手，你不该碰我的人。你连再等三个半月的耐心都没有吗？

Erika 没有说话。

陈其睿说，你让 Petro 负责上海大秀，这是一个错误的决定。

Erika 说，我无法再信任你和你所信任的 Lan。Neal，你把我玩弄于股掌中，你至今都不为你欺骗我这件事而感到抱歉吗？

陈其睿说，我不感到抱歉，因为我不认为那是欺骗。

Erika 说，你早在去年 11 月的时候就向 Josh 提出了辞职，你将于今年 5 月底正式卸任，Josh 对内封锁了这个消息，于是你利用我的信息不对等，在 12 月初用 VIA 中国区一把手的位子作赌注，换得我同意继续选择 Alicia Ji 来做上海的大秀。直到这次 2 月时装周，Josh 才对集团高管公布了你要走的决定。这一切不是你对我的欺骗，是什么？

陈其睿说，这些话你在纽约已经讲过了，还有必要重复再讲吗？我们还要继续共事三个半月，我希望能够和你重建信任。同时我也奉劝你重新考虑你做出的不理智的决定。

Erika 冷笑，这可能吗？ Neal，你决定去一家中国企业，然后你无视公司政策，招募你最得力的下属一起去这家中国企业。我得知了 Lan 辞职的动向后，就无论如何都不可能再允许她负责 VIA 的上海大秀。

陈其睿说，你没有任何证据证明 Lan 的辞职决定是受到了我的鼓励或影响，你也没有任何证据证明我无视公司的相关政策。Lan 的 last day 要早于我的 last day，这不违反任何协议。

Erika 说，你们中国人在某些方面真的让我望尘莫及。Josh 一定会后悔没有更早地要求你和你的直属下级签署一份更为严苛的竞业补充协议。

陈其睿说，Erika，收起你的愤怒和偏见，你很清楚，选择 Petro 负责上海大秀不是一个明智的决定。

Erika 说，SLASH 集团全球 MarComm 项目的最终决策权在我，你没有办法改变我的决定。

陈其睿说，你会为你的傲慢和轻率后悔。

Erika 说，我会记住你的提醒。

她在屏幕那端注视了一会儿陈其睿，说，我曾经一度以为，你的下一步目标是成为 SLASH 集团中国区第一位华人一把手，是我想简单了。LINO Fashion，我记得对吗？你决定去做这家中国时尚集团的总裁，是被他们的钱打动了吗？中国人以为只要倚靠资本的力量，就能在全球时尚行业获得尊重和认可吗？ Neal，你也会为你的傲慢和轻率后悔。

陈其睿说，我会记住你的提醒。

结束通话前，陈其睿最后说，Erika，你应该清楚，要保证 VIA 中国区员工在短期内的稳定性，就必须继续封锁我要离开 VIA 的消息。在接下来的三个半月中，你不能再越界。在这一点上，我和你可以达成共识吗？

Erika 沉默了一会儿，然后点头，可以。

THE GLAMOUR

晚上9点半，姜阑离开办公区。

在电梯口，她看见了正要离开公司的陈其睿。

姜阑顿了顿脚步，走上前。她开口道："Hi, Neal。"

这是她头一次没有叫他老板。

陈其睿侧头："姜阑。"

姜阑沉默地站在他身旁。

电梯来了，两人一前一后走进去。

陈其睿按下一楼。

电梯门关上，姜阑看着镜面中的自己，她不知道自己今天为什么还是选择了继续加班。有些话，她以为她不可能对陈其睿说，但她高估了自己的情绪控制能力。

姜阑说："我很失望。"

陈其睿说："因为什么？"

姜阑说："被误解，被边缘化，被拿走本来属于自己的成就。"

陈其睿说："你的职业生涯，只有VIA这一场大秀吗？你不是有你的雄心壮志吗？你不是对自己的才华和能力信心满满吗？被误解，被边缘化，被拿走本来属于自己的成就，这令你失望了，但这影响你想要到达的目标吗？你的目标是什么，姜阑？"

姜阑抬眼看向陈其睿。

电梯"叮"的一声，门开了，陈其睿走了出去。

他的背影和他的话语一样，让姜阑感到既陌生，又熟悉。

109 友

周四早上，刘戈纯来找姜阑。今天原本是她和姜阑还有HR定期沟通的日子，但是她被通知余黎明突然离职了，他的工作由谁暂时接手，HR内部还没确定。

姜阑听到刘戈纯说这些，表示会和HR那边跟进，让刘戈纯放心，这件事情不会影响她的个人提升计划的进度。

刘戈纯走后，姜阑思考了一会儿，然后给Vivian打电话："你知道余黎明突然离职是怎么回事吗？这么重要的人事变动，公司没有正式邮件出来？"

Vivian说："我什么都不知道，这件事和老板没有关系哦。"

她这么一讲，姜阑就懂了。

姜阑说："谢谢。"

挂了电话，她轻轻皱了皱眉。

一整个上午，袁潮都不接姜阑的电话。工作总是要推动的，姜阑必须尽快解决NNOD不配合的问题，她选择向季夏求助。

对于VIA大秀负责人的变动，Xvent也同样表达了不满，但季夏并没有像袁潮做得那么难看，她已于昨天傍晚吩咐团队要尽量配合。

姜阑拨出电话。

季夏接起："姜阑。"

姜阑说："Hi, Alicia。有件事情我想要请你帮帮忙。"

季夏说："你讲。"

姜阑说："VIA上海大秀突然换负责人的事情，NNOD的袁老板很不开心，我知道你和他的私交很好，所以想麻烦你和他聊一聊。"

季夏不需要姜阑的进一步解释，她很了解袁潮的脾气。她问："姜阑，VIA这样对你，你还这么尽心尽力地帮那个Petro？"

姜阑说："VIA还在给我发薪水。"

季夏说："OK，我和袁潮聊完，让他找你。"

姜阑说："谢谢你。"

季夏本来要挂电话，但她迟疑半秒，开口道："这件事情，按道理我不应该评价。不过我想跟你讲，你要相信你老板不是一个挟私报复的人。"

姜阑安静了一下，再次说："谢谢你。"

季夏和姜阑道别，挂了电话。

她其实不应该讲那句多余的话。但是她太了解陈其睿了，她也能够想象姜阑这样的年轻人跟着一位这样的老板，会有多辛苦。她没忍住，讲了她不该讲的话。

季夏把手机塞进牛仔裤口袋，她转身推开门，走进屋里。

刘峥冉看见她回来，问："工作上的事儿吗？"

季夏摇头："不急。"

刘峥冉不久前刚产二胎，是个女儿，她的心情非常好。季夏和她是十五年的好朋友，这趟专程来看她。

季夏不喜欢小孩，她今天一抵达这里就宣布自己只是来看刘峥冉的。刘峥冉真是要笑死了，她还能不了解季夏吗？早在十二年前刘峥冉生大儿子的时候，她就已经领教过季夏对小孩有多么抗拒。

屋里电视开着，播着财经新闻，静音。刘峥冉靠在床上，看季夏在一边给她削苹果。

刘峥冉欲言又止。

季夏削好苹果，递给刘峥冉："别吐槽。"

刘峥冉接过来。

多少年了，季夏的苹果还是削得这么难看。她真是一点都不乐意吃这么难看的苹果。

刘峥冉用两根手指捏住苹果："你的新公司怎么样？"

季夏抽了张湿纸巾擦擦手，说："累得要死。"是真的累得要死，她上个月从瑞士表展回来，又接了两个珠宝腕表品牌的新品发布活动，这几天刚刚在北京搭完台，她身上这条牛仔裤都穿了三天了。

刘峥冉说："你什么时候走？"

季夏说："今天来看看你，晚上回上海。我现在真是恨不得一天能有七十二个小时可以用。"

她真的佩服刘峥冉。刘峥冉身为零诺母集团的常务副总裁，之前怀着孕，还在帮集团拓展新的时尚板块业务，兼任着零诺时尚总裁，频繁地北京上海两地飞。

季夏问："我有时候怀疑，你是超人吗？现在宝宝已经生了，接下来你是什么打算？还是上海北京两地跑？"

刘峥冉把苹果放到一边："我当然不是超人，我也要累死了好不好？零诺时尚那边我就是暂时兼个职，帮忙在上海把楼盖了，把领导班子搭起来，然后我就撤了。你以为我真的能管得好那摊事儿？"

季夏反问："怎么就不能了？"

刘峥冉笑了："夏夏，你别说好听的哄我。搞时尚生意，是我的爱好。但是想要搞好时尚生意，我还是得让位给专业的人。"

季夏说："你找到专业的人了？"

刘峥冉看着她，又笑了笑："找到了。很不错。再等三个半月，我就能轻松了。"

季夏说："那挺好。"

刘峥冉问："你最近在做的VIA上海大秀，怎么样？"

THE GLAMOUR

季夏说:"什么怎么样?"

刘峥冉说:"你说什么怎么样?"

季夏说:"就那样。"

刘峥冉说:"就哪样儿了?怎么就那样儿了?"

季夏说:"你说就哪样儿了?你什么时候变得这么八卦了?关于陈其睿,我没有什么好多讲的。"

刘峥冉看着季夏。

季夏不看刘峥冉。

她要讲什么?有什么好讲的?她要讲陈其睿在北京为了保护她而骨裂的事?讲陈其睿不认可她和IDIA撕破脸却又为她的冲动买单的事?讲陈其睿说他最后悔的就是三年前在和她的离婚协议上签了字?还是要讲陈其睿生日当晚她跑去送给他一打衬衫和一张亲手画的卡片?

关于陈其睿,季夏没有什么好多讲的。

刘峥冉重新把苹果拿起来,咬了一口。

她想了想三十一岁那年的季夏。那年她俩相识于北京的一场奢侈珠宝品牌的私享晚宴,活动是季夏的老东家帮品牌办的。那年季夏还是单身,刘峥冉还没和第一任丈夫离婚。那晚刘峥冉买了小一千万的珠宝,季夏送她上车,两人互相留了手机号码。

有两年时间,刘峥冉不知道季夏喜欢什么样的男人。她尝试着给季夏介绍过几个,季夏都完全没兴趣。

再后来,刘峥冉就更搞不明白什么样的男人能叫季夏那么疯狂。那个叫作陈其睿的男人,和季夏前后纠缠了十三年,从工作到相恋,从相恋到结婚,从结婚到离婚,从离婚再到工作,真是没完没了。

在季夏和陈其睿相恋结婚的那九年中,刘峥冉作为季夏的好朋友,居然一次都没见过陈其睿本人。刘峥冉搞不明白季夏这是谈了场什么恋爱?又是结了个什么婚?有这样的亲密关系吗?

直到去年7月,刘峥冉在为零诺时尚物色总裁人选的过程中,终于见到了VIA中国区的一把手陈其睿。而她也终于明白这个男人,到底有什么本事,能够叫当年的季夏那么疯狂。

刘峥冉吃完苹果的时候,她大儿子来了。

小男孩跟她姓,叫刘衡。刘衡今年马上小学毕业,剃个小寸头,2月份的天气穿着厚卫衣、运动裤和板鞋,身上背着一只小滑板,整个人潮酷潮酷的。

刘衡一见季夏,立马叫:"夏夏姐姐!"

他从三岁起就被他妈妈教着这么叫季夏。他从没叫过季夏阿姨。

季夏冲他招招手:"Hi。"

刘衡凑上前,一双黑亮的眼睛盯着她:"夏夏姐姐,你穿牛仔裤真漂亮啊。"

季夏说:"谢谢啊。你也很帅。"

刘衡"嘿嘿"笑着,跑去看他刚出生的同母异父的小妹妹。

季夏转头对刘峥冉说:"你儿子太撩了啊,这样谁受得了?"

刘峥冉说:"比你那些小男朋友还撩吗?那你等他再长大点儿吧。我尊重孩子的婚恋自由。"

季夏笑了。

刘峥冉吐槽她儿子:"你看见他那个样儿了吗?天天就踩着滑板在街上玩儿,根本没法儿管。前几天北京新开了一家本土街头品牌的店,叫BOLDNESS,靠东三环那边儿,他直接就扎在人家店里不肯走了,还问我为什么他还没到能去打工的年纪,他可想去那家店里卖衣服了。"

正说着,刘衡又跑过来了。

他听到刘峥冉说的话,立刻举高两只手,冲季夏比画:"夏夏姐姐,你不知道那家店有多酷！真的超级酷的！店里的墙有这么高，可以在上面随便涂鸦！一楼全是好玩儿的，不卖东西，开业这周每天都在搞不同的活动，有好多好多年轻人都在那边玩儿。我妈她就不懂！"

刘峥冉说："嗯，我不懂。你最懂了，行吗？"

刘衡去抱刘峥冉的腿："妈，我以后也要搞一个这么酷的店，行不行？我也要像那个牌子的主理人一样，又酷又神秘。"

刘峥冉对季夏指指她儿子："看见了吗？整天就在琢磨这些事儿。"

季夏看向刘衡。

这就是现在各大品牌都在梦寐以求的 Z 世代客群。能够俘获这些年轻孩子的，从来不是什么昂贵的精品，而是能够让他们产生精神共鸣的街头社群文化。

傍晚时分，刘峥冉的现任老公来了。他叫王钧，在一家特殊教育学校当足球教练，之前和季夏见过两次。

季夏一直都看不懂刘峥冉挑选丈夫的标准。她的两任丈夫的身家都远远小于她，这种事情能够被刘家接受，很神奇。

季夏看看时间，和刘峥冉一家告别。

刘峥冉知道她忙，没挽留，叫王钧送季夏下楼。

季夏走后，刘峥冉把儿子丢给老公，开始处理工作。

零诺时尚还在继续收购海外品牌的进程，到了晚上，刘峥冉给陈其睿打电话，和他同步近期相关信息。零诺时尚的海外收购蓝图，背后是陈其睿的主张和规划。除此之外，他从去年十二月起就要求零诺时尚搭建全渠道零售战略部，加速集团内部品牌数字化进程，刘峥冉尊重他的一系列布局。

沟通完这些，刘峥冉说："我今天见了季夏。你要加入零诺的事情，一直没告诉她？"

陈其睿说："我不谈私事。"

刘峥冉笑了笑："不好意思，我忘了。"她又说，"和你说一声，姜阑的 offer 签回来了，她的入职日期也已经确定了。你可以放心。"

挂了电话，刘峥冉划了几下手机，找到姜阑的微信。她浏览着自己和姜阑的对话。

这是陈其睿点名要求带来零诺时尚的人。

当初刘峥冉收到姜阑的资料，她问陈其睿，这么年轻？给这么高的职位和薪水？还给股权？

陈其睿说，现在整个时尚行业正逢巨变，过去"登不得大雅之堂"的街头文化被奢侈品牌热捧，过去最看重资历的老牌时装屋如今能够委任年仅二十八岁的创意总监，现在早已不是过去了。年轻人有不一样的热血，也有不一样的勇气和魄力，你应该相信，年轻的管理层可以带给零诺时尚期待之外的惊喜。

刘峥冉问，如果她不来呢？或者她只是为了钱和头衔呢？零诺要的是发自内心愿意投身本土时尚产业的人才，将来的困难不会少，这一点你很清楚。

陈其睿说，她从来没有让我失望过。

周日晚，姜阑去赴梁梁的约。

BOLDNESS×LUME 的联名系列即将于 3 月上旬登陆中美两地市场，梁梁兴奋得要提前组局庆祝——她喊大家来她家里吃火锅。

梁梁在邀请姜阑的时候说，今天晚上全是女孩子喔！

姜阑说，好喔。

到了梁梁家，姜阑把带来的酒给她，梁梁超级开心："阑阑，我们都好久没有一起吃火锅了喔。"

姜阑也被她的开心感染了，暂时将工作上的不快抛到脑后。

梁梁说："我前几天也喊了童童一起来吃火锅，她明明答应了，但是今天一直到现在都不出现，也不接我电话。"
　　姜阑试着给童吟打电话。
　　半小时后，姜阑终于成功地联系上了童吟。
　　姜阑说："你怎么没来梁梁家？不是说好今天一起吃火锅？ZT和白川也来了。"
　　电话那头的背景音特别吵，童吟的声音超级大："是吗？哦！我忘记啦！"
　　姜阑判断出她一定是喝酒了，于是问："你在哪里？夜店？746HW？你忘记要来梁梁家吃火锅，但是跑去夜店玩？你怎么回事？"
　　童吟说："我今天新交了一个男朋友，不好意思不好意思，我去给梁梁打电话赔礼道歉！"
　　姜阑说："你说什么？"
　　童吟把电话挂了。

110　结　吗？

　　姜阑再拨过去，童吟的手机就变成了已关机的状态，估计是没电了。
　　喝多了，手机又没电，那个所谓的"新交的男朋友"又不知道是个什么样的男人，姜阑完全没办法放心。
　　她给费鹰打电话："你把王涉的手机号发给我。"
　　费鹰说："什么事儿？"
　　姜阑说："童吟在他店里，喝多了，手机又没电。我想让他帮忙看着点。"
　　费鹰说："哦。要我直接过去一趟吗？"
　　姜阑说："不用，你把王涉手机号给我就行。"
　　费鹰把王涉手机号发给姜阑。
　　姜阑给王涉打电话，打一个被挂一个。七八个之后，终于有人接了，语气很不耐烦："卖保险的还是卖房子的？忙，没空。"
　　姜阑说："王涉你好，我是姜阑。"
　　那头沉默了两秒。王涉说："哦。什么事？"
　　姜阑说："我的好朋友童吟现在应该在你店里，她喝多了，手机也没电了，我有点担心她的安全。"
　　王涉说："我店里很安全。"
　　姜阑说："嗯。她说今天新交了一个男朋友，我不知道对方是个什么样的男人，所以我想请你帮忙看看她现在的情况，如果你方便的话。"
　　那头又沉默了两秒，王涉说："和我有关系吗？"
　　姜阑说："没关系吗？"
　　王涉不响。
　　姜阑说："谢谢你。再见。"
　　王涉听着费鹰的女朋友把电话挂了。他低头看看手机，简直无语。
　　童吟不是她的闺密吗？她自己怎么不去店里看？凭什么打电话使唤他？她不知道他早就被童吟拉黑了吗？童吟这女人和他有关系吗？今晚这事和他有关系吗？她居然还反问他没关系吗？她哪儿来的底气这么笃定？
　　王涉今晚没在店里，他正陪着费鹰一起在外面看场地。BOLDNESS×LUME联名系列发售，费鹰要在上海办个活动，搞点有意思的东西，找圈子里的朋友们一起聚一聚。

第二十一章

费鹰在场地外面看露台区域，看完走进室内，抬眼就看见王涉黑着一张脸。他说："姜阑刚刚问我要了你手机号，你接到她电话了吗？"

王涉点头："你女朋友有病吗？"

费鹰反击："你女朋友才有病。"

说完，他又纠正："哦，你没女朋友。你才有病。"

王涉骂了一句脏话，转身就走。

王涉边拉开车门边给店里打电话，劈头盖脸地问："她今天晚上来店里了吗？"

店里的男孩子知道"她"是指谁，很诚实地回答："来了。"

王涉拽下安全带："来了你不告诉我？"

男孩子说："老板，你不是说以后再也不用告诉你了吗？"

王涉想骂人，但忍住了。他问："她现在在干什么？"

男孩子说："在一个男人怀里喝酒。"

王涉一脚油门踩下去。

童吟的新男朋友是她上次在746HW认识的那个作曲系的学长，人很斯文，也很谦和。今天是两人第二次见面，对方提出不如交往试试看，童吟同意了。她想，她就应该多尝试交往一些不同类型的男人，这不就是没有婚约的好处吗？

今晚童吟并没有来746HW的计划，晚饭后两人散步，正好走到这一片区域，她男朋友提议，要不要去746HW坐一坐，那个地方对两人来说有特别的意义。

746HW对童吟而言确实有特别的意义。她同意了。

一晚上喝了多少酒，童吟记不清了。她想，这个男人真的是很斯文，也很谦和，既不凶她，也不对她动手动脚。她想给这个男人一个奖励。

童吟问："你想不想吃卤肉饭？这家夜店的卤肉饭做得非常好吃。"

她男朋友点点头："你想吃我们就吃。"

童吟见一个男孩子眼熟，她把人家叫来："我要点一份卤肉饭。"

男孩子什么话也没说，看了她两眼，走开了。

饭上得特别慢。四十分钟之后，童吟靠在男朋友怀中，看着面前热腾腾的卤肉饭，笑了："你快点尝一尝，是不是很好吃？"

她男朋友吃了一口，然后立刻吐出来了："这饭的味道也太可怕了！"

童吟不相信。746HW的卤肉饭必须是全世界最好吃的卤肉饭。她跟着尝了一口，结果被这饭里的醋味酸到整张脸都扭曲了。

童吟简直要气疯了。

她把站在一旁的男孩子叫过来，义正词严地投诉："你们的东西怎么这么难吃？有放这么多醋的卤肉饭吗？我要吃以前那种卤肉饭。"

男孩子说："我们老板今天很不高兴。没有以前那种卤肉饭。"

童吟问："他为什么不高兴？他有什么可不高兴的？"

男孩子看了一眼她身边的男人，一脸"你这不是明知故问吗"的表情，说："我不知道。要不你直接去问问他？"

童吟跟着男孩子去找他们老板当面理论。

王涉在办公室里。

男孩子转身走了，走之前没忘把门关上。

童吟站着，她生气的样子像一只炸毛的猫。她质问王涉："你为什么要在卤肉饭里放很多很多醋？"

王涉盯着她，不说话。

童吟继续质问："你不是让我以后少对你动手动脚吗？你不就是怕我缠上你吗？你为什么还要在卤肉饭里放醋？你这人是不是有毛病？"

王涉不知道这个女人喝了多少酒，她的脸蛋红扑扑的，黑眼睛水汪汪的。这个又作

179

THE GLAMOUR

又坏的女人带着别的男人到他店里来，还想继续吃他做的饭，这个世界上有这样的好事？他王涉有这么愚蠢？

他说："你拉黑我，你还想吃我做的卤肉饭？"

童吟说："我拉黑你是因为你欺负我！"

王涉说："你带别的男人来我店里，你还想吃我做的卤肉饭？"

童吟说："我带别的男人来是因为你是个装病装失忆的混蛋男人！"

王涉说："我装什么病了？我装什么失忆了？"

喝多了的童吟气死了，她拿手指点住王涉高挺的鼻梁："你跨年那天晚上是不是发烧了？你那天晚上对我讲了什么话？对我做了些什么？你不是和女人睡觉的时候硬不起来吗？你那天晚上抱着我都干了什么？你装什么病装什么失忆？你现在还在卤肉饭里放醋！你就是个大混蛋！"

王涉被童吟戳着鼻梁。他低眼看着这个女人。他一个字也没说。那些清晰的梦境，再一次将他卷进去。那是梦，不是吗？

童吟说话说得胸脯一起一伏。

王涉伸手，握住童吟的脸。

童吟立刻把他的手打掉，瞪着他。他不让她对他动手动脚，他就能对她动手动脚吗？她转身要走，腰又被他拦住了。

她听到王涉在身后问："你以后还想不想吃我做的饭了？"

童吟使劲挣了两下，没挣开。她气自己的没出息："你放手！"

王涉加了点力气，使劲掐着她的腰："你以后还想不想吃我做的饭了？"

童吟被他弄疼了，但又不是很疼，这种似疼非疼唤起了她的某些回忆。她喝了酒昏了头，被这个男人掐得哼哼唧唧："想。"

王涉说："那你就给我过来。"

童吟被他掐着腰抱进怀里。她头一低，窝进他结实的胸膛。男人身上的味道又唤起了她的另一些回忆。童吟委屈极了，她的酒劲让她撒开了情绪，掉下眼泪。

王涉摸了摸童吟的脑袋："我不计较你今天带来的那个男人了，你现在想吃什么？我给你做去。"

童吟抽抽搭搭地说："我男朋友还在外面。我不要和你在这里讲话。"

王涉不响。

童吟说："你放开我。我要去找男朋友了。"

王涉用三根手指卡住童吟的脸，让她动不了。他低下头，去找她的嘴唇。

童吟用拳头使劲敲他的肩膀。

王涉直接把她压倒在桌面上，按住她的头，狠狠地亲了下去。

童吟发出很轻的呻吟声。

她的乳房被他结实的胸膛挤压着，有点舒服。她在接吻的空隙中说："我男朋友还在外面。我不要和你在这里接吻。"

童吟的指尖插进王涉短得贴头皮的黑发里。这种愉悦，她不要他停下来。

她细细碎碎地出声："我男朋友还在外面。我不要和你在这里做这些事情。"

她还没说完，整个人就被王涉翻过去，屁股被他牢牢按住。

王涉说："你故意的对吗？"

童吟趴在沙发上。

王涉扔掉手里的湿纸巾。

他的目光扫到某块监视屏，那个男人早就走了。男朋友？有这种男朋友？他心里直冷笑。

童吟的长头发乱七八糟的，一双眼睛瞪着他。

王涉沉默着。

第二十一章

童吟把头扭到一边。过了一会儿,她又把头扭回来。
王涉还是沉默着。
他只穿了裤子,上半身赤裸着。
童吟想着刚才她是怎么被他搞来搞去的,一想,就又想了。她瞪着他:"一次就够了吗?"明明一盒12只装。
王涉的单眼皮一撩。
这个女人酒醒了吗?酒醒了,张口就要低级而堕落的快乐。
他能给她的,始终就只有这样低级而堕落的快乐。他能给她的,始终就只有这样低级而堕落的快乐吗?
王涉说:"为什么一直拉黑我?"
童吟不响。
王涉说:"讲话。"
童吟说:"我不开心。"
王涉说:"我让你不开心?"
童吟说:"你不要看我的跨年演出。你去了也不给我送花。你晚上到我家楼下也不亲我。你感冒发烧了还不告诉我。除了给我做饭和让我高潮,你什么都不会。你就是个混蛋男人。我不开心。"
说着话,她又把头扭过去,不叫他看见她的表情。
王涉看着童吟的背影。他说:"想结婚吗?"
童吟扭回头,睁大了眼睛。
这个男人真的有毛病吧?
王涉又问了一遍:"想结婚吗?"
童吟说:"你有毛病吧?"
她说过喜欢他吗?她自己都还没有确定到底喜不喜欢他好吗?他喜欢她吗?他说过喜欢她吗?不喜欢也能开口求婚的吗?他是会结婚的那种类型吗?这个世界疯了吗?
王涉说:"先结,不行再离。"
童吟真是气炸了。
王涉说:"结吗?"
童吟瞪着他,说不出话。
她妈妈要是知道她要和一个开Hiphop夜店的男DJ结婚,一定会直接气昏过去。她已经和她妈妈断绝过一次母女关系,还能再断绝第二次吗?结婚登记要户口本的,她要怎么问她妈妈拿户口本?现在2月底,这种天气去民政局登记要穿什么才好看?婚礼还要办吗?蜜月去哪里?好麻烦。

王涉走去后厨。他把袖子卷起来,在准备做卤肉饭之前,想了想,掏出手机。
他找到一个微信群,在里面发了条消息,然后他把手机揣进兜里,拧开水龙头洗手。
王涉:"我要结婚了。"
杨南:"老王今晚喝多了。"
孙术:"老王今晚喝多了说胡话。"
郭望腾:"老王今晚喝多了说胡话还在做梦!"
杨南:"不对啊,他不是戒烟戒酒一年多了吗?"
孙术:"难道是真的?真的结婚?真的假的?他这种男人都能结婚?这个世界疯了吧。"
郭望腾:"靠!我不信!这个世界肯定疯了! @F你怎么没点儿反应?"
过了一会儿。
费鹰:"恭喜。"

童吟给手机充电。开机后,她看到姜阑的好几条未读微信。
她给姜阑回电话:"阑阑。"
姜阑说:"你还好吗?我们刚刚吃完火锅。"
童吟说:"我要结婚了。"
姜阑说:"和谁?王涉吗?"
童吟说:"你怎么知道?"
姜阑说:"你太轻率了。你怎么想的?"
童吟说:"先结,不行再离。"
姜阑拿着手机,没话讲。
还有这种逻辑和操作吗?

第 22 章
目　标

THE GLAMOUR

III 目标

周一下午开完每周业绩例会,姜阑去陈其睿办公室进一步汇报电商的生意细节。

VIA 官网购物功能上线第一个月,总 GMV 不到 80 万人民币,成衣和鞋履退货率高达 22%,进站流量平均转化率低至 0.2%,这些数字让姜阑在开会的时候根本没办法和朱小纹抢货。

电商起步,VIA 内部管理层都知道生意增长需要时间,但没人想到头一个月的数字能难看到这个地步。一个月 80 万是什么概念?还不够朱小纹上海一家大店的单日业绩。

姜阑周末和刘戈纯抓着 TP 做优化运营的行动计划,做完之后又做执行摘要,周一拿给陈其睿汇报。

该怎么做站内运营的优化,该怎么做站外投放的优化,该怎么削减后台不必要的人头成本,姜阑有条不紊地讲完目前的计划。她对陈其睿说:"新的生意模式都会有试错成本,这才第一个月。"

陈其睿颔首。

姜阑又把和财务部一起做的电商全年利润预估数字打开,按目前的生意情况,第一年绝对做不到盈亏平衡。她说:"微信小程序旗舰店 3 月中旬能上,给小程序引流成本最低的途径是通过线下门店,这需要自上而下的决策,我没能力直接推动 Selina 和她的团队。"

陈其睿说:"我会和她聊一聊。"

姜阑又提出:"电商生意最有效的增长渠道还是平台方。杭州那边多次表达希望我们能够先把店开出来,他们同步清扫平台内的灰色生意。"

陈其睿说:"你怎么看?"

姜阑说:"VIA 的目标如果是生意数字,那么答案很明显。"

她结束汇报,把电脑屏幕合起来。

以她现在的工作状态,没人能察觉到她即将离开 VIA 中国,除了她面前的陈其睿。

所有和上海大秀相关的工作,她已经移交给 Petro。时间能够稀释一切情绪,包括她的失望。她已经能够如常面对所有人,包括陈其睿。

讲完生意的事情,又该讲人和团队。

姜阑说:"我这边现在还有两个空缺职位。刘戈纯的 IIP 也需要 HR 有人跟进。余黎明离职得很突然,HR 那边现在有确定的安排了吗?"

陈其睿说:"Echo Lin 会暂时接替余黎明的工作。相关事情你找她。"

姜阑说:"Echo?她之前一直做薪酬福利的,对招聘的工作熟悉吗?"

第二十二章

陈其睿说:"你之前一直做市场的,对电商的工作熟悉吗?"

姜阑不说话了。

陈其睿说:"你还有什么问题吗?"

姜阑短暂沉默了,然后说:"我想知道,余黎明的离职,和我有关系吗?"

Vivian 和季夏说的话,让姜阑想要获得一个明确的答案。她清楚如果不问,就不可能等到陈其睿主动开口。

陈其睿看着姜阑。

姜阑说:"是因为他无视了你的要求,对总部披露了我已辞职的事实吗?"

陈其睿开口:"你以为我让余黎明走人,是因为他无视了我的要求,而我对他的要求,是为了挽留你?他的行为导致 Erika 不让你碰上海三月大秀,使得你对这里更加失望,绝不可能再留下,我因此而动怒,让他走人?"

姜阑不说话。

陈其睿说:"对于决意要走的人,我从不挽留,你姜阑不是例外。我要求余黎明对内封锁你要走的消息,不让他看你的 replacement,不是为了挽留你,而是为了稳定整个 MarComm 和电商团队。大秀当前,电商上线,内部员工的人心和士气不容动摇。我要的是这场大秀的成功和电商的业绩,别无其他。余黎明不识大局,他的行为有损于公司整体利益,他还能继续坐在这个位子上吗?你以为他的离职,仅仅是因为你?"

他又说:"作为管理者,一切手段都服务于大局目标,一切决定都指向最终结果。你所提的问题,除了暴露出你狭隘的管理思路,没有任何意义。"

姜阑握着电脑,走出陈其睿办公室。

像这种非常强硬严厉的对话,还能有几次?离开 VIA,她还能再有机会听到吗?她的管理者生涯,至少还有二十到三十年,她今后能成为一个比陈其睿更加卓越的领导人吗?

姜阑也想问问自己,她的目标,是什么?

另一间会议室里,Petro 在和 Xvent 开会。

会议进程只到三分之一,但 Petro 已经提了十七八个问题。

季夏叫她的团队停止汇报。叫停后,季夏让她的人都出去。

Petro 很不解,Alicia,你在做什么?

季夏说,我们先花点时间,解决一下你傲慢的做派。如果没办法解决,那么 Xvent 会直接退出。

Petro 面露惊讶。

季夏说,你在这里的目标是什么?

Petro 恢复正常表情,说,当然是成功完成 VIA 大秀,并让它获得前所未有的传播热度。

季夏点头,很好,我们的目标是一致的。现在距离 VIA 上海大秀还有 19 天,我对你只有一个要求:我说什么,你听什么。你能做得到吗?

Petro 尝试微笑,Alicia,我在去年 10 月份第一次见到你本人时,就感受到了你的强势,我觉得你的强势很迷人,但我不知道你是一个不讲道理的人。

季夏重复问,你能做到我的要求吗?

Petro 收起笑容,Alicia,你会在这种关键时刻退出大秀?Xvent 是一家新成立的公司,你不可能这么不在乎公司的声誉。你们已经在这个项目上投入了巨量的人力和资源,你绝不可能允许它功亏一篑。你更不应该这么低劣地威胁像 VIA 这样的国际品牌客户。

季夏说,你可以试一试,然后你会更加了解我。

Petro 看着她。

季夏说,我最后再问你一遍,你能做到我的要求吗?

THE GLAMOUR

　　Vivian提着咖啡走进陈其睿办公室。
　　今天公司茶水间的两台咖啡机都坏了,她只能下楼去给老板买咖啡。
　　Vivian把咖啡摆在陈其睿桌上,说:"老板,咖啡。"
　　陈其睿没抬头:"知道了。"
　　Vivian说:"今天Xvent过来开会,我刚才买咖啡的时候看见Alicia在楼下吸烟室。你下一个日程在4点半,见HR的候选人。现在是4点02分。"
　　陈其睿抬起头。
　　Vivian转身走开了。

　　2月的晴天,风比往常干燥。
　　季夏站在写字楼下的户外吸烟室里,一边抽烟,一边眯着眼看冬日阳光。
　　最近太累了,她不得不抽烟。一根抽完,她又夹起一根,低头点烟。眼前的阳光处很快有了一道阴影。
　　季夏抬起头。她的嘴唇动了动,手指取下烟:"Hi,Neal。"
　　陈其睿看向烟尾的口红印:"Alicia。"
　　季夏问:"没开会?今天不忙?"
　　陈其睿没回答。
　　季夏对他坦白:"或许你会收到VIA总部对我的投诉。"
　　陈其睿说:"怎么?"
　　季夏说:"我解决了一下Petro的傲慢,让事情可以推进得更高效。"她瞟他一眼,"不好意思,没有提前和你打声招呼。"
　　陈其睿不予评价。
　　提前打招呼就有用吗?对于她想要做的事情,他阻止得了吗?他又阻止过吗?
　　季夏的目光停了停:"Neal,你要走?"
　　陈其睿看着她。
　　季夏说:"去零诺时尚吗?"
　　陈其睿说:"哪里听来的?"
　　季夏说:"我需要从哪里听来吗?"她又说,"我还不够了解你吗?"
　　VIA上海大秀经他筹划而成为现在的亚洲规模,让VIA继续选择她自立门户后的服务更是他使的手段。这么重要的一场秀,他居然连自己最得力的下属都保不住,如果不是因为他决定要离开VIA而导致对内话语权和决策力被总部限制收紧,还能是什么原因?这个行业,这些外资品牌,local和global之间的关系,季夏太清楚了。
　　他要走,什么地方能承载得了他下一个阶段的野心?像VIA这样的外资奢侈品牌吗?他有必要动吗?况且季夏没有听说任何一家公司近期内会出现一把手位子的空缺。
　　关于零诺时尚,按照刘峥冉的说法,三个半月后,它将迎来一位来自奢侈品行业内的新总裁,时间怎么就能这么巧?
　　季夏还不够了解他吗?
　　陈其睿十分清楚答案。这个世界上没有任何一个女人,能比季夏还了解他。
　　他回答:"季夏。"
　　季夏转开目光。这叫什么回答?
　　无言片刻,她说:"为什么要走?为什么选择零诺?"
　　陈其睿说:"你为什么要离开IDIA?为什么选择自立门户?"
　　季夏没回答。
　　陈其睿又说:"这么多年了,中国应当也必须拥有能够被世界看见的时尚品牌、时尚企业、行业能力。不是吗?"
　　季夏对上他的目光。
　　她当年是因为什么爱上他的?后来又是因为什么离开他的?强大而不可抵御的吸引

力由什么构成？精神的共鸣和契合关键吗？目标和本质的相似重要吗？不关键吗？不重要吗？

此时此刻，她不想思考，也不想回答。

季夏夹着烟，重新吸了一口。

她落下目光，男人西装内的衬衫很眼熟。她两个月前专门去订的，每个细节都是她的心思。她不知道他现在是不是每天都在穿她送的这一打衬衫。

季夏问："新衬衫？"

陈其睿没回答，只是看着她。

季夏把手里的烟按灭，丢进身边的垃圾桶。

她说："有点帅。"

陈其睿面无表情地看着季夏快步走远。

傍晚时，Vivian 收到了一封一次性奖金的通知信。这笔奖金的目的是感谢她过去一年的辛苦工作和卓越成果。

Vivian 并没有第一时间去感谢她老板。

Vivian 发微信给季夏："夏夏姐，爱你！"

季夏："什么？"

Vivian："比心。"

3 月的第一天，BOLDNESS 上海分部正式揭幕。

费鹰站在新办公室里，正在接入一个视频会议。

LED 墙面上很快出现画面，一个看不出实际年纪的女人微笑着对他打招呼："Hi，费鹰。我是刘峥冉。"

费鹰对上她的目光："Hi。"

零诺约这个会议约了很多次。对方的目的从一开始就很明确。高淙替费鹰拒绝了很多次，直到费鹰听说了这家公司的名字。如果这不是姜阑的新东家，费鹰绝不会抽出时间和刘峥冉进行这个对话。

刘峥冉说："我知道你很忙，我也很忙。所以我开门见山，长话短说，零诺希望能够入股 BOLDNESS。"

费鹰说："BOLDNESS 过去从没有接受过任何外部融资，BOLDNESS 今后也绝不会接受任何外部融资。"

刘峥冉笑了笑："费鹰，我知道你，也了解你的背景和商业成就。BOLDNESS 成立近十三年，是国内首屈一指的街头品牌。壹应资本成立不到五年，投了十四个项目，每个都成为细分市场的头部品牌。你一直在用你的钱，养着你的理想。在这一点上，我很佩服你，也很欣赏你。但你的钱，有多少？你的理想，又有多大？"

费鹰是有钱，但是费鹰的资本，放在零诺这样的资本面前，几乎为零。

刘峥冉说："零诺母集团在国内的商业地产龙头项目上有相当多的资源，零诺时尚总部在上海，配备有全面系统的品牌中心，零诺时尚即将搭建的海外事业部更能迅速帮助 BOLDNESS 在海外进行品牌扩张。"

费鹰说："我已经说得很清楚了。"

刘峥冉说："我认为我们的目标是相同的。费鹰，我们都很想让世界看一看，中国人也可以做品牌。"

费鹰说："这不是一句口号。"

刘峥冉点头："这的确不是一句口号。我真诚地希望你能够看一看零诺之前发过去的资料，然后我们可以再对话。"

费鹰注视着屏幕："我相信你们的诚意，但是这件事情，没有可对话的余地。"

112 　女人的品牌

　　刘峥冉说:"你的拒绝,我毫不意外。"
　　她再次笑了,而这个笑容有别于之前。她说:"费鹰,BOLDNESS成立近十三年,你拒绝过不下百次外部投资者,不论是股权投资公司还是产业投资机构,没有人成功地打动过你。你的纯粹和对理想的坚持,是我最欣赏的。BOLDNESS的品牌精神承自于你本人,这是一个足够令人尊重的品牌。"
　　费鹰说:"谢谢。"
　　刘峥冉说:"所以,入股BOLDNESS并不是零诺的真实目的。我刚才的提议,只是一个小试验,我需要直面感受一次你的纯粹和对理想的坚持,我需要确认你是不是和我想象中的一样。"
　　费鹰微不可察地皱了皱眉。他说:"你的真实目的是什么?"
　　刘峥冉说:"零诺时尚集团只做女性生意,只做奢侈品和高端时尚品牌。我对以男性消费者为主的街头品牌BOLDNESS毫无兴趣,但我对你们去年10月推出的无畏WUWEI这个女装子品牌有着浓厚的兴趣。"她又说,"费鹰,我希望你可以剥离出无畏WUWEI,将它作为一个独立街头女装品牌,接受零诺时尚对无畏WUWEI的投资,我们可以携手把它打造成为中国首个奢华街头女装品牌,并将它推向世界。"
　　费鹰沉默了一下。他说:"这更不可能。"
　　"无畏WUWEI"对他而言有着更为深刻的人生意义。它不是他能够轻易剥离出去的一个普通的子品牌。
　　刘峥冉说:"你有想要让世界看到的野心,我也有。在时尚奢侈品领域,中国企业和中国品牌始终走得很艰难。要做高端时尚女装,我们无法和欧洲的老牌奢华时装屋竞争品牌知名度,也无法和美日的高端设计师品牌争夺审美话语权。不过,现在全球时尚行业正逢巨变,'街头'融合'奢华',重新定义了'新奢侈品',也继而成为新一代的年轻品牌能够快速崛起的有效通道。这是不可多得的机会和行业大趋势,你应该很明白。"
　　刘峥冉又说:"零诺资本雄厚,我们可以在时装的工艺面料研发和产业上下游做高额投入,但是我们缺少一个拥有独特品牌精神和具有鲜明品牌魅力的街头女装品牌。我全面地了解过BOLDNESS推出无畏WUWEI的背景事件,'女人是什么'这个胶囊系列很bold(大胆),它很街头,也很女性,非常有力量。我被你和团队的理念和无畏WUWEI所承载的精神打动了。这是我喜欢的品牌,也是零诺正需要的品牌。我猜它对你而言一定有着特别的人生意义,对吗?"
　　费鹰并没有回答她的问题。
　　刘峥冉在屏幕上切出第二个窗口,打开一个展示文件。她说:"我希望向你简单介绍零诺时尚的企业理念。"
　　文件首页,红底反白字:
　　LINO Fashion(零诺时尚)
　　WOMEN FIRST(女性为先)
　　刘峥冉说:"'女性为先'从品牌矩阵的打造,到目标受众的定位,从对外传播的方式,到对内文化的建设,这是零诺时尚所秉持的根本。"
　　她缓缓翻动这份展示文件,里面包括零诺时尚不久前设立的女性设计师支持基金,计划收购的海外品牌矩阵,内部孵化推出的女性内衣品牌等。
　　她说:"我为零诺时尚请来的一把手,是一位在国际奢侈品女装行业深耕了二十年的优秀领导者，他将为零诺时尚集团打造一支业内最优的人才团队。我们将最大化地尊重无畏 WUWEI 的品牌精神和设计理念，并将匹配集团内最好的资源，助它完成向奢华街头女装品牌的转型和进一步成长。费鹰，我希望你能够认真考虑考虑。"

费鹰听完刘峥冉不疾不徐的讲述，他这次沉默的时长比之前都久。

最后他说："我需要时间消化信息。"

刘峥冉第三次露出笑容："好。"

她另起一个话题："我听说 BOLDNESS 三天后有一个很重要的联名系列上市，你会在上海举办一个街头圈内的活动。我可以冒昧问你要一张活动邀请函吗？我儿子非常喜欢 BOLDNESS，你是他的偶像。"

视频会议结束后，费鹰转过身。

透过全透明的玻璃墙，他看见连廊对面的设计部。梁梁正和她的团队开会确认新一季的设计方案，她粉金色的短发在初春的太阳中很耀眼。

BOLDNESS 上海分部正式成立，创意设计部从深圳搬来了五分之三的人，梁梁在上海陆续招聘设计师，以扩充既有团队。她的人是目前品牌内部最多元化的一支团队，性别、地域、国籍、背景，多种多样。

为了协助梁梁组建这支团队，费鹰不计成本。梁梁一开始对人头成本有顾虑，但是费鹰很坚持。在品牌精神之外，创意和设计是核心资产，为创意买单，他可以不计成本。

下午，梁梁来找费鹰说工作的事。

"无畏 WUWEI"的那条她在接受媒体采访时穿过的裙子，梁梁想要做小规模量产。除此之外，她还希望能够复刻网上问询度极高的"女人是什么"系列，重新优化版型，丰富设计细节，把这个系列做成品牌的常青系列。

费鹰看着梁梁，半天没说话。

梁梁问："费鹰？你在想什么？"

费鹰在想什么？他在想他的理想。他还在想，除了他的理想，梁梁的理想是什么，还有所有在这里工作的人，他们的理想又是什么。

费鹰说："梁梁，你的理想是什么？"

梁梁很莫名其妙。她的理想，他不清楚吗？

下午，高渌跟费鹰汇报，说有个电商平台方的 HR 来电询问，想找费鹰做孙术的背调。高渌问："你这么忙，我推了吧？让他们找深圳那边的 HR 做是一样的。"

费鹰说："我做。"

高渌立刻去回电。

这是一家头部第三方电商平台，按对方 HR 的讲法，孙术目前已经入职，在潮流服饰行业做商家运营，职级很高。

费鹰之前已经从王涉那儿听说了孙术离开 BOLDNESS 后的去向，他不意外孙术的这个选择。

对方 HR 问了十二个背调的问题，费鹰没有丝毫敷衍，一一回答。最后，对方 HR 问："你可以用三个词来形容一下孙术在过往工作中的风格吗？"

费鹰说："可信。专业。卓越。"

晚饭前，费鹰走出办公室。

BOLDNESS 上海分部一共五层，除了常规电梯，严克还应费鹰的要求从底层到顶层做了中通的手扶梯。站在每一层的走廊外沿挡板前，都可以一眼望见最底层。

底层是一片空旷的街头，从室内一直延展到室外空间。它和 BOLDNESS 深圳南山总部的 showroom 设计相呼应，但又有不一样的特点。

在上海分部，BOLDNESS 的底层区域常年对公众开放，它不仅是一个具有艺术感的空间设计，更是一个小型的街头社群空间。每周一到周日的晚 5 点到晚 8 点，所有热爱街头文化的年轻孩子都可以到这儿来玩。这里有涂鸦区，有滑板区，有街舞区，BOLD-

THE GLAMOUR

NESS 会为孩子们提供免费的场地、免费的简餐和饮品、免费的指导和道具。

费鹰一路走楼梯到底层。

今天有免费的 Breaking 课程，他站在一边，旁观了一会儿。

七八个小孩围成一圈，看一个比他们大不了几岁的少年做动作讲解。

休息时，里面有个小姑娘跑来拽费鹰的衣角。

费鹰蹲下来。

小姑娘很沮丧："哥哥，你会不会 Breaking？你教教我吧。我跟不上他们的进度。他们说如果不会这个动作，我就做不了一个 B-girl 了。"

费鹰很温柔地笑了一下，他伸手帮小姑娘把跳得散开了的鞋带重新系好，然后说："不管你会不会那个动作，你现在已经是一个很棒的 B-girl 了。"

姜阑走进 BOLDNESS 上海分部。这里的空间结构设计让她感到既熟悉又意外。她四下看看，然后目光定在不远处的一群孩子中间，那里有个男人正在跳 Breaking。

孩子们围坐一圈，纷纷高兴地笑着拍手。

姜阑走过去，站在孩子们身后。

男人刚刚结束一套流畅华丽的 powermove，他身上的短袖 T 恤倒掀着，露出线条性感的腹部肌肉，以及腰上的 BOLDNESS 刺青。

姜阑轻轻抿起嘴角。这并不是她第一次见他下地，但她的心跳就像第一次时一样。

费鹰翻身站稳。

隔着一群小孩，他对姜阑笑了："Hi。"

姜阑也笑了："Hi。"

费鹰几大步跨过来，他和刚才那个小姑娘告别："Bye bye，小琳。"

小姑娘超开心地挥挥手："哥哥 bye bye！下次再一起玩！"

费鹰走到姜阑身边。他撩起 T 恤下摆，擦了一把脸上的汗："你饿不饿？我得先冲个澡。你等我一会儿，然后我带你转转。行吗，阑阑？"

姜阑说："你去哪里冲澡？"

费鹰说："我楼上办公室。"

姜阑说："那我陪你。"

费鹰笑了。

费鹰有洁癖，姜阑没有。她在男人脱衣服的时候，上上下下地摸了他半天。

费鹰捉住她的两只手腕："别闹，行吗？"

姜阑说："别诱惑我，行吗？"

费鹰没办法，直接转身进淋浴间。

隔着玻璃，姜阑看男人冲澡。她说："你办公室里为什么没有床？"

费鹰把水温调低："你在想什么？"

姜阑说："你在想什么？"

费鹰迅速冲完，关水。他拉开门，走出来，把姜阑直接抱起来，走出去，放到宽宽大大的木质办公桌上。他侧过头咬住她的耳垂："需要床吗？"

姜阑的小腿钩住他的腰："都是水。"

费鹰的肩膀低下去："谁都是水？"

姜阑的指尖掐在他结实的背肌里，一个字都不想再说了。

折腾完，费鹰带姜阑去公司食堂吃饭。这里的菜色比深圳总部的更多样，梁梁目前的团队里有来自韩国和日本的设计师，食堂在出每天菜单时也考虑到了他们的偏好和需求。

吃饭的时候，姜阑给费鹰多夹了好几块牛肉。

费鹰笑了。

他的头发还是半湿的,食堂里的其他人也不知道看没看出什么端倪。

并肩吃着饭,费鹰说:"零诺的刘峥冉找我了。"

姜阑稍显惊讶地抬起头。

她很少露出这样的表情。

费鹰说:"今天打了个电话,聊了聊。她希望打造出一个国际化的中国奢华街头女装品牌,并且建议我把无畏WUWEI剥离出来单独运营,接受零诺时尚的投资。"

姜阑略作思考,说:"刘峥冉的想法很合理。"

和BOLDNESS品牌精神一脉相承的"无畏WUWEI"是一个非常理想的选择。如果零诺今天需要寻找一个具有街头基因的女装品牌,那么放眼目前国内街头品牌市场,不会有比"无畏WUWEI"的基因更纯粹的街头女装。

姜阑能够理解刘峥冉的野心。这不只是刘峥冉一个人的野心,这个野心背后,是无数本土时尚行业从业人员长久以来的无奈挣扎与被迫压低的骄傲和自尊。

她问:"你愿意吗?"

对于费鹰而言,BOLDNESS和无畏WUWEI不只是两个品牌。它们是他人格和精神的外延,是他整个人生的基石。他绝不可能轻易点头。

费鹰说:"我不知道。"

他对刘峥冉说,他需要时间消化信息,但其实并没有什么信息需要他花更多时间进行消化。刘峥冉说的话,很现实,也很理想。刘峥冉想要达到的目标,和他没有分歧。

关于零诺时尚,他早在姜阑决定加入之初就对它做过全面了解。零诺是姜阑做出的选择,他对她的理性思考和判断能力很信任。如果将来是由姜阑一手打造"无畏WU-WEI"的品牌力,他更不存在任何不信任。这个世界上的女人除了李梦芸,就只有姜阑最懂他的理想和胆。

费鹰侧过头,看着姜阑。他说:"无畏WUWEI是我所有的遗憾,也是我所有的向往。和BOLDNESS不一样,我从来没有想过让它走到世界面前。"他又说,"但是无畏WUWEI也和BOLDNESS一样,虽然是我的,却又不是我一个人的。梁梁在欧洲待了八年,回国后加入BOLDNESS,她一直都希望能够做出中国人自己的高端街头品牌,我也一直都知道她的理想。阑阑,女人的品牌,就应该交给女人来决定,你说对吗?"

姜阑看着费鹰。

所有的遗憾,是什么遗憾?所有的向往,是什么向往?她很清晰地感受到了自己比想象中更加了解身边的这个男人。她懂得他在讲什么。

姜阑放下筷子,轻声说:"你心中已经有答案了,不是吗?"

113 全明星

晚饭后,费鹰要找梁梁聊一聊,姜阑先回家。走之前,她给他喂了一颗薄荷糖。

费鹰送姜阑上车,他把住车门,弯腰亲了亲她。然后他回去,坐电梯上楼。

梁梁坐在地上,身前十几平方米的地面上铺满了数不清的设计手稿。

有人在她身边坐下来。

梁梁转头看清来人:"费鹰?你怎么还在公司?阑阑刚才不是来找你了嘛?"

费鹰说:"嗯。"

梁梁放下手里的东西:"你有事找我?可是下午不是才刚刚说完最近工作的事吗?"

费鹰说:"你忙吗?不忙的话我们聊一会儿。"
梁梁说:"那聊吧。"
费鹰点头。
他把零诺和刘峥冉对"无畏WUWEI"的投资意图完整地告诉了梁梁,然后说:"这件事儿,由你来决定,好吗?"
梁梁觉得奇怪:"我来决定?"
费鹰说:"嗯。"
梁梁说:"为什么是我来决定?你才是品牌的主理人啊。"
费鹰说:"梁梁,你想不想拥有自己的品牌?"
梁梁望着费鹰,眨了眨眼,很是费解。她说:"费鹰,搞服装设计的,谁不想拥有自己的品牌呢?但理想和现实之间的距离不可忽视。"
费鹰说:"你想做无畏WUWEI的品牌主理人吗?"
梁梁很惊讶。她说:"我的钱不够买下来无畏WUWEI喔。你到底是想干什么嘛?"
费鹰说:"你的钱不够,但是你的理想足够了。"他又说,"无畏WUWEI的诞生,凝结着你的心血,你对它的感情不弱于我。它的品牌精神,同样是你的精神。它所承载的所有向往,同样是你的向往。"
梁梁又眨了眨眼。她终于明白了费鹰在讲什么。他这不是要把"无畏WUWEI"剥离出去,他这是要把他自己剥离出去。
她喃喃道:"费鹰。"
费鹰说:"我一意孤行的性格,你很了解。在工作上,如果由我做决定,那么就只能由我做决定。无畏WUWEI一旦接受零诺时尚的投资,那么就必须要向对方让渡部分品牌决策权,哪怕对方是姜阑,我也绝对做不到。但是梁梁,女人的品牌,就应该交给女人来做决定,你说对吗?"
梁梁看着费鹰。
他说:"把无畏WUWEI给你,我很放心。"
梁梁看见他笑了一下,她却非常想哭。
梁梁搞不明白自己到底是高兴还是遗憾,她情绪激动难抑,转身扑过去抱住费鹰:"你怎么这么好呀!"
费鹰一愣。他两只手撑在身后的地板上,一动都不敢动:"嘿,我是有女朋友的人。"
梁梁紧紧地搂住他:"我喜欢的男人也不是你啊!这是一个纯粹的事业伙伴式拥抱,你懂不懂嘛!"

姜阑洗完澡出来,手机上多了好几条梁梁的微信。
梁梁:"阑阑!我太开心了!"
"我刚刚一激动就抱了一下费鹰,实在是不好意思喔!我绝对绝对不是故意的!"
姜阑笑了。
她回复:"所以你同意他的方案了?"
梁梁:"我一听到以后是和你合作,我就立刻同意了嘛!"
"阑阑,我不懂生意的喔。我只会搞创意和设计。"
姜阑:"没事。有我。"
梁梁:"那我们以后就要一起做超一流超厉害的中国奢华街头女装品牌了!"
姜阑再度微笑:"一起加油。"
姜阑都快要睡着了,费鹰才回来。
她听到男人开门,关门,洗手,换衣服,洗漱,走进卧室。很快地,他轻手轻脚地躺上床。
费鹰还没躺好,姜阑就翻身过来抱住他。
他摸摸她的脸:"没睡着?"

第二十二章

姜阑说:"你真的很吸引我,不只是身体。你知道吗?"

他做出了一个她本以为会很艰难的决定。他的胆和魄力比任何时候都有魅力。这样的费鹰,太让她情动了。

费鹰说:"你也真的很吸引我,不只是身体。你知道吗?"

姜阑把他的上衣掀起来。她抚摸他腰上的刺青,忍不住低下头亲吻他的皮肤。

费鹰轻轻捏着她的脖子:"阑阑,4号晚上的活动你会来吗?"

姜阑停下动作。

同样的问题,梁梁今天也问过她一遍。

BOLDNESS×LUME 联名系列将于三月四号在中国和美国同步上市,费鹰计划于当天晚上在上海办一个街头圈内的活动,他之前和她提过一次。

费鹰说:"就是个圈里人的小活动,你要是有空就一起来玩儿。"

姜阑把脸贴在他肩头。半天,她才讲出心里的想法:"费鹰,我需要确认一下,你不会在这种场合当众向我求婚,对吗?"那会很尴尬,而且她还没有思考出一个解决方案,她不想在这么重要的场合让他难堪。

黑暗中,她感到他的胸腔动了动,他好像在笑,又好像没有。

然后她听到男人说:"别可爱。"

姜阑问:"我可爱了?"

费鹰说:"非常可爱。"

一直到 2 号早上,姜阑才知道费鹰口中的"圈里人的小活动"是一场什么样的"小活动"。

BOLDNESS 官微并没有发布有关这次活动的任何信息,但这并不妨碍微博上有大量关于这次活动的讨论,因为有很多受邀参加这次活动的"圈里人"在过去几天纷纷在自己的微博上晒出了 BOLDNESS 的电子版邀请函。

这些"圈里人"包括一群国内正当红的 rapper、dancer(舞者)、DJ,最先锋的街头艺术家和 writer,人气超高的八支 Breaking crew,京沪深三地的圈内品牌人以及许多还在地下的圈内 OG。

微博上有一位普通网友发表感慨:"这哪是什么 BOLDNESS 的品牌活动啊?这分明就是国内街头圈的全明星周末啊!"

这条微博的点赞数破了万,但它离热度最高的某条微博还有十几万条评论的差距。

徐鞍安在 3 号上午发布了一条新微博。

图片是一只硕大的鲜黄色柠檬,配文是:"超级超级超级想去现场追星!"

如果不是她的忠实粉丝,没人能通过这样一条微博看明白她这是在酸什么。

点开转发和评论,里面有大量徐鞍安的粉丝在帮忙 @BOLDNESSCHINA。

"@BOLDNESSCHINA 来看看你们的活动把追星女孩羡慕成什么样了?"

"@BOLDNESSCHINA 替孩子求求了,就给孩子发张邀请函吧。"

"@BOLDNESSCHINA 你们活动缺不缺人热场?我们安宝既能 rap(说唱)又能跳 oldschoolHiphop(旧学派 hiphop 街舞),还会表演小品呢!"

姜阑一边扫着这些评论,一边接丁硕的电话。

丁硕最近在强烈抗议 VIA 去年 9 月给徐鞍安在纽约拍的那条片子,怎么说不投放就不投放了?徐鞍安的时间就这么浪费了?前前后后剪片调色精修的百八十遍确认都作废了?最关键的是,他还指望着这条广告出街之后能为徐鞍安赢得大量舆论好评,现在全打水漂了?今年徐鞍安的代言费还给 VIA 降了三分之一,结果 VIA 就这诚意?

姜阑在电话里说:"这是我们总部的决策,还请你们能够理解和包涵。安安的拍摄时间是按合同走的,不能算浪费。3 月这波 Quashy 的广告投完,我们会看看预算结余情况,在 4 月或者 5 月尝试再补一波安安的广告物料。"

丁硕抱怨道:"阑姐,你们这么大的品牌,怎么这样做事情?"

THE GLAMOUR

姜阑说:"我们就是这样做事情。行业规则,中国要听总部的,一向如此。你觉得不舒服吗?你觉得我们就舒服吗?"

丁硕提出一个要求:"那这样好不好?你能不能帮忙去问问你们总部,有没有办法让安安和 Quashy 有个隔空互动?这样也好让我们有点内容在网上发酵啊。不然安安粉丝那边要怎么安抚?大家之前都期待着 3 月 VIA 的这条广告,结果现在说没就没了?你们今年春夏的新款也要靠安安的粉丝买单的,对不对?还有你们 16 号的上海大秀,安安是要去的,但你们现在这种做法,怎么让粉丝认可你们给了安安真正的 VIA 全球代言人的待遇?"

姜阑听着。丁硕的语气很客气,但内容的本质很不客气。

姜阑说:"给我几天时间,我向总部汇报申请一下。"

这种话也就是对丁硕的暂时安抚。她很清楚,VIA 总部绝对不可能为徐鞍安牵线搭桥,和 Quashy 搞什么隔空互动。但该问的还是得问,尤其是这还牵扯着上海大秀的整体传播声量,徐鞍安的粉丝不能被得罪。

挂了电话,姜阑写了封邮件给 Erika,抄送 Petro,说明目前的情况,并提出丁硕的要求。

没多久,Petro 就过来了。

"Lan。"

姜阑抬起头。她以为他是要质疑徐鞍安经纪人的不满。

但是 Petro 对她笑了一笑,问,我听说明天 BOLDNESS 有一场很酷的活动,你能带我一起去吗?

姜阑看向他。

她和他的确有工作上的利益冲突,他在对她的工作成果进行掠夺的时候也的确毫不手软,但是他从来不是什么真正的坏人。当初为费鹰引荐 Writer Lume,是 Petro 的好意。不论如何,Petro 对 BOLDNESS 和费鹰本人的欣赏,是真实的,也是不容她随意轻视的。她不能公私不分。

姜阑对 Petro 点头,好,我带你去。

4 号清晨,姜阑收到 Erika 的回复。

Erika 居然破天荒地指示 Petro,要他去和 Quashy 的团队聊一聊,看能不能和徐鞍安有一些音乐和生活上的隔空互动,譬如两人分别自拍一段小视频,由 VIA 混剪成一条适合在社交媒体投放的片子,在两人各自的社交媒体平台上进行发布。Petro 紧跟着回复,说这个主意不错,这两位都是粉丝量巨大的女明星,在社交媒体渠道的传播效果应该很不错。

Erika 和 Petro 的所有决定都指向上海大秀的成功。这很现实,也很势利。

姜阑在 Petro 之后回复了邮件,接着同步告诉丁硕这个新消息,以对徐鞍安的粉丝后援会进行初步安抚。

丁硕兴高采烈地回她:"这可真是太感谢了啊!"

晚上,姜阑直接打车带 Petro 去 BOLDNESS 的活动现场。

在路上,姜阑接到费鹰的电话:"到哪儿了?"

她说:"半小时后见。"

费鹰的声音听起来心情很好:"路上注意安全。我等你来。"

按下挂断时,姜阑并没有发现自己笑得很温柔。

Petro 在旁边说,Lan,你在爱情中的样子,真的很不同。很美,很有魅力。我为你感到高兴。

姜阑从来没有和 Petro 在私下聊起过这个话题。Petro 对她和费鹰相爱的认知是经由哪些事件和细节塑成的,姜阑没有问过。

她说,谢谢。

第二十二章

Petro 继续说，今天晚上是 YN 的 big night（盛大夜晚），你一定很为他感到高兴和骄傲。

姜阑望向车窗外的街头，车流滚滚，夜灯蒙蒙。

她说，是的。

费鹰的理想很大。他的每一步都走得很坚定。他这样走了十三年，还会继续再向前走许多许多年。

姜阑想，今天晚上应该没有任何人，会比她还要为他感到高兴和骄傲。

还有一刻钟抵达的时候，姜阑接到刘辛辰的电话。

刘辛辰火急火燎地说："阑姐，你看奔明那个群了吗？你看微博热搜了吗？"

姜阑说："还没。怎么？"

刘辛辰说："徐鞍安又出负面新闻了。我真的是要疯了，还有一周半就要大秀了，阑姐你说她到底每天都在干什么啊！"

姜阑拿另一只手机打开微博热搜榜，排在第一位的赫然是 # 徐鞍安暴打前男友 #。

徐鞍安什么时候有了个前男友？她不是一直对媒体和粉丝声称她是母胎单身吗？她什么时候谈恋爱了？又是什么时候分的手？她会打人？而且还是暴打？暴打的对象又是不知道从哪里冒出来的前男友？

逻辑线太混乱。姜阑放弃思考，直接看结论。

结论是奔明的小朋友们现在正在梳理整个舆论发酵的时间线，每隔几分钟就有五花八门不同视角和立场的新"事实"冒出来，暂时还得不出任何结论。

姜阑给丁硕打电话，拨了十次，全是占线。

Petro 在旁边问，出什么事了？

姜阑把手机放下，一字不发。

一刻钟后，车抵达 BOLDNESS 的活动现场。

Petro 先下车，然后颇有绅士风度地绕到姜阑这边，为她开门。

姜阑一只脚落地，手机同步响起。她以为是丁硕的回电，但又是刘辛辰的。

刘辛辰的语气比之前更加火急火燎："阑姐，VIA 上热搜了。"

姜阑觉得匪夷所思："因为徐鞍安？"品牌被代言人的花边负面新闻连累上热搜，VIA 这也是空前绝后了。

刘辛辰说："不是不是！阑姐，Quashy 在美国上了一档脱口秀，昨天晚上刚播出了这一期，然后今天……"

姜阑没有听刘辛辰后面在讲什么，她自己拿着手机，刷了几下，在热搜的实时上升榜单中看到了这个新词条：VIA 品牌代言人辱华。

114 🎲 *拒绝我吗？*

姜阑结束了和刘辛辰的通话。

下一秒，丁硕就打来了。他的语速非常快："阑姐，你别急啊，我们正在处理这条热搜，全是假的，营销号造谣！我向你保证两天之内平息舆论，绝对不会影响安安下下个礼拜去 VIA 的上海大秀。这事我肯定会给你个交代。"

他挂了电话。

THE GLAMOUR

姜阑看着手机。丁硕应该还没看到新的 VIA 热搜词条。

半分钟不到,丁硕又打来了。他的气息没办法平稳:"姜阑!你们品牌怎么回事?辱华的词条是什么东西?'VIA 品牌代言人辱华',你们批发代言人吗?不知道的人还以为是安安辱华了!你们总部那帮白痴老外到底在搞什么?你们准备怎么处理?这事你必须得给我个交代。"

姜阑说:"好。"

丁硕说:"现在是晚上 8 点,你几点能回我?"

姜阑说:"我不能保证。"

丁硕怒了:"姜阑,你什么态度?还要合作吗?"

姜阑说:"你可以选择和 VIA 直接解约,这是你们的权利。"

丁硕摔了电话。

姜阑的工作手机一直在响。

Petro 问,Lan,到底出什么大事了?

姜阑回答他,Quashy 在美国的一档脱口秀上发表了辱华言论,该视频片段于过去 24 小时在中国社交媒体上持续发酵,VIA 因此被波及,现在中国的网络舆论正在谴责 VIA,强烈抗议品牌和侮辱中国的美国明星继续合作。

Petro 反驳,品牌代言人? Quashy 根本不是代言人,她只不过去了两场 VIA 的秀,拍了一条 VIA 的全球广告而已。

姜阑说,普通消费者并不会仔细区分这之间的区别,你和我都不必自欺欺人。

Petro 皱了皱眉,说,我需要向 Erika 汇报。

他走去一旁打电话。

姜阑把一直在响的工作手机放在一边,找出私人手机,打电话给费鹰。

费鹰很快接起:"阑阑,你到了吗?"

姜阑说:"费鹰,我在外面,你可以出来一下吗?"

费鹰说:"好。"

姜阑低头,把手机放回包里。她站在活动场地外面,听着里面传出热闹喧嚣的音乐与人声,情绪一下子变得异常烦躁。

这个夜晚,她原本很期待,也原本不该如此。

费鹰很快走出来。

他今天和平常没有什么差别,一身基本款,球鞋,只是头发重新剃了,比之前短了不少。他在夜色里看见姜阑,对她微微笑了。

姜阑快步走过去,直接抱住他。她贴着他温热的胸膛:"对不起。"

费鹰握住她的腰,低头询问:"怎么了?"

姜阑说:"我没办法参加今晚的活动了。我真的很抱歉。"

她推开他,把手机微博打开,找到 VIA 词条下的 Quashy 辱华视频,让费鹰直接看。

费鹰看完,手指上下划动几下,然后看向姜阑:"不用道歉,你先去忙你的。回头再说。好吗?"

姜阑望了一眼活动场地的入口处,又看一眼费鹰:"好。"

费鹰看着姜阑离开,收起脸上的笑意,转身走回活动内场。

一进去,费鹰抬头,看见王涉就站在入口处。后者往他身边瞟了两眼,发问:"人呢?"

费鹰说:"她有事儿,来不了。"

王涉说:"哦。那今晚活动结束后你还求不求婚了?"

费鹰说:"废什么话?"

王涉被呛得很不爽,但他忍住了没骂回去,他没必要和这种心情下的费鹰 battle。费鹰直接绕过他,走进去。

之前来看活动场地,费鹰看中了户外的露台区域。在他的计划中,等今天晚上的活动散场后,他准备在那里向姜阑求婚。

第二十二章

上一次的求婚过于冲动和草率，他搞砸了，他希望能够弥补，他为今晚做好了一切准备。

这是一个对他而言很有意义的夜晚，他希望她能够分享他所取得的成就，见证他向理想靠近的每一步，他更希望这个夜晚能够变得更加有意义，哪怕她会再一次拒绝他的求婚，他也一定要做这件事。

但是姜阑有属于她的战场。费鹰必须尊重，理解，支持。

今晚来活动的都是圈子里的熟人，更是费鹰这十几年来结交的各路朋友。

这个圈子就是这样。你成为一个 B-boy，那么你就会认识更多的 B-boy，然后他们会带你去结识各种各样的 DJ、MC 和 rapper；你去各个城市比赛，那么你就会认识来自天南地北的兄弟；你做 Breaking crew，那么你就一定会需要有个 writer 来帮你涂个队名；你认识了一个 writer，那么你就会认识更多玩街头艺术的兄弟；你给 Breaking crew 做衣服，那么你就会认识一群怀抱相似志趣想要做街牌的人。这些交情，不分贫穷富有，不分知名与否，一日是兄弟，终身是兄弟。

这个文化在几十年前的诞生便始于一场派对。今晚费鹰在这里做了一场纯粹的零商业派对。

杨南正在露台上和广州的一个特牛的 Breaking crew 创始人聊天，外面有晚风吹进来，场内热闹喧嚣，一群 rapper 正在 cypher，场面一度热血。

王涉今晚带了童吟来，没多余的工夫搭理兄弟们。郭望腾和梁梁坐在角落里互相指手画脚的，不知道在吵些什么。

有人从身边走过，和费鹰打招呼："牛啊 YN！"

对方是个小有名气的 rapper，他身上穿着 BOLDNESS×LUME 的联名 T 恤。

费鹰很短暂地笑了一下。他的手伸进裤兜里，摸了摸里面的一枚戒指。

他刚才忘记告诉姜阑了，今晚的她真的非常漂亮。

他想，她应该也非常期待来参加今晚的活动。

姜阑和 Petro 坐上车，直接回公司。

这段时间人人都在加班，周末也不例外。刘辛辰、唐灵章、陈亭都在公司，刘辛辰打电话叫 NNOD 的人也直接到 VIA 办公室。

在车上，姜阑连续挂断好几个打进来的电话，然后主动打给 PIN 的宋丰。

宋丰接电话的速度有点慢。

姜阑说："宋总，不好意思礼拜天晚上打扰你。"

宋丰说："没事，我刚在陪小孩玩，没第一时间听到手机响。什么事？"

姜阑说："可能你还没看到 VIA 的微博热搜词条。"

宋丰说："稍等。"

十秒后，宋丰说："我看到了。你有什么需求？"

姜阑说："我需要 PIN 现在立刻协助撤掉正在投放中的 VIA 和 Quashy 的广告物料。全部以最快速度下线。"

宋丰说："我让团队和各个媒体平台的代理同学们沟通一下，需要一些时间。线上的撤起来相对容易，线下的你什么想法？"

姜阑说："也撤。你有什么办法？"

宋丰说："电子大屏可以快速操作，广告牌难。这样，我们先把线上的处理掉。你等我回复。"

姜阑说："谢谢你。"

宋丰说："应该的。"

Petro 等姜阑打完电话，然后问她，Lan，你在给谁打电话？说了什么？

姜阑说，我让 PIN 撤掉所有 Quashy 为 VIA 拍摄的广告物料。

Petro 说，你这样不合流程，你需要向 Erika 汇报，得到她的准许，你才能这么做。

你没有权力做出任何相关的决定，你听到我说的话了吗？

姜阑没有任何反应。

Petro说，这件事情在你眼中有那么严重吗？这是Quashy的个人行为，她有她的言论自由，VIA作为品牌方不应该做任何行动上的表态。我们为什么不能让政治回归政治，商业回归商业？

姜阑仍然没有任何反应。

为什么不能？因为在这个世界上，政治和商业从来无法真正分离。

VIA遇上这样的危机，姜阑意外吗？需要意外吗？有什么可意外的？国际时尚品牌在中国市场，类似的翻车案例还少吗？几乎每一年，都有不同的国际品牌因为不同的事件和原因踩踏这条红线，从奢侈品牌到设计师品牌再到快时尚品牌，屡见不鲜。

对中国市场真实的尊重，有几个国际时尚品牌能够切实做到？

任何一个国际时尚品牌陷入类似的舆论危机，姜阑都不会意外。

进公司，姜阑直接叫团队到大会议室。

Petro说，我需要一起参加，我需要知道你们在讨论什么。

姜阑说，Neal和Erika会收到我们讨论之后的方案。

Petro说，Lan，这件事情非常重要，你有什么权力这样对我？

姜阑说，这件事情非常重要，所以我需要你闭嘴。

大会议室里，Ken用微信语音把奔明的小朋友们加进来。不到短短一小时，奔明已经做好了一版"VIA品牌代言人辱华"在国内主流社交媒体平台上的舆情总结。

Ken让他的人同步将这份总结翻译成英文，制成VIA内部汇报用的标准会议资料。他抽空和姜阑说："现在所有媒体方发过来的询问我们怎么说？先统一保持沉默，等你们总部出官方的press release（新闻稿）再看？"

姜阑点头。

Ken说："上海大秀的传播预热，本来都已经安排好媒体下周陆续发稿了。但是现在没有一家愿意继续的。还有邀请来看秀的那一堆头部明星，人家的经纪和宣发都要疯了，简直了，我现在就是个接电话机器人。阑姐，这些事情都要怎么处理？"

姜阑不应该再碰和上海大秀相关的任何工作，但是她说："尽量请所有媒体和艺人都先等两天，看看品牌方的动作，再做决定。"

晚上十一点，姜阑把VIA中国关于此次品牌舆论危机的汇报文件发给陈其睿过目，内含这次事件发酵的起因、经过和完整时间线，在中国社交媒体上的舆情汇总概括，事件对品牌声誉的影响预判，事件后续进程的高可能性预测以及VIA中国区针对此事件的诉求。

陈其睿批允她将这份文件发给Erika并抄送他本人。

姜阑发出邮件。

在邮件中，VIA中国区向总部提出了三个诉求：

1.VIA需从总部层面立即终止和Quashy在全球范围内的一切合作。

2.VIA需要在中国品牌官微及Ins官方账号发布正式声明，坚定表态Quashy的任何辱华言论都与VIA品牌的对华立场无关。

3. 上述两点需要在两天之内完成。

发完邮件，姜阑盯着电脑屏幕。她很清楚，她也知道陈其睿同样很清楚，要让SLASH总部一次性做到这三点，不啻天方夜谭。

这件事情甚至连Erika也没有决策权。一切涉及政治立场和公司表态的事情，都牵扯着投资者利益和集团股价涨跌，这需要SLASH集团的Corporate Communications（企业公关及传讯）部门来做内部评估分析，并由集团CEO做最终决策。

作为本地员工，姜阑已经表达了她在这一刻所应该表达的一切。除了等待，她在这

第二十二章

一刻没有其他能做的。

刘辛辰给姜阑拿来一盒色拉。

时间很晚了,她一边按着化妆棉卸眼妆,一边问姜阑:"阑姐,总部应该很快就能给出解决方案吧?"

在刘辛辰的认知中,这种危机对品牌而言简直是天大的事情。入行没多久的她,对国际奢侈品牌总部的决策模式还抱有天真的幻想。

姜阑没有戳破刘辛辰的天真。她吃了两口冷色拉,问:"如果 VIA 总部不作为,你会对这里失望吗?会想要离开吗?"

刘辛辰点头:"当然啊!"

姜阑看看这个年轻的女孩子。她家境殷实,可以说走就走,不必为生计发愁。可是 VIA 所有的门店一线员工呢?有多少人在用这份工作养家糊口,每月房贷,父母养老,孩子教育……他们都能像刘辛辰这样潇洒地说走就走吗?

这个世界不是只有扁平的两极,有无数人都活在无数的立体现实中。

陈其睿看了一眼时间,晚上 11 点 35 分。现在是纽约的周日上午,姜阑发出去的邮件还没有得到 Erika 的回复。

陈其睿刚刚结束和 SLASH 集团中国区负责 Government Relationship(政府关系)的何肖遥的电话。何肖遥的父母在外交系统,从小在北京长大,后来移居德国,再后来回到中国上海,先后在几家跨国集团任职,负责集团中国区的本地政府关系。

何肖遥和陈其睿认识多年,他在电话里说:"只要不是自己找死,没哪个国际品牌真会被政府掐死。税收还要不要了?就业率还在不在乎了?"

何肖遥说的当然是实话。

在中国,外资企业虽然只占 2% 的比重,却贡献着超过 15% 的整体税收,同时还解决着小半个亿中国人的就业问题。像 SLASH 这样的大集团,事件发生后,该受的敲打肯定会受,但风波一过,该获得的支持也仍然少不了。

当然,一个大的前提不可或缺:涉事品牌必须要拿出该有的正确态度,否则就是何肖遥口中的找死。

陈其睿提醒他:"政府那边该走的流程,该打的招呼,你不能不做。"

何肖遥说:"行了行了。老陈,你还来叮嘱我?这事儿现在应该是你最糟心。"

何肖遥相当了解陈其睿。陈其睿是多职业化的一个人?他就算是已经决定要走了,那也是要站完最后的这班岗再走。

晚上 11 点 55 分,Erika 打电话到陈其睿的中国手机号。

陈其睿接起来说,Erika。

Erika 说,Neal,VIA 中国现在面临的舆论危机我已经知道了。Corporate Communications 的人周日不工作,我无能为力。

陈其睿说,你应该寻求 Josh 的帮助。

Erika 说,Josh 在和家人休假,你难道不知道吗?我尝试了很久,据说他在游艇上,我很难联系到他本人。

陈其睿说,你给我打电话的目的是什么?

Erika 说,Lan 发来的那三个诉求,你非常清楚,总部不可能满足。VIA 只是 SLASH 集团的一个品牌,中国市场也只是 SLASH 全球的一个市场,虽然它很重要,但它不能代表全部。VIA 如果发布官方声明终止和 Quashy 的所有合作,你认为欧美市场的消费者会怎么看待这个品牌?就算是 Josh 做决策,他也需要平衡全球市场。

陈其睿说,所以?

Erika 说,所以,我需要第二套方案,我需要确保 VIA 上海大秀能够如期成功举办。

THE GLAMOUR

陈其睿说，Erika，你到现在还在想着VIA的上海大秀吗？如果我是你，我会考虑在这次处理失当的情况下，VIA需要被驱逐出中国市场多少年，才能再找机会重新回来。VIA只是SLASH集团的一个品牌，但它在中国的舆论危机有很大的可能会波及集团的全品牌矩阵。中国市场只是SLASH全球的一个市场，但它的战略关键性，是任何一个其他奢侈品市场都无法相提并论的。

Erika沉默着。

陈其睿说，所以，没有第二套方案。Lan发给你的三个诉求，是目前能够让VIA中国区免于陷入更大灾难的唯一途径。

半夜两点，总部还没有任何回复。姜阑让团队和NNOD的人先撤。

丁硕那边已经快要疯了，他被徐鞍安的各大粉丝后援会负责人逼着给出一个公司对于此事的态度，但是丁硕没有等到VIA的态度，他能有什么态度？

他给姜阑下了最后通牒：周一中午12点前，如果VIA还没有任何表态，那么徐鞍安会宣布和VIA解约。

姜阑表示知道了。

和丁硕讲完电话，姜阑拿起私人手机。童吟和梁梁都给她发来了很多微信，有关心，有询问，还有可惜她今晚没能去成BOLDNESS的活动。

姜阑很累，没有精力回复这些。

她重新打开微博，又看了看目前的舆情现状。过了12点，大部分人都要休息睡觉，网上的各种声音逐渐减弱。到目前为止，#VIA品牌代言人辱华#这个词条已然替代了#徐鞍安暴打前男友#，醒目地排在了热搜第一位。

如果VIA中国区近一周没有铺天盖地地在线上线下投放Quashy的广告，或许这一次负面舆情不会发酵得如此之快，网友们也不会那么轻易地将VIA品牌和Quashy本人进行深度捆绑。

网络上的愤慨和辱骂之声和姜阑想象中的几乎没有出入。

她的手指缓慢地在屏幕上划动。这些愤慨，这些辱骂，背后承载着什么样的情绪？外资品牌一面赚着中国市场的钱，一面又践踏着中国消费者的底线，伤害着中国消费者的感情？这种高傲、这种轻蔑、这种毫无尊重可言的做派，令人愤怒至极？这些是必然的。

还有其他的吗？

愤怒背后，是否有无力？是否有恨其不争？

如果今天的时尚奢侈品市场上有值得消费者青睐并选择的中国品牌，如果中国的消费者没有被迫过度依赖欧美奢侈品牌，如果这片市场没有被欧美奢侈品牌长期统治与支配，类似的事件中大众情绪规模会是什么样？或者说，还会有层出不穷的类似事件吗？

姜阑没有继续思考，她的手指点开特别关注列表。

WT_G这个账号今晚已经发了将近一百条微博。姜阑在里面找到了很多活动现场视频。热度最高的一条是一帮rapper的cypher，男女都有，现场效果热血炸裂。

姜阑点开视频。

Quashy作为rapper在脱口秀节目上diss中国，那么中国的rapper就选择以同样的手段反击回去。这一场临时主题的全明星cypher，足够精彩，也足够热血。

这很真实，也很街头。

这是费鹰的世界。

姜阑刷完微博，抬起头，看见电脑邮箱里有新邮件。

Erika回复：我需要中国团队每隔4个小时发送最新的social listening report（网络舆情分析报告）给我。

这很总部，也很奢侈品。

这是姜阑的现实。

凌晨三点半，姜阑离开公司，走出写字楼。

写字楼下的临时泊车道上，停着一辆黑色的车。

凌晨的风袭来，姜阑抬手拨了拨被风吹乱的头发。她走到车边，弯下腰，轻轻敲了敲驾驶位的车窗。

费鹰被轻叩声叫醒，他本来也没有睡得很沉。

姜阑看着男人睁开眼，微微偏过头，隔着车窗看清她后，笑了。

车窗被降下来。

姜阑说："Hi。"

费鹰说："Hi。"

姜阑趴在车窗边，她的双眼里有开心的光芒："今晚活动很棒，我看了郭望腾的微博。"

费鹰说："嗯。"

姜阑说："你在等我吗？"

费鹰说："嗯。"

他的左手从裤兜里掏出来，伸到姜阑面前："我在等你。我原本准备在活动结束后，请你再拒绝我一次。虽然你没去成活动，但我还是不想错过这个晚上。"

他的手心里有一枚戒指。

姜阑看看戒指，又看看男人的侧脸。

费鹰说："姜阑，拒绝我吗？"

姜阑被他逗笑了。他怎么能这么酷又这么帅？

她很诚实："我还没有想好解决方案。"

费鹰点头，他把戒指塞进姜阑的手心里："行。这个你先替我保管着，省得我下次还要再准备道具，成吗？"

姜阑摸了摸戒指，金属外层包裹着他的体温。

她没有拒绝他的这个小请求。

她说："嗯。"

BOLDNESS ★ WUWEI

第 23 章

圆什么满，痛什么快？

115 　圆什么满，痛什么快？

5号上午11点30分，姜阑接到丁硕的电话。

丁硕反悔了，他撤回凌晨两点给姜阑下的最后通牒，并且给出一个新的最后通牒：今天晚上八点，过时不候。

姜阑理解丁硕的脑回路。

凌晨两点的时候他都快疯了，他能想到中午十二点和晚上八点的本质其实是一样的吗？美国人不要睡觉的吗？

丁硕说："今晚八点，是我们最后的底线。"

姜阑说："我知道了。"

丁硕说："我们的法务已经在看合同了。虽然是单方面解约，但我们没有任何赔偿责任。"他现在就后悔当初签合同时没有对VIA提出更为严苛的品牌方赔偿条款。

姜阑说："我知道了。"

丁硕说："晚八点，多一分钟我们都不会等。"

姜阑说："我知道了。"

姜阑去向陈其睿汇报徐鞍安的情况。

从中午十二点改到今晚八点，VIA中国区就能收到总部的反馈吗？不可能。

姜阑说："今晚徐鞍安和VIA解约的声明一出来，就肯定会被视作一个舆情风向标，直接引领所有媒体和艺人对VIA的态度。"

原本定于本周开始的大秀预热传播计划现已全部暂停。要发的媒体稿件都撤了，要发的看秀明星预热视频也都暂缓。这从某个角度来看居然是一个不幸中的万幸，广大受众还不知道VIA将要举办一场盛大至极、奢华至极的大秀。

而这场大秀究竟会不会在亮相前的最后时分轰然陨落，也并不需要广大受众来关注。

姜阑汇报完，等陈其睿指示。

陈其睿说："我知道了。"

5号晚7点50分，姜阑再次接到丁硕的电话。

丁硕说："姜阑，你们总部至今毫无反应？这么大的事，就这样无动于衷？"

姜阑说："你们做出决定了吗？"

丁硕说："这事涉及原则问题，我们必须要和你们解约。我们会用工作室账号和安安个人账号同步发声明，我可以给你提前看一眼。"

姜阑说："好。"

第二十三章

丁硕最后一刻的行为和态度还是对得起两边合作了一年多的交情。
他把这份声明提前五分钟发给姜阑。
姜阑读了一遍，说："VIA 中国尊重你们的一切决定。"

5 号晚 8 点整，徐鞍安个人微博和徐鞍安工作室官微同时发布徐鞍安和 VIA 解除品牌全球代言人合约的公告。

8 点 10 分，微博热搜榜上多了七八个新的词条，内容围绕着徐鞍安解约 VIA 和徐鞍安爱国两个话题进行多角度延展。

这是丁硕的手笔，姜阑很熟悉。前一天徐鞍安暴打前男友的热搜，很快就会被大众遗忘在脑后。

8 点 30 分，VIA 中国官微最近的一条微博的评论数突破 10 万大关。

10 万条评论，80% 在骂 VIA 怎么还不滚出中国市场，10% 在称赞徐鞍安和 VIA 解约大快人心，5% 在质疑 VIA 中国官微为什么迟迟不发声，还有 5% 杂七杂八的声音，包括但不限于质疑在 VIA 工作的中国员工是不是认同品牌辱华、VIA 中国区高管是不是歪屁股、VIA 官微一直不表态是不是因为品牌公关死了等。

5 号晚 11 点，姜阑将徐鞍安解约结果和中国社交媒体的最新舆情汇总发给 Erika。
这距离她首次向总部汇报，过去了整整二十四个小时，SLASH 集团仍未对 VIA 中国区提出的诉求做出任何反馈。

6 号上午，Ken 给姜阑打了一个长电话。他先给姜阑汇报了目前所有时尚媒体和时尚商业媒体对于 VIA 此次事件铺天盖地的报道情况，他说："这种事情，没办法撤稿。"
姜阑说："我明白。"
Ken 又讲，VIA2019 年 SS 的新款上市，之前所有盘好的产品推广传播计划现在全盘被打翻。那些长周期的纸质刊物在下印前直接撤掉了之前已经拍好的内容，所有短周期的网站和数字媒体编辑更是直接拒绝所有来自 VIA 的拍摄推荐。

6 号晚 8 点，姜阑将此次事件的媒体报道剪报汇总发给 Erika，并说明目前中国时尚媒体在各类选题及明星艺人拍摄上抗拒与 VIA 合作的鲜明态度。
这距离她首次向总部汇报，过去了整整四十五个小时，SLASH 集团仍未对 VIA 中国区提出的诉求做出任何反馈。

6 号晚 11 点，Erika 再次致电陈其睿。
她说，Neal，VIA 中国的本地媒体关系维护得这么差，你有什么解释吗？
陈其睿说，这和媒体关系没有任何关系。你仍然在低估这次舆论危机对 VIA 中国的各种负面影响。Erika，我最后一次建议你，推动 Josh 尽快做出决策，向中国市场和中国消费者表达最大的诚意。

Erika 说，Corporate Communications 表示需要至少四个工作日来做内部评估，这不是一件小事，Josh 也没有权力越过内部流程直接做出他的个人决定。Neal，每个老板头上都还有老板，这你很清楚。Josh 需要对集团股价和投资者负责。
陈其睿说，任何决策层的延慢，只会让 SLASH 集团在面对投资者时更加被动。
Erika 说，我已经做了所有我能做的，你认为我不希望这次危机能够被妥善解决吗？你认为我希望看到 VIA 上海大秀走向失败吗？
陈其睿说，VIA 上海大秀并没有对外做传播预热，你应该庆幸它还没有被大众所关注。媒体和艺人对 VIA 目前的态度看似是抗拒，实际上是自保和观望。这次辱华的并不是 VIA，而是 Quashy，因此所有人都在等待，希望看到 VIA 品牌总部能够做出一个正确的表态。如果这次危机能够在这两天得到妥善控制，那么上海大秀也许还能出现最后一线转机。
Erika 说，Neal，我无法做出任何保证。

THE GLAMOUR

7号早上,姜阑收到通知。VIA官网旗舰店被消费者投诉至工商部门,工商核查后证实品牌官网有十七个商品详情页面上存在描述不合规的问题。VIA被要求由企业的电商负责人亲自到市场监管局,缴纳相关罚款并接受政府教育。

7号下午3点,刘戈纯陪同姜阑前往公司的工商注册所在区的市场监督管理局。在路上,刘戈纯有点担心:"类似的小事情哪个品牌没有碰到过?一般都是TP帮忙解决的呀,为什么我们就要被叫过去?"

姜阑没说话。

到了那边,工商的一位老师对姜阑进行了长达九十分钟的教育。姜阑态度端正地接受教育,并表示会立即整改品牌官网页面上所有不符合《电商法》的商品描述。

这位老师一边喝茶一边讲:"投诉你们品牌的电话,多是多的来……今天的罚款是啥意思,你们公司晓得吧?"

姜阑表示很清楚。

工商的老师表示今天不要多讲了,叫她们先回去。

离开后,刘戈纯很不安:"她的意思是后面还要再找我们过来吗?罚一次还不够吗?还要罚多少次呀?"

7号下午五点半,姜阑回到公司,迎面就撞见朱小纹和孔行超在吵架。

朱小纹看见姜阑,立刻转移火力:"姜阑,现在到底什么情况?网上闹得沸沸扬扬的,你们和总部到现在也拿不出个方案?我们线下零售的生意还要不要正常做了?今天我手机都要被业主打爆了,我要和业主讲什么?老孔什么忙都帮不上!"

孔行超不满道:"Selina,请你有的放矢,不要胡乱开炮。"

他也转头问姜阑:"我们部门最近在谈好几家门店的续租,这件事情对我们工作影响太大了。今天北京的一家业主直接要换掉我们带大外立面的铺位。姜阑,你说我的人要怎么和业主继续谈生意?"

7号晚9点,姜阑没有向Erika发送任何汇报邮件。

这距离她首次向总部汇报,过去了整整七十个小时,SLASH集团仍未对VIA中国区提出的诉求做出任何反馈。

8号早6点,姜阑收到Erika发给她和陈其睿的邮件。

SLASH集团终于做出内部评估,允许VIA中国区在品牌官方微博账号发布一则声明,说明Quashy本人言论不代表VIA品牌对华立场,并且VIA中国区不会再使用任何包含Quashy的广告和传播物料。

Erika在邮件里直接写给陈其睿:"这是我能够做的全部了。"

陈其睿没有回复Erika。

8号早8点,姜阑抵达公司。她把目前的情况向Ken做出说明。

Ken很直接:"既不想得罪中国消费者,又不想得罪欧美消费者,世上哪有这么好的事情?"

或许在SLASH集团总部看来,目前的方案虽然不完美,但仍然满足了一部分中国区的诉求。但是中国区诉求的核心究竟是什么,SLASH集团总部从来没有真正理解过,也从来没有真正尊重过。

八十一个小时过去,姜阑最终还是没有得到任何有效的反馈。

8号上午11点24分,刘辛辰冲到姜阑面前。她无法控制自己的音量:"阑姐,总部怕是疯了吧!"

姜阑不知道事情还能变得有多坏:"怎么了?"

刘辛辰举着手机给她看:"VIA的Ins官方账号点赞了Quashy的最新一条博文!"这条博文的内容是Quashy在调侃自己上的那档脱口秀,她在录制时穿着VIA赞助的服饰。

第二十三章

姜阑眉头皱起。

刘辛辰说："现在微博上又炸了！"她划动着屏幕，都快哭了，"这是总部的哪个人点的赞啊？为什么事情会变成现在这样啊？"

是哪个人点的赞，根本就不重要。重要的是，事情已经变成现在这样了。这个赞，是轻视，也是挑衅，它再次点燃了大众的怒火。

姜阑思考几秒，站起来，准备去找陈其睿。

桌上的手机响了。

是奔明的小窦。

刘辛辰也看见了，她以为奔明是打来问要不要继续做新一轮的舆情报告的。

姜阑接起电话："你好小窦。"

小窦在那头说："阑总，您好。我打这个电话是想告诉您和团队，VIA 这个客户我们不会再做日常舆情运维了。"

小窦又说："有些事情，不是只要给钱就有人愿意做的。希望您能够理解我们的立场和决定。"

桌上的手机在振动。

陈其睿拿起来，看了一眼来电人，按下接听。

电话那头传来打火机的声音，他在脑海中描摹着季夏点烟的样子。

三秒后，他说："Alicia。"

三秒的时间够季夏吸上一口烟了。她说："Neal。"

季夏的声音有些沙哑，透露着疲倦。她说："我打这个电话，是要告诉你，VIA 上海大秀，Xvent 决定退出。"

她又说："这种客户，我季夏不做。利润再高，也不做。"

季夏挂掉电话，夹着烟，环顾四周。

这里曾经是亚洲最大的粮仓，它粗粝雄壮而不失工业美感。它本该经由她亲手打造，成为一个融合着最新数字科技与最先锋艺术创意的奢华秀场，在八天后惊艳亮相于世界面前。

但是半小时前，季夏就地遣散了美术指导和 700 余名工作人员，解除了和北京各模特经纪公司的大秀合约，退掉了秀导妆发师造型师的档期，赔付了秀场摄影摄像和直播团队的违约金，取消了 after party 的餐饮和表演服务，并且叫她的现场团队直接回家休息。

江风吹着，季夏凝神远望。

十三年前，在北京，大秀落幕。落幕的那一刻，所有人都知道这会是国际奢侈品牌在华大秀的一场传奇。

秀后次日清晨，她对一个人讲，她以后要在上海，做一场让世界都能看见的秀。比那场秀还要盛大，还要传奇。

那是季夏年轻时的理想。

而她年轻时的理想，不可能再有谁比那个人更了解。

陈其睿走进秀场。

它其实并不能被称为一个秀场。搭建工程刚刚开始，就已被迫仓促结束。它空空荡荡，却又乱七八糟，有无数未拆封的道具和施工垃圾充斥着他的视野。

在这一片空空荡荡和乱七八糟中，季夏独自坐在一个角落里。

她光着脚，盘着腿。一字带的黑色高跟凉鞋胡乱丢在地上，长裙的裙摆被压在她膝盖下方，粗糙肮脏的水泥地面上铺着一件精致的羊绒大衣，她就坐在那上面。

地上有好几截烟蒂。

季夏手指间还夹着一根燃了一半的烟。

她抬起头。

THE GLAMOUR

季夏看着走过来的男人，眯了眯眼。
"Neal。"
她听到自己这样对他打招呼。
"Alicia。"
她听到男人这样对她打招呼。
季夏吸了一口烟。
眼前的这个男人，仍然如三十七岁时一样，希望她的理想能够实现，希望她的人生能够圆满。
现在这一切，对于季夏而言，圆满了吗？

陈其睿脱下大衣，披在季夏单薄的肩背上，然后他解开西装外套的纽扣，在她身旁的水泥地坐下来，屈起一条腿。
季夏朝地面弹了弹烟灰。
陈其睿伸手，把季夏指间的香烟取过来。
他吸了一口烟。
身边的这个女人，自从离开他后，就一直想用自己的方式活一个痛快。他只希望她能够痛快得彻彻底底。
现在这一切，对于季夏而言，痛快了吗？

肩膀处的男士大衣有陈其睿的气味。
季夏披着他的味道，脑中想着她的那些小男朋友。
那些年轻男人，除了能够让她感到新鲜、热烈、刺激，还能给她什么？她寻到真正的痛快了吗？
没有真正的对等，就没有真正的痛快。真正的对等，是人生阅历，是社会经验，是目标，是本质，是理想和追求的对等。没有这样对等的关系，季夏就不可能拥有真正的痛快。
她仍然如三十三岁时一样，有什么男人，能比一个强大而不可征服的相似灵魂，更让她感到真正的痛快？

季夏转过头，看向他和她之间的水泥地面。
那里本来有一条利益冲突的红线。但是随着这一场大秀被她决然放弃，那条红线此刻已无影踪。
VIA 在中国的舆论危机，今天二次爆发，大众的愤怒到达了前所未有的新高度，没人能够预测这件事情最终会走向一个什么样的结局。
但是她和他，谁都没有开口讲这件事。
季夏看着陈其睿很缓慢地抽完了手里的那根烟，开口道："有一个关于你和我的谣言，已经传了很久。"
陈其睿像季夏那样，把烟蒂直接丢在水泥地上："什么谣言？"
季夏说："有人讲，七八年前，在北京某场秀的后台，看见你在抱着我亲。"
陈其睿嘴角稍动。他的笑容弧度很有限。他的目光落在那截烟蒂上。
他说："有人信？"
他又说："你信吗？"
季夏没回答，伸手扯住陈其睿的衬衫领口，将他拉近自己。
她说："可以吗？"
男人的气息压迫着她，将她抵上背后的水泥墙。
季夏昂起脖子，微微喘息。
她听到陈其睿在她耳边叫出陌生、久违却又刻骨熟悉的那两个字："夏夏。"

第二十三章

116 📦 @

姜阑坐在会议室里。

会议桌上的电话开着免提，Ken 的声音听上去很稳："阑总，不好意思啊，我这边也没多余的人手和内部资源，实在没办法帮你们做实时舆情监测。要不，你们给我老板打个电话再问问？"

姜阑说："了解，谢谢。"

电话挂断，刘辛辰很着急："那咱们怎么办呀？给袁老板打电话吗？"

姜阑摇头。

给袁潮打什么电话？Ken 要是没有得到袁潮的授意，能讲这些？

刘辛辰说："奔明不干了，NNOD 又不肯帮忙，那新一轮的舆情监测和报告谁来做啊？"

现在网上的舆论情况，每隔半小时都有新的转向。

姜阑说："我们自己做。"她看向刘辛辰，"可以吗，Ivy？"

刘辛辰张了张嘴，过了几秒才说出话："阑姐，你是说我们自己做？全平台的监测？纯人工？"

这个工作量刘辛辰无法想象。

姜阑点头。她说："我和你一起。"

刘辛辰又张了张嘴，但她想不出任何其他的方案。如果放弃不做，可以吗？

刘辛辰问出心中的想法："我们一定要做吗？"

姜阑说："如果不做，如果没有人站在中国市场的角度汇报，怎么能让总部知道事态的严重性？"

刘辛辰有些沮丧："可是我觉得总部并不在乎。"

姜阑说："我不在乎他们是否在乎。"

刘辛辰望向姜阑。

姜阑又说："我要的是他们低头道歉，向中国的消费者。"

陈亭敲敲会议室的门。她轻轻推开门，探个头进来："阑姐，我能进来吗？"

姜阑点头。

陈亭抱着电脑走进来："你们一直在忙，可能还没顾上看邮箱。Xvent 刚刚发来了正式邮件，宣布退出 VIA 上海大秀的项目，单方面和我们解约。"

刘辛辰发出一声"唉"。

姜阑说："Xvent 的邮件抄送给总部团队了吗？"

陈亭点头："所有该抄送的人都抄送了，非常利落，非常坚决。"

姜阑点头。

这是季夏的风格，说一不二，且毫无挽回的余地。

陈亭问："我们和 Xvent 的项目费用要怎么结？现在这种情况，已发生款项算谁的？合同里面根本没有写现在这种情况。"

姜阑说："我们付。"

陈亭犹豫道："法务和财务能同意？"

姜阑站起来："我去解决。"

209

THE GLAMOUR

刘辛辰抬眼看向陈亭。不久前，她也问过类似的问题：奔明的项目费用要怎么结？姜阑的态度和现在一模一样。

陈亭也看向刘辛辰："你们在忙什么？需要我帮忙吗？"

刘辛辰告诉了陈亭。

陈亭把电脑放在会议桌上，在刘辛辰身边坐下。

刘辛辰说："你不忙吗？"

陈亭说："大秀都没了，还有什么要忙呢？"

而且，还有什么事情，能比现在的这件事更重要呢？

姜阑找完法务找财务，找完财务转电梯回到楼上。

走出电梯，她看到对面电梯门打开，Petro 从里面走出来。他的表情将他此刻的情绪展露无遗。

Petro 看向姜阑。

姜阑上前一步，问，想聊聊吗？

Petro 坐在姜阑的工作桌旁边。他看着姜阑拿出两只酒杯，又从柜子里拎出一瓶酒。

他说，Lan，我不得不提醒你，现在还是白天，现在还是工作时间。

姜阑倒酒，然后递一只杯子给 Petro。

Petro 接过来，慢慢地饮了一口。

姜阑也慢慢地饮了一口。

Petro 将杯中的酒一饮而尽。他低眼盯着酒杯，说，我刚才和日本韩国打完电话，取消了所有的工作安排。我真的非常非常失望。

姜阑没说话。

Petro 又说，VIA 上海大秀，就这样失败了。Lan，你知道有多少人为这场秀投入了多少精力和心血。我真的非常非常失望。

姜阑仍然没说话。

Petro 伸手去拿酒瓶给自己倒酒，说，中国团队现在一定很愤怒，对吗？我也很愤怒，我不知道到底是总部团队的哪个蠢货去给 Quashy 的 Ins 点了赞。他根本不明白这个行为毁掉了什么。

姜阑说，你的愤怒和我们的愤怒，并不是同一种愤怒。

Petro 抬起目光。

他说，Lan，你认为我真的无法理解你们的感受吗？你了解我的经历，不是吗？我是一个黎巴嫩裔的澳大利亚人，你知道我在欧洲的奢侈品行业工作的那些年，是什么样的感受吗？你知道我拿着 E3 的美签在 SLASH 全球总部工作的这几年，是什么样的感受吗？

Petro 用右手按着酒杯底部，笑了笑，说，你不喜欢我，因为你认为我和你不是同一类人，我和你的确不是同一类人，但是你以为我是什么样的人？我所付出的全部努力，又是为了证明什么？

他的笑意消散在嘴角。他再一次地说，我真的非常非常失望。

姜阑将酒瓶的盖子拧上。她说，你不应该喝太多了。

Petro 看着她，Lan，你的情绪为什么总是可以这么平静？你的这种平静非常有力量。我很好奇，你会情绪失控吗？你会因为什么事情而情绪失控？

姜阑起身说，我还有事情要处理，你可以继续坐在这里。

Vivian 接过姜阑送来需要陈其睿特批的供应商付款申请单，收入文件夹中。她说："我会送进去的。"

姜阑说："我需要当面和 Neal 解释。"

Vivian 说："老板出去了。等他回来后，我会通知你。"

姜阑说："大概几点？"

Vivian 说："我不确定。"

姜阑说："你不确定？"

Vivian 微笑道："老板也不是一台工作机器啊。"

姜阑无话可说。

Vivian 还是微笑着："你还有其他事吗？"一边问，她一边拿起挂在旁边的一只大西装袋。

姜阑不知道 Vivian 要把这套西装送到哪里去。她成功地压住了自己的好奇心，一个字都没有多问。

袁潮给季夏打了十几个电话，才终于打通："Alicia，你在干吗呢？不接电话让人急死啊。"

季夏说："有事说事。"

袁潮说："VIA 的大秀，Xvent 已经退了是吗？你怎么回事儿？都不直接和我打个招呼？我还得从 VIA 那边才能听说这事儿？有你这样对老朋友的吗？啊？"

季夏说："不好意思，我本来是要给你打电话的。"

袁潮说："本来要打？那为什么没打啊？眼下还能有什么事儿比这事儿更要紧啊？"

季夏没回答。她看向近在咫尺的男人。

陈其睿没抬头，他在帮季夏穿她的凉鞋。他用手指把窄长的黑色牛皮穿过金属扣，扣好。然后他又多握了几秒季夏的脚踝。

两人挨得很近，袁潮的声音同样传入陈其睿的耳中："你怎么不说话？你到底在干吗？"

季夏轻咳："明星那边你们现在怎么处理？"

袁潮说："还能怎么处理？中午微博炸锅之后，有哪个明星还愿意去？这次大秀还好没对外宣传，不然简直就是灾难。我的人现在正在取消所有之前已经安排好的明星 logistics。巨烦。"

季夏说："谁不烦？"

袁潮说："你比我好啊，你们就和 VIA 签了一个项目，现在解约就完事儿了。我们和 VIA 签的是年度服务合同，我现在正发愁怎么解约呢。真的巨烦。"

季夏还想说什么，但她看见陈其睿开始系自己衬衫的扣子。

她对袁潮说："挂了。"

陈其睿的胳膊被季夏拉下来。

他侧头看她。

季夏抬手，把不久前刚被她扯开的半排纽扣，一粒粒重新亲手系好。

她的指尖滑过男人的喉结："有点帅。"

陈其睿低下头。

几秒钟后，季夏轻轻将陈其睿推开。

她开口道："我不想重蹈覆辙。"

陈其睿点头。他说："不会重蹈覆辙。"

季夏看向地上的烟蒂，还有被她搞得乱七八糟的大衣和西装外套。她对上男人严肃认真的目光："我一点都不完美。"

陈其睿再度点头。他说："我不需要一个完美的你。我只需要你。"

季夏一动不动地看着他。

陈其睿说："季夏，不论你今天是不是又一次的冲动，我都必须告诉你，我等待这一天，已经很久了。"

陈其睿继续说："有些话，之前我不能轻易讲，讲出来就是踩红线。今天我可以讲了，我多一天也不会再等。我知道你曾经对我们的婚姻有多失望，我也知道你的性格不走回头路。我们不走回头路，我们向前看。你不完美，我更不完美，我们也不可能拥有完美的关系或婚姻，但这不妨碍我始终爱你，季夏。"

季夏开口道："最后七个字，你再讲一遍。"

陈其睿说："我始终爱你，季夏。"

季夏说："再讲一遍。"

陈其睿说："我始终爱你，季夏。"

季夏看着他。

陈其睿说："我始终爱你，季夏。"

季夏笑了。

陈其睿再次低下头。

从秀场出来，陈其睿在粮仓艺术中心外上车，车上有Vivian提前放好的备用西装。

陈其睿掏出手机，查看今天调整后的日程表。

过了一会儿，他的手机屏幕上弹出季夏的新微信。

夏："不是冲动。"

在没人看得见的车后座，陈其睿缓缓笑了。

从陈其睿办公室出来，姜阑回到会议室。

会议室里不只有刘辛辰和陈亭，还有唐灵章、张格飞和团队里的所有人，甚至连刘戈纯都来了。

唐灵章还在教刘戈纯怎么做舆情监测。

姜阑从没见过她俩关系如此融洽的样子。她没有打扰任何人，径直走去自己的电脑前坐下。

从下午开始，几个主要社交媒体上的舆情走向越来越失去控制。

徐鞍安去年9月在VIA纽约秀场和Quashy合影的几条微博截图被人发布出来，并带上#徐鞍安合影辱华女歌手#的词条，这个新词条极为迅速地登顶热搜榜。昨天还在盛赞徐鞍安和VIA解约动作快，夸奖徐鞍安爱国的大众，今天转头就开始猛烈地抨击谩骂徐鞍安的这几条历史微博。

网络时代正是如此，今天爱你，明天恨你，后天说你是世间唯一的仙女，大后天又希望你被万人唾弃，落入万丈泥潭。

这几条徐鞍安本人的原始微博早已于Quashy事件发生之初就被删除，但网上截屏太多，无数人叫嚣着"互联网绝不会失忆"，在徐鞍安、徐鞍安工作室和徐鞍安各大粉丝后援会的官微下面疯狂留言，要求徐鞍安道歉并滚出中国娱乐圈。

徐鞍安工作室很快就发布官方声明，声称徐鞍安从未以个人身份与Quashy合过影，网络上流传的几张微博截屏皆是去年9月徐鞍安为了配合VIA进行纽约大秀传播的品牌推广内容，并非徐鞍安的个人行为，且徐鞍安本人也从未认同或欣赏过Quashy这位女说唱歌手。徐鞍安工作室呼吁网友不要信谣传谣，并宣布会对一切继续侵犯徐鞍安名誉权的网络ID提起法律诉讼。

网上对工作室的此条声明反应非常两极化。一半的人在骂工作室把网友们都当傻子，徐鞍安有多喜欢Quashy这件事情谁还不知道？另一半的人在心疼徐鞍安，怎么和VIA解约了还这么惨，而且去年9月的时候小姑娘怎么能知道Quashy会在半年后发表辱华言论？

因为这个风波，VIA官微被徐鞍安的粉丝大规模地扫荡了一遍，粉丝们群情激昂地责骂VIA为什么不在第一时间站出来协助工作室解释清楚，之前靠粉丝们花钱买单和炒热度的态度哪里去了？

这边徐鞍安和Quashy合影事件的热度还没落下去，那边网友们又开始扩大对品牌的攻击范围。有人将SLASH集团下的全品牌矩阵做成一张清晰无误的长图，号召网友们对VIA的所有者SLASH集团下的全部品牌进行全面抵制。

SLASH作为美国时装巨头，旗下拥有十九个大大小小的男女装品牌、七个时尚生活

第二十三章

方式品牌以及四个时尚家居品牌。这三十个品牌中有二十三个都已进入中国市场，并且都有线上线下的门店。

不到两个小时，这张长图和这个号召就已获得无数人的支持，相关内容铺天盖地地出现在各主流社交媒体上。

到了晚上，VIA 和 Quashy 的官方 Ins 都已被攻陷，有数不清的中国网友留下了评论，都在愤怒至极地要求 VIA 和 Quashy 对中国消费者道歉。

与此同时，网友们开始翻阅 VIA 和 Quashy 在 Ins 上的过往内容，检视是否还有不为中国大众所知的任何辱华内容。

很快地，Quashy 的所有 Ins 照片和视频就被扫了一遍，其中有一张她和另一个非洲裔美国人的照片引起了不少人的注意。

和 Quashy 合影的是一个男性，看上去是她的朋友。Quashy 在这条博文中 @ 了对方：@Lume_822。这个叫作 Lume 的男人身穿一件 T 恤，那件 T 恤上的 logo 让所有对中国街头品牌有一定了解的人感到熟悉：

BOLDNESS。

117　*I don't give a damn*　（我不在乎）

Quashy 和 Lume 的合影会成为这一次审视的终点吗？

怎么可能？它只会成为一个全新的起点。

点击 @Lume_822 这个 Ins 账号，向下划动，无须花费太多时间，就可以看见 Lume 在中国农历新年第一天发布的 BOLDNESS×LUME 的联名企划预告。时间线再向前，可以看见 Lume 和中国涂鸦艺术家 Writer Ros 去年 12 月在洛杉矶携手完成的那一面视觉效果非常震撼的涂鸦墙。

Lume 和 Quashy 是什么关系？

Lume 和 BOLDNESS 是什么关系？

Ros 是谁？

Ros 和 BOLDNESS 是什么关系？

还有其他不为众人所知的事情吗？

晚上 10 点，刘辛辰和陈亭帮大家把外卖拿进会议室。

姜阑没什么胃口，只要了一杯水。

休息时，刘辛辰拿着手机说："你们还有人记得 BOLDNESS 吗？"

唐灵章一边掰一次性筷子一边抢答："这题我会，是徐鞍安喜欢的那个牌子吧？"

刘辛辰说："就是它。啊，它怎么也被波及了？"

姜阑抬起头："什么情况？"

刘辛辰在手机上操作几下，说："我发到咱们的群里了。"

她转了好几条热度相对较高的微博长图和豆瓣娱乐公共组的帖子进 VIA 内部微信群。

姜阑点开其中一篇：

"吃瓜吃瓜，这个号称是中国街牌之光的 BOLDNESS 在此次辱华事件中到底站什么立场？"

这篇帖子目前有五百多条回复，发帖的楼主在持续编辑主楼，将下面的评论信息进行搬运汇总。

THE GLAMOUR

姜阑一字不落地从头读到尾。

帖子先从 Quashy 和 Lume 的交情讲起。Quashy 当年刚出道的某张专辑的封面用了 Lume 的早期作品。Lume 本人在 Quashy 的某支早年 MV 里作为人肉背景板出镜。虽然当年两个人没什么名气，但是这些事实都说明了 Quashy 和 Lume 拥有长达多年的深厚友谊。

紧接着，帖子开始科普 BOLDNESS×LUME 的联名系列，这是一个联合中美两国顶级涂鸦师的街头艺术家企划。在预告视频里出镜的那位 Writer Ros，本名叫作丁鹏，是中国一支很有个性的街头涂鸦团队 HTme 的创始人。

丁鹏的个人微博很快被搜索到。纵观丁鹏的微博日常，和他互动较多的有 FMAK 主理人 @WT_G，Breaking crew X-win 的创始人 @B-boy_San，746HW 厂牌的老板 @DJDJWS，以及最近互动最高频的 @BOLDNESSCHINA。

这些互动关系的背后指向一个人：BOLDNESS 的主理人 B-boy YN。

帖子的楼主在这里插入一个科普，"街头圈内众所周知"，YN 没有个人社交媒体账号，也从来不接受任何外部媒体采访。不过，@WT_G 在去年和 @Usss_Official 的骂战中已经完美展现了自己和 YN 的兄弟情谊，而 @B-boy_San 最近牵头举办的国际 Breaking 大赛的冠名赞助品牌就是 BOLDNESS，且 746HW 厂牌在去年还为 BOLDNESS 的"女人是什么"系列做过"女 DJ 是什么"的活动及纪录片，这些事实足够推断出丁鹏和 YN 之间的交情非同一般，这次 BOLDNESS×LUME 的联名企划一定是由 YN 发起，牵线丁鹏与 Lume，完成了相关作品与这个企划。

联名企划讲完，又有人提供信息，说 BOLDNESS 虽然是一个街头圈的垂直品牌，但它近半年的出圈热点难道就只有这一次事件吗？当然不。该网友很快就带大家回顾了一番去年 11 月的 #徐鞍安 破洞上衣#，去年 10 月 BOLDNESS 推出的无畏 WUWEI，以及在此之前 BOLDNESS "女人是什么"胶囊系列。这三件事情，哪一件在当时没有引起舆论的热议？在网上随便用相关关键词搜一搜，都可以找到无数当时的各种议论。

既然讲到了徐鞍安，立刻又有人在评论区补充，贴在去年 9 月的 @Usss_Official 抄袭风波中，徐鞍安秒删的那条为 BOLDNESS 背书设计原创性的微博。

徐鞍安有多么欣赏 Quashy，大家都清楚。Lume 和 Quashy 的友谊有多么深厚，这个帖子也用事实证明了。徐鞍安对 BOLDNESS 的支持，Lume 和 BOLDNESS 的联名，这个帖子梳理得相当清晰完整。

世界就这么小的吗？

针对 Quashy 的辱华言论，她的多年好友 Lume 到底是否支持？大家能否相信 Lume 的对华态度和 Quashy 的截然相反？她的中国头号流量粉丝徐鞍安到底作何感想？大家能否相信徐鞍安删除了和 Quashy 相关的微博，就已经证明了她的个人立场？

最为关键的是，刚刚发布了 BOLDNESS×LUME 系列并在上海完成了一场盛大的街头圈内派对的 BOLDNESS，它在此次辱华事件中到底站什么立场？它会在今晚发出属于自己的声音吗？

这篇标题为吃瓜的帖子主楼的内容基本忠于事实，论调客观中立，但是评论区除了提供补充信息的楼层，满满充斥着各种各样不同角度的质疑声：

Lume 和 Quashy 既然是多年好友，难道他不清楚 Quashy 的政治倾向？Quashy 的言论难道不能代表他的态度吗？不用多说，Lume 肯定也是辱华狗。

BOLDNESS 如果真是中国街牌之光，那就应该现在立刻下架所有 BOLDNESS×LUME 的联名系列产品，并且发布品牌官方声明，表明立场，向支持它的消费者道歉，不然就是走狗品牌。

至于徐鞍安，她在喜欢 Quashy 的同时还喜欢一个和 Quashy 的好友推出联名系列的品牌，这还不足以证明徐鞍安的个人立场？徐鞍安的粉丝也别再费劲洗了，这事真不是徐鞍安删掉几条微博就能洗白的。

和 BOLDNESS 的主理人 YN 走得很近的那帮街头圈的人也一样，如果他们持续不发

第二十三章

声，不表态，就代表他们都认同 BOLDNESS 的立场，没有一个人是清白的。街头圈是什么？一个靠西方舶来文化形成的小圈子罢了，又不是我们中华民族最正统的文化，都什么破烂玩意儿。

姜阑没有点开其他的。她能够想象此刻 BOLDNESS 所面对的舆论大环境是什么样。

VIA 作为品牌方被逼道歉，是因为 VIA 选择了 Quashy 进行全球商业性合作并在中国区投放了 Quashy 的广告物料，更因为 VIA 的品牌官方账号在 Ins 上公然点赞了 Quashy 那档脱口秀的片段。但是徐鞍安、Writer Lume、BOLDNESS 以及和 BOLDNESS 的主理人 YN 交好的那些人，他们又做错了什么？

姜阑走出会议室，打电话给费鹰。

费鹰的手机一直处于占线状态。

电话那头，刘峥冉的语气是她一贯的不疾不徐："费鹰，零诺集团有内部独立的危机公关和舆情处理部门，我们的政府关系部门能力也很强悍，如果有任何零诺能够提供协助的地方，请你不要和我客气。"

费鹰说："多谢。但不需要。"

刘峥冉笑了笑："我能否问一下，你准备怎么处理网上对 BOLDNESS 的舆论绑架和攻击？"

费鹰说："不处理。"

刘峥冉确认了一遍："不处理？"

她又说："费鹰，虽然这次事件目前只针对 BOLDNESS，但考虑到零诺即将投资无畏WUWEI，我无法接受无畏的品牌声誉有可能会因为这次事件而受到负面影响。"

费鹰毫无情绪地说："无畏 WUWEI 虽然是一个女装品牌，但它首先是一个街头品牌。"他又说，"如果零诺只是看中它的品牌定位，而没有彻底了解过什么才是支撑它的真正街头精神，那么无畏不会继续接受零诺的投资。"

结束和刘峥冉的对话，陆晟的电话无缝打进来。

他说："费鹰，网上现在的情况你都看了吗？有什么我能帮忙的吗？"

孙朮走了，BOLDNESS 还没补到合适的运营负责人，整个品牌到现在也还没找到负责品牌公关和媒体关系的人，这些陆晟都清楚。

费鹰说："看了。"

陆晟说："这样吧，我让温艺这几天把 BOLDNESS 的公关工作一起做了，你觉得行吗？"

费鹰说："不用。"

紧接着郭望腾打过来。

费鹰看一眼来电人，直接挂了。他都不需要特地去看，就知道 @WT_G 这个账号现在正在干什么。至于郭望腾打电话要说什么，他还能不知道吗？

然后是梁梁的电话。

费鹰接了。

梁梁在那头炸了："我要气死了气死了气死了！"

费鹰说："你没发微博骂人？"

梁梁说："我敢发嘛？我要是发了你肯定要凶我！"

费鹰说："还有别的事儿吗？"

梁梁说："那些喷子凭什么要逼迫我们表态啊？凭什么啊？我们做错什么了？还有好多 BOLDNESS 的粉丝也让我们下架联名产品！我真的气死了气死了气死了！"

费鹰说："挂了。"

短暂清静后，费鹰迅速扫了一眼手机上的未读微信，置顶的对话有新的角标。

THE GLAMOUR

他打给姜阑。

姜阑的声音传过来的那一刹，费鹰紧握手机的手指不自觉地松了松。他听见她说："费鹰。"

费鹰说："电话太多，没顾上给你回消息。"

姜阑说："你在哪里？"

费鹰说："BOLDNESS 这边。"

姜阑说："那等回家再说吧。我这边快了。"

费鹰说："行。回谁家？"

姜阑沉默了一下，说："你那里吧。我这边一结束就过去。"

费鹰说："行。"

他挂了电话，回忆姜阑刚才那很短的沉默。

什么时候，当一个人说回家，另一个人不需要问回谁家。

梁梁发了一大堆网上的言论截图到 BOLDNESS 管理层内部群。

费鹰抽空看了两眼。

BOLDNESS 的官微评论区大致分为四类声音：一半的粉丝建议 BOLDNESS 主动发个声明并且下架联名产品，另一半的粉丝坚决不允许 BOLDNESS 向网络喷子低头，路人来吃瓜顺便了解 BOLDNESS 和徐鞍安到底有什么渊源，以及黑子各种不堪入目的谩骂。

除了所有人都能看到的品牌官微评论区，直接面对这次舆论风波前线的还有 BOLDNESS 的电商客服。客服进线量在今天晚上达到了前所未有的高峰，甚至比去年双十一期间还要夸张。客服后台工单系统可以看到，今晚的客户投诉主要包括质问 BOLDNESS 是否支持辱华艺人，BOLDNESS 什么时候才会发声表态，威胁 BOLDNESS 不表态就去工商以及相关政府部门投诉，要求补开大量过往购物发票以及对客服工作人员的直接人身攻击。

就连严克这种非主要业务部门的负责人，都在群里帮着梁梁一起搬运。

梁梁发完自家品牌的，又跑去 Ins 上看 Writer Lume 那边的情况。

有大量从 Quashy 的 Ins 摸过去的中国网友，在 Lume 的评论区留下极端愤怒的言论："一边支持辱华的朋友，一边找中国的街头品牌做联名？你当中国人都是傻子吗？中国人的钱那么好赚吗？必须道歉！"

这些留言中同时掺杂着来自 BOLDNESS 粉丝相对谨慎小心的评论："希望 Lume 能够公开发声，说明自己不支持 Quashy 的辱华言论，并且和 Quashy 撇清关系。"

梁梁在群里接连发了好几个发疯和无语的表情。她说："喷子们按头我们道歉还不算完？还要去按头 Lume 也道歉？他们怎么不让整个世界都陪着 Quashy 一起道歉啊？"

姜阑留到最后，将今天最新的舆情汇报总结做最终检查，然后发给 Erika 并抄送陈其睿。她不知道这是否又是一次徒劳的努力。

她收拾好东西，关上会议室的灯，离开公司。

从公司的电梯口到隔壁公寓的电梯口，姜阑将自己工作的烦恼暂时抛到一旁，重新思考 BOLDNESS 目前的困境。

她很了解费鹰。以他的个性和脾气，绝不可能容忍 BOLDNESS 被舆论绑架，也绝不可能向舆论攻击低头。

费鹰的胆和硬，在帅气的时候相当帅气，但在固执的时候也相当固执。

Do things right（把事做对），Do the right thing（做对的事），人总在这两者间做抉择，也总在试图平衡这两者的关系。

姜阑知道，费鹰从不抉择，也从不平衡。他有他的坚持和信仰。那是她当初为他动心的根本。

第二十三章

姜阑进门，费鹰已经回来了。他刚刚冲了澡，头发湿漉漉的。她走过去轻轻抱了他一下。

费鹰问："吃饭了吗？"

姜阑点点头。

费鹰说："想吃点儿什么？"

她现在已经骗不了他了。

姜阑抬手拨了拨他的湿发梢，抿唇笑了。她说："没胃口。"

费鹰摸摸她的脸颊："累吧？"

姜阑点点头："太累了。"她走去沙发那边，拿起桌上费鹰已经倒好的柠檬水，"BOLDNESS 的情况我看到了。"

费鹰站着没动："嗯。"

姜阑喝着水，望着他。她说："费鹰，我知道你不会向舆论低头，但是你应该承认，我们谁都无法预测这次舆论风波接下来的走向。我建议 BOLDNESS 做品牌侧的主动发声，这是必要的防御性手段。"

费鹰说："发什么声？"

也只有姜阑和他讲这些，他才会允许这种对话的存在与延续。

姜阑说："向大众说清楚，BOLDNESS 绝不支持任何辱华的行为。"

费鹰说："姜阑，这句话，你不觉得可笑？"

姜阑握住水杯。

这句话确实很可笑，但它会有效。

费鹰两只手插进裤兜，面无表情道："我做 BOLDNESS 这么多年，从没放弃过最初的目标，我的坚持是为了什么？我执意要把 BOLDNESS 通过和 Lume 的联名推向街头文化的起源地市场，我的兄弟、合伙人因此直接和我掰了，我的坚持是为了什么？我现在要被迫向大众说清楚，BOLDNESS 绝不支持任何辱华的行为？我需要用语言来证明这一点？你告诉我，这句话，你不觉得可笑？"

姜阑把水杯放回桌上，对上男人的目光。

他多年来的坚持与信仰，被恶意舆论所践踏。他有无法掩盖的愤怒，更有绝不低头的胆和魄力。

姜阑也有她的主张和坚持。

但在费鹰的理想与血性面前，她没有再多劝一个字。

她站起来，走过去，踮起脚亲亲他："我真的有点累，你忙你的事情，我去泡个澡。"

姜阑去洗澡，费鹰走回工作间，视频连线 Lume。

这个电话是之前就约好的，两个人准备聊一聊联名系列上市后的情况，再聊一聊下半年是不是再拉一个英国街头品牌进来，一起做一个全新的三方联名。

视频连通，Lume 隔着屏幕冲费鹰打了个招呼，他在微笑。

费鹰直截了当地说，你的 Ins 评论区我看了。

Lume 做出一个很无奈的表情，说，YN，可能没有人相信，我认识 Quashy 的时候，她才十七岁，但在这次合影之前，我和她已经有整整十年没见过面了，所以她才会很高兴地发了那条博文。我完全不熟悉现在的她，也想不到事情会发展成现在这样。

费鹰说，我相信。

Lume 说，她这次的事情很糟糕，不只是我，我们很多人都认为很糟糕。但是我不会被网络暴力逼迫着做出什么举动，那不是我，也不是我的风格。我活着就需要坚持些什么，我们都是这样的人。你知道的，不是吗？

费鹰说，我知道。

Lume 说，你和 BOLDNESS 还好吗？我看了你的粉丝给我的留言，他们说你在中国的网络上正在承受着巨大的舆论压力。

费鹰说，如果 BOLDNESS 整个品牌以及我们的联名系列因此而被抵制，你会怎么想？

Lume 说，如果事情真的变成那样，你会怎么想？

费鹰看向 Lume，说："I don't give a damn。"

Lume 笑了。

他说："I don't give a damn，either。"（我也毫不在乎。）

四十分钟后，费鹰结束视频通话。他走进卧室，姜阑并不在床上，于是他返回浴室。

推开门，里面很安静。姜阑泡在浴缸里睡着了。

费鹰走过去，蹲下来，伸手试了一下水温，只剩一点热度。

他很少见她累成这样。

累成这样，还要操心着他和 BOLDNESS 的事情。他其实很想告诉她，不用管他。

"阑阑。"

费鹰试着叫她。

姜阑毫无反应，下巴还向水中沉了沉。她一点都没意识到她的松懈所带来的危险可能。

费鹰只好扯掉自己的 T 恤，弯下腰，把她从浴缸里捞出来。

姜阑醒了一下，迷迷糊糊的，她扒着他的肩膀，声音又轻又哑："我在哪儿？"

她现在的儿化音说得越来越顺溜了。

费鹰失笑，回答她："在家。"

118 🎲 费 鹰

早晨六点半，闹钟响了。

姜阑按掉闹钟，几秒后睁开眼。身边缺少平常清晨惯有的温暖热源，她偏过头，床上没有费鹰。

七点多的时候，门响了。

姜阑从洗手间出来，看见费鹰穿着短袖 T 恤，肩膀上搭着一件卫衣。

她说："你去跑步了吗？"

费鹰说："嗯。"

然后他直接去冲澡。

姜阑看看他的背影。她不确定他这一晚到底睡觉了没有。

吃早餐时，费鹰话不多。

隔了一整夜，姜阑不知道他是否做出了任何想法上的转变。以她对他的了解，这几乎不可能，但她仍然希望表达清楚自己的主张。

姜阑放下餐具，开口说："我非常理解你的坚持。但是费鹰，你的这种坚持，是需要付出代价的。"

费鹰没说话。

姜阑说："你可能低估了这个代价。你的性格和你的坚持，我懂，你的兄弟们懂，跟着你打拼多年的团队懂，和你有共同理想的品牌人懂，从 BOLDNESS 创立之初就追随品牌到今天的那些忠实粉丝懂，但也只有这些人懂。你认为大众会懂吗？所有那些不了解你这个人、不了解 BOLDNESS 这个品牌、不了解街头文化的人，会懂你在坚持些什么吗？

第二十三章

不会。大众只会看见他们所看见的，只会按照自己的意识去推断那些他们看不见的。舆论的深渊是怎么形成的？工作和生活中的任何一个信息不对等，都会给至少一方当事人带来损失。如果把这样的信息不对等所造成的影响扩大几万到几十万倍，放进现在的网络舆论场中持续发酵，你想象一下，会是什么样的后果？"

费鹰没说话。

姜阑又说："污蔑和造谣当然有成本和风险，但大规模的从众污蔑和造谣会让个体的成本和风险降到很低。你有没有想过，BOLDNESS 和你将会面对什么样的舆论攻击？在这么敏感的话题上，那些舆论攻击很可能会给你和品牌带来灭顶之灾。我给你的建议，是为了保护 BOLDNESS，更是为了保护你。没有任何一个热爱 BOLDNESS 品牌和热爱你的人，会希望你们受到伤害。你能理解我的出发点吗？"

费鹰没说话。

姜阑最后说："BOLDNESS 现在没有品牌公关方面的专业人才，我需要从我的角度，让你明白和理解这一切。你要坚持，就必然会付出代价，也会有无法预测的后果。如果你已经想清楚了，也坚信你能够为了你的坚持付出相应的代价，那么作为你的女朋友，我会尊重你的决定。"

费鹰看向姜阑。

姜阑看着他。

费鹰说："姜阑，我们在一起多久了？"

姜阑没回答这个问题。

费鹰说："我们还没在一起的时候，你曾经问过我，我有没有缺点，你记得吗？"

姜阑说："记得。"

费鹰说："我浑身都是缺点，每个我身边的人都在不同程度地忍受我的各种缺点。我最大的缺点就是只做自己认定的事情。"

如果要为此付出代价，那么他就付出代价。

姜阑看向费鹰。

费鹰看着她。

姜阑说："我无法说服你，对吗？"

姜阑又说："那么我尊重你的决定。"

早上 10 点，Usss 的主理人 Tursh 发了条新微博：

"有感于昨晚的大事件，给不了解街头圈的朋友们分享一个圈内热知识。国内的街牌生意规模都很小，街头品牌内部事宜基本都是品牌主理人一个人做决定。你们以为很多让人看不懂的操作是品牌行为，但其实是主理人的个人主张。"

这条微博出来，圈里直接沸腾了。虽然 Tursh 没指名没道姓，但谁能不把这条微博和 BOLDNESS 联系起来？

Usss 和 BOLDNESS 的旧怨没消，又结新仇。

郭望腾第一个炸了。

两分钟之后，@WT_G 转发 Tursh 的微博："傻逼吧？一个根本连街头圈的边儿都沾不上的傻逼在这儿一口一个街头圈？就问你是不是傻逼？这是对 BOLDNESS 爱到深处了吗？天天盯着不放？"

郭望腾的粉丝在他的评论区也炸了，只不过炸的对象是郭望腾。

"腾爷，您可闭上这张嘴吧！还嫌不够乱吗？BOLDNESS 的事别人躲还来不及，您还要给人当先锋军？虽然我是老粉但我也要把傻逼这两个字还给您！"

"完蛋。我看下一波要被逼低头表态道歉一条龙的就是 FMAK。粉丝有什么错？要被这样虐？"

"你自己昨天晚上都被那些傻逼点名了你还不消停啊？知道你和 YN 是好兄弟，但你也分分轻重好吗？现在什么最要紧不懂？你把嘴闭上最要紧！"

219

THE GLAMOUR

"非要挑这种时候给 BOLDNESS 站台背书是什么骚操作？别招路人恨成吗？"

郭望腾根本不理会他的粉丝评论，又咣咣咣地把三月四号那天晚上 BOLDNESS 活动现场的十来条视频重新转发出来。

那是 Quashy 辱华舆论爆发的第一夜。

视频里的 rapper 全明星 cypher，对 Quashy 的 diss back（反击），现场的氛围，镜头所捕捉到的音乐与人声，再一次唤起人们对那一个夜晚的记忆。

除了转发那十来条视频，郭望腾又发布了新的一段此前没被曝光的现场视频。

WT_G："这条！进度条拉到第 48 秒！没入镜的那个男人声音就是 YN 的！傻逼们去听！"

点开视频，进度条拉到第 48 秒。手机轻微晃动，扫过 DJ 台，镜头拉近，聚焦在舞台上的一群 rapper。

画面外传进一个男人的声音："梁梁，我们应该做一批 strike T（抗议 T 恤）。"

一个女人的声音："印什么？"

男人："和今晚来的 rapper 买版权，用他们今晚 diss back Quashy 的原创词。"

女人："做出来卖？"

男人："不卖，直接送。"

女人："要做多少？"

男人："你觉得应该做多少？"

女人："五千件够嘛？"

男人："那就先做五万件。"

女人："喔。"

男人："今晚活动的视频，回去把现场 cypher 的那段音频单独剥离出来，批量刻盘，到时候和 T 恤一起送出去。"

女人："我觉得这样太烧钱了喔。"

男人："做这件事儿，还考虑什么成本？"

一秒后，男人的声音转了个方向："老郭你在拍什么？别拍了。"

郭望腾："为什么不让拍？老子正怒着呢！"

男人："我比你更愤怒。"

这条不到两分钟的视频在此卡断。

下面的评论区又炸了。

"怎么能证明这个男人就是 YN 啊？腾爷，你别为了给你兄弟站台就胡编乱造！"

WT_G："傻逼有多远滚多远！不相信的去 @BOLDNESSCHINA 找当初 BOLDNESS×LUME 的预告视频听最后那段！"

"就算是 YN 的声音，又怎么证明你们当时是在说 Quashy 辱华的事情？"

WT_G："有脑子吗？我就问你还有脑子吗？有脑子的人听完还能问出这种傻逼问题？"

"这条视频就能证明 YN 的态度了？他要真有这个态度，为什么不直接让 BOLDNESS 发声？"

@WT_G 无语至极地骂出了最脏的一个字。郭望腾的个人微博影响力毕竟有限，看到这条视频和他的话的人也有限。

Tursh 的那条微博很快就带了一波新风向，舆论从对 BOLDNESS 的质疑，转向了对 BOLDNESS 主理人 YN 的质疑。很快地，微博、豆瓣、知乎上就有新的讨论冒出来，内容和主题大多类似：求扒，有谁知道 BOLDNESS 品牌主理人 YN 的底细？

费鹰看了一眼 BOLDNESS 内部群。他切去未接电话列表，破天荒地给郭望腾主动回电。

郭望腾接起电话，还没来得及开口，费鹰直接说："把你微博视频删了。"

郭望腾非常不满："凭什么啊？"

费鹰说："让你删就删，哪儿那么多废话？"

郭望腾说："费鹰，平常我老听你的，但是今天这事儿我绝不会听你的。凭什么你让我删我就删啊？我就不删！"

费鹰动了动嘴唇。

郭望腾破天荒地把电话主动挂断了。

费鹰把手机扔在桌上。

大周六的，BOLDNESS 上海分部有一半的人都在办公室，深圳那边的情况也差不多。不到十分钟，他又在内部群里看到了别的东西。

那天晚上他要梁梁做的那批 strike T，在设计刚刚定稿、还没打样、大货量产时间也没确定的情况下，居然被电商运营部门直接拿着线稿上架了。一共八款，定价均为 0.01 元，预售包邮，承诺十五天内发货。

费鹰叫梁梁来找他。

梁梁很快来了。

费鹰说："怎么回事儿？"

梁梁说："我让电商的同事安排上架的。"

费鹰说："这种半成品也能挂上去？下架。"

梁梁说："凭什么啊？"

费鹰说："哪儿那么多凭什么？"

梁梁说："费鹰，虽然你是我们的老大，但是 BOLDNESS 不是你一个人的，我们这次不会听你的了。"

费鹰说："你和郭望腾商量好的是吗？"

一前一后，配合默契。

梁梁立刻否认："没有喔。怎么可能？他那么傻，我怎么会和他商量这些事情嘛！我这两天光是生气都来不及！"

中午十二点左右，那位以毒舌刻薄风格著名的时装评论博主 Beto 发表了一篇长微博。

"这几天我收到了超级多的私信，大家都劝我不要掺和最近时尚圈的破事，以免惹祸上身。但是我考虑再三，为了对得起我能够进行独立思考的与众不同的大脑，我决定还是要在今晚睡觉前简单说几句。

去年 9 月，在 VIA 纽约的 19SS 大秀后，我曾经发过一篇长微博。当时我说，奢侈品牌年轻化和街头化是目前的行业大趋势，VIA 现在也要搞年轻化，不搞不行，不搞要完。我今天正式收回我的这句评价，因为 VIA 已经完了，它被自己的傲慢、无知和愚蠢送上了绝路。我很好奇，VIA 位于纽约和米兰的双总部此刻是否有人真的意识到了这一点？我更好奇，去年野心勃勃地以高溢价收购了 VIA 的 SLASH 集团，此刻做何感想？

同样是去年 9 月，同样是那条长微博，当时在讲到街头文化和街头品牌时，我还感慨了一句咱们国家什么时候能出一个 James Jebbia 或者藤原浩啊？

（其实我对这两位并没有多大兴趣，这两个名字就是个代称，意思到了，大家懂就行。）

今天我得出了答案：咱们是永远都出不了一个 James Jebbia 或者藤原浩了。

要问我为什么？

那我倒想要问问在网上狙击 BOLDNESS 和它的主理人 YN 的疯子们：BOLDNESS 到底做错了什么？YN 到底做错了什么？

你们让我回答？那我必须要说了：YN 的确有错。

YN 的错，就错在他太不完美了，他居然也是一个正常人类，他和每个人一样都有自己独一无二的性格和脾气。

YN 的错，就错在他没按照你们所期待的方式去应对舆论，错在他居然无视你们的

THE GLAMOUR

呐喊和要求,错在他没让你们感受到他对你们的在乎。

除此之外,YN 还有什么错? BOLDNESS 又有什么错?

但是你们呢?

你们看见 @BOLDNESSCHINA 这个账号里的"CHINA"了吗?除了 BOLDNESS,还有哪个品牌的官微像这样时刻标着祖国,一标十年?你们要逼一个毫无过错、和国外街头品牌做联名时从来只肯用中文做图案、在三年前靠一件麒麟涂鸦 T 恤名震日潮圈、在今年三月用里程碑式的街头艺术家联名企划向北美市场强势输出中国街头文化、创立十三年一直致力于推广中国本土青年文化的品牌发一个它绝不支持辱华行为的公告?你们要逼一个低调沉默、从来不愿意面向媒体和公众、有自己的性格和坚持的主理人站出来说话?如果不发、如果不说,那么它和他就有错?

一群人,号称着是 BOLDNESS 的消费者,要求 BOLDNESS 作出表态。我很好奇,你们消费 BOLDNESS 这样的街头品牌,是看中了它什么?服装的设计、剪裁、印花、工艺?我真是能笑死。街头品牌是靠这些?如果你的消费不是在支持它所代表的精神,那么你在消费什么?既然你是 BOLDNESS 的消费者,你不了解它的品牌内核?你不了解什么是真正的街头精神?

另外一群人,大声嚷嚷着'虽然我不懂街头文化也不懂街头品牌,但我认为 BOLDNESS 和 YN 这样就是不对'。你们成功地用自己的偏狭和过剩的自我意识扼杀了每一个有着独一无二性格的街头品牌。用你们的方式,可以获得无数个成功的商业'潮牌',但永远不可能造出任何一个真正的街头品牌。

陷入可怕的网络舆论,面对无底线的恶意,不做任何舆情控制,不向任何舆论低头,还有比这样做更街头的吗?

在撰写这篇长微博的时候,我看到了三月四号那晚 BOLDNESS 在上海的活动视频,也看到了 BOLDNESS 在天猫旗舰店刚刚上架的抵制辱华言论的全系列 strike T。

该如何评价一个品牌、一个人,应该看它和他在做什么,而不是看它和他在说什么。这个理论同样适用于你们每一个人。

我很好奇,此时此刻,在网上疯狂辱骂 BOLDNESS 的喷子里面,有多少人会同时冲去抢那些 0.01 元的 T 恤?

我相信,这些人的行为会比他们的言语更加具有现实讽刺意义。

P.S. 我写这么多,可能还不如喷子们骂一句具有更大的传播力。我的活粉到底有多少?"

Beto 的微博一发出来,评论区立刻有人帮忙贴上去年 9 月那条微博的对照截图。

有 Beto 的粉丝苦口婆心道:"你这篇微博一定又会被人掐头去尾恶意断章取义扣帽子搞文字狱,你不仅帮不了 BOLDNESS,还会为它招来更多的黑子!你以为那些无脑的喷子会看你写的东西吗?"

Beto:"我不开口,是要把这个世界让给渣滓们吗?你们不开口,是要把这个世界让给渣滓们吗?"

下午 4 点,知乎上关于求扒 YN 身份底细的问题下面出来一个新回答。这个回答很快被截图转发到微博和豆瓣。

该回答是匿名的,匿名者的身份是某个 BOLDNESS 工作员工的弟弟。

回答中说:"匿名答一波。我哥周六还在加班,说是没办法参加今晚的家庭聚餐,万恶的资本家。其实 BOLDNESS 内部也不都完全认同 YN 的做事风格,比如我哥。这些不多说了,先直接回答题主的问题。YN,本名费鹰,北京人,他除了是 BOLDNESS 的品牌主理人,还同时是壹应资本(YN Capital)的创始合伙人。不知道壹应资本是什么的,请自行搜索,评论不回了。"

下午 5 点,从知乎到微博到豆瓣,到处都是深扒费鹰和壹应资本的内容。

一边是 BOLDNESS 的主理人,一边是壹应资本的创始合伙人?还能更扯吗?又做实

第二十三章

业又做投资，怎么可能同时兼顾得了？这个世界上有哪个人在感受过金融杠杆来钱有多快之后还能继续深耕实业的？从零开始做品牌是多么不容易坚持的一条路？搞投资的人能做出什么纯粹的品牌？

一个投机的商人，打着要做中国自己街头品牌的旗号，有着现在这样的表现，真是毫不奇怪，逻辑全通了。

在全新的一轮谩骂攻击当中，郭望腾和Beto的微博被徐徐淹没。

姜阑坐在家里，一直抱着电脑，握着手机。

费鹰。

这两个字铺天盖地地出现在所有地方，她从来没有像这样密集地看过他的名字。

在过去，费鹰为了他的坚持，所付出的代价是金钱。在现在，费鹰为了他的坚持，所付出的代价是他自己。

姜阑不知道费鹰还要再继续付出什么，付出多少，才能让这场舆论风波走向终结。

晚上7点，一家媒体大号用官微发布了一条音频和三千字长文，标题很简单：BOLDNESS主理人、壹应资本创始合伙人费鹰拒不赡养病重生父。

BOLDNESS ★ WUWEI

第 24 章
姜 阑

THE GLAMOUR

119 🧊 姜阑

媒体发出的音频不长,并配了简洁的字幕提示。
费父:"我儿子答应给我的房子呢?"
律师:"费先生并未承诺给您任何房产。"
费父:"我儿子一年赚多少钱?"
律师:"如果您没有其他问题,我建议您签署这份协议。"
费父:"(哭声)我签,我签啊,我敢不签吗?我要是不签,他肯定又要打我啊!他从十六岁就开始打我,你们看看我脑门儿上的这个疤,就是当年他打的啊!我要不是病到了现在这个份儿上,我敢来找他吗?我不要命了吗?我签还不行吗?"

媒体的长文开篇先回顾了近日 BOLDNESS 深陷负面舆论风波,然后点出品牌主理人 YN 的另一重身份及本名,再全面介绍壹应资本及它自成立以来所投的十四个项目,并根据所有公开信息大致估算了一个费鹰身家的数字区间。

讲完背景信息,文章内容毫不留情地指向费鹰拒不赡养生父这一失德行为。媒体声称,这条音频是费父主动提供的,媒体方为了证实费父所说的事件真实性,也通过视频和电话等方式向费家的亲朋好友进行了采访,确认了费鹰的确在十六岁时殴打生父致其头部重伤,并且自成年以来从未对费父履行过赡养义务。目前费父的身体状况很不乐观,患有严重的心脏病,在京的居住条件也很差。

在长文结尾,小编留下一个开放式问题给这篇文章的读者:费鹰作为一位身家颇丰的成功投资人和实业家,为什么会如此冷血地对待他的亲生父亲,这和他所秉持的街头精神和品牌理念是否冲突?

这条音频和这篇长文在发布后的二十四个小时内获得了巨高的浏览量和讨论热度,并且被更多的自媒体和营销号转发搬运,该内容在二级传播之后以爆发式的增速在全网扩散。

费鹰。

短短一天之内,这个名字就被网络舆论刷新了搜索关联词,并且被无数网友按照网上的信息拼凑出了一个较之前更为清晰的人物画像:

暴力狂、不孝、道德感低下、冷血、虚伪,散发着资本家的恶臭,在大是大非的问题上毫无立场的一个投机者。

这种人以及这种人所创立的品牌,还值得被相信并选择吗?

在这个新闻出来后,原本还在舆论旋涡中坚定不移地支持品牌的很多 BOLDNESS 粉丝选择原地脱粉。

第二十四章

情绪激烈的，甚至在微博上发出了剪毁或烧毁之前所购买产品的图片或视频。

当BOLDNESS开始失去它的忠实拥趸，当费鹰的"真实人格"和他的"所作所为"在网络舆论场中被高频提及，这场网络暴力的狂欢终于揭开了高潮的大幕。

从这一刻开始，所有在微博上试图为BOLDNESS和费鹰说话或对媒体报道存疑的人，都会立刻被列入"BOLDNESS脑残支持者"的名单，被网友们一并抵制和辱骂。

一个曾经被奉为"中国街头品牌之光"的品牌被大众唾弃，一个曾经被认为做人低调、做事有胆、代表着很多人的理想与坚持的男人被大众辱骂，这是它和他的咎由自取。

既然是咎由自取，那么就活该被压入舆论的万丈深渊，并在这深渊中饱受折辱，卸皮拆骨，打碎精神。

亲手行践正义、让恶人吃尽苦头、向大众低头下跪、承认错误、改过自新，这是自古以来最令民众喜闻乐见的结局。

BOLDNESS。

费鹰。

它和他能给网友们一个喜闻乐见的结局吗？

第二天一早，费鹰接到深圳总部那边人事负责人的汇报电话。人事收到了十几名员工的辞职申请，各部门的都有。

人事说："费鹰，在BOLDNESS工作的人，都是认同品牌精神的，所以就算之前的舆论攻击再猛烈，大家也几乎没有动摇。但是前天晚上关于你父亲的媒体报道一出来，品牌的雇主形象大受影响，员工产生想要走的情绪是必然的结果。针对目前的情况，为了稳定人心，你是不是能够至少对内部全体员工做一个解释和声明？"

费鹰说："我无法解释。"

人事叹了一口气："那对于要走的员工，你是什么态度？"

费鹰说："BOLDNESS和公司是因为我受到了影响。不管谁要走，不管有多少人要走，我都接受。所有想走的人，人事不必挽留，免除所有人的离职期，也不必限制大家离职后的去向，需要推荐信的你们直接签，给每个要走的人按n+5发放补偿金。"

人事说："主动离职，也给补偿金？"

费鹰说："嗯。"

人事迟疑道："这种做法如果让公司里的员工知道了，很可能有大批的人都要走。到时候怎么办？"

费鹰说："一样办。"

临近午饭时间，梁梁来找费鹰。那批strike T的预售量已经达到了惊人的48632件，这让开发量产那边的压力剧增。

梁梁很愤怒："既然都在骂我们，为什么还来领免费的T恤？这些人怎么就那么没底线啊！"

费鹰说："有多少人要，就做多少件。"

梁梁气得不行，她简直想要上去打费鹰一下。她说："你为什么不解释？你家里的事情我们平常都不敢问，就杨南一个人清楚，但是他和郭望腾、王涉、丁鹏的微博现在都被网友们举报到禁言了，连句话都说不了，要怎么办嘛？你到底有什么苦衷不能告诉我们，不能告诉大家？费鹰你真是要气死我急死我嘛！"

费鹰面无表情地说："梁梁，你别逼我。"

梁梁气得眼睛都红了，直接扭头走了。

陆晟递给温艺一瓶气泡水。他说："网上的这些破烂事现在已经波及壹应资本这边了，我们得开始着手处理。你今天尽快拿一个可行的方案出来，看看怎么控制一下现在的舆论走向。"

THE GLAMOUR

之前BOLDNESS深陷舆论旋涡，费鹰说一不二，陆晟没办法插手。现在费鹰的身份被网友大起底，爆出了壹应资本，将战火直接从品牌圈一把烧到了投资圈，这反而让陆晟有了光明正大的理由叫温艺插手。

温艺说："要和费总那边通个气吗？"

陆晟说："你叫他费鹰就行，他不要听别人叫他费总或者费老板。"

温艺说："好吧。"

陆晟这才回答："通什么气？有什么气可通的？这儿不是BOLDNESS，这儿是壹应资本。他在BOLDNESS能搞一言堂，他在这儿能吗？我是他的基金合伙人，我有一半的话语权和决策权，我又不是他老婆，我要干工事，还需要先征得他的同意吗？"

温艺知道陆晟此刻正憋着一肚子的气没地方撒，她很职业地点点头："行，我知道了。"

陆晟点开电脑上的一个音频文件，播放给温艺听。播完后，他说："这是当初费问河签赡养协议的原始录音。我们当时都大意了，没想到费问河会同步私下录音。媒体爆出来的那段是恶意剪辑的，断章取义，极其恶劣！"

温艺说："您的意思是？"

陆晟说："把这个完整版本给媒体，让大众知道什么是真相。"

温艺说："现在的舆论环境对我们太不利了。您可以想一想，费鹰在大众眼中的身家有多少？就算把这段完整录音给出去，大家一听一个月才给一万块钱，也不给房子，照样会继续骂。这件事情的重点，还是需要先搞清楚费鹰为什么会这样对待生父，以及当初殴打事件的起因。在了解事实之后，我们可以从中寻找一两个能够唤起网友正面情绪的点，在公关层面做深度兼具的话题传播，这样才能有效遏制现在的负面声浪。"

陆晟不说话。

温艺说："当然最好的方式还是由当事人本人出来直接回应。您要不去和费鹰做个沟通，请他配合一下？"

陆晟说："我是他的基金合伙人，我又不是他老婆，他那个脾气，我劝得动吗？"

温艺再度很职业地点点头："行，我知道了。"

等温艺离开，陆晟把手机掏出来，打开通讯录找到费鹰。

他犹豫了几秒，又把手机按灭了。

坐在壹应资本的办公室里，陆晟看向落地窗外的商务楼群。他想起当年为了投BOLDNESS跑了八趟深圳的难忘经历，又想起当年吃完晚饭站在街边，费鹰对他说的话。

这个男人最大的毛病就是过于理想化。他的理想化让他付出了巨大的代价。

但是陆晟又自嘲了。自己当年之所以被费鹰的愿景所打动，决定辞职出来和费鹰合伙，做一支专注投中国本土品牌的消费品基金，不也正是因为这个男人的理想化？

姜阑到餐厅时，温艺已经等着她了。

这是温艺离职后两人首次碰面。

姜阑听完温艺的请求，拒绝得很干脆："这不可能。"

温艺说："阑姐，你是专业的，我不用多解释。你很清楚，让当事人直接发声是最有效的方式。只要费鹰开口，我绝对能把这事办漂亮了。你不信我的能力？"

姜阑说："Ceci，你的能力，我从来没有怀疑过。这和你的能力没有关系，请你不要误会我。"

温艺说："那是为什么？"

姜阑说："有些事情，我绝不可能让他去做。那会是巨大的伤害。"

温艺说："比现在的伤害还要大吗？现在网上都闹成什么样了阑姐你不可能看不见吧？"

姜阑说："我说不可能，那就是真的不可能。你需要另做方案。"

温艺说："阑姐，你给点建议？"

第二十四章

姜阑说:"你回去找陆晟,让他牵线,给你介绍两个人。一个是石硕海,我国民营企业家的龙头人物。另一个是许先淮,大名鼎鼎的 CHG 资本的董事合伙人。你和他们聊一聊费鹰。"

温艺看着姜阑,半天后,笑了:"阑姐。"

姜阑说:"你很聪明,不用我多说。Ceci,拜托了。"

温艺说:"客气了阑姐。"

姜阑拿起筷子,吃了一口饭,又拿起杯子,喝了一口水。

温艺打量着姜阑的面色,看不出姜阑有什么异样。她关心道:"出了这么大的事,阑姐,你还好吗?"

姜阑手指轻轻搭在水杯上。

她还好吗?她一点都不好。

网络上的汹涌恶意,令她瞠之心惊。

之前她曾对费鹰说,他可能低估了这个代价。但事实是,她才是低估的那个人。她无法想象他是怎么扛着这一切的。她心疼吗?她是怎么尽力克制情绪的?她后悔说要尊重他的决定了吗?她根本不能多想,她怕她会失控。

姜阑看向温艺:"我还好。"

温艺说:"这事闹到现在应该也到底了,还能怎么继续闹?"

姜阑沉默不语。

温艺对着她的沉默不语,想到了什么,一愣。几秒后,温艺说:"阑姐,不可能吧?"

姜阑说:"我和费鹰的关系,知道的人很多。在这个舆论大环境下,有什么事是不可能的?"

温艺放下餐具,半天无言。

晚上九点半,费鹰回到姜阑这儿。

网上恶意汹涌,现实兵荒马乱,他连续在公司睡了几个晚上,今天才有空出来看看她。

两人并肩坐在沙发上,电视开着,客厅灯没开。

没说几句话,费鹰就靠在沙发背上,直接睡着了。

昏暗的光线里,姜阑抬手摸了摸他微皱的眉头。她在心里问他,够了吗?这样深重而惨烈的代价,还不足够吗?还要继续坚持吗?真的值得吗?

更重要的是,有几个人能真的理解他?

姜阑洗完澡出来,向客厅沙发看了一眼,费鹰还在沉沉睡着。

她拿了件外套,轻轻搭在他身上。

晚上 11 点,姜阑在睡前最后一次打开微博。

她的手指划了几下,然后顿住——一条营销号在夜间流量高峰时段发的新物料出现在微博信息流中。

"又有新瓜!谁能想到 VIA 中国区的市场及电商总监就是 BOLDNESS 主理人费鹰的女朋友?点击图片看详情。"

图片一共三张。

第一张是 Quashy 辱华视频做成的动图。

第二张是姜阑在领英上的个人信息页面,包括姓名、真人照片、工作履历、教育经历。

第三张是 VIA 和 BOLDNESS 两个品牌 logo 被 PS 在一起的画面,画面背景是许多颗裂开的爱心。

评论区很快盖起高楼。喷子们的"逻辑线"梳理得很清晰:

"VIA 一直不肯向中国消费者道歉的原因还有谁不明白吗?就是因为中国区有一个歪屁股的市场负责人。看看这个叫姜阑的女人的教育经历和工作履历,就差直接在脑门标

THE GLAMOUR

上'崇洋媚外'四个大字了。Quashy 辱华事件爆发至今,她做了些什么?她什么都没做!真是不是一家人不进一家门,BOLDNESS 的态度和费鹰的态度为什么会是今天这样?和他的这个女朋友能没关系吗?"

姜阑向下划屏,快速浏览评论。

在看见某条评论时,她的目光多停了半秒,然后飞快地把手机按灭,放到床头柜上。

关灯,躺在床上,姜阑的眼前反反复复都是那些肮脏的字眼。巨大的恶意,猛烈的侵犯,淋漓尽致地体现在那些融杂着性和暴力的文字当中。

姜阑知道,这件事早晚都会发生,但她再一次低估了这一切的烈度。

凌晨三点,姜阑仍然醒着。

她掀开被子,下床,拿上床头已经喝空了的水杯走出卧室。她没穿拖鞋,担心吵到熟睡中的费鹰。

客厅很安静。姜阑顿住了脚步。

费鹰醒了。

他站在窗边,拿着手机。

手机屏幕是亮的,照着他面无表情的一张脸。房间很暗,他投在手机上的目光很冷,也很硬。

120 🎲 *BATTLE*

姜阑轻声叫:"费鹰。"

费鹰闻声,抬起头。

他看清她,目光变了变。他把手机揣进兜里,试着对她微笑:"做梦醒了吗?"

男人以为她还没有看到网上的新一轮风暴。

姜阑说:"我都看到了。"

费鹰没说话。

姜阑走近:"我睡不着。"

费鹰把她抱进怀里:"那就不睡了。"

姜阑在他胸前点点头。

两人坐在地板上。窗帘拉开,城市的夜光透进来。

姜阑望向窗外。

如果不是因为她还在 VIA,费鹰也不会再度陷入又一轮的舆论攻击之中。如果不是因为费鹰身陷泥淖,她也不会被波及牵连进这一场无妄之灾中。

姜阑开口:"复杂吗?"

费鹰没说话。

姜阑说:"应该很复杂。但为什么我感觉不到复杂?"

费鹰握住她搁在身边的手,问:"你试过戒指了吗?"

姜阑说:"还没有。"

从那一夜到今夜,事情一直很乱,她一直很忙。戒指被她收进首饰盒,再没取出来过。

她低头看看被他握住的左手。

她听到他在耳边说:"还是拒绝我吗?"

姜阑偏过头,稍稍扬起下巴。她没回答。

第二十四章

费鹰的目光抵进窗外的夜色深处:"行。就像这样拒绝我,继续拒绝一辈子,好吗?阑阑。"

什么时候躺上床的,姜阑记不清。说着睡不着的她,最终还是窝在男人的怀中睡熟了。

她做了一个梦。

费鹰一动不动地看着怀里的姜阑。她在做梦。眼睫微微颤动,呼吸时轻时重。

费鹰抬起左手,轻轻地摸了摸姜阑的脸颊,又低下头,碰了碰她的嘴唇。

温艺一早接到费鹰的电话。

费鹰说出来的话让她很惊讶:"帮我安排媒体采访。"

温艺不太敢轻易相信,她必须做确认:"费鹰,你是说,给你本人安排一次直面媒体的采访?"

费鹰说:"嗯。"

温艺没问他做出改变的原因。她说:"群访还是专访?我建议找一家过去对BOLD-NESS比较友好的媒体,给你做一次深度专访。采访提纲我提前和对方做好拿给你过目。我这边也会对应起草好回答,供你提前准备。准备时间大概要三天,你看可以吗?"

费鹰说:"不需要。你联系媒体,直接带对方来找我。"

温艺犹疑道:"内容呢?做纯文字的,还是可以带视频?"

费鹰说:"直播。"

好几秒后,温艺才出声:"你是说直播?线上的直播?媒体和你对话的全部过程,实时对外直播?"

费鹰说:"嗯。"

温艺说:"我明白你的意思了。这种做法对实时舆情引导的挑战很高,我建议你慎重考虑。"

费鹰说:"不需要引导舆情。"

温艺说:"OK,我需要你授权给我BOLDNESS官微的运营账号,以便做直播的相关预热和内容传播。"

费鹰说:"可以。"

温艺最后说:"这件事情,阑姐清楚吗?有需要她提前知悉并配合的地方吗?毕竟昨晚……"

费鹰说:"和她没关系。"

去公司的路上,姜阑接到刘峥冉的电话。

她说:"刘总,早上好。"

这个电话并不意外。经过一整夜的发酵,她的个人信息以及和费鹰的关系已在网上随处可见。与之同来的,是无法遏制的非议与辱骂。

刘峥冉说:"姜阑,我打这个电话,是要通知你,费鹰的个性很强,他和他的BOLDNESS不让我碰,这没问题,我尊重他。但你是我的人,我不可能允许我的人被一群无脑之徒这样糟践,所有和你相关的舆论,我都必须要管,我也肯定会管。"

姜阑说:"我知道了。"

刘峥冉说:"既然要管你的事儿,那就和费鹰脱不开关系。他那边目前是什么情况?"

姜阑说:"壹应资本已经在做相关的舆情处理方案,对方的企业公关负责人能力很强,我很信任她。"

刘峥冉说:"不需要我帮忙?"

姜阑说:"有一件事,不知道您是否方便。"

刘峥冉说:"你说。"

姜阑说:"零诺集团的政府关系部门的负责人,您可以打个招呼然后介绍给我吗?"
刘峥冉说:"就这点儿小事儿?"
姜阑说:"谢谢您了。"

到公司后,姜阑去向陈其睿汇报昨晚的突发舆情。
在走到陈其睿办公室的一路上,每一个看见她的公司同事都不约而同地多看了她好几眼。那些目光中包含着什么,姜阑没有去想。
Vivian 在位子上:"姜阑,你来了。"
她并没问姜阑还好吗。
姜阑点头:"Neal 有空吗?"
Vivian 说:"当然。"
陈其睿看着姜阑走进来。
姜阑站在他桌前,并没有坐下:"我很抱歉。"
陈其睿说:"抱歉什么?"
姜阑说:"我没有妥善处理好个人私事,导致被人恶意地带着公司名称和职务挂上网示众。"
陈其睿说:"你男朋友的事情,你不帮忙处理?放任事态发展到现在这一步?"
姜阑说:"我不想解释。"
陈其睿说:"你不想解释,是因为你认为我不会懂,是吗?"
姜阑不说话。
陈其睿说:"你认为我和网上的愚蠢狭隘之徒一样,不懂什么是街头文化,不懂什么是街头品牌,不懂 BOLDNESS 在坚持什么,不懂费鹰在坚持什么,是吗?"
姜阑抬起目光。
陈其睿说:"我们一直都说要做年轻人的生意,事实上,又有几个品牌能够真的成功。年轻人口中的酷,是什么酷?服装在他们眼中,就只是服装吗?如果将服装作为载体,承载的又是什么?没有精神支撑的服装品牌,能活多久?一个品牌背后的精神符号,又要靠什么来表达?"
陈其睿又说:"像你我这样的职业经理人,习惯了职业化的规则,对下要结果,对上交结果,十分擅长'do things right',时而思考如何'do the right thing',但每每落到实际,总会平衡之后在规则之内为自己谋得利益最大化,这是长年累月被训练的结果。你会被什么所吸引?一个狂妄的、不屈的、有胆的人和品牌,我讲得对吗?"
姜阑无声地看着陈其睿。
陈其睿说:"这样一个品牌,它野性,不服规则,或许很锋利,但它独一无二的个性无可替代,它的精神符号和外延表达够不够年轻人口中的酷?你要相信,当它身上的所有泥垢被洗净之后,它的酷,将会成功吸引所有向往这一切的年轻人。"
姜阑说:"你和我讲这些,是认为经历过昨晚,我会崩溃吗?"
她不可控制地再一次想起了那些肮脏的字词。她垂下了目光。
陈其睿说:"我和你讲这些,是让你知道,你现在所承受的一切恶意,不会没有价值,不会没有意义。人生很长,这短短几天放进几十年的时间轴中,根本不算什么。一切都会过去,一切也都会向前。"

BOLDNESSCHINA 在中午 12 点整发布了一条新公告:品牌主理人 YN 将于晚上 8 点接受某家头部时尚潮流媒体的独家专访,该对话将在品牌的电商旗舰店直播间进行全程直播。
沉默数日,一朝发声,BOLDNESS 的这条公告立刻激起了千层浪。
迫于大众舆论的巨大压力,费鹰终于肯出来回应了?他能够解释所有针对他的指责吗?他能够如众人所期待的那样下跪道歉吗?

第二十四章

如果做不到这些，那么他的任何发声只会激起更大的怒意。

傍晚 6 点，温艺带媒体的团队走进 BOLDNESS 上海分部。梁梁在底楼接大家。

这家媒体正是去年 10 月她来上海接受采访的那一家，今天带队来的是他们的主编安朴，正是上次采访梁梁的那一位。

梁梁像老熟人一样和他们打招呼："Hi！"

她热情洋溢的笑容让大家都有了宾至如归的感觉。

温艺去找费鹰。梁梁带安朴和他的人去熟悉直播的场地环境。

安朴为 BOLDNESS 的准备速度感到吃惊："你们的电商运营部门不是在深圳吗？上海这边也有直播场地和设备？这么齐全的吗？等下直播间的后台谁管？你们深圳的同事负责远程支持吗？"

梁梁毫不客气地嫌弃他："你怎么还和上次一样，问那么多没用的问题干吗？"

安朴溜达了一圈，看了看现场的布光和摄影摄像团队的准备情况，说："真牛。我们媒体方什么事情都不用干，光带张嘴就行了？"

梁梁说："嘻嘻。"

安朴注意到了什么，抬手一指："要在那面电子大屏幕墙前直播吗？为什么要大屏幕？有什么用处？"

梁梁说："我不知道喔。"

安朴说："你不知道？你别坑我啊梁梁，这次直播 YN 又不肯提前和我们对稿，我们现在心情忐忑不安，不知道这一趟之后我们这些人在网上是生是死。"

梁梁瞪他："那你们干吗还来？"

安朴说："那什么，老话不是说，富贵险中求吗？我们媒体要流量，你们 YN 最近是流量王，他这次露面能给你们电商平台的旗舰店引多少流，简直不敢想。"

晚上七点半，BOLDNESS 直播间提前开播预热。

三十秒内，直播间的观看人数就飙到了一万。这个数字在接下来的三十分钟内持续上涨，到八点整已突破了七十万。

预热的这三十分钟，直播间画面一直在循环播放 BOLDNESS 创立十三年以来所拍摄的所有本土街头文化纪录片，并且直播间内一直挂着 0.01 元的 strike T 链接。

晚上八点，费鹰没有出现在直播间内。

晚上八点半，费鹰还是没有出现在直播间内。

弹幕的画风出奇统一：费鹰是不是最后一秒怂了，不敢露面了？这次直播的目的其实是把网友骗进来给 BOLDNESS 旗舰店带流量？看 BOLDNESS 的宣传片？

在成千上万条弹幕中，偶有零星几条感叹 BOLDNESS 的这些纪录片拍得挺真实挺酷的，但很快被后面的辱骂言论刷掉了。

晚上 8 点 35 分，直播间画面切到现场。

安朴一个人坐在一面硕大的 LED 墙前。他和观看直播的网友打了个招呼，请大家少安毋躁。他看了一会儿弹幕，然后对画面外的工作人员问："你们直播间没屏蔽脏话关键词吗？你们不拉黑骂人的这些喷子吗？"

说这话时他没摘麦，屏幕上迅速又刷了一波骂他的弹幕。

工作人员回答了他什么。

安朴说："牛。你们就跟你们老板一样，牛。"

这话说完，他转头一看，笑了："我和大家说一声，我今天晚上和你们一样，都是头一回见 YN 本人。"

他站起来，往前走了两步，伸出手："Hi，我是安朴。"

一个男人握了一下他的手："费鹰。"

THE GLAMOUR

直播间的现场正中央坐着两个男人。

直播间的弹幕刷疯了。

安朴:"YN,你用不用先和大家解释一下为什么迟到了半小时?弹幕上骂得太狠了,我就不念了。"

费鹰:"不用。"

安朴:"今晚你终于愿意走到镜头前,直接面对媒体和公众,是扛不住最近的舆论压力吗?"

费鹰:"不是。"

安朴:"针对网上近日来对你所有的指责和质疑,你是否要在今晚的直播做一个回应?比如说,BOLDNESS会在直播结束后正式发布一条不支持任何辱华行为的公告并下架和Lume的联名系列?"

费鹰:"不会。"

安朴:"网上传得沸沸扬扬的你不赡养生父的新闻,你有什么要澄清的吗?"

费鹰:"没有。"

至此,直播间的弹幕已经脏得根本看不了。

费鹰接受媒体专访,做直播,但居然是这种态度?不解释、不澄清、不低头、不道歉,那他今晚到底是干什么来了?

如果是向所有的网友表达他的态度,那么网友只会教他该怎么做人。

安朴:"YN,我很好奇,如果不是为了做回应和澄清,那么你今晚的意图是什么?"

费鹰:"聊一聊街头,顺便认识一下这些人。"

安朴:"聊一聊街头我懂。认识一下这些人,这些人是哪些人?今晚来看直播的网友们吗?"

费鹰:"嗯。"

安朴:"怎么认识?"

费鹰:"先聊街头,聊完再慢慢认识。"

安朴:"那也好。先聊街头。你是B-boy出身,我们先聊聊Breaking?"

费鹰:"行。"

安朴:"Breaking现在要入奥了,我记得去年青奥会的时候你们还拍了一条专门讲述国内B-girl的纪录片,是吧?"

费鹰:"嗯。"

安朴:"你都是这么惜字如金的吗?"

费鹰没说话。

安朴:"这样吧,问你一个大问题,Breaking对你而言意味着什么?"

费鹰:"不懈战斗的一生精神。"

安朴:"战斗,就是你们B-boying的battle,对吗?"

费鹰:"嗯。"

二十分钟后,安朴说:"我觉得你似乎也不是很想聊街头,你对我的问题都有点敷衍。是因为你觉得我对街头文化的了解不够深入吗?"

费鹰:"嗯。"

安朴笑了笑,他看向弹幕,说:"YN,你准备以什么样的方式认识今天来看直播的网友?"

费鹰没说话。

他身后的LED墙面切出新的内容。

安朴说:"导播帮忙给直播间切个分屏。"

一整面墙的LED屏幕上出现了从今晚直播间内随机抽取的一部分弹幕。每一条弹幕都是不堪入目的辱骂,屏幕上充斥着难得一见的脏话全集。

第二十四章

这些弹幕的网友昵称都被打了马赛克,很快地,每一条弹幕旁边又出现了一条新信息:该网友在 BOLDNESS 旗舰店后台的近三天订单脱敏内容。

被列上大屏幕的这些脏话弹幕的发送者,无一例外都在最近三天内下单了 0.01 元的 strike T,购买数量最多的一个人一次性买了 122 件,花了 1.22 元。

紧接着,大屏幕连续翻页,每一页都有类似的信息出现:昵称被打了马赛克的弹幕内容和 strike T 的购买记录。

安朴盯着大屏幕:"我很想问问这些一边辱骂 YN 又一边下单 strike T 的朋友们,你们到底是抵制 BOLDNESS,还是支持 BOLDNESS?你们是否知道这批 strike T 的意义?这批 strike T 上印的是三月四号 BOLDNESS 上海活动中 diss back Quashy 的原创词。这是一批抵制 Quashy 辱华行为的 strike T。"

弹幕疯狂在刷。

安朴没理弹幕,他问工作人员:"你们 strike T 现在下单量是多少?十三万件了?那今晚弹幕整理了多少?"

直播间观看人数此时突破 200 万。

安朴:"YN,你是想通过这一场直播,认识这些辱骂你的人,叫什么名字,住在哪里,手机号是多少,是吗?"

费鹰:"嗯。互相交个朋友。"

安朴:"这真是有点讽刺。如果他们没有下单 strike T,其实你也认识不了。"

费鹰:"讽刺吗?"

安朴:"实时弹幕都在问,你是要威胁今晚直播间的网友们吗?你不会要在大屏幕上打出属于顾客的隐私信息吧?泄露顾客信息是违法的你不知道吗?你怎么敢?你疯了吗?"

费鹰:"还骂吗?"

安朴看了一眼弹幕。

当施暴者无法再躲藏在虚拟 ID 之后,当施暴者会因自己的言论而面临被追责的风险,当施暴者将被反施暴,他会怎么做?

十分钟之后,直播间弹幕的干净程度迅速提高。虽然还是有不少继续辱骂的,但占比大幅下降。

安朴:"所有在今晚直播辱骂过你的网友,他们之前的订单会被取消吗?"

费鹰:"照常发货。"

安朴:"为什么?"

费鹰:"我们有相同的目标,这和我们之间的冲突不冲突。"

安朴:"时间差不多了。正常向的弹幕现在挺多的,我挑一条大家提及最多的问题来结束这场难得的直播好吗?"

费鹰:"嗯。"

安朴:"网上爆出 VIA 中国区市场及电商总监姜阑是你的女朋友,网友们对她在这次事件中所持的立场的非议非常多,你要不要借此机会替她做出澄清?"

费鹰说出了今晚最长的一段话。

他说:"姜阑是我的女朋友。她忠于理想,忠于自我,面对网上的不实非议,她无愧且无惧。她有她的战场,她无须我替她战斗。"

直播结束,温艺在现场收尾。费鹰直接上楼。

在路上,他接了一个电话:"孙术。"

孙术说:"直播我看了,还有什么我能帮忙的吗?"

费鹰说:"没了。这次多谢你。"

孙术说:"咱们之间还要客气吗?"

THE GLAMOUR

费鹰握着手机:"行。"

一个小时后,今晚直播的完整视频以及精炼文字版内容就被这家头部时尚潮流媒体发布在官微。

评论区很快有了高赞评论:

"客观点讲,我见过刚的,但我没见过这么刚的。被舆论打压成这样了还能和喷子们刚到底,这要不是恶到极致,那就是彻底无辜。等一个反转。"

"见过刚的没见过这么刚的!"

"见过刚的没见过这么刚又帅的。"

"见过刚的没见过这么刚又帅还身材好的……"

"怎么又是反转党?怎么什么事到你们这儿都能反转?天天反个鬼啊反?"

"颜狗滚!"

"刚刚去看了一眼那八件T恤的销量,快二十万件了,据说下单还送一张什么盘,想知道BOLDNESS做这件事要花多少钱啊?为什么之前营销号都没讲这事?"

"费鹰不是有钱吗?这点钱算什么?"

"有钱连他爸都不养?"

"别再张口闭口提他爸了行吗?我同意一楼说有反转,等一个反转。"

"有完没完啊?天天都是这个人和这个牌子,真的看烦了。都是中国人,集火抵制Quashy和VIA的母公司SLASH集团不行吗?这个BOLDNESS如果真有问题就让它彻底凉,一点热度都别给不就完了吗!"

"BOLDNESS没问题好吧,真的搞不懂天天按头让人道歉的脑残是怎么想的?人家没行动吗?只有写出来的表态才叫表态?当代网友制定的规则真是让人笑掉大牙。"

"我也纳闷,这件事情的重点难道不是Quashy和VIA吗?到底每天都在乱掐什么啊?上网不带脑子还上什么网!"

"我要疯了,我要哭了,这就是YN啊!我喜欢了十三年的YN!我不管别人怎么说,反正这个男人和我想象中的一样!BOLD!爆哭!"

"我前天刚刚转黑,剪了一堆衣服,然而我今晚看完直播又回粉了,巨后悔……"

"真的够BOLD!"

"这么大风大浪都一直没脱粉?太佩服了。"

"是我太CP脑了吗?虽然嘴上说着'她无须我替她战斗',但到底是什么原因让他站出来面对大众发声的?虽然全程也没说几个字,但真人一开口确实让我对他的观感好了超多……就很real的那种性格,我都不太相信之前网上的那些黑料了。有没有人和我一起嗑这对CP啊?"

"找到组织了!最后那段话太要命!我不信他这次站出来没有他女朋友的原因!"

"拜托,CP脑也等彻底洗白了再嗑行吗?现在这一男一女哪个白了?嗑CP的连原则和立场都没有了吗?"

姜阑的手指滑动着视频的进度条,反复地看男人在直播时最后说的那段话。

温艺给她打来电话:"阑姐,之前咱们沟通过的那两篇稿件,我这边都安排好了。零诺那边也特别帮忙。今晚直播热度很高,自然舆情比之前想象的好太多了,我觉得要不就加把火,让两家媒体今晚出稿?编辑那边的加班红包我再多准备一点。"

姜阑说:"好。"

温艺说:"那没其他事的话我就去安排了。"

姜阑说:"Ceci。"

温艺说:"嗯?"

费鹰关灯下楼,在电梯里,他打开微信。陆晟给他转发了两个链接。

第二十四章

一家人物报道专刊，专访国内民营企业家龙头人物石硕海。一家财经大刊电子版，专访CHG资本许先淮。

这两家媒体背后的传媒集团相当有背景。

费鹰还没点开，梁梁又给他转发了一条微博，跟了十个感叹号。

BOLDNESSCHINA:"@YN_YN"

121 @YN_YN

姜阑打开温艺发来的两篇文章链接。

一家人物报道专刊，专访国内民营企业家龙头人物石硕海。

改革开放以来出了许许多多白手起家的优秀民营企业家，石硕海是实业大浪潮中的浪尖。专访前半部分聚焦在石硕海对中国目前实业创业新前景的展望，并回顾了以石硕海为代表的一批实业家是如何从最初为国外品牌做代工／代理商起家，到坚定不移地创育中国品牌的艰难三十年。后半部分则由石硕海亲述了自己企业家生涯中的几次大起大落。

讲完自己的故事，石硕海说："十五年前，我和一个年轻人也讲过类似的话，大起大落，是人生的主旋律。人永远不能低估浪潮的力量，但人也永远不能随波逐流。"

媒体："这位年轻人您现在还有联系吗？"

石硕海说："一直有联系。实业创业是一条很不容易的路，想要做成属于中国人的品牌、让中国人的品牌被世界看到，更是一个常人无法想象的艰难过程。我一向都愿意倾力支持所有怀抱这个愿景的年轻人。"

媒体："这让我们很感兴趣，您是如何支持这位年轻人的，可以说得更具体一点吗？"

石硕海："我说的这位年轻人，很有才华，也很有胆魄。我当年认识他的时候他刚满十八岁。为了给自己赚饭钱和学费，他在我北京的一家代理商门店打工，我在北上巡店的时候因为一些事情注意到了他。他在服装领域很有天赋，对消费者生意的嗅觉也很敏锐，我支持他去做一个自己的品牌。在他大学毕业那年，我按当时的商业贷款利率借给他一笔钱，他孤身一人南下广东创业。两年后，他还清了这笔钱。又过了三年，他来找我，说想做一个专注投中国本土初创品牌的消费品基金，我问他为什么？他说，应该让世界看到，中国人也可以做品牌。"

媒体："所以您同意出资，做这支年轻基金的基石投资人？是因为这一句口号吗？"

石硕海："这并不是一句口号。我们这一代人，在向这个目标前行的道路上，吃了太多的苦，也受了太多的委屈。理想不只属于一代人，有过相同理想的人都能懂这句话意味着什么。"

媒体："您介意向我们披露这位年轻人是谁吗？"

石硕海："不介意。他的名字是费鹰。"

媒体："这确实令人没有想到。我想很多读到这篇文章的读者应该并不清楚，您和BOLDNESS以及壹应资本竟然还有这样深远的渊源。"

石硕海："在这个网络时代，包括我在内的大众，很多时候都认为自己已洞悉了一切，但更多的时候，我们其实一无所知。"

一家财经大刊电子版，专访CHG资本许先淮。

许先淮的风格在投资圈里人尽皆知，他很少接受外部媒体专访。这家媒体这次居然

THE GLAMOUR

能请得动许先淮,这本身已经足够成为一个话题。

CHG 资本从去年开始以非常激进的风格进入新消费品赛道,并为此在旗下成立了一支新的子基金。围绕着 CHG 这一年来所投的几个本土品牌,许先淮分享了一番这几个品牌和 CHG 的投前投后故事。

随后,许先淮主动向媒体抛出一个十分尖锐的问题:"我这两天在网上看到一些言论,把投资等同于投机,把投资者等同于投机者,你们媒体圈在此类荒谬言论的扩散上,起到了不小的功劳。"

媒体:"许总,您的矛头必须得指向明确,我们可从没这样讲过。"

许先淮:"那么我的矛头就指向所有传播这些言论的所谓自媒体和大号。有一些小型的消费品基金,也就一二十亿人民币的规模,不知道是得罪了谁,要被这样的舆论打压?这些自媒体如果想要开炮,大可以挑一个重量级的对象,比如 CHG 资本。我会很乐意奉陪。"

媒体:"我们会把您的这段话写进稿件中。许总,我们还是聊一聊 CHG 开始看消费品项目这件事情吧。消费品在过去一直是一个不被传统资本青睐的赛道,您是怎么看待中国新消费品未来的发展趋势的?"

许先淮:"CHG 目前有资格回答这个问题吗?我们的传统强项是投高科技和互联网项目,对于消费品赛道,我们目前还在摸索中。"

媒体:"许总,您太谦虚了。"

许先淮:"我个人建议你们去找一家在过去五年里专注投本土消费品牌的基金来回答这个问题。在几乎所有资本方都疯抢那些短周期、高增速、强爆发的科技互联网项目时,这支基金一直在低调地专投规模天花板不算高的本土消费品牌。大众管这样的人叫投机者?我认为很可笑。"

媒体:"您指的是?"

许先淮:"我指的是,壹应资本。"

媒体:"壹应资本的创始合伙人之一费鹰最近身陷舆论风波,您对此有什么想要评价的吗?"

许先淮:"我见过费鹰四次,我和他投的项目有交叉。他是非常理想化的一个人,理想化到我很不适应,还好他有一个相当务实的合伙人。不过他的商业直觉敏锐度很罕见,而且他和被投品牌创始人的关系好到足以令所有投资者羡慕。我思考过这背后的原因,这大概是因为他本人也是一个非常纯粹的品牌理想家。你们明白我的意思吗?"

这两家重量级的媒体出稿后,温艺迅速安排相关内容的二次传播扩散,半小时内在全网铺开。

话题迅速发酵,舆论的风向很快就迎来了第一个转弯:

"一个实业圈的大佬,再加一个投资圈的大佬,齐齐下场,这是什么彪悍的操作?"

"这两家媒体所属的传媒集团是什么背景有人知道吗?真是我想的那样吗?这是要'拨乱反正',让大家搞清楚风该往哪儿刮的意思吗?"

"别的先不说啊,我就想知道之前搞连坐的那帮人现在是不是也要把这两位大佬一并拉下水?毕竟一个是壹应资本的 LP,另一个直接站出来给费鹰背书。如果不拉他们下水,那这又是什么了不起的大型双标现场?"

"等了半天的'反转',就这?就这?费鹰他爸的事呢?还有人记得吗?这个黑点还有得洗吗?"

姜阑浏览着网上的这些内容。过了一会儿,她放下工作手机,拿起桌上的私人手机。

有几十个未接电话。童吟的,梁梁的,王蒙莉的,还有姜城的。

姜阑没回任何一个电话。她打开微信,给费鹰发了一条消息。

初春夜风仍寒。

第二十四章

费鹰站在楼下,背后是 BOLDNESS 的 logo。

手机的界面是微博用户 @YN_YN。他的拇指缓慢上划,目光缓慢下移,没再向前走半步。

2019-03-09 11:18

吃早饭的时候,他说他浑身都是缺点,最大的缺点就是只做自己认定的事情。

这是缺点吗?这是他的个性,从最初到现在都让我为之心动的个性。

我很清楚他会为坚持自我而付出代价,但我无法预测这个代价会有多大。我此刻能做的,除了尊重他的决定,没有其他。

有多少人能理解他的坚持?

没有人会知道,他在不为大众所见之处,都做了什么。

如果风暴将要来袭,那么就待风暴来袭。

2019-03-05 04:02

凌晨四点了,还没困意。

没能参加他的活动,我很遗憾,他懂得我有我的战场。几乎所有的事情,他都会给予我无条件的理解、尊重和支持。

这是兵荒马乱的一个夜晚。团队在全员加班,我知道我们所有的努力最终换来的很可能依然是他们的傲慢和无视,但这不能阻止我们为此而战斗。为什么每一年都有类似的事件发生?我们作为从业者,深知其原因,而我们要如何做,要花多少年,才能彻底改变这一切?

回家路上,他和我说决定做一批 strike T,用今晚 rapper 在活动现场 cypher 的那些原创词,量产大货,不限量免费赠送。我觉得这很酷很 real,他一直都很酷很 real。能够像这样直接做出反抗,我很羡慕。

本来想试一试戒指,但是想了想,还是算了。等一切都风平浪静之后,再说吧。

2019-03-01 23:44

今天不是我第一次看见他下地,但是我第一次看见他和小朋友们一起下地(没忍住,录了一小段视频)。BOLDNESS 上海分部的这些活动真的很酷,街头是社群的,社群是街头的。

他今天做出了一个决定,异常果断。

无畏 WUWEI 即将因此踏上独属于它的新征程,我非常期待。

我从没想过有一天,我和他的理想会这样深度缔结。这是一种奇妙的感受。

2019-02-21 07:16

昨晚在愤怒过后,我变得很软弱。睡觉前,我问他,这是因为他在身边吗?他回答,或许是吧,因为当我在他身边时,他也会变得软弱。

这让我想起了去年 11 月底的事情。我希望他永远可以不要再受那样的伤害。我永远也不会让他再受那样的伤害。

2019-02-16 18:43

第三次去这家医院。

他去取车的时候,有一位工作人员告诉我,他过去这些年做了大量的慈善捐助,不止这一家医院,全国各地都有。

我知道,那是他内心深处的遗憾与疤痕,他想尽全力让这个世界上少一些十八岁的他。

2019-02-12 23:59

THE GLAMOUR

还有一分钟，他的生日就要过去了。
我又搞砸了。
就算包了图片上这么多的饺子，也搞砸了。

2019-02-08 12:32
时差还没倒过来，好像年纪越大，生理机能越差了。
刚刚和他打完今天的第二个电话。上午大秀结束后的那一个太仓促，很多话没说清楚。在这个电话里，他还是那句话：只要你想好了，就不用管别人想什么。
他的坚定让我感受到了力量。
我也真的非常想让世界看一看，中国人也可以做品牌。
真的。

2019-02-04 18:50
这个红包是他给我的压岁钱，好笑。我都多大了？
他在宁波工厂待了很久，整个人累瘦了一圈，或许还以为我看不出来。
进安检前，他可能是想要再亲亲我，但又知道我很抗拒在众人面前秀恩爱，所以忍住了（感谢他的理解）。
还没飞，就已经有点开始想他了。最近这段时间我们都很忙，聚少离多，不过我们明白彼此各有战场。虽然我们走着不同的路，但是我们有着同一个目标和理想。

2019-01-15 22:00
他说昆明的小锅米线味道不错，我要了一张他和小锅米线的合影。一个不吃辣的人要怎么吃这个？我很困惑。
逗我可能很好玩（就像当初一样），到最后他才说这是 Lume 点的，评价也是 Lume 说的。
我又想起他说在 LA 的时候 Lume 带大家去吃 soul food 的事情了，有一点好笑。
他说丁鹏不喜欢"街头涂鸦艺术家"这个头衔，很不喜欢，但我坚持这是两国之间的文化艺术交流。
街头文化有起源地，但街头文化现在已经属于全世界。文化应该如何交融和交流？文化又应该如何输出和反扑？
他笑着说我现在思考得真多，将来或许也可以考虑做一个街头品牌，与奢华女装相结合，推向全世界。
我想了想，觉得未必不可。
（虽然是和小锅米线的合影，但一样很帅。）

2019-01-08 21:31
今天去了杭州。
如果没有互联网经济腾飞的这十年，像 BOLDNESS 这样的年轻品牌能够拥有现在的认知度和规模吗？
今天我和老板讲了男朋友，当时脱口而出，我自己都没料到。
我变得越来越不像曾经的我了。

2018-12-21 22:46
屹立在洛杉矶街头的中华上古神兽涂鸦墙，除了酷，我还能说什么呢？
男人们在一起拍合影真的是很没有纪律性，辛苦梁梁天使小可爱了。
她说给我的这张是全网唯一的 YN 入镜照片，于是我忍住了，没去质疑她把他的腿拍得这么短是不是故意打击报复？

第二十四章

2018-12-12 23:56
和胼手胝足十几年的合伙人分道扬镳是什么滋味,我无法感同身受他此刻的心情。
大家都不理解事情为什么会走到这一步,大家都在问他为什么不能退一步。
然而他的理想,他的纯粹,他的狂妄,他的坚持,这些都是刻在 BOLDNESS 品牌中的基因。如果这些都不存在了,那么 BOLDNESS 也不再是 BOLDNESS。
这个世界上永远不缺成熟睿智的企业家,但是又能有几个费鹰?
他不完美,或许他也会做出错误的判断,但只要他能承担自己选择的结果,那么不被亲近的人理解也没有关系。
还有一些话,我没告诉他:哪怕不被所有的人理解,我也会永远理解你。

2018-12-04 23:50
BOLDNESS×LUME 这个联名企划终于正式开始了。还有比这更好的消息吗?
他加油。
我也加油。
期待 BOLDNESS 在 La Brea 和 Fairfax 开店的那一天。
期待不止 BOLDNESS 一个中国品牌被更广阔的世界看见。

2018-11-30 23:44
什么都不想记录的一天。
我希望他永远都不会再次被伤害。
他的伤疤不该被以这样的方式再一次揭起,他的战斗精神也不该消耗在这样的人和事上。

2018-11-12 02:27
他熟睡的样子应该怎样去形容呢?
大概是:帅到能够一秒治愈我的穿刺伤口痛。

2018-11-02 22:18
今晚的 746HW 还是一如既往地热闹。他在有些方面很挑剔,也很难妥协,要做联名款的产品设计,他只肯做中文涂鸦图案,连双语的都不考虑。希望 Lume 是一个真正尊重中国文化和欣赏 BOLDNESS 品牌内核的合作方。也希望他能够离理想更近一步。
(小兰有了新项链。)
(她身边的是小硬。)

2018-10-12 19:32
真正的女性主义是通往自由之路,自由永不该只局限于某一种方式。
Be bold。Be bolder。

2018-10-05 23:49
9/29,金山岭长城,东五眼楼。
狐狸脸,麒麟墙。

那是他的根,也是他的情怀,是他的向往,更是他想让世界看到的理想。
这又何尝不是我的理想,以及千千万万个中国品牌人的理想?

姜阑的新微信显示在屏幕上方:"什么时候回家?"

费鹰关掉微博界面。
他回她:"现在。"

122 爱+理想+关系+利益

费鹰进门。
姜阑抱着电脑坐在沙发上,半垂着头,神情很认真,并没有听见他走近的声音。
费鹰什么话也没说,直接抽掉她腿上的电脑,弯腰把她抱起来。
躺在床上,姜阑抓着费鹰的手,一根又一根地摸他的手指头。
费鹰把被子拉上来一点,给她搭在身上。他低声问:"在摸什么?"
姜阑不回答。
费鹰翻身,再次把她的两只手都扣紧。

后来只留了一盏床头灯。
姜阑枕在费鹰的腹肌上。她明明非常困倦,但她一点睡意都没有。她仰起下巴,在这样的光线下,从这个角度,打量男人的这张脸。
费鹰半靠在床枕上,对上她的目光。两人就这样互相看着彼此,半天没出声。
后来,姜阑动了动脑袋。柔暖的光线下,她的声音足以让他的五感再一次错乱:"真人比视频里帅多了。"
费鹰伸手抚摸她的嘴唇:"是吗?哪个视频?"
直播的?还是她微博里的?
姜阑的嘴角翘起一点。她答非所问:"今晚好像在做梦。是梦吗?"只有在不清醒的时候,她才会那样失控,又一次地,为了他。
费鹰的嘴角也动了动。他叫她:"阑阑。"
姜阑应着:"嗯。"
费鹰用手指缓缓梳着她的长头发,他说:"我爱你。"
姜阑眼睫轻动。
费鹰又说:"你什么都不用说。就这样,我爱你。"
他把她拉上来抱进怀中。她感受着他胸膛的暖热,听到他在耳边说:"戒指不试,也没关系。什么都没关系。什么都不重要。我爱你。你明白吗?阑阑,我爱你。"
姜阑点头。
如果有人看见这时候的他,会相信这是几个小时前在直播间里的那个男人吗?
这个男人,把他所有的坚硬与柔软都给了她。他像山,也像海。他从始至终要的一点都不多,他太容易满足了,不是吗?

次日清晨,姜阑打开关了一整夜的手机,铺天盖地的消息闯进屏幕。
如果可以,她真希望时间能够静止,哪怕只有一天,让她和他能够继续沉浸在只属于彼此的梦境中。
但是世界不会为了任何人改变运转规则,她和他依旧需要直面外界的一切杂乱喧嚣。
出门前,姜阑弯下腰,轻轻亲吻男人的面颊。
费鹰睁开眼,眉头紧皱,一把拽住她的胳膊:"天亮了吗?这么早,你去哪儿?"
这几天他累到了极限,累到部分不清现在几点了。

第二十四章

她轻声回答他:"去战斗。"

去公司的路上,姜阑接到温艺的电话。舆论经过一整夜的发酵,网上风向已有了显著的改变。温艺问要不要采取激进一点的手段。姜阑说没必要,给足一天时间再看。

温艺在那头感慨:"阑姐,我真没想到,咱们还有再合作的时候。"

姜阑说:"Ceci,谢谢你。"

温艺说:"客气了。阑姐,VIA 现在的舆论情况太糟糕了,你们准备怎么办?就这么干耗着?我都无法想象大家现在每天上班是什么心情。"

姜阑简单回应:"嗯。"

到公司,姜阑没有关注同事们向她投射来的各样目光。

试图窥探她的感情私生活也罢,当她是茶余饭后的谈资也罢,认为她的所作所为不可思议也罢,都无所谓。她的人生并不为不相干的人而活。

姜阑打开电脑,毫不意外地看见来自 Erika 的最新邮件回复,里面的内容没有任何变化。

从 3 月 4 日到 3 月 13 日,整整十天过去,事情没有任何实质性的进展,事情每天都比前一天更加糟糕。

这是一场她从一开始就知道必败的战斗。

中午,刘辛辰来找姜阑。她说:"阑姐你怎么不吃午饭?"

姜阑表示有点忙。她目不转睛地盯着工作桌上的大屏幕,十指在键盘上有节奏地敲击。

刘辛辰说:"你在做什么开会要用的材料吗?要不要我帮忙?"

姜阑停了停,看向她:"Ivy,你失望吗?"

刘辛辰默不作声。她的情绪一览无余,但她不希望在这种时候给姜阑增添麻烦。

姜阑说:"你去吃饭吧。"

下午 3 点,姜阑接到林别桦的电话。对方的语气有点不稳:"姜阑,你发给总部 HR 和老板们的邮件是什么情况?这么大的事情,你不先和我沟通沟通?Neal 事先知情吗?"

姜阑说:"不知情。"

林别桦说:"你真是……你现在有空吗?你来找我,我们聊聊。算了,还是我去找你。你等着我。"

姜阑说:"好。"

五分钟都没到,林别桦就从楼下杀上来。

姜阑坐在桌前,和她打招呼:"Hi,Echo。"

余黎明走了,林别桦刚接手他的工作没多久,就遇上 VIA 在中国市场有史以来最大的舆论危机,她还没机会和姜阑在工作上有足够多的接触和磨合。

林别桦坐下:"姜阑,有话好好说,有事好商量,你不能硬来。"

姜阑说:"好。"

林别桦看看姜阑。她试图从对方的脸上看出任何情绪化或激动的表情,以证明姜阑是因为这两天受到了网络舆论攻击而做出了过激举动,但她失败了。

姜阑说:"我的邮件讲得很清楚,VIA 身陷辱华风波,公司总部一直不作为,导致我作为公司员工的个人名誉严重受损,且我本人也因此遭到了网络上的海量攻击,这对我造成了不可小视的精神伤害。我需要公司为此做出补偿。"

林别桦说:"姜阑,你要讲道理。你被网暴,直接导火索并不是公司的缘故。不然为什么其他同事都没有这个问题?"

姜阑:"Echo,你要讲道理。如果没有 VIA 辱华事件,有什么导火索能让我被网暴?

THE GLAMOUR

当然,如果你不讲道理,也不要紧。我邮件中讲得很清楚,如果公司不补偿,那么我会直接走出去接受媒体的采访。"

从昨晚到今天,她已经接到了无数家媒体的采访来询。她的名字象征着话题热度和实时流量,没有哪家媒体会放过这样的机会。

林别桦说:"姜阑,员工手册中明确禁止任何内部员工在未经允许的情况下代表品牌接受任何媒体的访问。如果你公然违反你签署过的员工条款,并且给公司造成任何名誉损失,那么公司是有权利起诉你的。这个你不会不清楚。"

姜阑说:"公司起诉我?Echo,你认为 VIA 在目前这样的舆论环境中,如果起诉我,会引发什么样的后果?SLASH 是一家美资上市集团,3 月份是本财年的最后一个月,这个你不会不清楚。"

林别桦说:"姜阑,你是在威胁公司吗?"

姜阑说:"如果你一定要这么认为,我不否认。"

林别桦不说话。

姜阑说:"我要的不多。我要求公司立刻解除我和我整个团队的一切竞业条款,你听明白了吗?我是说一切竞业条款。除此之外,我要求公司对所有主动提出辞职的员工不设任何离职期,并且解除其相关竞业条款。"

林别桦说:"姜阑,你是不是疯了?"

姜阑说:"我疯了吗?"

林别桦说:"你之前已经提出辞职了,还有两个月就能走人,这你都忍不了吗?你现在是想立刻走?你不光要自己立刻走,还要带着你的整个团队一起走?你要把公司的 MarComm 和电商部门拆了不算,你还想让公司的每个部门都效法你?你还不疯吗?"

姜阑说:"Echo,你是做 HR 的。你打心自问,公司对员工的公平性在哪里?现在这个情况,公司要让中国区的员工如何自处?大家在外面看机会将面临什么样的挑战?"

林别桦说:"你别教育我这些大道理,我难道不清楚?我难道就不难?但我们都是职业经理人,打一天工拿一天工资,该做什么就得做。"

姜阑说:"我给公司二十四个小时做决定。"

林别桦说:"姜阑,你这是在向公司宣战。"

姜阑说:"现在是下午三点半,我等到明天下午三点半。Echo,你有三个小时去向 Neal 汇报,十四个小时去向总部的 HR、法务和合规部门汇报,七个小时做最终决策。"

林别桦盯着姜阑。几秒后,她站起来离开。

晚上六点半,姜阑接到童吟的电话。

童吟为终于打通电话而大松一口气:"阑阑,你是不是要急死我呀?我真的是要急死了呀!"

姜阑说:"我没事。你别担心。"

童吟说:"你在公司吗?几点下班?我去找你?你要不要和我讲一讲这几天的事情呀?"

姜阑说:"我在逛街。"

童吟怀疑自己的耳朵:"现在?你已经下班了?"

姜阑说:"嗯,晚点再说。"

她把电话挂了。

刘峥冉电话打来时,姜阑正在刷卡买单。店里的男销售顾问很有礼貌地表示她可以先接电话,他等一下再来提供服务。

姜阑接起电话:"刘总,您好。"

刘峥冉说:"姜阑,网上的舆论情况我刚才抽空看了一眼,风向大转弯了。我之前最不想看到的就是 BOLDNESS 和费鹰的事情会对无畏 WUWEI 造成负面影响。现在我没有顾虑了。"

姜阑说："您可以放心。"
刘峥冉说："姜阑，你比我想的还要聪明。"
姜阑说："是吗？"
刘峥冉说："商业的本质是关系，关系的底部是利益。没有利益的连结，再多的理想都是空谈。你让壹应资本去找石硕海，找许先淮，甚至放任舆论波及影响到你自己，借此寻求零诺的帮助，正是因为你明白这些道理。你很清楚他们和我们都不可能选择坐视不管，否则最终利益受损的绝不只是费鹰一个人。"
姜阑说："理想、关系、利益，这些都是相辅相成的。刘总，您说是吗？"
刘峥冉说："当然。"
姜阑说："其实您也明白，就算我什么都不做，他们也终究会发声，只是时间早晚的问题。我明白，您明白，费鹰更不会不明白。他的坚持，从来都不是毫无底气的坚持。为了这个坚持，他已经付出了很大的代价，很可能还会付出更大的代价，但是这么多年来，所有愿意和他结成商业关系的人，多少都在一定程度上认同他的理想化，也愿意为了他的理想化买单，因为他的理想化为这些人带来了更大的利益。这些人当中也包括您，不是吗？"
刘峥冉笑了。她说："你真的很不错。费鹰能够有你这样一位女朋友，是他的幸运。你为他做了很多。"
姜阑说："您刚才说了，关系的底部是利益。我在帮他，同样也是在帮我自己。无畏WUWEI在不久的将来会被列入零诺的品牌矩阵，我和您一样，绝不希望它会受到无妄之灾。"
刘峥冉说："姜阑，我很期待和你正式在零诺共事的那一天。"

结束通话，姜阑短暂地出神。
理想。
关系。
利益。
她低下头，看了看自己的左手。
男销售顾问适时走过来，很有分寸地询问姜阑是否已经打完电话，是否可以继续购物。
姜阑点头。
这时候，她的手机收到一条新微信。
是费鹰。
他说："事儿太多，我晚点儿回家。你先吃晚饭，别饿着等我。"

忙到食堂都没饭了，费鹰终于能走了，结果又被梁梁抓住。
梁梁高举着手机要求他看："你就看看嘛！"
北京某医院的住院部护士向之前爆出费鹰不赡养生父新闻的同一家媒体投稿，声称曾在去年十月份在医院见过费鹰本人，且作证费鹰当时为开刀住院的父亲缴纳了所有的欠款。媒体问该护士，时隔近半年，怎么还能记得这么清楚。护士说，因为那个姓费的老人实在像个老赖，完全看不出来这两人会是亲生父子，因此她的印象十分深刻。
网友们立刻把石硕海采访中的那句"为了给自己赚饭钱和学费"拎出来解读，为什么费鹰当年需要打工赚饭钱和学费？他爸那时候在干什么？自己的儿子都不管的吗？这件事难道真的要反转？再等等还能等到什么新料？真是每天都有新瓜！
费鹰看了一眼梁梁的手机，抬腿要走，结果又被梁梁抓住。
梁梁嘟嘟囔囔道："你有情敌了喔！你有成千上万个不分性别的情敌了喔！"
费鹰说："什么？"
梁梁说："嘻嘻。"

THE GLAMOUR

　　她才不要和费鹰讲那么多呢。
　　姜阑主动将 @YN_YN 通过 BOLDNESS 官微向大众公开,不仅全方面刷新了一遍网友们对费鹰的认知,还让 CP 粉发了疯,今天热度最高的某条评论是:"我捧着手机看着这个微博,一时之间竟不知道是该羡慕姜阑有个费鹰这样的男朋友,还是该羡慕费鹰有个姜阑这样的女朋友……我看还是后者吧!"

　　费鹰进门。
　　姜阑抱着电脑坐在沙发上,半垂着头,神情很认真,并没有听见他走近的声音。
　　费鹰什么话也没说,直接抽掉她腿上的电脑,弯腰把她抱起来。
　　姜阑扣住费鹰的肩膀,阻止他的进一步动作。
　　"费鹰。"
　　她叫他。
　　费鹰压下脖子,去找她的嘴唇。
　　姜阑亲了一下他的嘴角:"我有事要忙。晚点再亲亲,好吗?"
　　费鹰用力捏着她的腰,半天才说:"行。"
　　姜阑说:"我手机的充电器在卧室,你去帮我拿一下可以吗?"
　　费鹰说:"行。"
　　他转身,就听她又在身后叮嘱:"就在床头柜的第一个抽屉里。"
　　费鹰按照姜阑的指示走进卧室,弯腰拉开床头柜的第一个抽屉。他以前从来没有像这样翻动过她的物品。
　　然而他并没有在里面看见她的手机充电器。
　　费鹰站着看了几秒,伸手取出那只黑色小盒子,打开。
　　盒子里是一枚男士戒指。

　　"费鹰。"
　　费鹰转过身。
　　姜阑就站着他身后,她偏了偏头,看向他手中的戒指:"我有一些话,想要和你讲。"
　　费鹰没说话。
　　姜阑说:"在遇见你之前,我对亲密关系毫无期待。在遇见你之后,我曾一度以为我对你的冲动只是体内的雌性荷尔蒙激素所致。你能听明白我在讲什么,对吗?"
　　费鹰没说话。
　　姜阑说:"你觉得这枚戒指适合你吗?"
　　费鹰低眼。
　　姜阑说:"你想试一试吗?"
　　费鹰抬眼。
　　姜阑向他走近,仰起下巴:"费鹰,我以前找不到婚姻的意义。我现在也无法说我已经找到了婚姻的意义。但是我今天在想,如果要将爱情、理想、关系、利益汇集在一起,还有什么比婚姻更合适呢?对我而言,婚姻是一段全新的关系,它的底层是你我相连的利益,它的本质是你我共同的理想,它的光芒是我们对彼此的爱。虽然我还没有和你进入婚姻,但这一切我已经体验到了,而我竟然并不觉得它复杂。我想,我无法靠自己一个人去寻找婚姻的意义,你说对吗?"
　　费鹰开口,他的声音有点哑:"姜阑。"
　　姜阑打断他:"这不是我对你向我求婚的回应。这是我想要的、我主动发起的、我向你的求婚。"
　　她又说:"费鹰,我们结婚吧,好吗?"

第二十四章

123 🎲 光 鲜

姜阑洗澡的时候，费鹰一个人站在卧室窗边，掏出手机，打开微信。那个兄弟群这两天一直是被静音的状态，里面每天至少有 800 条新消息，他根本没工夫理会。

现在，费鹰在群对话框里打下一行字，想了想，他又逐字删除。

他切到朋友圈的界面。上一条朋友圈还是去年 11 月发的，北京 BOLDNESS 的巨幅装修围挡。

姜阑吹头发时，顺手拿起手机。
童吟："阑阑阑阑阑阑！"
姜阑："什么？"
童吟："呜呜呜！"
姜阑："怎么了？"
童吟："你们真的好爱彼此。我哭了。"
姜阑回复了一串问号。童吟："费鹰发朋友圈了，你没看见？"
姜阑："你怎么能看见他的朋友圈？"
这句话发出去的下一秒，她就意识到了这个问题是多么愚蠢。
姜阑切去朋友圈，二十分钟前，一个纯黑色的头像在时隔四个月后发了第二条朋友圈。
一张两枚戒指摆在一起的照片。
配文：爱 + 理想 = 她 & 家。

次日早九点半，姜阑到公司。
十八个小时过去，她没有收到任何针对她昨天诉求的邮件回复。这非常 SLASH，这也非常总部，她毫不意外。
姜阑拿出一整夜都没碰的工作手机，上面有四个林别桦在早晨打来的未接电话。她回拨过去。
林别桦秒接："姜阑。"
姜阑说："公司做好决定了吗？"
林别桦说："你不能这样逼公司，也不能这样逼我。Neal 从昨天下午开始休长病假，他不处理工作，我的话语权不够，总部能给出什么反馈？"
姜阑说："Neal 休病假？什么病？"
林别桦说："老板隐私，Vivian 没说。"
姜阑没说话。
陈其睿去年 11 月车祸骨裂，在住院期间连一个会议都没错过，现在能因为什么病连工作都不看？
林别桦说："你再多等两天，可以吗？"
姜阑说："Echo，我还是那句话，我等到今天下午三点半。如果公司还没有任何反馈，我会接受媒体采访。"
林别桦说："姜阑，你一定要把事情做得这么绝吗？"
姜阑说："我目前筛选了十家数字媒体，接下来的每个工作日，我都会接受其中一家的采访。Echo，请你不要认为我这是针对你。"

THE GLAMOUR

手机在实木餐桌上振动。

陈其睿放下手里的水果刀。他拿过手机,按下接听:"老何。"

何肖遥说:"老陈,你在干什么?"

陈其睿说:"削苹果。"

何肖遥直接怒了:"我就知道你是装病!我认识你这么多年你真是一点儿都没变!"

陈其睿不响。

何肖遥又修正自己的话:"不是一点儿都没变,你是变本加厉了!"

陈其睿说:"什么事?"

何肖遥说:"你的手下在发疯,你不管?有篇稿件,媒体今晚九点要发,我从我的渠道拿到了预览,这种稿子一旦出来,SLASH 集团的企业形象将会一塌糊涂,这件事就再也不是 VIA 单品牌的事情了,政府相关部门那边我要怎么沟通?我以后的工作还要怎么搞?"

他一边说话,一边把那篇预览稿转给陈其睿。

稿件的标题相当醒目:直接对话 VIA 中国区品牌传播及电商总监姜阑,听她讲述 VIA 陷入辱华风波后的 200 个小时。

稿件的内容相当直白,全文以内部管理人员的第一人称视角叙述自事发之后从 VIA 品牌到 SLASH 集团总部是如何以傲慢不作为的态度应对这次在华危机的全过程。

何肖遥说:"距发稿还有两个小时。老陈你迅速处理。"

陈其睿说:"我无法处理。"

何肖遥说:"这不是 VIA 单品牌的事情,这将进一步影响到整个 SLASH 集团。除了 VIA 之外的二十二个已进入中国市场的品牌不无辜吗?"

陈其睿说:"我无法处理。"

何肖遥说:"行,行,我服。你要什么?你告诉我。我去想办法。"

陈其睿说:"你很清楚。"

何肖遥说:"你是想让我从政府关系的角度去给集团总部施加压力?你想让我直接告诉 Josh 我现在多无能?"

陈其睿说:"我等 Josh 的电话。"

媒体的编辑将最终版的预览稿发给姜阑,请她做最后的确认。

姜阑一字不漏地读了一遍。

她握着手机,拨号界面显示 Neal Chen。过了整整十分钟,她还是没拨出这个电话。姜阑切回微信,回复编辑确认。

手机再次在实木餐桌上振动。

陈其睿看清来电人,按下接听。他说,Josh,晚上好。

Josh 说,Neal,你的病好些了吗?

陈其睿说,好多了,我们很久没有通电话了。

Josh 说,我知道我们很久没有通电话了,但你应该能够理解这一切——你无视我对你的挽留,执意去一家中国的时尚企业,而这家中国企业在未来五到十年很可能会成为我们的另一大竞争对手,我不可能再像从前一样信任你,也不可能不收紧对你的授权。

陈其睿说,我能理解你对我的不信任,但我无法理解你在这次 VIA 辱华危机事件中做出的决策。

Josh 说,我必须得承认,我低估了这一切的影响力。我也必须得承认,在这件事情上,我不应该只听 Erika 的。这是我不信任你所造成的后果。我现在希望你清楚直接地告诉我,你们到底要什么?

陈其睿说,Josh,你很清楚,我们到底要什么。

Josh 沉默了。

第二十四章

陈其睿说，拿出你的诚意，让我，让我们，让所有人，感受到被尊重。从三月四号到今天，我的人提出的每一项要求，你都必须满足。中国市场是你无法失去的一个市场，你并不愚蠢。

Josh 开口说，我不愚蠢。我们做错了一些事情，那么就必须要为此付出一些代价。不过，中国的消费者普遍健忘，我们今天所付出的代价，用不了多久，就会由你们为我们数倍弥补回来。

陈其睿说，中国的消费者是否健忘，让我们交给时间和市场来证明。你们是否会为你们的傲慢和错误付出巨大的代价，让我们同样交给时间和市场来证明。

晚上八点半，姜阑收到一封新邮件。

邮件来自集团总部 HR，同步抄送陈其睿和林别桦，告知她的竞业条款已被全面解除，并且免去她的三个月离职期，她可以随时离职，同时，她的 n-1 以及 n-2 也将最晚于明天收到一样的通知。

姜阑打电话给林别桦："只有我的部门吗？"

林别桦说："不。全公司。"

姜阑没问林别桦，既然这样，她是否也一样会决定离开。

和媒体打电话沟通完撤稿，姜阑开始一点一点地收拾桌上的东西。收拾到一半的时候，她重新坐下，给陈其睿写了封邮件，说明自己的离职日期将定在明天。

病假中的陈其睿并没有回复她的邮件。

姜阑缓缓滑动着鼠标。她的工作邮箱中保存着近万封各类重要邮件。她漫无目的地点击、打开、关闭，过了一会儿，她彻底关掉邮箱，关掉电脑。

Petro 也在收拾东西。

他看见姜阑，露出一个勉强的笑容，Lan，我要回纽约了，按照你们中国人的习惯，你是不是应该请我吃一顿饭？

姜阑点头，好。

Petro 叹了口气，我真失败。

他摇摇头，中国市场很重要，我曾经认为上海大秀一定能够加速我在集团总部的晋升之路，但是现在的一切让我变成了一个笑话。你看见了吗？就在刚才，VIA 总部终于用官方 Ins 账号发出了正式声明，为伤害中国消费者感情的品牌行为致歉，并宣布全面终止和 Quashy 的后续合作。可这已经太晚了，你们中国人绝不会轻易原谅 VIA，我说得对吗，Lan？

姜阑看着他，Petro，你想不想试一试另外一条路？

Petro 看着她，什么路？

姜阑说，有一家中国时尚集团，叫 LINO Fashion，它正在组建海外事业部，办公地点在纽约，正是急缺人才的时候。

Petro 一脸惊讶，Lan，你不会是想问我有没有兴趣去这家中国企业工作吧？我？中国企业？

姜阑说，LINO Fashion 只做女性生意和女性品牌，只做高端和奢华品类，它将陆续收购不少欧美品牌，也将陆续孵化推出不少中国品牌。其中有一个品牌，你应该不陌生，它是 BOLDNESS 的女装子品牌 WUWEI，它即将被剥离出来独立运营。WUWEI 未来的定位是奢华街头女装，LINO Fashion 计划将它一步步推向海外市场。奢华，女装，街头，中国市场，西方市场，这些都是你的既有经验，不是吗？如果你感兴趣，我可以帮你做职位推荐。

Petro 还是一脸惊讶。

姜阑说，你是一个黎巴嫩裔的澳大利亚人，你既然为欧洲企业工作过，也为美国企

THE GLAMOUR

业工作过，那么为什么不愿意尝试一下，为中国企业工作会是一种什么样的体验？

Petro终于管理住了表情。他说，Lan，这就是你要去的地方，是吗？

姜阑点头，我很愿意继续和你共事，你愿意继续和我共事吗？

Petro说，你真疯狂。

姜阑笑了。

周五晚上，姜阑走进BOLDNESS上海分部。她一眼就看见正在陪一群小朋友跳Breaking的费鹰。

十几分钟后，男人走开休息。

他拧开一瓶水，昂头灌下大半瓶，一偏头，看见了站在不远处的她。他冲她笑了笑："Hi。"

姜阑抬手轻拨头发，抿抿唇，走近他："Hi。"

两人坐在一旁的地上，看小朋友们跳舞。

男人运动后的体温很撩人，姜阑轻轻挠了一下他的胳膊。她还是不喜欢小孩子，但这不妨碍她喜欢看他和小孩子们一起下地。

费鹰捏住她的指尖，顺势抚摸她无名指上的戒指。

姜阑安静了一会儿，然后开口道："温艺今天来问，要不要把费问河当时签赡养协议时的原始录音放出来给媒体，然后借此机会彻底讲清楚你过去的事情。你的想法呢？"

时隔三天，网上的舆论风向已经转了个彻底。

费鹰三月十二号的那场直播被网友们誉为"如教科书一般却无法被再一次复制的反黑battle"。BOLDNESS的八款抵制Quashy辱华的strike T累积销量已破五十万件，首批T恤已发货，网友们陆续收到并纷纷发出各种买家秀，舆论终于重回最初的正轨：集火抵制Quashy和VIA。

有一条热评这样讲："希望这一波抵制能够坚挺下去，让VIA在中国市场彻底凉掉，不要出现半年后又开始在VIA店门口的一米线外排队的'盛况'，就问大家做得到吗？"

至于费鹰不赡养生父的"黑料"，一众网友还在等待"新瓜"，并且期待一个"翻盘大反转"。

费鹰一直沉默着。

姜阑轻声问："你在想什么？"

费鹰开口："在想我妈。"

姜阑感觉到他将她的手指握得紧了些。

费鹰说："我在想，如果我妈还在，她会怎么做。"

几秒后，他又说："阑阑，每个人都不可能获得所有人的喜欢和支持，haters（黑粉）一直存在。恨我的人，永远看不见真相。支持我的人，现在的我已经足够他们去相信。你说对吗？"

回家路上，姜阑几次看向身边开车的男人。

此前如浪如潮般的汹涌恶意，会有人为他们的污蔑、造谣、抹黑、攻击而道歉吗？

她知道不可能。

姜阑说："如果再有下一次呢？"

费鹰说："像这次一样战斗。一直到老，一直到死。"

晚上睡觉前，姜阑趴在床上，翻看团队今天送的一本厚厚的离职纪念册。床头灯照着她的脸，和她微扬的嘴角。

费鹰靠在一旁，他知道她和这支团队的感情有多深厚，也知道她们即将在不远的未来再度相聚。

他说："阑阑，你决定什么时候正式入职零诺？"

第二十四章

她说:"下周一。"

他说:"不休息一阵儿?"

她说:"不休息了。"

早一天投入新的战场,就能早一步奔赴理想。

费鹰点了一下头,说:"离开VIA,你有遗憾吗?"

姜阑没回答。

离开VIA,她有遗憾吗?

2019年3月18日,清晨,天上飘着小雨。

七点半,司机准时来接姜阑。他姓张,1996年生人,一开始姜总长姜总短,后来被姜阑礼貌地制止了,只好改口叫阑姐。

小张开着车说:"阑姐,我觉得你男朋友特酷特牛,真的,特酷特牛。刚才和你一起下楼的就是他吧?我居然看见真人了。"

路上,姜阑确认了一下这周的日程。

这是她入职的第一周,会议不多。零诺时尚要开启春季校园招聘,第一场宣讲会定于本周五下午,在上海的某所高校内。她被刘峥冉要求配合人事和培训部门去做这场宣讲会的主嘉宾。

周五宣讲会结束后,要和费鹰去看房子。之前那两套房子的上家又犹豫着不肯卖了,高涞重新选了一些给费鹰,费鹰则说全听她的。

周六上午,要陪童吟去试婚纱。试完婚纱,要继续陪童吟去试妆,看婚宴场地,试餐……办场婚礼真的好麻烦。结婚就一定要办婚礼吗?不办不可以吗?

周六下午,和童吟一道去浦东,看杨南主办的国际Breaking比赛的总决赛现场。这一次孙术也过来了,加上杨南、蒋萌、郭望腾、梁梁、王涉、童吟、ZT、白川,费鹰说人难得这么齐,晚上赛后一起聚个餐。

周日中午,带费鹰回姜城王蒙莉那边,介绍三人认识,吃一顿饭。王蒙莉电话打了不下十遍,反复确认费鹰吃不吃得惯这个或是那个,她好提前准备。

周日晚上,和费鹰去参加陆晟和齐柚的婚礼。

姜阑刚确认完今天的入职手续流程,就接到了刘峥冉的电话。

刘峥冉的语气有点抱歉:"姜阑,真不好意思,我没办法去上海亲自迎接你加入零诺大家庭。"

姜阑说:"不要紧的。刘总,我们之间不必见外。"

她知道刘峥冉还在产后恢复期,目前一直是远程办公状态。

刘峥冉说:"我打这个电话,是要告诉你另一件事。零诺集团的领导层架构在做新一轮的调整,我今后会继续担任零诺母集团的常务副总裁,时尚板块依旧属于我的分管业务,但零诺时尚的总裁位置会改由其他人担任。我希望你能够理解这个变动。"

姜阑微微皱眉:"这和我预期的不一样。"

刘峥冉说:"我明白,顶头老板是什么风格,对你而言很重要。正是因为考虑到这一点,我想安排你和你的新老板今天中午碰个面,看看双方的气场合不合拍。因为他还没有正式入职,所以这次会面是非正式的,OK吗?"

除了OK,姜阑并没有其他选项。

中午一点,姜阑乘电梯去楼上的会议室。

她不知道刘峥冉为零诺时尚找了一位什么样的新总裁。如果她的这位新老板和她真的气场不合,她要怎么办?

姜阑天然反感一切未知的变数。

推开大会议室的门,姜阑向内走了几步。

THE GLAMOUR

  一个男人站在会议室的落地窗边。这个熟悉的背影让姜阑停住了脚步。她不由自主地想到费鹰问的,离开VIA,她有遗憾吗?
  姜阑还来不及进一步思考和确认,就看见男人转过身。
  下一秒,她听见自己脱口而出:"老板?"
  她有多久没有这样称呼过陈其睿了?她又怎么会在这一刻如此自然地叫出这两个字?
  过去两个月的一幕幕场景飞速闪现。
  从她第一次听说零诺的机会,到第一次见刘峥冉,到向他表忠心,到签署竞业补充协议,到全渠道项目被否决,到去纽约出差,到被刘峥冉的拳拳之言打动,到在秀场外提出辞职,到后来每一次和他的对话……

  陈其睿站在窗前,看着姜阑。他的目光从没变过。他的目光令她将所有纷杂的思绪飞速收回。
  姜阑开口道:"老板。"
  她无法控制自己,接连问出了心中的凌乱疑惑:"我被零诺接触,你是什么时候知道的?一开始吗?你是什么时候决定加入零诺的?在我之前还是之后?零诺找我,是你要求的吗?零诺给我的offer上的薪水和股权,是你的意思吗?为什么要隐瞒我这么久?"
  陈其睿一直看着她。他的目光始终不变。
  姜阑意识到,不论她问什么,不论她以什么方式问,她永远都不可能从她的这位老板口中听到事情的真相。
  这一切的一切,都太陈其睿了。
  姜阑应该感到被欺骗,但她竟然毫无愤怒感。心头的那一角遗憾,此时此刻被完美填补,她甚至产生了一丝庆幸。
  她听到自己又重复了一次:"老板。"
  陈其睿难得微笑了。
  他终于开口说:"Welcome on board(欢迎入职),姜阑。"

  周五下午,零诺时尚投资街头女装品牌"无畏WUWEI"的新闻稿覆盖了全时尚媒体。
  姜阑在电话里对费鹰说:"好几家媒体想要约你做个简短的采访,想了解一下你作为品牌创始人是怎么看待这件事的。"
  费鹰说:"梁梁也是创始人,找她。"
  姜阑说:"也可以。不过媒体都对你更感兴趣,你出面的话,话题度会更高,品牌的被提及率和被讨论量也会更高。"
  费鹰说:"BOLDNESS的电商部门最近天天找我,让我抽空去给他们直播带货。阑阑,你说我要有求必应吗?"
  姜阑笑出了声。她说:"你别可爱。"
  费鹰说:"我可爱了?"
  姜阑说:"嗯。非常。"
  费鹰说:"行。我以后尽量别可爱。你现在到哪儿了?"
  姜阑还在笑:"快到学校了。怎么了?"
  费鹰说:"我等你来。"
  姜阑:"你下午不忙?你来听零诺的宣讲会?"
  费鹰说:"嗯。我来看看我的未婚妻有多么了不起。"

  宣讲会现场座无虚席。
  六十分钟之后,现场响起掌声。大屏幕上是零诺时尚最新一条宣传片的尾板,红底白字的LINO Fashion,Women First。

第二十四章

　　Q&A 环节，问题一个接一个，从零诺时尚最近的各类新闻，到计划收购的海内外品牌动向，到首届管理培训生的轮岗细节，到企业内部文化，再到招聘过程中会不会歧视男生……
　　最后一个提问机会留给了前排多次举手的一位女生。
　　女生站起来，很大胆地点名要求姜阑来回答她的问题："我很好奇，进入时尚行业工作，是不是就和大家想象中的一样，每天都很光鲜亮丽？"
　　姜阑的目光投向观众席。
　　女生旁边，坐着一个男人。男人戴着棒球帽，穿着卫衣、长裤、球鞋。从头到脚都是深灰色。从头到脚都没有任何一个品牌 logo。
　　他身上的装扮就一个词：Label-less。
　　男人的目光中，是只有她才能察觉到的爱意。
　　姜阑微笑着将目光移回女生脸上，她回答：
　　"时尚行业很宽，也很深，今天所展示出的只是有关时尚的冰山一角。你所目睹的光鲜，并不是时尚的全貌。"

BOLDNESS ★ WUWEI

番 外

THE GLAMOUR

01　七夕快乐

2019年的夏天，王涉再次应邀去录了一档Hiphop综艺，做比赛的现场DJ。

节目第一期播出是八月七号，一百零四分钟的内容，王涉的出镜总时长只有八十七秒。

这八十七秒的片段在网上传疯了。

大量网友冲去王涉的微博，想要近距离领略一番这个浮夸又冷淡的男人的日常画风。

王涉的置顶微博是一条交响乐团的演出视频，配文是一颗爱心和一朵玫瑰花。

往下划，王涉的近五十条微博，全是交响乐团的视频，爱心表情，还有玫瑰花表情。

这些视频里的乐团指挥，都是同一个女人。

她的背影足够让人展开一万字的联想。

到了这天晚上，王涉又发了一条新微博："七夕来探老婆的班"，配的表情是一个"耶"的手势、一颗爱心和一朵玫瑰花。

照片是他自己和一摞精致的饭盒，在车上。

评论区立刻盖起高楼，因这档新综艺而来的新粉纷纷在问："居然有老婆了？怎么这就有老婆了？"

王涉的老粉在评论区给新人扫盲："有了有了，他现在的微博就是日常给老婆做饭，日常去探老婆的班，日常宣传古典乐，日常夸老婆，一点都不Hiphop，一点都不OG，你们还不能说，说了立刻会被拉黑，不信的可以试试。"

新粉退出微博，重新去看一眼综艺的片段：单眼皮高鼻梁，头发短得贴头皮，明晃晃的耳钉和花臂，一张脸又冷又性感。

大家不甘心地退出综艺，再去看一眼微博。

这巨大的反差让人无语凝噎。

有一个貌似是熟人的ID WT_G 转发王涉的最新微博："花呢？终于不送花了？哈哈哈哈哈被人嫌弃了吧！"

王涉秒回："滚。"

过了会儿，王涉又重新带图评论："滚！"

图是一张微信对话的截屏。

老婆吟：

"忙，没来得及看。花收到了，漂亮是漂亮。"

王涉当然没有截全。

老婆吟：
"但我不是让你别再送了吗？你到底能不能听话！"
王涉这种男人，能是听老婆话的男人吗。

演出结束后，童吟上车。她把饭盒丢到后座，伸手揉了揉王涉的耳朵。她的动作很软，王涉被她摸得一抖。他攥住她的手腕，说："别动。"他又瞥一眼后座的饭盒，"吃了吗？"
童吟摇头，说："我不喜欢吃保温盒装的饭呀。"
王涉盯着她。
这毛病又是什么时候惯出来的？以前怎么没有？
回到家，王涉一字不发，冷着一张脸，直接就进了厨房。
在他身后，童吟无声地抿嘴。她从包里掏出一个小巧而精致的礼盒，准备拿去餐桌上。这是她给王涉准备的七夕惊喜。
但当童吟转过身，却先愣住了。
客厅沙发正对面的墙上，并不是她所熟悉的那张硕大的现场演出照片。那个不羁而野性、冷淡却性感的现场男DJ不见了。取而代之的，是她更为熟悉的人——她自己。此时此刻，那面墙上挂着一张同样硕大的现场演出照片，照片里的主角正是上半年随团出国演出的童吟。
金碧辉煌的交响乐演出厅里，她执棒的背影透着坚定的统治力。拍摄这张照片的男人，现在正在厨房为她服务。
童吟挪开目光。
今夜的客厅显得没有那么空空荡荡——在那面墙的前方，还多了一架全新的三角钢琴。
这就是那个完全不懂得什么叫浪漫的男人给她准备的七夕惊喜。
童吟摸出手机，拍了一张照片，发给闺蜜。

姜阑收到童吟的微信时，还在公司加班。零诺时尚初创，事情如山一样的多。她实在没工夫管今天是什么特别的日子，更何况像她这样的品牌方从业人员，天然就对各类商家促销节日免疫。
童吟发来王涉送她的七夕礼物的照片，姜阑草草一瞥，顾不上分析闺蜜这是炫耀性更强还是吐槽性更强，只简单回复了一个"祝福"，就继续处理案头工作。
没过一会儿，手机又响，是费鹰的来电。
姜阑不得不接起："什么事？"
费鹰说："你是不是忘了今天要回你父母那儿？你妈妈刚才打电话问我。"
姜阑看了一眼电脑上的日历，这才反应过来自己的确是彻底忘了这件事。她又看一眼手机，确认里面没有来自王蒙莉的未接电话或未读微信。她忘记回去，王蒙莉不找她，却找费鹰问，这是什么道理？姜阑对自己的母亲无话可说。
她无声叹了口气，对费鹰说："我忘记了。我还在公司加班，事情还有好多好多，怎么办？"她停顿一秒，"我能麻烦你代替我去一趟吗？"
费鹰在那头似乎是笑了一声。他的语气在意料之中，说："嗯。我已经在他们楼下了。"

王蒙莉给费鹰开门。她对女儿的这位男朋友始终说不上是什么感受。一个白手起家的商人，学历水平一般，家里面的事情乱七八糟，这算是一个好的结婚对象吗？有钱确实是有点钱，但难道她女儿就赚不来钱吗？长得倒是帅得要命，还有这个身材，可惜两人又不要小孩子，这样的基因又有什么用？唯一能让王蒙莉心里舒服的，就是费鹰对她女儿的好。还有谁家的女儿男朋友，能随时打电话和发微信都能找得到人，还能随叫随到？做生意的人不是都忙吗？怎么她女儿的男朋友看起来还没她女儿忙？不过这些心里话想归想，王蒙莉从来不会对姜阑讲。她女儿好不容易找了个结婚对象，她才不要添乱，

THE GLAMOUR

以免姜阑又有理由继续回到她从前的生活方式。

今晚姜阑忙得回不来,饭菜又烧多了。王蒙莉叫费鹰多吃点,一顿饭讲了不晓得多少遍,讲到连姜城都看不下去,帮忙开口制止她的"逼迫"。

饭吃好,费鹰帮着王蒙莉收拾碗碟进厨房。王蒙莉问他:"今天是七夕呀,你和阑阑不过七夕吗?"

费鹰关上洗碗机门,简单说:"她忙。"他还在学习怎么和姜阑的母亲相处,在这一点上他远不如王涉,王涉只要进了厨房,那童吟的妈妈就没有不喜欢他的时候。

王蒙莉知道女儿忙,但她永远也不能真正了解女儿的世界。她叫费鹰讲一讲姜阑具体在忙些什么,费鹰就挑了一些通俗易懂的告诉了她。

像王蒙莉和姜城这样一辈子待在学术象牙塔里的长辈,费鹰很敬重。他能感知到姜阑和父母的隔阂,更能感受到王蒙莉和姜城所作出的尝试和努力。

从厨房出来,姜城叫费鹰出门散步。费鹰答应了,同他一道下楼。姜城和王蒙莉有着本质区别,他话不多,还有一股学者的清高,头几次费鹰跟着姜阑回家时,姜城几乎不怎么同费鹰交流。

今晚走在小区里,姜城对费鹰说:"我注册了一个微博,看了不少和你们相关的东西。"

费鹰没问姜城能不能看得懂,他等着姜城继续说下去。

姜城说:"姜阑小的时候,有两年,我公派出国工作,先去日本,再到美国。九十年代初的时候,像我们这种搞理科研究的,虽然知道自己和人家有差距,但是直到走出国门亲眼看一看,才知道这差距有多大。我们这一辈年轻的时候,常听一句话,叫作'落后就要挨打',我们在很多方面都落后于别人,但我们绝不相信会永远落后于别人。"

姜城又说:"所以我看你们做的那些东西,感触很深啊。姜阑忙,我能理解她,因为这种忙是有意义的。"

和王蒙莉与姜城告别后,费鹰驱车去零诺大楼接姜阑。快到时,他给姜阑拨了个电话。电话里,他没多讲和王蒙莉与姜城的晚饭如何,只是问她吃没吃饭,这会儿饿不饿?

这个男人明明也很忙,但他始终能把她的事情作为他的高优先级。两人进一步的亲密结合让姜阑感受到了这段关系带来的更多好处——她的父母不需要只靠她一个人来面对了。

姜阑一边接费鹰的电话,一边把给陈其睿的邮件发出去。

陈其睿的手机屏自动亮了,有新邮件进来。但他没有碰手机,因为季夏正枕在他的腿上。

盛夏的夜晚,房间里的冷气十足。季夏裹了一件很薄的羊绒衫,维持着这样的姿势看电视。

今天是季夏四十六岁的生日,她到现在也没对陈其睿提出她的生日愿望。陈其睿是个不会给人任何惊喜的男人,他只会满足一切她宣之于口的需求。

但是今晚的季夏,似乎并不需要任何东西。

陈其睿深知创业期的季夏有多累,她需要的不是生日礼物或节日惊喜,而是毫无负担的彻底放松。

季夏握着电视遥控器,漫无目的地换台。过了会儿,她停在一个法国台。电视屏幕里是一片大海,海岸线很长,有很高很高的沙丘,沙丘的背面是广袤的森林。这是一段绝美的自然风景纪录片。

夏日的阳光很炽烈,海浪翻出耀目白光。

季夏将手腕搭在陈其睿膝头,笑了笑:"夏天是个很有魅力的季节,不是吗?"

陈其睿握住她的手腕,拇指在她手腕内侧的皮肤缓慢划过。

"夏夏。"

他叫了她一声。

季夏应道:"嗯?"

陈其睿没有对她说生日快乐,或是别的什么祝福话。他说:"十三年前,我第一次见到你,就是在那片海滩上。"

THE GLAMOUR

02　　夏天的夏

　　2006 年，夏天。
　　阿卡雄的海边很安怡。这里虽然有欧洲最高的海岸沙丘，但小镇的整体商业化程度不高，游客少，不嘈杂。
　　在海边走了一段路后，赵空雷询问陈其睿："找个地方坐一会儿？"
　　陈其睿对爬比卡沙丘没有任何兴趣，他点头，随赵空雷和赵空雷的法国太太走进最近的一家海边餐厅。
　　这种天气在户外坐着很舒服。
　　赵空雷的太太名叫 Sophie，很常见的法国女人名字。Sophie 点燃一根细长的烟，用英文问陈其睿，你讨厌烟？
　　陈其睿无动于衷，一言不发。
　　Sophie 似笑非笑地吸了一口，叫来餐厅服务生，点了两打本地生蚝和一瓶白葡萄酒。她讲话时语速很快，讲完后把烟按灭，然后又对赵空雷讲了几句话。
　　赵空雷的法语已经能讲得很好，他回应着太太，目光瞥向陈其睿。
　　陈其睿给自己倒了杯水。
　　喝了几口后，他听见赵空雷用中文说："Neal，我知道你不认可我现在的生活方式，但你不应该对她抱有偏见。"
　　陈其睿沉默两秒，说："我始终尊重你的选择。"
　　Sophie 听不懂两个中国男人在讲什么，她笑了笑，继续用英文对陈其睿说，你，哦，还有 Harry（赵空雷的英文名），你们这些出生成长于中国大陆、后来去了美国接受高等精英教育、又在美国工作生活多年的中国男人，真的很有意思。
　　有什么意思？
　　陈其睿没兴趣去了解。
　　赵空雷拍拍太太的肩头，试着缓解尴尬，笑问，难道比最喜欢意大利男人的法国女人还有意思吗？

　　赵空雷是陈其睿读 MBA 时的校友，后来成为同事，两人都曾在美国工作生活过多年，关系称得上要好。五年前，赵空雷认识了赴美做访问学者的 Sophie，迅速坠入爱河，光速闪婚，为爱辞职，跟着 Sophie 搬到法国定居，生了两个混血宝宝，从此过上了女主外男主内的煮夫生活。法国政府的各项津贴补助很可观，赵空雷对现在的生活很满意。
　　想要让陈其睿这样的人理解这一切，认可赵空雷这样的人生选择？

番外·夏天的夏

赵空雷知道不可能。

夏末午后，天幕晴朗，阳光温柔。

餐厅服务生拿来酒，Sophie 和这个年轻女孩讲了几句话，年轻女孩笑嘻嘻地走开，步履轻盈。法国女人们在这一年喜欢穿紧瘦贴腿的铅笔裤，以及轻软无根的芭蕾平底鞋。法兰西民族有着根植于内心深处的骄傲，他们在时尚产业的金字塔顶端盘踞多年，掌控着世界流行和审美的话语权。像这样的铅笔裤同芭蕾平底鞋的搭配，很快就将风靡全球。

海风轻撩陈其睿的额头，他放下刀叉，抬目远望。

海边不时有女人走过，穿什么的都有。除去各式各样的比基尼，还有领口宽大的荧光色露肩T恤，面料垂滑的细吊带长裙，随意遮裹裸体的轻薄罩衫。少有人特意穿内衣，而没有胸罩束缚也没有乳贴遮掩的乳房形状在衣衫下显得放纵且自由，隔着布料，乳头的大小清晰可辨。

Sophie 重新将烟点燃，似笑非笑地问陈其睿，换在东亚各国，你们能想象女人在夏天不穿内衣就出门吗？

陈其睿并没有回答。法国是女性主义以及相关权利运动的起源地。和在这里生活的女人相比，东亚的女人所受到的束缚又何止一件简单的内衣？

Sophie 在当地的高等商学院教书，和大多数当地人不同，她可以讲一口流利的英文。面对不会讲法文的陈其睿，她并不遮掩自己的疑惑，又问，Neal，我听 Harry 说，你现在在为法国奢侈品牌工作，但你不会讲法语？

Sophie 对自己的民族非常了解。法国人的傲慢体现在各方各面，法国奢侈品牌总部公司能够给一个连法文都不会讲的中国男人多高的本地管理层职位？

陈其睿仍然没有回答。

赵空雷在一旁插话，回答 Sophie 说，他？他不需要会讲法语，他的手段你是没见过。

饭后，Sophie 先开车回波尔多市区，她晚上还有个商业讲座要出席。赵空雷和陈其睿沿着海边继续散步。

这一趟陈其睿到巴黎总部出差，公事办完后多出一个周末，特地坐了三个半小时的 TGV（法国高速铁路列车）到波尔多与赵空雷一聚。两人虽然几年未见，但一直保持邮件往来，对彼此的近况并不陌生。

赵空雷对 Sophie 讲她是没见过陈其睿的手段，是句客观评价。陈其睿是不会讲法语，但陈其睿这趟把一位半年前刚调去上海、负责品牌中国区 MarComm 的法籍 peer（平级）直接送回了巴黎老家。陈其睿的总部老板不仅支持了他，还进一步授权他作为 Acting Head of MarComm（临时市场及传讯负责人），接手品牌即将在中国举办的首场大秀。

此举让任职品牌中国区零售业务 VP 的陈其睿成功地离他的下一个目标又近了一步。

陈其睿不理解赵空雷的人生选择，赵空雷就理解陈其睿的人生选择吗？

离开世界顶级咨询公司，从美国回到中国，转身进入奢侈品时尚零售行业，在香港待了三年之后去到上海，一待又是三年——陈其睿的职业规划，同样让赵空雷保留意见。

但既然陈其睿能够尊重赵空雷的选择，那么赵空雷也不评价陈其睿现在从事的这份工作。

走了二十分钟，沙滩边出现了一座旋转木马。

赵空雷停下脚步，"我口渴，买瓶饮料，你喝什么？"

陈其睿说："冰水。"

赵空雷走去买喝的。

太阳很灿烂，晒得陈其睿的额角微微冒汗。他从来都不喜欢炎炎盛夏，他出生于严寒冬季，他的性格天然地排斥一切炽热的东西。

在等赵空雷的时候，陈其睿走去旋转木马旁边，那里有一小块阴影。他站在阴影中，

THE GLAMOUR

抬手解开衬衫纽扣。

有一个亚洲面孔的女人站在他的右前方。

她的脚下扔着一只尺寸很大的度假手袋。手袋的品牌很昂贵，是某个顶级奢侈品牌，手袋的稀有皮革上蹭满了海边的沙粒。

职业习惯使然，陈其睿的目光在那只奢华度假手袋上停留了两秒，然后他听见这个女人在打电话。

她讲着一口流利的法语，语速比 Sophie 还要快许多。她的语气听上去非常积极且乐观。陈其睿看见她一边讲着电话，一边拨了拨头发。她的头发在太阳的照耀下显得格外黑亮。

这个电话讲了些什么，陈其睿听不懂。

女人很快挂断电话，紧接着，又拨出一个电话。这次是英语，她的语气转变得很快，语速也放慢了不少，声音听起来很冷静、很镇定。

陈其睿听了十余秒，判断出她是在向老板汇报工作。通过这个电话，他推断出前一个法语电话那头是她的客户——她应该是在 agency（代理商）方工作。

第二通电话持续了没多久，挂断后，女人毫不耽搁地拨出第三个。

对面接起电话后，她的语气再一次快速转变，态度极为强硬："Charlie，我需要你现在 recall（撤回）你刚刚发出的邮件。我知道你在想什么——这个世界上所有的甲方都是蠢货，对吗？那么我要告诉你，如果甲方最大的问题是蠢而不自知，那么乙方最大的问题就是自以为是地笃定所有的甲方都是蠢货。你不做出 mindset 上的改变，我的 team 就不需要你。如果这正是你要的结果，那么等我这趟休假回去，我可以把你转去其他的 team。"

这通电话是中文的，陈其睿一字不落地听进耳中。

女人结束通话。

盛夏的阳光打在她身上。她低头，弯下腰，这个动作牵动本就大开的衣领，里面没有任何内衣。

很快地，她把沙滩上的手袋拿起来，然后将手机扔进去。有什么小东西掉进沙里，但她并没有在乎。

不远处，她的朋友向她招手，并且大声叫她："夏夏！"

女人笑了一下，大步走过去。

赵空雷开车送陈其睿到机场。波尔多没有直飞上海的航班，陈其睿从巴黎转机，半夜时分落地浦东机场。次日清晨，他到公司，先听几个 first line 的工作汇报，然后叫之前那位法国人留下的团队进来，过目前的大秀准备情况。

在此之前，没有任何一个欧美奢侈品牌在华举办过这种规模的大秀。如果它取得成功，那么它必将是足以载入行业史册的一场传奇。

这段时间负责和总部对接的人是 Yoda。她刚确认怀孕，已在上周提出每周两天在家办公的申请。系统申请于今天清晨流转到陈其睿这边，陈其睿批准了她的申请。Yoda 进他办公室，先对他就此事道谢。

陈其睿直接开口问工作："大秀的 agency 现在找得怎么样？"

Yoda 说："Global 太挑剔了呀，一直拖着。Neal，你有什么想法？"

陈其睿叫她把市场上所有的国际活动公司的资料全部整理出来，他要亲自过目。他对她说："一切需求，以 local team（本地团队）为先。你不必顾虑 global 那边的问题，有事情我会解决。"

Yoda 说："好的呀。Agency pitching（代理商比稿）你要全程参与的吧？"

陈其睿点头。

Yoda 又问："Neal，你对 agency 配给我们的 account team（客户团队）有什么硬性要求吗？我这边好提前告知他们，提案会议的时候他们可以更有针对性。"

陈其睿回答："我需要一个能力卓越的 account head（客户总监）跟这个项目。"

陈其睿继续说："强势，激进，有野心。脑子要灵光，判断要准确，审美要在线，情商要合格。要了解国内市场和本地消费者，同时也具备国际化视野和格局。能搞得定中国老板，也要能搞得定外国总部。"

Yoda 一字不发。

她心中在想，恐怕最为重要的是要能搞得定眼前的这位 Neal Chen 吧？

而这样的人，真的存在吗？

IDIA 是第五家来提案的国际活动公司。

对方带队的是 IDIA 中国区 GM，一位名叫 Matt 的英国中年男人，一口标准的伦敦腔，还能讲两句上海话。走进大会议室，他向 Yoda 介绍跟在他身边的女人，说，这是我的秘密武器，Alicia Ji，只有面对最重要的客户时，我才会让她出马。

女人对 Yoda 微笑："你好。我是 Alicia。"

Yoda 礼节性地微笑，和 Alicia 握手，说："你好呀，久仰大名。"

这句"久仰"并非假话，Yoda 从不同的渠道听过好几次 Alicia Ji 的名字。这个女人手上做过好几桩厉害案子，虽然不是奢侈品时尚行业的，但活动的造价要比奢侈品牌的更加令人咋舌。

陈其睿走进会议室。

Matt 率先起身，同他握手，交换名片，做自我介绍，然后向陈其睿一一介绍他此次带来提案的团队。

陈其睿的目光扫到 Matt 身边的女人。

女人向他递上名片，说："Hi Neal。久仰。"

陈其睿接过名片。

女人的面孔很眼熟，他认得这个女人。很少有人能够只出现短短几分钟，就叫他留下深刻印象。

名片上印着：

IDIA CHINA（IDIA 中国区）
ACCOUNT DIRECTOR（客户总监）
ALICIA JI

陈其睿将名片翻转。

背面的中文姓名处印着：季夏。

这场会议开了足足三个小时。

要在专业性和职业度上赢得陈其睿的信任和青睐，不是容易的任务。在 IDIA 之前来的四家 agency 都失败了。在这三个小时中，IDIA 中国区的团队接受了来自陈其睿的多方面挑战。

这个叫作 Alicia Ji 的女人头脑清楚，思路敏捷，逻辑性强，IDIA 的整场提案节奏由她全程掌控。她向会议桌对面的一排人展示了 IDIA 中国区对这个客户势在必得的决心——对中国奢侈品市场及消费者的深入洞察、深厚的国际及本地供应商资源、过往的 show case 分享、360 度深度整合传播及营销的能力，以及本地团队的人才配备。

会议桌前，Yoda 不留痕迹地打量陈其睿的脸色。后者始终没有表露出任何明显的态度。

在结束最后一个提案部分后，Alicia 按下手中的遥控器，PPT 展示进入最后一页。与前四家 agency 对客户的讨好不同，IDIA 团队在提案的最后打出了他们对客户的要求。

Alicia 稍稍侧身，对那一头的会议桌主位说："IDIA 希望我们的客户能够尊重专业。在尊重专业之外，也能够尊重常识。"

THE GLAMOUR

  这场会议结束，老板们先行离开。Yoda 叫住 Alicia："Alicia，我们再聊聊好吗？"她还需要再确认一下 IDIA 的报价明细。
  Alicia 点头，表示她要先出去一下，10 分钟后回会议室。Yoda 送她出去，然后折返回办公区域，去陈其睿办公室。门开着，她象征性地敲敲门，向里面的人说："Neal，你觉得 IDIA 怎么样？"
  陈其睿不答反问："你觉得怎么样？"
  Yoda 讲实话："我觉得很不错。唯一的欠缺就是他们过去没做过 luxury，更别提 runway show。还有就是，他们的 Alicia Ji 是不是有一点年轻了？"
  欧美奢侈品牌此前从未在中国内地市场做过这等规模的大秀，这对每一家国际活动公司的中国团队来说都是同样的拓荒者困境，IDIA 中国区的短板也是所有 agency 的短板。但是项目负责人有一点年轻——这个行业向来是论资排辈的，欧洲总部的傲慢体现在各方各面。
  陈其睿说："年轻是问题吗？"
  和能力相比，年龄从来都不应该是问题。Yoda 知道陈其睿有魄力，但无法相信这真的不会成为障碍。陈其睿难道不会看错人吗？陈其睿难道不会用错人吗？她欲言又止，最后说："是，我明白了。"
  她见陈其睿起身，明白他是要按点下楼吃中饭，于是先行离开。

  电梯下行到写字楼一层。
  门开，陈其睿迈步出去。在他的正前方，有一个女人捏着手机，急匆匆地走进电梯等候区。她低着头按手机键盘，没有看清前方有人。
  在她撞到他之前，大约有两三秒的时间，足够陈其睿避让开，但是他并没有避让。
  这个叫作季夏的女人一头撞上他，她的头发还钩在了他的衬衫纽扣上。她连续说了好几个 "Sorry"，一边说，一边抬起头，然后微微愣住。她显然没有料到自己撞到的人会是他，这个她要赢下的客户方决策者。
  陈其睿对上她的目光，面无表情地抬起右手，把她的头发从他的衣服上择下来。
  季夏很快回过神，拢了一把自己的长发，开口说："我刚才没看清，真是不好意思。可以让我请你吃顿中饭吗？作为道歉。"
  陈其睿低头看了她几秒，说："OK。"
  季夏又问："Neal，你想吃什么？西餐可以吗？"
  陈其睿一边迈步往前，一边回答她说："我工作日中饭只吃日料。"

  季夏很快按他名片上的手机号发来短信。陈其睿并没有叫她去找他的助理。这顿饭被定在了两天后的中午。
  餐厅是季夏挑的，菜是季夏点的。
  一顿饭吃得无波无澜，陈其睿从头到尾也没有表示对这家餐厅和菜品是否满意。
  到最后，季夏打开天窗说亮话："Neal，我听过关于你的传闻。你对合作方很挑剔，你的评价体系与准绳和寻常人不一样。我不想因为上次的失误让你错判我的性格和能力，我更不希望因此丢了这次合作机会。"
  陈其睿看向季夏。她以为他会怎样错判她的性格和能力？做事莽撞冒失吗？他想起了那个海边，她打的那三通电话的语气和内容，还有她离开时掉在沙里的小东西，和她不在乎的样子。
  他开口："Alicia。你为什么对这场大秀感兴趣？是什么驱动你必须要拿下这个客户和这个项目？"
  季夏笑了一下。
  那笑容，让陈其睿看见了海边的炽热阳光。

她开口:"在此之前,没有任何一个欧美奢侈品牌在华举办过这种规模的大秀。如果它取得成功,那么它必将是足以载入行业史册的一场传奇。我希望能够创造这场传奇,我想要将我的名字刻在传奇之上。"

　　她又说:"Neal,我期待和你一起共创这场传奇。一场让欧美品牌修正对中国市场认知的盛大传奇。"

　　陈其睿没有对她的这句话做出回应。他问:"你的中文名字,叫作季夏?"

　　季夏点头,说:"季夏。夏天的夏。我出生在盛夏。"她再度笑了一下,"夏天是一个很有魅力的季节,不是吗?"

　　陈其睿从来都不喜欢炎炎盛夏,他出生于严寒冬季,他的性格天然地排斥一切炽热的东西。

　　女人的目光很炽热。

　　陈其睿并没有开口回答她的问题。

　　夏天是一个很有魅力的季节,不是吗?

THE GLAMOUR

03　　追　星

　　徐鞍安坐在休息室里。她面前的桌上摆着一只粉色的翻糖蛋糕。蛋糕是今晚活动的主办媒体方为她准备的，一块数字巧克力牌插在蛋糕中央：19。

　　丁硕在一旁打电话，喋喋不休没完没了："阑姐，阑姐，我知道无畏不会签任何艺人做品牌代言人，用流量艺人带货不符合无畏的品牌调性，我懂，我都懂。但是安安多喜欢这个牌子，你也是知道的啊。你可千万别误会，我的意思是说，咱们能不能把日常穿搭的单品软植和媒体拍摄这些最基础的合作做起来，还有安安出席各类活动和上节目的服装赞助……我听人说今晚活动你也在现场，你要是有空的话咱们当面聊聊行吗？啊，我知道你今晚肯定特忙，我等你，不管到多晚，你给我打电话，我就在休息室，行吗？"

　　徐鞍安烦死丁硕了。她从兜里掏出耳机，塞进耳朵里，将他那讨好得令人生厌的声音彻底屏蔽。

　　两个月前的 VIA 辱华事件余波未消，徐鞍安和 Quashy 的合影已经成为她难以轻易抹去的"黑历史"。徐鞍安在整场风暴之中是否无辜，吃瓜群众根本不在乎。自从和 VIA 解约后，丁硕一直在绞尽脑汁地帮她重塑公众形象和路人缘。

　　徐鞍安去年 11 月的"乳房是什么"破洞上衣旧照被丁硕翻出来，在网上反复炒了几波，试图重新唤起网友们的短暂记忆。在经历了那一场狂烈的网络风暴之后，BOLDNESS 依然屹立不倒，它身上的中国街牌之光的标签甚至比曾经更加耀眼。与 BOLDNESS 拥有同一个创始团队的"无畏 WUWEI"在正式接受零诺时尚集团的投资之后，被行业内外寄予了很高的期望。

　　在丁硕看来，"无畏 WUWEI"的品牌前景不可估量。没有任何一个品牌能比这个吸引了大量目光和注意力、定位为中国首个奢华街头女装的品牌更加适合帮助徐鞍安迅速刷新她的个人形象。

　　今晚这场众星云集的时尚大刊年度活动的主赞助商是零诺时尚，姜阑会作为赞助方的高层出席活动，这是丁硕一早就打听好的。他非要在今晚的活动现场抓住姜阑，为徐鞍安争取到和无畏 WUWEI 长期合作的机会。

　　丁硕巴结完姜阑，又继续打了两个电话，然后走出休息室。

　　徐鞍安把耳机摘下来。她盯住桌上的蛋糕。她讨厌死这个粉色了。

　　整整一天，丁硕没和她说一句"生日快乐"。她在丁硕眼中，永远只是"徐鞍安"三个字符。

　　助理小关去上厕所了。丁硕迟迟没回来。

　　徐鞍安出了休息室，没让贴身保镖跟着，自己快步向外走。一路上她遇到了几个业内前辈，她没对任何一个人打招呼，也没有任何一个人想要对她打招呼。

今晚的活动在一个厂区改造的艺术基地。徐鞍安找了个没人的犄角旮旯，从兜里掏出一把零散的香烟。她拨拉了几下，眼皮一抬，看见面前站着一个小男孩。

小男孩看上去大概十二三岁的模样，不知道是什么人。他剃着短短的寸头，一身打扮潮酷潮酷的，贴墙站着，小手往裤兜里一插，目不转睛地盯着徐鞍安。

徐鞍安把烟塞回兜里。

她回盯着这个小男孩。他是谁？也是圈里人吗？新冒头的童星？她怎么不认识？童星也被邀请来参加今晚的活动？

小男孩盯了半天徐鞍安，咧嘴笑了："我认识你。"

徐鞍安没说话。

他当然认识她，有谁不认识她？

小男孩说："你就是之前那个在微博上发了一个大大的酸柠檬，想去BOLDNESS活动现场追星却没有邀请函的可怜鬼！"

他又继续比画着说："我去了活动现场，那天晚上的现场真的超酷的！有好多好多的rapper，dancer，DJ，艺术家，那里的每个人都超有个性，我还拿到了DJ ZT的亲笔签名哦！她是你的偶像对吗？你没去成真的好可怜。哈哈哈。可怜鬼可怜鬼！"

徐鞍安没废话："你跟我来。"

小男孩歪了歪脑袋，然后跟着她一路走到艺人休息室门口。

徐鞍安带他进去，径直走到沙发前，弯腰把桌上的翻糖蛋糕举起来，转身二话不说地扣在了他的脑袋上。

蛋糕底座滑落掉地。

小男孩满头满脸的粉色糖霜和奶油，一双黑长的睫毛一眨一眨。

徐鞍安憋了整整一天的闷气与不快，在这一刻得到了彻底宣泄。

她一言不发地坐下来，等着这个毫无教养可言、莫名其妙冒犯她的小男孩放声大哭。

但这个小男孩抬手抹了抹脸上的奶油，居然扬起嘴角笑了笑，向她凑近，说："姐姐，你果然是个暴力狂，之前那条说你暴打前男友的热搜也是真的吧？"

"刘衡。"

又有人走进休息室。

徐鞍安的目光移过去，是姜阑。

姜阑对徐鞍安点点头，然后稍稍皱眉，对小男孩说："你怎么在这里？你的脸是怎么回事？你这样会让大家担心的，知道吗？"

小男孩立刻跑到姜阑跟前，模样和语气都超级乖巧："阑阑姐，我上厕所出来迷路了，是我没做好。奶油和蛋糕是我自己不小心弄到脸上的，和这个姐姐没有任何关系哦！"

姜阑从桌上的纸巾盒里抽出几张给他擦了擦，说："你王叔还在外面找你。"

今晚这场在北京办的活动不大不小。刘峥冉一点兴趣都没有，但是刘衡非闹着要来玩，刘峥冉就让王钧带孩子来看看。姜阑在现场接到王钧和刘衡，交给两人VVIP嘉宾手环和内部人员工作牌，转头去忙别的事，再转头就见王钧在满世界地找刘衡。

刘衡很乖地出去了。

姜阑走近徐鞍安坐的沙发，貌似随意地问："丁硕不在？他前面打电话说要找我聊聊。"

徐鞍安看着姜阑坐下来，开口道："姐姐。"

自去年11月北京那场活动之后，徐鞍安就没再像这样当面和姜阑说过话。今晚的姜阑看起来和过去每一次都一样：精致，职业，冷静。唯一不同的是，她身上已不再是全套VIA服饰。

姜阑递给徐鞍安一只红色的盒子："生日快乐，安安。"

THE GLAMOUR

一句生日快乐，不会让人真的快乐。

徐鞍安接过。

盒子外层印着"无畏 WUWEI"的 logo，打开来，里面是一条项链，搭配六枚可替换的项坠。

徐鞍安摸了摸项链："谢谢。"

她把盒子盖好，又摸了摸上面的 logo。

姜阑看向这个刚满十九岁的少女。对方此刻的情绪正如同她现阶段的事业，处在前所未有的低谷期。今晚这场活动的主办媒体此前在拟待邀明星名单的时候曾直接划掉了徐鞍安三个字，后来是零诺时尚作为主赞助方要求将徐鞍安请来的。

这些内幕并未传到丁硕耳中。

他手里带的这位年轻女明星，向来是超高流量和超高话题度的代表，有多耀眼就有多叛逆，有多少人爱就有多少人恨。两个月前的那一场风暴，余波至今未消，徐鞍安出道以来的所有"黑历史"被层出不穷地掘出来，一次又一次地曝光于大众眼前。这个成名过早的叛逆少女，一朝跌落高位，即引无数 haters 争相踩踏。媒体对艺人的态度是最具引导性的风向标，今晚的这场活动已足以说明问题。这个圈子是名利场，更是个势利场，对于现在的徐鞍安，有几个人能不做到落井下石？又有多少人想要将她就此钉在耻辱柱上？

徐鞍安三个字在未来还能具有多少商业价值，徐鞍安是否还值得她的公司继续倾注心血和资源，徐鞍安还能否继续她的演艺事业，此时此刻都是未知数。

姜阑看看时间，站起身。

徐鞍安叫住她："姐姐。"

姜阑回头。

徐鞍安说："我没什么好怕的。"说这话时，她的眼睛很湿也很亮，她再次重复了一遍，"我没什么好怕的。"

姜阑微微笑了。

徐鞍安对姜阑挥了挥手："姐姐 bye bye。"

姜阑也对她挥手："Bye。"

七年后的五月，纽约。

下午三点，徐鞍安一抵达酒店，就被安排做后天 Met Gala（纽约大都会艺术博物馆慈善晚宴）的红毯 fitting。

Petro 带着内部造型师和三大箱服饰到半岛酒店，现场亲自调整和确认徐鞍安的造型。

刘辛辰在套房客厅打电话。打完电话，她向 Petro 递上一杯咖啡。

Petro 一边喝咖啡一边抱怨，Lan 在哪里？她不知道我要忙死了吗？Ivy，我知道你现在能够独当一面了，但我仍然需要看见 Lan。

刘辛辰说，Lan 在开会。

Petro 说，哈哈，开会永远是个好借口。

他翻了个白眼，转头又换上一副热情洋溢的面孔，冲刚换好衣服出来的徐鞍安笑着说，Ann，你看起来棒极了，只是你的发型师似乎并不了解我们究竟想要表达什么，我需要和他单独聊一聊。

二十分钟后，刘辛辰下到酒店大堂。

一个很年轻的男孩子等在那里，亚洲面孔，长相帅气干净，身材高高大大。他手里拎着五六只鞋盒，肩膀上搭着三四只成衣袋。

男孩子看见刘辛辰，露出一个很阳光的笑容，开口讲中文："Petro 让我送这些到这里，你需要我帮你拿上楼吗？"

刘辛辰看了他几秒钟，并没有允许他一起上楼。

她叫男孩子把东西交给酒店礼宾，然后递给他一张卡片，吩咐他：“去这家餐厅，按要求买好小笼，然后送来。给你四十分钟够吗？”

徐鞍安坐在镜子前。发型师按照 Petro 的要求在重新给她弄头发。前面花了两个小时才做好的成果全部被废弃。

徐鞍安从头到尾都很配合。

Petro 坐在徐鞍安身边，划动着平板屏幕，缓慢而细致地向她说明后天 Met Gala 红毯之夜的所有流程细节。

徐鞍安仔细地听着，偶尔提出问题，然后很有礼貌地道谢。

Petro 露出标志性的笑容，感慨地说，Ann，你现在和十八岁来纽约看秀的时候简直判若两人。现在的你，已经是一位真正的明星了。

徐鞍安没笑，也没说话。

刘辛辰走过来时，正好听见这段感慨。

她拿起手机，拍了一张现场照片，给姜阑发过去：“一切都很顺利。阑姐，徐鞍安太美太有气质了，不枉 Petro 这次这么费劲地把她送去 Met Gala。我可太期待后天了！”

姜阑回：“好。”

刘辛辰按灭手机，抬头环顾，走回套房客厅，和坐在沙发上无所事事的丁硕打了个招呼：“丁总，您这趟亲自陪着来，辛苦了。晚上想吃点什么？”

丁硕拿着手机打游戏，头也不抬地说：“不辛苦，不辛苦。我们安安多让人省心啊。”他手指如飞地操作游戏界面，“下个月国内电影节的开幕红毯，她也想穿无畏，没问题吧？”

七年前没人能想到今天。那一场狂烈的风暴并没有摧毁叛逆的少女，反而为她带来了破茧的新机。

徐鞍安在她的事业低谷期沉寂了整整两年。一直到二十一岁，她才得到一个不怎么被看好的机会，受邀于国内一位名不见经传的女导演，作为女一号，出演了一部制作成本极低的女性电影。这部电影没在国内公映，却以黑马之姿在那一年连续斩获了国外数个电影大奖的最佳原创剧本和最佳女主角。

此后五年，徐鞍安又演了两部电影，出了三张专辑。这两部电影和三张专辑为她接连收割了数个业内重量级奖项。她在社交媒体上持续保持缄默，不出席任何商业活动，不为任何时尚大刊拍片，不签约任何品牌代言，不做任何个人营销，一切作品见。

曾经的那段漫长到似无止境的叛逆期在徐鞍安二十一岁那年戛然而止。没人知道她的两年低谷期是如何度过的，也没人知道她在出演电影处女作的过程中发生了什么。人们只能看到，二十六岁的徐鞍安，作为一个被行业认可的演员，作为一个被市场认可的音乐人，已经成功地撕掉了曾经贴在她身上的各式流量偶像标签。

而阔别时尚圈七年的徐鞍安，在今年终于应允了来自"无畏 WUWEI"的邀请，选择了 Met Gala 的红毯作为她重返时尚圈众人视野的第一站。

徐鞍安的 fitting 结束得很准时。

Petro 走过来问刘辛辰，Lan 看过 fitting 的照片了吗？她有什么意见吗？

刘辛辰说，她相信你的判断。

Petro 意味深长地看着刘辛辰，是吗？Lan 现在才是总部，她不首肯的事情，我没有权利做决定。

刘辛辰笑了，说，Petro，你的记忆力真好。

Petro 皮笑肉不笑地看着她。

刘辛辰想到刚才楼下那个又帅又阳光的男孩子，向 Petro 打听那孩子是谁。Petro 动

THE GLAMOUR

了动眉头，说是个来打工赚钱的中国留学生，无名之辈。刘辛辰感叹说，无名之辈也能有那样的气质，零诺时尚的纽约办公室可真是卧虎藏龙。

Petro颇为得意地笑了，然后耸耸肩，转身走开。

刘辛辰看了一眼时间，姜阑的会议应该已经结束。她拨电话给姜阑，先快速汇报了现在的情况，然后忍不住吐槽："阑姐，Petro也太记仇了，我七年前就随口说了一句你现在才是总部，他得听你的，他居然能一直记到现在。你说这人怎么就这么小心眼呢？"

七年前，零诺时尚正式在纽约组建海外事业部。姜阑成功说服Petro加入零诺时尚，负责集团内全矩阵品牌在北美和欧洲市场的品牌传播和市场推广。

零诺时尚的海外事业部成立后不到半年，一场席卷全球的大规模疫情让整个时尚行业进入了长达数年的震荡变革期。在其后的两年中，一个又一个的独立小品牌陆续死去，一家又一家的时尚零售商接连破产清算，一间又一间的线下实体门店被迫关闭，一批又一批的行业从业人员失去了工作。

这场疫情永久性地改变了消费者的既往购物习惯，它让全球时尚零售行业迅速步入全面数字化的时代。或主动或被迫，几乎每一个品牌都经历了大大小小的转变，从秀场到卖场，从创意到生意，从传播到转化，每一个环节和要素都被数字化的手段所浸透覆盖。在这个崭新的时代，遍地是机遇，遍地是挑战。有的企业急于奔跑，却不料一脚踏错，落入深渊。有的企业迟疑观望，却终被市场和投资者所抛弃。

过去这七年，零诺时尚走得相当艰辛。纵然艰辛，零诺时尚依然在七年后的全球时尚市场内分得了一杯羹。

这是动荡时代给予无畏勇者的回馈。

姜阑结束和刘辛辰的通话。她告诉司机一个地址，然后重新拨出一个号码。

那边响了几秒，传来一个年轻男孩子的声音："阑阑姐，你到纽约了吗？事儿都忙完了吗？"

姜阑说："刘衡，你在学校吗？我顺路去接你，一起吃晚饭。"

刘衡说："啊，我不是和你说了我最近都在打工吗？"

姜阑说："那你在哪儿？"

刘衡说了个地址，然后补充："我在买小笼包。"

姜阑说："嗯？你不是不爱吃小笼吗？"

刘衡说："徐鞍安爱吃啊。"

姜阑停了几秒没说话。

刘衡说："阑阑姐，我是不是忘了告诉你，我最近又找了份新兼职，就在零诺时尚的纽约办公室。他们的创意服务部门需要亚洲面孔的内部模特，我老板的老板的老板的老板是Petro Zain。"

姜阑又停了几秒没说话。

刘衡在那头说："姐？"

姜阑终于出声："见面再说。晚饭你想吃什么？"

刘衡说："咱们吃顿肉吧？我已经快穷成狗了，已经连着好几个月都没吃上一口好肉了。"

姜阑答应得很干脆："OK。"

姜阑就近找了家牛排馆。刘衡没多久就到了。

他超热情地给了姜阑一个拥抱："姐！"

姜阑抬起右手轻轻拍拍他的左背，示意他松手："你怎么回事儿？现在连顿肉都吃不起了？"

刘衡抓着菜单，一边飞快扫视一边回答："我上上个月不是和国内的几个朋友搞了一个电子杂志吗？好不容易攒的一点儿钱都贴进去了。"

姜阑看着他。

这位零诺集团的大公子，从小被他妈放养，一成年就自己背着商业贷款跑到纽约来读书，除了上课就是交朋友和打工赚钱，省吃俭用租个破房子，搞了个创意工作室又搞了个电子杂志，天天乐在其中。

虽然刘衡他妈明面上不管他，但姜阑每次来纽约出差，都少不得替刘峥冉来看一眼她这个大儿子。

姜阑回想了一番上次实地考察过的刘衡住处，摇头说："你现在租的房子环境实在太糟糕。你的时间都用来打工赚钱做工作室和杂志了，哪还有空读书？"

刘衡不以为意："姐，你怎么回事？我哥十八岁的时候是不是也自己打工赚学费赚饭钱？我哥是不是还没毕业就开始搞自己的品牌了？我哥当年刚去深圳的时候不也是天天和蟑螂为伍吗？"

虽然费鹰从来没答应过让刘衡这么叫，但这完全不妨碍刘衡从第一面见他时就开始叫哥。刘衡天天把他哥两个字挂在嘴边，不知道的人还以为费鹰真是他亲哥。

刘衡点完牛排和配菜，又帮姜阑点了酒。他嘿嘿一笑："阑阑姐，你爱喝什么，我都记着呢。"

别人要叫姜阑姐的话都叫"阑姐"，就刘衡非要跟着费鹰的叫法。费鹰叫她"阑阑"，刘衡就叫她"阑阑姐"。

姜阑对这个孩子从来就没有一点办法。

她反问刘衡："你哥当年的情况和你现在能一样吗？他的苦日子是没事儿自找的吗？你学他点儿什么不好，非要学吃苦？"

有些人一辈子没见过山巅的云海，就不可能想象得出站在山巅的人会看到什么样的景色。同样的，有些人一辈子没陷入过肮脏的泥泞，也不可能真正感同身受在其中挣扎的痛苦。

刘衡挠了挠头皮，岔开话题："我陈叔呢？这次没跟你一起来？他都多久没来看过零诺时尚的纽约办公室了？"

姜阑说："你陈叔在休假。"

刘衡说："又是一年一度的大长假？年年度蜜月啊这是？"

姜阑不讲老板的私事。她没接话，端起杯子喝了一口酒。

刘衡又说："不过有你在，我陈叔肯定一万个放心啊。他就等着你接他班儿了。"

姜阑抬眼："刘衡。你呢？"

刘衡毫不在意："我什么？我妈不是有我妹吗？接班儿这事儿轮得到我吗？而且就我妈那性格，姐你还不清楚吗？"

服务生端来牛排。

刘衡二话不说，切下一刀。他的视线向下，专注地大口吃肉，长长的睫毛遮蔽了目光中的情绪。

姜阑捏着酒杯。

刘峥冉什么性格？七年来，姜阑既清楚，又不清楚。和陈其睿这种职业经理人出身的领导者不同，刘峥冉的接班人计划只有她自己才知道。在外人看来，自从刘峥冉生了女儿之后，她对这个女儿的偏爱与日俱增，几乎所有人都默认她的事业和家业都会由女儿来继承。至于刘峥冉和前夫生的大儿子刘衡？刘衡是个男孩子，刘峥冉怎么可能愿意把整个零诺商业帝国交到这个儿子手里？

十九岁的年轻男孩风卷残云一般地干掉了一整块五百克的牛排。

刘衡擦擦嘴，很满足地笑了。

他抬眼对上姜阑的目光，一点都没客气："阑阑姐，再借我点儿钱，行吗？不多，一点儿就行。"

姜阑说："什么事？"

THE GLAMOUR

刘衡说:"我要买张去洛杉矶的机票。"

姜阑说:"去洛杉矶干什么?"

刘衡嚷嚷:"姐,你说我去干什么? BOLDNESS 下周就要在 Fairfax 开业了,海外首店! 我不去现场给我哥捧个场合适吗?"

姜阑失笑。她放下刀叉,说:"嗯,不合适。机票钱我让 Petro 从你下个月的薪水里直接扣。"

刘衡立刻拒绝:"别别别,姐你别让人知道我是谁! 太丢人了。"他又挠挠脑袋,"你就借我点儿,我回头还你,带利息。"

姜阑点头:"行。利息怎么算?"

刘衡说:"徐鞍安不是后天要穿着无畏去 Met Gala 吗? 我们的电子杂志给无畏 WUWEI 出一篇深度报道,免费,就算抵利息了,成吗?"

姜阑再度失笑。

那个电子杂志才刚创办几天? 能有多少访问量和浏览量? 一篇报道能有多大公关价值? 她慢条斯理地切着牛排,再度点头:"行。"

刘衡这下立刻高兴了:"阑阑姐我就知道你对我好!"

姜阑对着他阳光帅气的笑容,有些话不得不开口问清楚:"你今天见到徐鞍安了吗?"

刘衡摇头。

他这种打杂的角色,刘辛辰根本不可能让他踏入套房半步。

姜阑根本不需要问他去零诺时尚打工的目的究竟是什么,从他十二岁那年顶着一脑袋粉色糖霜奶油开始,她就很清楚这孩子的小心思。

她又问:"绞尽脑汁地追星好玩儿吗?"

刘衡咧了咧嘴:"好玩儿啊。"

姜阑定定地看着刘衡。

刘衡理直气壮道:"我就是特喜欢徐鞍安啊,从小就特喜欢她,怎么了?"

姜阑说:"不怎么。"

十二岁男孩子的喜欢是哪种喜欢? 十九岁男孩子的喜欢又是哪种喜欢? 再往后呢? 他还准备喜欢徐鞍安多少年?

徐鞍安洗完澡,又看了看手机。

姜阑仍然没有回复她。

徐鞍安走到沙发边,坐下,拿起平板,打开 Petro 留下来的资料。

除了特殊的 2020 年,每年的 Met Gala 一向是各大媒体关注度和曝光度最高的时尚盛宴之一,在国内外社交媒体上的传播声量巨大,吸引着全球时尚圈内无数人的眼球。徐鞍安将在后天傍晚身着无畏 WUWEI 的特别定制款走上 Met Gala 万众瞩目的红毯。

今年的 Met Gala 星光璀璨,Petro 在嘉宾服装赞助一事上花费了大量的金钱、精力、时间和心血。零诺时尚买下了今年晚宴整整五桌的席位,并且成功地让零诺时尚旗下的三个头部品牌被数位来参加晚宴的名流及社交名媛所选择。这样的成绩足以让一贯骄傲的 Petro 更加骄傲。不过再骄傲,Petro 也依然保持着清醒的头脑:此次对于零诺时尚而言,没有任何人和任何事,能比徐鞍安和无畏 WUWEI 在 Met Gala 红毯之夜的合体亮相更为重要。这是他拿着高薪所要交付给姜阑的结果。姜阑不会容许徐鞍安的 Met Gala 之行出现任何失误。

徐鞍安的手指在屏幕上轻轻划动着,她想起 Petro 临走前看向她的眼神。那道眼神仿佛是在重复他说过的话:Ann,这次的 Met Gala,是一个全新的起点,我希望你能够好好去享受。

这时候手机响了。

是姜阑。

房间门被人很快打开。

姜阑看见徐鞍安穿着宽宽大大的 T 恤,光着脚。她笑着走进酒店套房:"安安。"

徐鞍安关上门,很开心地抱抱姜阑:"姐姐。"

姜阑在沙发上坐下,说:"下午 fitting 都顺利吗?"

徐鞍安说:"很顺利啊,fitting 的照片我还发给梁梁看了,她很满意。"

姜阑笑了一下,她环顾房间,看见不远处的餐桌上放着没开过的小笼外带。她没问徐鞍安为什么没吃。她说:"你说有事要找我聊聊,什么事?"

徐鞍安很直接:"我和公司的合同年底要到期,我不续了。"

姜阑点头:"新东家谈好了?"

徐鞍安摇摇头,说:"我准备自己当老板。"

姜阑没说话。

徐鞍安说:"丁硕还不知道这件事。我现在团队里的人都会跟我走,除了他。"

姜阑表示知悉:"好。"

这样的变动很正常,姜阑也很理解徐鞍安。在她事业低谷的那两年,公司并未选择和她解约,丁硕虽然没在她身上花什么心思,但也没故意给她找什么额外的苦头吃。徐鞍安重新翻红的那年,合同正好到期,她没有立刻另起炉灶,而是又和公司续签了一份五年的经纪约,履行至今。这是她对事业的权衡和规划,也是她对老东家的态度。

姜阑不认为徐鞍安找她聊是要单聊这事,这事没什么好特别聊的。徐鞍安要自己当老板,除了要掌控她的经纪约和商务约,还有什么其他打算?

徐鞍安冲姜阑笑了笑,她的眼神很亮:"姐姐,我想推出个人品牌。"

姜阑没说话。

徐鞍安又说:"零诺时尚有兴趣和我合作吗?"

姜阑说:"什么合作模式?"

徐鞍安向姜阑递上她的平板:"我希望借助零诺时尚现有的女装设计和量产能力,以及海内外的生意渠道。"

姜阑接过平板。屏幕上居然是一份商业计划书的扉页,页面正中是一个以字母 A 为原型的 logo。姜阑不知道这份计划是谁帮徐鞍安做的,但徐鞍安对这件事情的认真程度和所做的准备,的确超过了姜阑几分钟前的预期。小姑娘不是心血来潮,是深思熟虑。

明星推出个人品牌,做商业化的流量变现,这些年来太常见了。

姜阑快速浏览这份电子计划书,眼皮没抬:"你不是第一个来问零诺时尚有没有兴趣合作的国内女艺人。你的商业号召力和流量数据也不是最出色的。讲实话,零诺时尚未来三年的发展重心并不在于明星合作和娱乐营销,我们需要的是长期稳固的生意增长引擎。"

徐鞍安没说话。

姜阑说:"你和我谈生意,那么我们就谈生意。生意不是慈善,生意也和友谊无关。安安,我需要更加有效的亮点,以及可持续的高回报模式。"

她把平板递还给徐鞍安。后者接过,轻声自嘲:"我还是把做生意这件事想得太简单了,对吗?"

姜阑没说话。

徐鞍安可以是一位优秀的——甚至将来很有可能成为一位卓越的演员和音乐人,但是一位成功的女企业家?她需要想明白自己到底要什么。感性的艺术创作和理性的生意数字,这两者天生难于兼容彼此。

姜阑走后,徐鞍安继续在沙发上坐了一会儿。

坐了一会儿之后,她站起身,走去餐桌边,打开那盒已经冷掉的小笼包,拆了双筷子,夹起一只送进嘴里。

她一边吃,一边刷了刷微信朋友圈。

THE GLAMOUR

有时差，这会儿没睡的，不是熬了个通宵，就是早起在路上。当然在她们这个圈子，熬通宵的未必是在工作，早起上路的未必是勤奋。

白川半小时前发了一条朋友圈。

徐鞍安在下面点了赞。

白川在山里面，为新戏勘景。

这部戏白川来问过徐鞍安，徐鞍安也看过白川写的剧本，但是档期最终还是错不开，挺遗憾的。

五年前徐鞍安的电影处女作就是白川编剧并执导的，在那之后，白川抱着几座含金量颇高的奖杯玩了五年，到了今年初才又开工。

业内对白川的新戏观点迥异，不看好的人占大多数，这个半路出家的女导演五年前的那部作品只是运气好罢了，世界能每次都给她那样的好运气吗？但这不妨碍徐鞍安对白川有着坚定的崇拜与欣赏。

那张山里的照片，地上是厚厚的积雪。

白川没定位，认不出这是哪里。

徐鞍安看了又看，想起当年跟着白川拍戏的过往。

那个时节很冷，也是在山里。和她搭戏的有个小女孩，当地人，才六岁，特别有天赋，也特别能吃苦。后来有次 ZT 来剧组探班，学了一手当地的编发手艺，给小女孩编了一头漂亮的辫子。小女孩对着镜子咯咯地笑了好半天，冻皴的脸蛋像两朵皱巴巴的花朵。那一刻很平凡，代表不了什么，但对徐鞍安而言却意义非凡。她的某个人生开关像被一只无形的手拨动了一下，她至今也没深究过那是什么。

三天后，刘衡跟着姜阑上了飞机。他没带什么行李，背了个空空荡荡的双肩包，一路向后到经济舱找他的位子去了。

六个小时后，刘衡继续跟着姜阑下了飞机上了车，往某酒店行去。

商务车的冷气很足。

刘衡划拉着手机，他在飞机上刚刚读完 WWD（美国知名时尚媒体《女装日报》）关于徐鞍安和"无畏 WUWEI"的整版报道，报道头图用的正是前一夜徐鞍安在 Met Gala 的红毯照。他问姜阑："姐，这篇报道花了你们多少钱啊？"

姜阑没回答他。

这就不单是钱的事情。Petro 的业务能力是姜阑不能否认的，虽然这七年来两人在工作中的摩擦不少，但彼此都未让对方失望过。

刘衡说："咱们什么时候才能有一个属于自己的世界级时尚媒体，掌控一部分的主流审美话语权啊？"

姜阑没说话。

刘衡翻来覆去地看网上最新的徐鞍安照片。看完照片，他切去微博。今天是个特别的日子，徐鞍安的粉丝后援会声势浩大地在搞各类庆祝。又到了一年一度的五月七号了。

半天后，他说："姐，徐鞍安现在有新男朋友吗？"

姜阑还是没说话。

刘衡闭上了嘴。他终于意识到姜阑正在工作——她从上车之后就眉头紧蹙，拿着手机一直在打字。

车到酒店楼下。

姜阑准备下车，她看了看表，对刘衡说："我叫司机先送你去 Fairfax 逛逛，可以吗？"

刘衡心有不甘："啊？你不让我上去见见我哥啊？"

BOLDNESS 的 Fairfax 新店明天正式开业，今晚店里有个开业前的闭门派对，受邀的都是费鹰在中美街头潮流圈里的朋友和极少量的媒体。这个派对刘衡必须要去，不去不行。现在离活动还有不到两个小时，姜阑下了飞机直奔费鹰下榻的酒店，刘衡一路上都以为她是要带他先去和费鹰碰面，然后一起过去……结果现在？

姜阑微微一笑，直接下车。

刘衡真是没脾气了。都结婚七年的老妻老夫了，这一趟才几天没见面，连这么点时间都不肯放过，一定要在他面前演一出小别胜新婚吗？

当亲密关系进入某个阶段，一个拥抱和一段对话对情绪的抚慰作用有时候要远胜于一场性爱。

姜阑躺在酒店房间的大床上，用松软的枕头蒙住脑袋。

除了身边的费鹰，没人知道她这段时间累成了什么样。

所有的那些游刃有余、处变不惊和镇静自若，在最亲密的爱人面前可以统统卸去，她可以毫无顾虑地让他知道她过得有多糟糕。

费鹰扯了扯枕头，扯不动。他说："阑阑，不闷吗？"

姜阑把枕头扔开。

费鹰伸手揉了揉她的头发。

零诺时尚这半年来负面新闻缠身。欧美的时尚商业媒体对待零诺的弱点从不手软。这几年全球时尚行业一直在强调Sustainability（可持续性），低污染的环保材质和量产工艺是所有奢侈品牌都在致力于达成的目标。零诺时尚在这个大话题上屡被挑战，是无奈的现实条件所导致的结果。

对集团内部，刘峥冉的目标很清晰，她需要将零诺时尚在未来五年内分拆独立上市。

面对这个目标，零诺时尚的企业形象、品牌声望和生意数字缺一不可。这让零诺时尚上上下下的管理层都背负着不小的压力。

零诺时尚一旦成功上市，姜阑个人也将从中获取不小的收益。撇开职业素养不提，哪怕只是为了自己的利益而战，她也应当像每一位手握股权的公司管理层一样，拼尽全力。

除了公司的整体前景，姜阑还面临着她个人职业生涯的巨大挑战。

陈其睿在掌舵零诺时尚的第三年，被刘峥冉提名进入零诺母集团董事会。又三年过去，陈其睿终于非官方地公布了他的退休计划：四年后。

还有四年，陈其睿就将从零诺时尚最高管理者的位置退下。陈其睿如果要退，他的接班人计划是什么？

几乎所有人，甚至包括像刘衡这样根本不了解公司业务的小一辈，都顺理成章地默认陈其睿的接班人计划上写着姜阑二字。

只有姜阑心里清楚，陈其睿根本没有什么接班人计划。在未来的四年中，如果姜阑无法表现出足以承担重任的能力和领导力，那么陈其睿不会介意从集团内部或外部寻求更加合适的人选和方案。

姜阑今年四十岁。站在四十岁的路口，她感受着前所未有的压力和动力。

费鹰听姜阑讲她工作上的事情，大大小小，乱七八糟。他清楚在绝大多数时候，她只是需要抒发和宣泄，她不是没有方向和方法。

讲完工作，姜阑说："刘衡跟我一起来的。我让司机先送他去Fairfax。"

费鹰说："哦。他来看BOLDNESS开业？"这小孩实在是太爱凑热闹了，打小儿就有这毛病，看来是改不掉了。

姜阑说："他来追星。"

费鹰虽然知道刘衡有多喜欢BOLDNESS，但也不至于自恋到认为姜阑这话是在指代他。他随口一问："追谁？"

姜阑回答："徐鞍安。"她没过多描述刘衡的那点心思，这些在她眼里简直赤裸裸，小孩还以为她什么都看不出来。

费鹰"哦"了一声。他搞不明白这都是哪儿跟哪儿。刘衡追徐鞍安？什么时候开始

THE GLAMOUR

的事？是哪种追？粉丝追偶像的那种追？还是男人追女人的那种追？

费鹰没能再多琢磨。因为姜阑翻过身，抱住了他的腰。

她小声嘀咕："你看没看刘衡弄的那个创意工作室和电子杂志？你有空给他点儿建议，行吗？他把你当榜样。我太头疼了。"

理想和野心不分年龄。她不可阻止，只可浇灌。

费鹰握住她搭在腰上的手，答应着："行。"

对话和拥抱之后，性爱也并非不重要。

费鹰到最后还是不得不再去冲个澡。而姜阑又给他冲澡的过程增加了不少难度，令他一度后悔前面花了太多时间用来对话和拥抱。

后来姜阑一边吹头发，一边随手刷朋友圈。

好几个小时前，童吟发了一条她女儿小爱的短视频。

视频里，小爱的一双肉嘟嘟的小脚踩在王涉的脸上，两只小胳膊挥舞着，呵呵笑得超级开心。王涉的两只手挡在女儿身边，生怕她没踩稳摔倒。

姜阑抿起嘴角，认真地点了个赞。不为童吟和小爱，只为王涉的这张脸。

对有些人而言，人生的深度缔结需要共同的血脉。对有些人而言，人生的深度缔结只需要共同的理想。

换衣服时，姜阑又收到梁梁的微信。

梁梁连番敦促确认："今晚是YN的big big night（最盛大的夜晚），阑阑你肯定会来的，会来的吧？不会再因为工作错过了吧？你如果这次也错过的话那我都要替YN失望透顶啦！"

姜阑笑了，没回。

BOLDNESS 将在美国洛杉矶的 Fairfax Ave. 开出海外首店，国内不少时尚潮流媒体早已在各自渠道上发布了这家 BOLDNESS 门店的装修谍照。

"A pure piece of street art。（一场纯粹的街头艺术。）"

这句 Lume 发表在他个人 Ins 上的评论，被国内的媒体纷纷援引。

YN_YN，这个微博账号在今夜之前已经沉寂了七年。无数人都在期待着，它会在这颇具里程碑意义的一日被重新启用吗？

司机按照姜阑的吩咐把刘衡扔在 Fairfax 大街上。

刘衡下车后跑到一家 barbershop 找店里的 first-chair（首席）剃了个头。剃完头他一路溜达到 Melrose 的 Round Two。赶上周二店休，他就站在人家门口，百无聊赖地刷朋友圈。

朋友圈里有几个弟弟妹妹，是刘衡小时候去 BOLDNESS 上海分部玩的时候认识的。其中一个叫小琳的女生，最近开始备战 2026 年的青奥会。小琳发了很多有意思的视频，其中有她在 BOLDNESS 上海分部现场教小朋友们跳 Breaking 的花絮。刘衡还记得她小时候哭哭唧唧的样子，现在居然摇身一变成大神了，真是光阴如梭。

刘衡又划拉两下，看见季夏发的朋友圈。

三张图，其中一张有陈其睿的背影。

波尔多现在才几点？他陈叔不是号称休假吗？这是休假的作息吗？

徐鞍安逛店时，接到内容宣传总监柳未的电话。柳未问她看没看《Oo》今天刚推的一篇文章，讲"无畏 WUWEI"也讲了她，和这篇文章一起上线的还有一期播客，对话嘉宾是《Oo》的创始人之一。

徐鞍安说还没看。

柳未说有点意思，叫她有空看两眼文章，听一听播客。

挂电话前，柳未说："安，生日快乐啊。爱你。"

徐鞍安打开柳未在微信上推给她的链接。

《Oo》是个很新很新的电子杂志，主要讲时尚，潮流，青年文化以及其他很多不为主流所知的小众文化。据说《Oo》的主创团队平均年龄不到二十岁，背景相当多元，一读内容就知道这是一群既有想法又有野心的年轻人。

这个杂志还没多少圈外人知道，但柳未个人很欣赏它出的内容。她之前简单接触过对方的编辑，但被告知他们没有商务或广告部门，也不会像其他时尚媒体一样做艺人和品牌的桥梁。

柳未不知道这样的杂志能活多久，也不知道这样的一个团队怎么养他们的野心。

播客音频的背景音乐很耳熟。

徐鞍安塞上耳机。这首歌来自她三年前的那张专辑。半分钟后，背景音量变小，她听见一个男生开口讲话了。

他的声音很干净。他的笑声也很干净。他讲了很多很多。从 BOLDNESS 到无畏 WUWEI，从十六岁的流量明星徐鞍安到二十六岁的演员音乐人徐鞍安。他对两个品牌的熟稔程度非比寻常，令人不禁好奇他是如何获得那些不为众人所知的信息的。最后他点评了无畏 WUWEI 今年为徐鞍安走 Met Gala 红毯特别设计的整套服饰。

讲完这些，他又补充了一条个人观点："徐鞍安的气质和无畏 WUWEI 非常契合，我记得我小时候那会儿有条微博热搜，专门讲她是怎么暴打前男友的，谁能不说一句徐鞍安有胆又无畏？"

播客的主持人也是一个男生，听到这儿直接爆笑。

他又警告对方："客气点儿，礼貌点儿。"

说完，他自己也笑了。

然后他继续说："今天是徐鞍安的生日，让我们祝她生日快乐，祝她一生有胆又无畏。"

听到这里，徐鞍安摘下耳机。她回忆起十九岁那年的生日，然后她弯了弯嘴角，摸出口罩戴上。

路过 Round Two 时，徐鞍安在店门口短暂停留，打开手机，查看 ZT 发给她的坐标定位。她俩约好了要一起去今晚的派对。

她再也不是当年那个在微博上发酸柠檬的小女孩了。

看完手机，徐鞍安抬起头。

店外，在她身旁两步左右，站着一个高高大大的年轻男孩子。亚洲面孔，长相干净，一直盯着她看。

徐鞍安不信这里有人能认出她。

除了口罩，她还戴着宽沿渔夫帽，和能够完美遮蔽她上半张脸的黑色太阳镜。她穿了一件大大的 T 恤，光着腿，脚下踩扁了球鞋的后跟。

年轻男孩子的目光不躲不闪，甚至还向她靠近一步。

徐鞍安听到他说："Hi。"

刘衡想到十二岁那年，那只扣了他满头满脸糖霜奶油的粉色蛋糕。那是他从小到大最没有礼貌、最冒犯对方的一次行为。他得到了他该有的待遇。这个漂亮又暴力的女明星，真的既漂亮又暴力。

徐鞍安静了两秒，开口回应："我认识你？"

刘衡笑了。他的牙齿整齐洁白，睫毛很长，半垂着，一眨不眨地望着她。

男孩子比徐鞍安高一个头。他说："我认识你。"

徐鞍安掉过头："你认错人了。"

她向前走，又听他在后面叫她："姐姐。"

徐鞍安没回头。

THE GLAMOUR

　　男孩子高高大大的身材被阳光照出同样高高大大的影子。他站在街口，一手插在裤兜里，还是目不转睛地盯着逐渐走远的徐鞍安。他的嘴唇动了动——

　　生日快乐。

　　一会儿见。

后　记

　　《光鲜》这个故事最初连载于我的个人公众号上，有幸得到读者的喜爱和编辑的青睐，得以出版面市。付梓之前，我本想为实体书的上市写一篇后记，但经读者提醒，我意识到似乎没有什么文字能够比当初刚写完这个故事时的我的感受更为真挚和确切了。因而在此附上连载结束时的后记《后遗症》，也借此机会感谢所有在我的写作过程中给予我莫大支持和鼓励的读者、家人和朋友们。

THE GLAMOUR

后遗症

《光鲜》正文写完的那个周末，我出差去成都。去程飞机遇强气流，在剧烈的震荡颠簸之中，我的第一个念头居然是：幸好《光鲜》写完了，不然飞机失事的话这个故事就没有结尾了。

故事里的9月到3月，现实里的3月到9月。

这是我和故事里每一个人物的秘密约定。

半年的时间，我抹掉了几乎所有的日常休闲娱乐和社交需求，把工作之外的时间都给了这个故事，在每个更新工作日的前夜平均写作4个小时，直至完成这个故事。期间家人和朋友都很不理解，中断休息一下不行吗？一定要这么拼吗？但是谁劝都没用。

促使我如此"有毅力"地稳定输出的理由可能有点滑稽和无厘头：连载的时候我时常会担心，如果我万一出意外了该怎么办？那些尚未写出的情节和人物关系会随之灰飞烟灭，这对故事里的每一个人物是多么不公平，所以我必须要写快点，快点写。（频频冒出这样的念头真的是奇奇怪怪呢。）

除了这个理由之外，我还担心随着年龄的增长，自己的创作欲和表达欲会随之减退，不知道将来的哪一天，我或许就突然再也写不出任何故事了。所以我只能在我有限的"创作生命"中，尽自己所能地玩命地写。

上周末，我偶然看到一条 Christine Baranski（克里斯汀·芭伦斯基）的访谈视频，她在里面讲，她是在六十多岁的时候才第一次得到出演电视剧女一号的机会，这在某种意义上来说是她演艺生涯的一个新起点。

看完访谈视频，我感到先前对自己"创作生命"的认知是极端狭隘的，且充满了对自我的不自察的偏见。

偏见，也是《光鲜》这个故事的开端。

故事中的人物就像我们每一个人一样，摆脱不了对自己不理解的人事物的偏见视角和狭隘认知。有些偏见和狭隘是显而易见的，而有些偏见和狭隘是微小和隐形的。这些偏狭不只局限于故事中，更存在于故事外。

后遗症

时尚行业是一个饱受争议的行业，它常常被大众诟病制造渴望，鼓吹消费；在许多人眼中，这个行业浮华、虚荣、肤浅、不接地气；这样的一个行业，值得被描写吗？在时尚行业工作的这群人，有独属于他们的职业环境、生活方式和生存语境；在许多人眼中，他们的追求缺乏深度和内涵，却又时而会带着一种"不自知的优越感"；这样的一群人，他们的专业度和职业性，他们的热忱、爱和理想，值得被人理解和尊重吗？

我有时会想，在读过这个故事之后，看客们会褪去偏见吗？

或许未必。

毕竟我们每个人的一生都需要和自己根深蒂固的偏见和无穷无尽的无知做斗争。

故事的进程，是姜阑的逐步打开，是费鹰的缓慢落地。

除了姜阑和费鹰，还有季夏、陈其睿、刘峥冉、童吟、王涉、梁梁、郭望腾、孙术、陆晟、白川、ZT、徐鞍安……这些人物都在某种程度上打开，也在某种程度上落地。

在故事的文本中，有不少人物对行业的深度思考，可能这部分的阅读体验会有点艰涩。（抱歉噢。）

但我始终认为，对各自行业的深度思考和输出，是这群三四十多岁、在职场打拼多年、有野心更有理想的人一定会做也必须要做的事情。在事业和人生方向的选择上，他们的决策路径和行动模式在很大程度上依赖这样的思考和输出。若不存在这样的底层思考，那么他们所做出的某些关键性决定则会真的显得仅是"冲动"和"从心"。

还有几颗小彩蛋是连载期间没被大家发掘的。现在可以聊一聊了。

一个是费鹰送给姜阑的那条项链。这条项链是一个象征性的存在，它代表了"奢华"和"街头"的真正融合。姜阑一开始为什么没有接受这个礼物，后来又是在什么情况下接受了这个礼物，它是这段亲密关系重要转折的标志。

另一个是不少读者问过的。冬夜，季夏开车离开却又返回，坐在车里抽烟望向马路对面陈其睿的车，过了很久也没去找他，这个过程她在想什么？两人之间利益冲突的红线、陈其睿因此而表现出的克制，这些固然是季夏当时想明白了的事情；但更为重要的是，这是她"不是冲动"的情绪起点，她并没有选择在那一刻延续她面对陈其睿一贯的冲动。后来那条季夏发给陈其睿"不是冲动。"的微信，指的并不只是她和他在秀场里的那一次亲密，更是她考虑了很久的一个回应。

还有一个是关于老陈的职场线。关于他拒绝姜阑提出的全渠道零售项目，并非因为要把这个项目"留给零诺"，如果他的出发点是这个，那么他就不是那个高度职业化的陈其睿了。事实上当姜阑去提案时，陈的离职已确定，而Josh也因确定无法挽留他而要求他签署严苛的竞业补充协议，并且限制了他的一系列本地决策权。在那个时间点，陈其睿根本无法决策任何大项目的基础设施（infrastructure）的开发投入，但这背后的真正原因，是他无法告诉姜阑的。

关于故事里的性欲、爱恋和亲密关系。

如果简单概述：在繁殖基因驱动的欲望之外，有什么能够区分人类和其他哺乳类的动物性？在社会化的规则和制度下，亲密关系对每个人的意义不同，是否要开启一段亲密关系，以及一段亲密关系要靠什么来定义，不应该有标准答案和模板。

有关爱的一切都是经历和过程，故事的结点，并不是这些人物的终点。

最初，《光鲜》网络连载版的封面被人问过是否有什么含义。

渐变的红底是"光鲜"？还是黑色的文字是"光鲜"？抑或是黑色文字上的那一丁点亮粉色才是"光鲜"？

我想——

红是外人眼中的光鲜。

THE GLAMOUR

黑是不为人所见处的光鲜真相。
那一丁点粉,才是经历了所有艰辛、挣扎、奋斗与困顿的真相后的一抹真正光鲜。

谨以这个故事,献给每一个在现实和理想之间挣扎的你和我。
愿我们都能有胆地做自己。
愿我们都能无畏地追寻心中的理想。
Be Bold。Be Bolder。